凝眸人生（一）

舒乙题

郭发栋 著

当代中国出版社
Contemporary China Publishing House

图书在版编目(CIP)数据

凝眸人生. 1 / 郭发栋著. -- 北京：当代中国出版社, 2016. 1
ISBN 978-7-5154-0655-8

Ⅰ. ①凝… Ⅱ. ①郭… Ⅲ. ①随笔—作品集—中国—当代 Ⅳ. ①I267.1

中国版本图书馆 CIP 数据核字(2015)第 299024 号

出 版 人　曹宏举
责任编辑　姜楷杰
责任校对　康　莹
装帧设计　志　远
出版发行　当代中国出版社
地　　址　北京市地安门西大街旌勇里 8 号
网　　址　http://www.ddzg.net　邮箱:ddzgcbs@sina.com
邮政编码　100009
编 辑 部　(010)66572264　66572154　66572132
市 场 部　(010)66572281 或 66572155/56/57/58/59 转
印　　刷　北京润田金辉印刷有限公司
开　　本　720 毫米×1020 毫米　1/16
印　　张　25 印张　2 插页　216 千字
版　　次　2016 年 1 月第 1 版
印　　次　2016 年 1 月第 1 次印刷
定　　价　68.00 元

落筆之處：

凝時人生經霜露，

崇慧尚善人之本。

修身養性德之世，

精忠報國情為尊。

寫在「凝時人生」

第一集出版之際

乙未年秋

郭炳棟

写在前面

不揣谫陋，《凝眸人生》（共四集），将陆续分集付梓。“写在前面”旨在作些说明。

成书之思。寒暑易节，年逾八旬。凝眸人生宛若浩瀚天空，星汉灿烂，遥不可及。而对人生这部永没句号的大书，深感不曾展卷，茫然不知所云。多年来，在人生这个领域里，钩玄提要，探幽析微，不懈采珠撷玉。澄心凝思，人生有几个断面，诸如：生存至要、生命的价值、如何錾刻塑人、何以做事、人生与读书、人生与家庭等，是每个人难以回避、生不容舍的。它们是人生的枢纽和制高点，聚焦着人生魅力和价值光焰。故而，吾耿耿不寐，覃思终生，稍逊所悟，书于毫端。

本书独钟人生之旨，篇篇不离其宗。鉴于思想脉络的绸缪和人性、人情上的萦回舒卷，行文不宜断章立节，故各篇遴取不同视角，一题一议，各自成篇。

成书的心迹。首先是出身贫困。我出生时，家有父母和两个哥哥。薄田几亩，地瘠缺收。破院漏屋，家徒四壁，筚门圭窬，蓬户瓮牖，易衣而出，并日而食，几近乞讨度日。

长大后，听母亲说：在我半岁时，全身疥疮，仅有微弱的呼吸，邻居都说不行了。母亲在我脸上涂上黑煤，忍痛把我放进一小破筐里，天黑时送到村郊靠半山坡的荒坟中。母亲一夜椎心泣血，因送走我时，我还有口气；所以，第二天天不亮，她独自一人，去荒坟中看我是死是活。母亲说，她到了那里，弯腰摸了摸，谁知我的小手还在动，她就把我又捡了回来。

余 1 岁失怙。岁值日本入侵（1938 年），连年天灾。母亲为救三个儿子活命，把 11 岁的大哥送饭馆当学徒。将我卖到县城一里河。因养父虐待，我 4 岁那年，随人逃回老家。不久，母亲把二哥寄托邻里，又带我去一大户人家做奴仆。到了 1942 年河南大旱，颗粒无收。路有饿殍，哀鸿遍野，死人数百万。邻家难以度日，二哥失去寄处。母亲为救活我兄弟俩，走投无路，只好将我再次卖出。我由此更名改姓，终栖异乡。这就是我的童年。

1961 年农历正月十一晚上，校长指派我到县师范学校去打井，时间是 8 个小时。这眼井 30 米深，直径一米余。井已见水，到了熬井阶段。当夜约 10 时许，我耳听井筒内一阵嗡嗡声，本能地缩身紧贴井壁。轰隆一声巨响，一大木桶（俗称茅桶，作淘粪使用）连泥带水砸到井底。木桶粉碎，我被泥水溅成什么样子可想而知。两个小时后，雷同的事再一次发生。我有幸躲过这两次殒命大难，这一天正是我 25 周岁的生日。月余，校长又指令我在师范附小的田野中掏机井。我正在井下挖泥时，背后井傍塌下一大土块，把我打压在井底泥水中三个半小时，拼死挣扎才活了下来……

19 岁中师毕业走上讲坛。两年之余适逢 1957 年反右运动，政治生命旋跌低谷，斯须间成了囚徒。以后数十年的岁月风雨，浮沉跌宕，颠沛困顿，窘迫蹙额，人际漠漠，常被人视为异类而待之。井中之险与以后多次临渊战栗，无不与此嫌缘。

余生有幸赶上改革开放——中华民族崛起的春天。我又一次偎依在组织的怀抱，体味党的温暖，从而也激起挥毫的热望。

业未竟，鬓已秋。风霜雨露之中，既沐浴到灿烂的阳光，领略了大自然的秀美，也感受到人心的善良，人情的甘醇馥香。人间谧静根植矜曲，曲肱回味，萦怀寝兴，宛若陈酿津津。然坎坷的经历，余又多视角管窥到社会之复杂，蠡测到人性的多棱，颖悟到人心的倏变。也有缘在社会跌宕之中睥睨到人心鄙夷，世情益乖。尤其在天下风云乍起时，平素的“知己”者，似流星闪逝，如浮云飘散，从而也咀嚼到人情的冷暖，社会的炎凉。由是萌滋涂鸦些微人生的忖悟，但临纸握管，绠短汲深，惶恐之感也令己蹙頞不已。

著书立言，墨子主张“言而有益”，顾炎武主张“文不苟作”，“须有益于天下”。

汉代思想家王充在《论衡·自纪》中说：“为世用者，百篇无害，不为用者，一章无补。”

吾窃平生粗犷有余，文气不足；学识贫瘠，不敢厕身文学的苍穹。举目书林，自己不曾在青灯之下宵衣展卷，更没有月上西楼衣带渐宽的体味。落笔很难达到言之成理、言之含情的境界。加之一生从教，阅历逼窄，政治素养贫寒，笔墨之中难免凡人之见，俗人之言，伤及大雅，以致言不称物，文不逮意，谬误贻人。

清代乾隆年间，主编《四库全书》的著名学者纪晓岚曾经说过：“世间的道理与事情，都在古人的书中说尽，现在如再赘述，仍超不过古人的范围，又何必再多著述。”

《小窗幽记》云："尽得世间之常道，才堪论出世。能够参透世间不变的道理，才是以谈论出世。"

余虽对人生品味些许，可读到作家孙犁之言："只有完全体验人生的各种滋味，即经历了生离死别，兴衰成败，贫富荣辱，才能了解全部人生。"所以，搦笔惴惴不安。

为此常扪心夜思。人生这部大书，古今中外，从中国的《周易》、孔孟圣贤到外国的苏格拉底、柏拉图等先哲，所著经典早已汗牛充栋，累累帙卷。即使皓首倾经，人的一生难读九牛之一毛，凭己羸弱笔力，即使殚精竭虑，也难凝瑰丽之一语。

穷理尽性，难以彻悟人生之玄妙，故多次握管，又多次敛纸合砚。

书海夜航，偶读郑板桥，谈及著书论理时，他曾撰文："有些好处，大家看看；如无好处，糊窗糊壁，覆瓿覆盎而已。"当然这是郑板桥的谦辞，他从政为官之清廉，诗书文墨的底蕴名扬古今，历史早有定评。

学界大家季羡林有言："书是给人家看的，哪怕有几句话对年轻人有用，也值得。"这些精辟之见对愚朽之激励，功莫大焉。老拙岁次桑榆之年，钟鸣漏尽，从不敢自暇自逸，两眼视力不及0.8；不懂电脑，不会上网，横撇竖捺全赖工笔书之。见识浅陋，秉性耿介，崇尚悃愊；面壁人生，秉笔直书；对字词篇点探赜浮泛，尤其是语言更无"逐字逐句，进行推敲"（作家孙犁语），贻笑大方之处在所难免，诚望读者勿悭赐教，谨敬。

《凝眸人生》，虽十余载于帷幄之中揆情度理，恐难熔黄钟大吕之言；率尔操觚之斑依会清晰在目。幸望读者于茶余浏览之中，钩沉对人生的幽思，抑或撷取片语只言，不弃之"垃圾"系列，则足堪欣慰。

幸蒙曾任中国现代文学馆馆长舒乙先生题写书名，这珠圆玉润之墨，使我深感字犹千钧，倍受激励。值宵衣旰食，奋笔疾书，以示钦敬。

学友张庶仆先生读完此稿，乐写序言，谨致悃谢。

在成书过程中，幸得不少热心朋友鼎力支持，其中张庶仆、董庚学、史铭忠、高新民同志，对每篇文章，从命题立意、资料检索，更是付出沥血之劳；并对雏形文稿，逐篇字雕句琢加以润色，余谨表忱谢。对邢宗娜、刘栓保两同志不辞辛劳，整理打印，并在打印过程中对史料的核对和文字的勘误颇费心血，在此由衷致礼。

脱稿付梓，适幸王立年、任聪兰夫妇竭诚运筹，才使该书出版有望，谨垂首致谢。

对当代中国出版社，尤其是姜楷杰编辑的辛劳和热情帮助，予谨致敬意！

作　者

2015年9月

序　言

《凝眸人生》脱稿后，我有幸先睹。记得郭先生当时谦和地说：“献丑了，请君雅正。”并随口背首唐人朱庆馀的《近试上张水部》，“洞房昨夜停红烛，待晓堂前拜舅姑。妆罢低声问夫婿，画眉深浅入时无？”当我用几天时间一口气读完，捧还原稿时，也脱口把唐诗人张籍的《酬朱庆馀》背给他听，“越女新妆出镜心，自知明艳更沉吟。齐纨未是人间贵，一曲菱歌敌万金。”他听罢哈哈大笑，连说：“过奖，过奖，实不敢当。我这一辈子就读了两本书，一本无文字，就是经历；一本有文字，就是书本。但是，读得都不好，悟得也不透，再加上有限的表达能力，写成现在这个样子，问题肯定不会少，诚望指瑕。”

我和郭先生从相识相交到相信相知达三十余年，这中间深被他跌宕起伏、如诗如画的生命历程所吸引、所感动、所困惑。

郭先生出生在家徒四壁、三餐难继的贫苦家庭。他 1 岁时，父亲病逝，母亲一人挣扎着把他拉扯到两岁半时，再也无力把他养活，为使他活命，一狠心把他送人抚养。在养父母家因不堪虐待，两年后的一天这个才四岁半的孩子，带着斑斑伤痕，星夜辗转奔波 25 里又逃回老家。母亲又气又恨又心疼。无奈在家过了两年，还是活不下去，可怜的母亲不得不第二次含泪把他送给了县城一户姓郭的人家。好在养父母对他视如己出，不但衣食无忧，还供他读书识字。但族人觊觎其养父家产，常寻衅滋事，纠纷不断。养父为此心力交瘁，52岁突然撒手人寰。正在河南省灵宝师范读二年级的郭先生闻讯肝肠寸断，急忙回家。为父亲请医拾药，前后50余天。最终又卖地十三亩半，给父亲买棺入殓，安葬入土。

1955年，他终于熬到了师范毕业，站上讲台，看着眼前的花朵，想到祖国的明天，眼前一片光明。可做梦也没有想到，刚刚工作三年，1957年“反右扩大化”的风暴自天而降。他——一个二十出头的热血青年深陷其中，命运再一次把他推下了“悬崖”。此后二十余年天灾人祸接连不断。尤其是“史无前例”的十年，刀光剑影，阴霾蔽天。使他人格上受污辱，肉体上受摧残，精神上受折磨。这种被抛弃在人间底层的炼狱生活，使他直到现在还常常在夜里被噩梦惊醒，浑身冷汗，精神惶恐，而后，老泪纵横，呆坐床头。这一切仅仅是个人的悲剧吗？他陷入了久久的深思。尽管厄运使他“几死者数焉”，但他还算一个不幸中的幸运者：因为他毕竟还活着迎来了平反洗雪，迎来了晴空万里，迎来了改革开放的好年华。从另一个角度看，磨难使他“受益匪浅”。让他锻炼了意志，学会了思考，懂得了公平、正义、民主、法制对一个社会是多么重要；温饱、尊严、自由、平等对一个人是何等可贵。磨难在这二十余年里赠予他的这份礼物并非人人都能得到。

在那不堪回首的岁月，多少亲友疏远了，同学不认了。但只有一个挚友与他朝夕为伴，不离不弃，这就是书。阴雨天、风雪夜一卷在手忘饥忘寒忘穷忘困，其乐无穷。书使他在阴云密布时看到了光明；书使他在一帆风顺时想到了暗礁。书给他生活的信心，书给他克难的勇气，书给他生存的智慧。

早年，一次偶然的机会，我走进了他的书房，就像阿里巴巴闯进了四十大盗的藏宝洞，眼前一亮：三十多平方米的屋子，十八座书架塞得实实在在，被压得直喘粗气。桌上、床上、地下到处都是书。笔记一堆堆，剪辑一沓沓。翻烂了的《辞海》、《辞源》等工具书堆在桌边的凳子上。我粗略地浏览一下，文学的、哲学的、美学的，还有很多我也说不出是什么类。当时，在我眼中这里是一个书的世界，是一个书的海洋。

这些书聚天地之灵气，集自然之精华。徜徉其中、孜孜汲取的郭先生，长期受其熏染滋养，再加上如戏如歌峥嵘岁月的历练锻造，使他变得既坚韧睿智，又豁达仁爱，宛如一棵旭日里扎根崖隙勃勃向上的青松，又像一头夕阳下埋头拉犁奋蹄耕耘的老牛。

“望崦嵫而勿迫，恐鹈鴂之先鸣。”对于一个还想做点事的退休老教师，他深感时间的紧迫。本来他可以江南转转，塞北看看，随心所欲优哉游哉。但他却选择了斗室内台灯下爬格子的苦活。他要把自己对生命的钟爱，对人性的思悟，对社会的凝眸，对人类的倾心，对自然的敬畏变成文字留给后人，启迪来者。以他坎坷的人生、深厚的学养、仁爱的胸怀，冷观世态，禅悟人生。经过十年腹稿，五年手稿，终于酿造出《凝眸人生》这坛老酒。它犹如我们家乡誉满神州的“仰韶酒”，喝之，明目醒神，口齿留香；品之，浓郁甘醇，余味绕梁。读书人的忧患意识，知识分子的社会良知，感人、动人、鼓舞人。

郭先生朴实无华，恬淡自然，一件褪色的中山装能十年八年地穿，一双“水陆”两用的“力士”鞋常年不离脚。他的文风也是如此，惜墨如金。议论常单刀直入，叙事不蔓不枝，描写则形神毕肖。抒情是喜怒哀乐，真诚自然。行文如行云流水，张弛有度，舒展自如。娓娓道来宛如空山幽谷里涓涓清流淌过心田，使人如沐春风，如饮甘霖。

看完书稿后，郭先生嘱我为之写序。自知才疏学浅，深感有负重托，不胜惶恐。然诚意难却，写下这些话，权当《凝眸人生》面世的贺词吧。

张庶仆

2015年早春于渑池锦程花苑

目 录

生命在呐喊

一位研究敦煌文化的学者（从电视屏幕上看到，记不清他的姓名了），寿高八十有四，在卧病中向前来看望他的好友说：我潜心研究敦煌文化数十年，现在算是刚入门，可身体不行了。你们要好好保护身体……

相声大师侯宝林在病重时期，面对喜爱、敬重他的广大观众挥手告别时，苦涩的笑容上伴着簌簌热泪说：我还有很多事要做……

《文艺报》编辑阎荷 38 岁香消玉殒。她临终时留下遗言："大家对我这么好，我无力回报。我奉献给大家的只有一句话：珍惜生命。"

爱因斯坦在停止思维前的十几个小时里，有几位好友相约打电话要前去探望他时，他婉言恳求好友说：我的时间不多了，请让我在这一点时间里，抓紧把一些数据和资料整理好……

像这样的例子不胜枚举。

平生探望不少仙逝的长者，当他们的生命憧幸回归自然时，面对难舍的人们，多是执手凝眸，情愫由衷，老泪盈眶，意欲千言，然哽咽无语……

这些凄凉的离愁别绪之境，让生者无不幡然愧汗：平日对生命至上、至贵的麻木。

汶川地震中，温家宝总理一行在视察时，一副担架正好迎面走来，总理遂即站在路边，示意让生命先行。

1986年诺贝尔和平奖获得者埃力·维塞尔说过这样一句话：“每个人都有自己的名字，每个名字的背后都有故事，这些故事构成历史。”

列宁晚年在病榻上不能读书时，让夫人把美国小说家杰克·伦敦写的《热爱生命》读给他听。他尤其爱听的是文章的结尾部分：一位无名的旅行者，走失了同伴，独自一人，因长时间爬行和饥饿折磨，身体虚弱到爬几米就不得不停下喘口气。也就在这生命的隘口处，又碰上一跛一跛，而且不断咳嗽和喘气的狼。“于是，一幕从来没有演出过的残酷求生悲剧展开了——病人一路爬着，病狼一路跛着，两个生灵就这样在荒原里各自拖着垂死的躯体，相互猎取着对方的生命。”

病狼一直紧跟着他，直到用粗糙的干舌头像砂纸一样磨擦着他的两腮，牙齿轻轻地扣在他的手上，尽最后一点力量咬进它等了很久的东西。而他那只被狼咬破的手也抓住了狼的牙床。五分钟之后，他把全身的重量都压在狼的身上，他虽无力把狼掐死，可是他的脸已经抵紧了狼的咽喉，嘴里已经满是狼毛。半个小时后，他感到一股暖和的液体慢慢流进自己的喉咙。

最终，捕鲸船“白德福”号上的科学考察人员发现了他，搭救了他。不言而喻，这一幕使他将人求生的欲望，演绎到了极致。

钦敬生命，就是倡导人们认识生命、珍惜生命、尊重生命、享受生命、超越生命，提升生命的质量，创造生命的价值。

每个人的生命都是地球公园的一株草木，一盆花卉，它铺陈着绿荫，喷薄着芳香，都是一道风景。“每个人的生命，都是一张白纸。”

（冰心语）都有机会、有资格、有能力在这幅绢素上，挥洒自己的智慧和才能，描绘斑斓的风景，编织最美的故事。

生命存在的本身，无时无刻不在与死亡较量与抗争，可生命又常因天灾、瘟疫、战火、饥饿被无端夺走，在死神面前，它又显得是那样的无奈与苍凉。所以，人活着就务必从理念上筑牢生命至上的堤坝，时时提防山洪的突袭。事实是每个人在自己的生命历程中，意想不到的伤害，随时会向生命发起攻击和挑战。常看到对于从没把呵护生命当作人生第一要务的人，一经风雨，孱弱的生命就裸露在死神脚下任其蹂躏。

一位长期研究心理危机的同志说："生命中的那些成功与失败、荣誉与耻辱、纯真与芜杂，都是一本内容不同的书，或是一幅风格迥异的画。没有谁应该拒绝生命，没有谁必须拒绝生命，因为活着就是一首好诗。"

人活着要坚守生的信念：活着是自己和家人的骄傲，也是社会的无价之宝。社会上时有发生，一些人因被诬陷蒙冤，一时不能洗刷其污渍，还自己以清白时，就以死明志，把了却生命当成抗争，这是混沌，决不可取。

马克思的次女劳拉和丈夫生前决定，不使自己的生命逾越 70 岁，以免成为别人的累赘。"他们于 1914 年 11 月 25 日，双双自杀于巴黎郊外的寓所，死时劳拉 60 岁。"这种看似理智与文明的自我了结行为，让生者很难感到什么有价值的东西。

电影《美国美人》的台词中有这样一句话："我们要学会珍惜生活的每一天，因为，这每一天的开始，都将是我们余下生命的每一天。"

《特别关注》（2005 年第 8 期）有一篇报道，题目是"英国，临危不惧也违法”。

内容是，一位日本留学生和一位中国留学生合租一个屋子。日本留学生在厨房学炒中国菜，因油烟过大而惊动住宅楼里的防火报警系统，致使保安把他俩带到警察局里。在给予批评教育之后，日本留学生中田大池被罚了不少银子，还要向邻居们道歉。

此时，中国留学生极力为自己辩护，认为自己是无辜的。警官问他一句：“当时，您听到报警后，为什么不马上离开？”他回答说：“我知道这是油烟引起的警报。”警官又严肃地说道：“整栋楼有上百个警报器，万一不是油烟引起的呢，您不是有生命危险？”他顿时哑口无言。

警官郑重地对他说：“对不起先生，由于您没有在警报器响起之后迅速离开，您触犯了我们的法律。我们的法律规定：不珍惜自己生命的行为是违法的。请接受我们的处罚教育。……”余寻思，这件事要发生在中国，闻者以鼻嗤之，“荒唐”、“小题大做”等之类言辞会信口而出。这里无意贬损自己的同胞，但生活中总有人在无端糟蹋自己的生命，这让人心疼而又无奈。

然这件事让中国留学生先是感到诧异，继之还真有些感动。因为这件事让他明白了（不！应该让时下大多数国民明白）：危险无处不在，而在危险面前，生命才最重要，只有懂得珍惜生命的人，才可能有完整的人格和人生。

可现实中真有令人惊愕之事。

央视《今日说法》（2013 年 8 月 31 日）播出：两名男凶犯，一个 17 岁，一个 18 岁，协同入室作案 4 次，杀害 7 人，其中 1 名女婴 2 岁，共抢劫现金 3900 元。这两名凶犯受到严惩，一死刑，一无期。而类似的惨剧又总在一幕幕上演！

再把视线转向英国。学校开设“死亡课”。课堂上，让从事殡葬工作的人员或医院的护士，对学生谈人死时会发生什么事，并让学生轮流通过角色替换的方式，模拟一旦遇到如父母因车祸身亡等情形的应对方式。这样做的目的是让学生了解死亡意味着什么，从而尊重和热爱生命，以积极的态度面对人生。开展死亡教育，出发点和落脚点是让人们更了解生之不易。

近年来，一些国家和地区，把热爱生命纳入中小学教育。在瑞典，老师会一边让学生们抚摸孕妇凸起的腹部，一边给他们介绍胎儿孕育的过程，讲述生命的诞生和死亡，引发孩子们悟到生命来之不易，从而思考人生的价值。还有一些国家，每学期让孩子戴一天毛玻璃眼镜，体验盲人看不见的感觉，戴一天耳塞体验耳聋人听不见的痛苦。这不单是让他们感同身受残疾人的处境，也使他们对生命愈加敬重与呵护。

作家阎纲在《美丽的夭亡：女儿病中的日日夜夜》序言中写道：“如今，不懂得珍惜生命——珍惜自己的生命，更珍惜别人的生命——人实在太多太多了。”

落笔时，虔诚地祈祷：人走到自己生命逼仄处，坦然放弃一切，但绝不要放弃生命，尤其是直面他人的生命时，更要珍惜，更要敬重！

生存当如沙柳

一位大学教授说："我们的教育，只重视培养孩子应付考核的能力，但这只是一个小考场。更大的'考试'是社会，我们更要培养孩子应对社会生存的能力。"

人生之艰酷似攀登珠峰，举目皑皑雪山，茫然四顾，路在何方？即使诸贤毕至，孔孟赐智，也只能谋其些微，观其梗概。至于暴风骤至，冰裂雪崩，山体坍塌，苍天褶眉，人类的智慧就更难应对了。暮年追忆熬过的岁月，幼小时生命孱弱，疾患侵扰；年轻时朝气勃勃，挥斥方遒，可人生经验贫乏，常失足于泥淖之中；正当春秋鼎盛时，工作、家庭等重担难掮，举步维艰；不觉古稀迫临，鬓霜发疏，苍然齿没，颐养天年时少，病魔缠身时多。惊回首，桑榆景尤显惨淡，难晓何时落幕，归宿何处。但凡涉足不到之处，难知路途逶迤和河海深浅，可生的使命，宛然笪笞一般连连于背，有时泛着殷红，只要能一呼一吸，就依然要日出就得爬起，日暮未必能卧。

读来有些凄凉，但人生大抵如此。

百岁老人季羡林在《谈人生》中这样写道："道家说，万物方生方死。人从生下来的一刹那开始，死亡的历程也就开始了。这个历程可长可短，长可能到一百岁或者更长，短则几个小时、几天。少年夭折者有之，中年弃世者有之，好不容易，跌跌撞撞，坎坎坷坷，熬到老年，早已是心力交瘁了。”季先生对生存的体验是真实的、深刻的——人生就是在苦难道上的博弈。所谓的欢乐与幸福只是苦难路上的昙花，是点缀，是瞬间。所以，我羡慕沙漠中的沙柳。

人称沙柳为神奇的植物。它生于我国鄂尔多斯沙漠。说它神奇是它有“五不死”精神——干旱旱不死，牛羊啃不死，刀斧砍不死，沙土埋不死，水涝淹不死。在它的生长过程中，人们用刀齐根砍下，再将砍下的部分切成七八十厘米就成了新苗了。这时砍过的沙柳并没有死，它们默默地孕育着，等待来年的春风。尤为奇异的是，越砍越旺，是它的生存特性。

苏东坡感叹人生“雪泥鸿爪”当是实际。这个典故是他第二次经过河南渑池，写在《和子由渑池怀旧》的诗中。其诗曰：“人生到处知何似，应似飞鸿踏雪泥。泥上偶然留指爪，鸿飞那复计东西。”从他对人生的禅悟中，让人们懂得：人生无常。人们回望自己走过的历程，即使有那么一段平静的安居时光，也大都像鸿雁在飞行过程中，偶一驻足雪上，留下印迹而已。然鸿飞雪化，一切不复存在。真实的人生就是一个富含变数而又遥遥无期的行程。栖居何处全赖偶然，是个人无从顾及的。因为每个人有了生命，但又不是每个生命都能走到终点的。

在遍布险情的人生旅程上，人们终究不会知晓恶魔何时向自己扑来——海啸的狂卷，地震的怒吼，硝烟的弥漫，事故的突发，歹人的出没，是非的连绵……

人生百年就是充满苦难的历程。少不更事，梦幻人生的甜美、享乐、幸福会降临到自己的身边。然随着岁岁月月的叠加，慢慢尝到生存道上的酸涩与苦辣；年纪越长，体味越深，对儿时的梦幻一想起来自会哑笑。

多少充满活力的人们，此刻酣睡在甜美的梦乡中，然而他们中无一人知晓，时钟会把自己的命运定格在哪个瞬间。说得有点悲观了，但这是没法逃遁的生存现实，所以每个人务必鼓足勇气去面对这上苍营造已就的生存环境。

生存就是拼争，不是请客吃饭，没有温良恭俭让。生命的孱弱就在于一呼一吸；来去如常者生，一吸不畅者死，生命就如此简单。在百年的岁月交替中，不允许有半点差错，这是世上无答案的人生难题。得满分者亘古无一，谁得分越多谁就是佼佼者，谁就感到欣慰。人生比马拉松比赛的赛程要长得多，跑先跑后并不重要，中途歇上几步，喘喘气当属正常，只要不出局，坚持跑到终点，都值得抵掌欢呼。

无论是从认识生命、热爱生命、珍惜生命，还是从探索生命的意义着眼，一个人要存活、要发展，就离不开生命力、抗挫力、应对困难和危机能力。而这一切都离不开勇气。

无论从生物学的角度，还是从社会学的角度去面对生命，每个生者的使命都要使自己具有顽强的自存力，努力改善生存条件，不断提升生活和生命质量。

俯首足下野草，没有谁给它浇水、施肥；飞舞的蝴蝶，不会在它身旁翩翩展翅，哪怕是作短暂的飞舞。它裸露的根须，因生长环境的贫瘠，显得更坚韧。它生命的韧性却似葛藤，向下弯了又弯，去汲取地下水分以维系自己的生命。它从萌芽就要付出沉重的代价，才有可能挺立于路旁、墙头或瓦砾之中。在有限的几个月内，迎着烈日和暴风骤雨，坚韧挺拔地赶在秋霜之前生长、拔节、结籽。它们不懂什么渺小与伟大、挫折与幸运，它本能地生、天然地长，只要没有谁夺去它的生命，就得一直承受着一切折磨和蹂躏，去完成自己生命的周期。

法国思想家布莱斯·帕斯卡说："人只不过是一根芦苇，是自然界最脆弱的东西，但他是一个能思想的芦苇。"

要知道生长在水乡的芦苇，也会在荒凉的戈壁滩上生长。它尽管在地里长得十分瘦瘠，不成气势，像刚出生的婴孩的头发，稀稀落落地表明着生命的存在。或像耄耋老者，以几许羊胡迎风，仰头看着不多的时日。这个生命不讲方式，不图后果地向上生长，直至呼吸到最后，或被风收去，或被沙掩埋，但无不付出它最后的努力。人有思想，有主观能动性，这是芦苇难以比拟的，人怎么如此脆弱而不及芦苇呢?

可人似草又非草，有可贵的思维，有灵性，有双脚可以走动，有双手可攀援与搏斗，在呵护自己生命的天赋上是野草望尘莫及的。我们看看野草，就没有一丝理由不为生命而顽强抗争与拼搏。从这个意义上说，人，一遇逆风就转向，逢上压力就弯腰，一见危险就像鸵鸟把头钻入沙中，甚至放弃生命，那真的让人不得不叹息其懦弱。生存就要学习鹰的求生精神。雏鹰要想活下来，在被母鹰扔下悬崖的一刹那，只有奋力张开双翅，拼命托起迅速下坠的身体，才能让生命滑翔而起，融入无垠的蓝天……这时的它，如有任何心存侥幸的求助和瞬间的等待，生命将不复存在。

TCL 集团总裁兼董事长在其文章《鹰的重生》中讲了一个有关"重生的鹰"的故事。故事梗概为：鹰到 40 岁时，敢于脱胎换骨。因为这时的鹰，爪子失去往日的锋利和敏捷，甚至抓不到猎物。尖锐的喙老化得又长又弯，几乎弯曲到可以碰触胸前的羽毛。翅膀也因年龄而钙化，变得沉重而不再灵活，使它的飞翔十分吃力。此刻的鹰面临两种抉择，要么死去，要么经历150天的痛苦蜕变。要活下去的鹰，就必须飞到一个绝高的山顶，找一块岩石筑巢栖息，暂时停止飞翔。先是用老化的喙啄击岩石，直到鲜血淋淋把老化的喙碰到脱落。等到新喙长成，才能把爪上老化的指甲一个个拔出。等新指甲长成后，又要把钙化的羽毛一根根拔下等到新羽毛长好。

它必须历经漫长痛苦的5个月后，才能开始生命的第二个里程——重新换来又一个近40年的新生命。再想想人类，前进中逆风吹来就不寒而栗，偶遇生命中的异常就选择逃避，有些体重超标者连锻炼的勇气都没有。面对鹰的生存之勇，真让人类汗颜。

跌入社会，昂首人生，让徘徊和踟躇消弭在足痕之下，迎着酷暑，冒着严寒，即使荒坟横卧，野鬼堵路，也莫却步，冲过去就是飞翔在蓝天白云上蜕变后的新鹰。

何陋之有！

——说“随遇而安”

每当读到“随遇而安”一词，就想到刘禹锡笔下的《陋室铭》。“山不在高，有仙则名。水不在深，有龙则灵。斯是陋室，惟吾德馨。……”古今学子，在诵读此文时，或瞑目，或踱步，几乎忘却一切。品读其味如饮陈酿，甘醇沁肺，惬意浓浓。

殊不知这千古名篇是刘禹锡受逐被贬时的心声。

据资料记载：刘禹锡因革新得罪了当朝宠臣，被贬为安徽和州通判。按当时规定他应住衙门里三间三厦的房子。可和州的蔡知县是个趋炎附势的小人，他知刘禹锡是被贬而来，自不会好好安顿他，遂令刘禹锡先在城南面江而居。刘禹锡睹景生情，撰写对联一副：“面对大江观白帆，身在和州争思辩。”蔡知县闻此，气冲斗牛，让下属将刘禹锡的住处由城南门换到城北门。这次只让他住一间半的小房，位于得胜河边。河岸杨柳成行，刘禹锡观此住地，欣然又撰对联一副：“杨柳青青江水平，人在历阳心在京。”以此吟诗作乐。蔡知县得知不知趣的刘贬官竟有此等心境，怒发冲冠，就令刘禹锡搬回城中，只给他一间只能容一桌一椅一床的小屋。仅仅半年，便搬家三次，一次比一次条件恶劣。而在刘禹锡，明知这是蔡知县蓄意刁难，可心境坦然，乐而居之，爽然振笔，挥洒华章，书就《陋室铭》，并请人刻于门前石上。

以此思之，人生环境随时会变，但只要始终保持良好的心态，饮食起居，何陋之有！

“随遇而安”，“随”是顺从，“遇”是遭遇，词义常侧重人的生活环境、生存条件突然发生异变，在一时难以安顿时，要尽快调整心态去适应新的生活。可常看到的是，有人在生活环境稍不如常时，情绪立即波动失控。这不光影响到工作，而且身体也受到损害，严重威胁到个人生存，有的也因此改变了人生走向。

人们渴望平平安安、舒适顺畅的日子，可风雨与坎坷又总与人们相随相伴。从生命历程中体验，随遇而安是在提醒人们要有适应外部环境不时变化的能力，要有面对无奈和挫折的准备。或者说，就是当外部环境变化时，自己要随之调整心态，理性、冷静地看待变化了的现实，积极做好配合，激活适宜自己生存的正能量，不要再沉湎留恋在已失去的往日生活之中，从而减轻心理压力和精神负担。要吸取南唐李后主的人生教训——身陷囹圄，沦为囚徒，愁苦不已，写下令人感叹的《虞美人》：“春花秋月何时了？往事知多少。小楼昨夜又东风，故国不堪回首月明中。……问君能有几多愁？恰似一江春水向东流。”他这一“愁”没有感动赵匡胤，却招来了杀身之祸，被赐药酒毒死。

读报看到，墨西哥有 5 位渔民，在海上遭到灾难，在漂泊 9 个月后，生还 3 人，自杀 2 人。而那二人自杀的原因，竟是适应不了茫茫漂泊的环境；更不能，也不愿以吃生鱼和鸟肉来维持生命。这使我想到电视中播过的一则报道。我国某地一煤矿发生透水事故。其中一人利用一块稍高于水面的地方保护自己，在等待营救的漫长时间里，为了生存他只得吃水中被淹死的马的肉，熬过了35天，终于被救出，赢得了第二次生命。

每当读到“随遇而安”一词，心中常涌上一股苦涩。因为在自己的一生中不止一位好友，或因家庭变故，或因社会风云，使他们的生活境况不如以前。其实咬咬牙就能挺住，隘口可以挤过，但他们因缺乏这种应变意识，或没有身经逆风吹打的磨砺，一时间郁闷不堪，深陷痛苦之中。随着时日更迭，有的是心态失衡，有的是罹染疾患，最终被病魔吞噬了生命，其时他们也都正处在人生春秋鼎盛之时。这让人惋惜之余，也略感他们对社会的风雨和人生的不测少了些认知和思悟。

人生百年，多灾多难，不测风云，旦夕祸福，完全不为个人所掌控。人们生存状况此起彼伏，日出日落，一日三餐，高枕无忧的日子，常不会惬意遂愿。所以，一逢兵荒马乱，社会动荡，天灾袭来，有人就会掉队、落伍，甚至出局，这是生命观念淡漠的反映。人生要重视磨砺自己，每逢境况陡变，不单要饮食看情，起居随便，并要定其神，安其心；保持心态平静、豁达，不因今不如昔而抱怨、沮丧、消沉、悲观，切莫一时间觉得太阳也灰暗无光，更不要急躁、冲动、鲁莽。因为那样不仅一时摆脱不了困境，反会加重情绪异常，适得其反。既遇变就要从容面对，沉思谋远，要明白事物总在变化之中，明天的阳光依然灿烂。应该把境遇一时失常看作是意志的磨炼，经验的积累，是生存的一笔财富。

清代学者王永彬在他的《围炉夜话》中写道：“人面含眉眼鼻口，以成一个字，曰苦。”他对人生无论是观之、体察，当有一番神会。“万事如意”、“一帆风顺”只是祝福；“旗开得胜”、“马到成功”那是心愿。若现实都能如此，奥运冠军登上颁奖台时，多是热泪簌簌的动容之情就让人费解了。总归是，人生历程中，苦其心志，劳其筋骨，饿其体肤的事在所难免。人生，无不经历千坷万坎，从来没有件件称心之事。随遇而安，前者是客观，后者是主观；可客观的东西又多无规律可循，即使事事周密筹划，也难免举步就落入沟坎。所以人生，唯有把握好自己的心态并与变化了的境遇相适应，才是上策。

“文革”中有两位老教授一同下放农场，他们的任务是割草。中文系的老教授心绪郁闷，不堪生活折磨，为时不足一年，体能不支，含恨丢失生命告别了大伙。而音乐系的那位老教授六年后又重返讲坛，潜心讲学，神采奕奕，一如当年。当有人询问他在农场改造是怎么熬过来的时，他说：他每一次去割草都是按照四分之一拍的节奏来割的。割草对他来说就是欣赏音乐。这可见，乐在自控，乐源就在个人心中。

“人有悲欢离合，月有阴晴圆缺，此事古难全。”古人对大自然的观察，对社会的认识犀利而透辟，我们要随时移、事移，调整心态，做出正确的抉择。

明赵弼《觉寿居士传》：“日月如跳丸，人生如朝露，生死事大，无常迅速。”如能彻悟此理，自会明白随遇而安（也可作“随寓而安”去理解）对人生之重要。

思来，面对生存环境的优劣，体会深透的当是参加过长征的革命者。也就是说，在他们的心里和面前，没有什么不能吃，没有什么不能喝，没有什么不能穿，没有哪里不能住，没有什么路不能走，没有什么河不能蹚，没有什么桥不能过，没有什么山不能翻，没有什么风霜雨露不能抗击，没有什么危险不能去冒，没有什么困难不能克服，没有什么可怕的敌人不能战胜。

落笔想到“沙滩为床，石头当枕，蓝天为帐，明月为灯。”这首

《露宿》是毛泽东和萧瑜化装成“乞丐”去“游学”，在朝化安进发途中，从一户农家讨得一份甚为满意的晚餐后，两人在柔软的沙岸上露宿时，毛泽东借此情景兴吟诗句，表达了他当时的愉悦心情。

寥寥16个字，一代伟人毛泽东的博大胸怀跃然纸上。

还有1917年8月，他与萧瑜向益阳进发，途遇滂沱大雨，水流湍急，枯木横地，小桥被水冲断。他面对此情此景，赋诗七律《益阳道中》，末尾两句是：“客行此去遵何路，坐眺长亭意转闲。”如此境遇，他却悠闲地眺望起这一带的雨后景色。诗人处变不惊，在困难面前镇定自若。在这位革命家的眼里，万物如常，“更喜岷山千里雪”、“乌蒙磅礴走泥丸”，无论身置何处，都能行若无事，泰然处之。

纵览古今，凡顶天立地者，不为生活之艰而蹙额，不为夜无宿身之所而长叹，他们共有的风姿是随遇坦然。

一蓑烟雨任平生

——说“适者生存”

适者生存，这是大自然的宪法则，顺者昌，逆者亡。

格陵兰岛上栖息着大量的白颊黑雁，为了避免野兽的捕杀，它们把巢筑在悬崖峭壁上。

一对白颊黑雁夫妻，产卵五枚，经二十多天孵化，五个小宝宝破壳而出，只几个小时它们便会蹒跚学步。这时父母只管带领它们跑来跑去并不去觅食喂养孩子，而是为小宝宝们自己去觅食创造条件。

只有绒毛的小宝宝因不能飞翔，父母让它们从悬崖上跳下去。父母亲率先跳下去做出样子，在下边焦急地等待着，仰望着，叫声不断，急切地盼着孩子们快点跳下去。

看到父母勇敢的样子，小宝宝们终于鼓足勇气一个接一个跳了下去，最后还有一只在悬崖边上踱来踱去不敢下跳。就在此刻，早已对它们觊觎多时的大鸮飞过来，一口叼走了那只可怜的小雁。这就是大自然给它们制定的生存法则。

破壳的小海龟要活下来，就要钻出沙窝以最快的速度向大海爬去，爬进海中的才有活的希望。在它爬行的路上随时可能被头顶上黑压压的“敌人”所叼走。它必须顺从这一法则，否则，仅会脱壳昂头不一定就能生存。

其实人的初生亦然如此，不少婴儿因生于战火、饥饿、疾病的恶劣环境中，而没能保住生命。

说来有点残酷，但这个生存大法不容摇撼。地球上发生的物种大灭绝，连庞然大物的恐龙也无一逃生。环境学家说，到本世纪末，北极熊就不复存在。其实，何止是北极熊一种，当今的不少物种，正濒临灭绝。所以，为了生存，不少动物从饮食习惯到皮毛颜色都跟随季节交替在异变，尤其是昆虫一族，大多靠随时而易肤色来保护自己，否则它们的生命就会受到威胁。

“离离原上草，一岁一枯荣。野火烧不尽，春风吹又生。”我虽已知此诗多年，但并不解其真谛。

大儿子在乡村山区工作，每年冬季总要到山上去灭几次火。一次我问其故，他说，失火原因多是放羊娃有意而为。这更让我不解，他解释说，荒草奇怪得很，冬季放火一烧，来春发芽早，长得快，羊儿就能早早吃上鲜嫩的美餐。而没有经过火燎的，发芽迟，长得慢，又不鲜嫩，所以，放羊娃为了羊儿，他们乐此不疲，老跟他们说火灾危害的大道理他们是不理会的。

2015 年开春，儿子带我到山坡实地去看，果然如此：冬季烧过的荒草处与没烧过的荒草处，小草的新芽长势截然不同。这不仅让我对诗人白居易十几岁时，就对小草有如此细致的观察感到钦佩，更使我对小草耐火的生命力由衷赞叹。

从白居易对小草生命力的赞颂，使我想起苏东坡“一蓑烟雨任平生”的词句。这是他在《定风坡·莫听穿林打叶声》中写的。这首词是他于“乌台诗案”幸免于难后被贬黄州时所作。词前有小序：“三月七日沙湖道中遇雨，雨具先去，同行皆狼狈，余独不觉。已而遂晴，故作此。”

其序之意是说，一天他在去黄州东南三十里的沙湖，本来带有雨具，途中以为用不着让他人先带走了。不料之后天真下起雨来，同行的人就被这不测之雨浇得手忙脚乱，慌作一团，而他自我感觉如常：天要刮风，天要下雨，落雨打湿衣身是自然使然。所以他说：“同行皆狼狈，余独不觉。”这就是苏轼面世与众不同的超然、达观之处——狂风骤雨不会持久，紧张与狼狈于事无补。“已而遂晴”，果然没多久，雨过天晴。他联想自己一生遭遇赋词一首：“莫听穿林打叶声，何妨吟啸且徐行。竹杖芒鞋轻胜马，谁怕？一蓑烟雨任平生。”

由于他与当权者政见分歧，屡遭贬谪，他承受着精神上的打击和生活上的颠沛流离，可不管命运把他摆布到哪里，他都能适应生活：谪贬黄州，他开荒种地，筑雪堂，作月夜游，自寻乐趣。“可惜一溪风月，莫教踏碎琼瑶。解鞍欹枕绿杨桥，杜宇一声春晓。”贬为杭州通判时，他放声高歌：“欲把西湖比西子，淡妆浓抹总相宜。”贬到岭南时，他直抒己见，写出反映农民生活疾苦的《田妇吟》和《荔枝叹》。即使漂泊到遥远的海南岛，他坦然挥毫：“我九死一生，能到南海一游，乃平生最大快事。”他命运多舛，屡遭贬谪，但在年过花甲，抱病从荒远的海南岛赦还之际，仍能欣然写下“九死南荒吾不恨，兹游奇艳冠平生”。正是他行至何处都为家、沟壑荒野照栖身的达观心态，造就了他的旷达与豪放。

词人辛弃疾对人生亦有同感，曾写下：“莫避春阴上马迟，春来未有不阴时。”意思是说我们不要逃避春天的阴雨而不肯出门，否则，春天多是阴雨天气，我们就把整个春天都放过去吗？有的人老抱怨没有马骑，所以不肯出门。那如果你永远没有马骑，难道就永远不出门了？苏东坡没有雨具，雨中就任雨打不再前行吗？他在风雨之中依然吟啸徐行，走自己的路。人要生存就得如此。

大自然天地日月，风雨雷电，江河湖泊昼夜不息，时时有易，生命其中就是适应，适应性越强，生命力越旺盛持久，不能适从者则难以走到人生的终点。

富裕的日子孕育出不少享乐至上的荒蔓。诸如：身居豪宅，夏备空调，冬装暖气，膳食要高档，饮水要北京玉泉山的，着装要名牌，举步思“宝马”，天天想温泉。锦食玉衣的日子似乎让人们陶醉在太平天下的仙阁之中。于是一些人把大自然的无端之怒忘光了，生存之艰的意识渐渐在弱化。

可纵观天下，四海翻腾，五洲震荡，利比亚、伊拉克、埃及、叙利亚、也门……战火连绵，硝烟弥漫，难民数以万计，曾在一周内就有两艘移民船侧翻大洋，上千贫民葬于海底。大自然的地震、水旱灾害、瘟疫，年年不绝，变着花样蹂躏人类。人们生存的荆棘之路，举目不见尽头。无人断言自己可以超然于外。要明白天有不测风云，人有旦夕祸福，有五谷丰登之岁，就有颗粒无收之年。当下的富裕何其短暂，享乐之风竟如此恣肆狂卷，真担心这些人只要遇上暴风袭来，就有被吹进峡谷之中的可能。

以上所述无意留恋苦日子，歌颂“瓜菜代”的岁月，但如果人从思想上抹杀了适者生存的信念，那生命受到威胁，走不完人生里程就跌入壕沟是有可能的。这不是危言耸听，也不是无聊的戏言。

改革开放的时光让人们跨入了幸福的大门，“骑鹤下扬州”成了相当一部分人的幻想，淡忘了老天会变脸。如要遇上烽火连三月，居无定所，食不果腹，出门要徒步，我们能做到像小草、苏轼那样去适应各种生存环境吗？

日升日落，月圆月缺，沧海横流，苍峰跌宕。大自然物竞天择，永恒不变。每个生命要磨砺自己去适应大自然的造化，提高自己的适应能力，从而保护好自己的生命。

朴槿惠长大以后，慢慢明白了父母为什么时常叮嘱他们："就算父亲是总统，我们也不会有任何改变。总有一天还得回到新堂洞，不可以因为住在青瓦台就有优越意识，别忘了这里只是暂时借住的地方。"岁月恍惚，千余天之后，父亲朴正熙遭枪杀，年仅27岁的她带着弟弟和妹妹于凄凉之中离开青瓦台，回到老宅居住。一夜之间，她从高贵的"公主"一下子变成了普通的平民。

漫漫生存之路警示人们，人生既要有适应生存的意识，也要有适应生存的磨炼，以提高适应生存的潜能。平日练兵就是为了应对战争的突发。唯如此，一个人不管碰上生存环境如何天地翻覆，乱云飞度，还是戛然面对列风淫雨，依然能收放自如，游刃有余，从而收获人生"一蓑烟雨任平生"的从容。

人生的无奈

“老天太不公平！”“这事为何落到我头上！”“这事让人不能接受！”……

从这些愤懑的吼声中，令闻者隐约可知，他们胸中的烈焰在熊熊燃烧、喷吐，心态逼近失衡，让人着实为这些同伴担忧；但同时也微略感到他们对人生的无奈还缺乏足够的认知。

面对此情此景，心怀良知的人无不同情。但闻者一时不明事情缘由和背景，多是由愕然到茫然，真正挺身施助者常是寥寥，大多数旁观者也常陷入无奈之境。

什么是无奈？确切的含义难以说准。但人们常说的巨轮搁浅，鲸滞沙滩，凤入鸡笼，虎落平川，都饱含着“无奈”的味道。

由此不禁驰想千年前的老子，在他西行到河南西部的函谷关时，因无关牒而不能通过。关吏尹喜告诉他：“没有关牒，依法是不能过关的。不过嘛，你一定要过关，也可以设法通融，你可也得懂规矩。”所谓“规矩”，就是送贿赂。老子穷得连买马的钱都没有，只得骑一头青牛，哪来的钱买通关吏？所以尹喜对他说：“只要你传道给我。”老子没法，只好认了，于是被逼写了五千字的《道德经》，然后才得过关。

这是老子的无奈。

孔子是圣人，是中国两千多年封建社会的精神符号，然一生举足不知脚落何处的困窘之时，也曾多次遇到。公元前492年，60岁的他，颠颠簸簸，坐着马车，前往郑国，途中和他的学生走散，他独自站在城郭的东门外等候。有个郑人给子贡说，东门外站着那个人，脑门像尧，脖子像皋陶，肩膀像子产，腰以下比禹短了三寸，上半身倒有点圣人气象，但下半身却像丧家狗，垂头丧气。子贡把郑人的话如实告于孔子，孔子不以为忤，反而平静地说，形象并不重要，但说我像丧家狗，很对很对。这就是名扬天下的孔圣人在那一刻的窘态。

“力拔山兮气盖世，时不利兮骓不逝。骓不逝兮可奈何，虞兮虞兮奈若何！”长达五年之久的楚汉战争，项羽全军覆没。夜听四面楚歌，以为楚地尽失，深感大势已去，于是披衣而起，饮酒悲歌，感伤备至，缠绵呜咽，一曲《垓下歌》吼出了一代枭雄的无奈。

一生以音乐为生命的贝多芬，正当盛年竟成了聋子，这无异于面临绝境。然更让他感到无奈的是作为一个父亲，他又近于无能。他终生未娶，晚年费了很大周折收养了兄弟卡尔的儿子。他对侄儿筹划种种美好前程。可侄儿固执己见，要去经商，贝多芬不得不妥协。其实这个不肖之子不过是敷衍而已，此后经常出入赌场，负了一身债，最后索性开枪自杀，可偏偏又自杀未遂。贝多芬却为此一病不起。如此精神折磨，让他无法忍受，不得不同侄子决裂：“像你这样娇养坏的孩子，学一学真诚与朴实绝对于你无害；你对我的虚伪的行为，使我的心太痛苦了……我只想跑到千里之外……远离你……我不能再信任你了。”可是，他旋即就向侄儿哀求：“我亲爱的儿子——一句话也不必再说——到我的臂里来吧，你不会再听到一句严厉的话……”这就是具有超人毅力的贝多芬，在一生中经历的种种无奈。

2011年，被称为“史上最贵灾年”。

3月11日，日本发生特大地震，随之而来的海啸，导致日本沿海数座核电站严重受损并产生大量核泄漏。

索马里与埃塞俄比亚等国在内的“非洲之角”地区，因为严重干旱导致大饥荒，成千上万的人被饿死、渴死，惨不忍睹。

澳大利亚发生大洪水，大西洋“艾琳”飓风令美国东海岸如临大敌。

年末，东南亚接连遭受极端天气袭击，成为年度“重灾区”。泰国遭受50年一遇的大洪水，首都曼谷被浸泡数月；菲律宾遭受热带风暴“天鹰”猛击，遇难者超过1000人。

这一年仅上半年，全球自然灾害造成经济损失达3000亿美元，“堪称全人类在上苍脚下无可奈何的一年”。

生活中的无奈多是从外部引起，不测风云，人为灾难，疾患突发，事业中断，仕途落魄，亲朋背叛……这些变故像陨石坠入湖中，让平静的湖水，一下子浪高如柱，涟漪千层，不仅让人们水淋淋狼狈不堪，有时也置人于岌岌可危之境。一时间呼天求地，伸手无助，极目张望，难觅一丝曙光，它常使人备遭煎熬，精神几近崩溃。

在社会演变的过程中，当历史走进非常时期：政权昏庸，奸佞揽权，法度失衡，是非颠倒，清浊难以澄澈，莫须有的冤假错案就会像逆风狂卷，陷无辜的人们于无奈之中。轻者精神遭到打击，重者蹲进大牢，甚至丢掉生命的也大有人在。

虽然这不是生活中的常态，但人生多有可能与它直面。“无奈”的怪诞之处，是不遇不知其所以然，一旦莅临真是五味杂陈，处境难堪。一时间欲进不能，欲退无路，纵有擎天之力，撼山之气，也是一筹莫展，四顾茫然。它当是生活中的另类，人生途中的异端。它不管以什么样式向你招手，最后送给你的一定是苦果。为了增强人们的生存能力，这一课对人生而言，不可或缺。

“无奈”是社会的毒瘤。它的肆虐是不分什么达官显贵，黎民百姓，三教九流，地痞无赖的。它无视贫富尊贵的脸色，它不为人的志趣所左右，它不管人能不能接受，所以也不存在什么“公平不公平”，对其怒吼和诅咒都没有实际意义。无辜的人们因生命中缺失这一抗体，当“无奈”落到自己头上时，犹如五雷轰顶，随声倒下，给亲人造成痛苦，给自己留下遗憾。

茫茫苍穹，阴阳相交，万物丛生，鱼龙混杂，凡圣交参；没有天堂，没有净土，矛盾相撞，火花四溅，落到谁的头上都有可能。人世间事繁如麻，万象纷呈，无奇不有。希特勒疯狂一时，最后无奈自杀。东条英机想不到会在绞刑架下谢幕——尘世上一切皆有可能。生活的过程就是激流中裹着漩涡，“无奈”之事、之时的赏光与否，就看自己的命运。时刻做好准备，走到窄崖处，紧缩身子挤过去，横冲直撞必是七损八伤；行至屋檐下，切勿昂首当英雄，那是会碰得头破血流的。

魔幻般的“无奈”，给人带来无端的伤害，但也不必过于在意，它会随岁月而弱化，并终将淹没在历史的浪涛之中。

读好人生“无奈”课，可以增强我们的生存能力，偶遇风浪或许会少一点东倒西歪，多一丝保全自己不被风浪卷走的可能。

杨万里诗曰：“只愁雪虐梅无奈，不道梅领雪花来。”身困一时窘境，调整心态，变换角度，放眼未来，化解“无奈”，保全自己是为上策。

苏武身陷异族牧羊 19 年是无奈，曼德拉 27 年牢狱是无奈，爱国将领张学良被蒋介石父子囚禁 50 多年亦是无奈。而岁月倒却让他们站到了人生的制高点。

毛泽东在 1931 年至 1934 年期间，用他自己的话来说，叫作“他们把我这个木菩萨浸到粪坑里，再拿出来，搞得臭得很。那时候，不但一个人也不上门，连一个鬼也不上门。我的任务是吃饭、睡觉和拉屎。还好，我的脑袋没有被砍掉。”有著作对毛泽东的这段境遇有如下总结：“从 1931 年赣南会议到 1934 年 10 月长征开始，整整 3 年，毛泽东的处境是十分艰难的。尽管他出任中华苏维埃政府主席，实际上一直身处逆境，遭受着接连不断的批判和不公正的对待……在不短的时间内，甚至被剥夺了工作的权利。”

“东方红，太阳升，中国出了个毛泽东……”历经“无奈”的他，历史又偏把中国革命的大任赋予在他的双肩，革命的熔炉又终将他淬砺成中国人民的领袖，亚洲东方的巨人，世界顶天立地的伟人，中华民族的福音。

生命的“韧性”

人有生命，但不是每个人的生命都有韧性。

做人就要做一个有生命韧性的人，做一个让生命的韧性为人类正义事业闪光的人。

1894 年 9 月 17 日，中日甲午海战中，邓世昌坠落海中后，其随从以救生圈相救，被拒绝了，他激昂断言：“我立志杀敌报国，今死于海，义也，何求生为！”他所养的爱犬“太阳”亦游至他的身旁，口衔其臂以救，邓誓与军舰共存亡，毅然按犬首入水，自己亦同沉没波涛之中，与全舰官兵 250 人一同壮烈殉国。光绪皇帝为他写了一副挽联：“此日漫挥天下雨，有公足壮海军威。”

邓世昌与那 250 名官兵，在海战生死当口，驾舰“致远”，撞向日本的“吉野”，为国捐躯，他们生命的光辉永远谱写在了中华民族的历史上。

笔及此处，想起一位参加过长征的老红军，他曾给我讲述他亲历的一件事。

他说，一天接到上级送信任务出发了。

走到一个山嘴急拐弯的一侧，与五个日本鬼子咫尺之内直面相撞，回旋不得。其中一个鬼子抽刀就向他砍来，他遂举左手遮挡，顿时左手和头部左侧鲜血染红鬼子的屠刀。怒不容思，他飞腿两脚左右开弓，两个敌人哗哗翻滚深崖。在他耳听鬼子下落惨叫声的同时，他伸出右拳重击，第三个鬼子应拳栽下谷底。另外两个鬼子霎时间有点呆愣，他速转身向右山坡的树丛中冲去。就在那座山上，两个日本鬼子穷追不舍，几个小时后，他逃出了虎口，但由于失血过多体力不支昏倒了。出发时是当天下午，到他被砍伤苏醒时，已是第二天天色将亮，这时他发现信还在身上，但自己不能走了，于是咬紧牙关爬行六七里，终于完成了任务。

他向我讲述时，指着头部和左手掌上各一厘米多宽的两道白色刀痕，到如今那刀痕我依然历历在目。

这位老红军就是新中国成立后担任渑池武委会主任的宋维忠，1963年离世，时年52岁，安葬于县烈士陵园。他的这段经历，我多次向子女、学生、同事讲述过。

宋主任面临如此险境，沉着的气质，过人的胆量，果干利索的拳脚功夫，在不足一分钟时间里，让三个日本鬼子葬身绝壁之下，令人惊叹。但更值得我们钦佩的是他拖着受伤的躯体爬行完成任务，让生命韧性喷吐着火花。

聆听老红军的娓娓自述，我深感在他的生命里，盈溢着的担当、拼搏和牺牲的革命精神是多么可贵。

1927年9月初，参加南昌起义的将士，到10月底行至江西安远天心圩时，人员自四千锐减至八百，饥寒交迫，信念不坚者纷纷离队。所余之人，徘徊彷徨未知去就。就在这最困难最无望最易动摇的时刻，朱德挺身而出，振臂一呼："要革命的跟我走！"顷刻间，将一支呈瓦解之势的队伍重新聚集在一起。他此刻的挺身就是担当。

生命的韧性当是自拣重担，乐挑苦难，勇抗风险。面对该负的担子不回避，不躲避，不逃避，不瞻前顾后，不揣度荣辱得失，不计他人何议。鼓足勇气，奋力挑起，迎着逆风暴雨，不辜负组织的重托。扫除畏葸不前的暮气，打掉油头滑脑的佞气，剔去战战兢兢的懦气。只要一息尚存，头颅犹在，就要像老红军一样，不能行走，爬着也要把肩上的重任扛到目的地。此刻欲其扔下担子，可能会编出很多“理由”，可这“理由”会像紧箍咒永远箍在自己头上，更会像无形的皮鞭抽在脊背上，这块“黑石”也永远将自己压得匍匐于地。若抬头张望老红军爬过的那几里痕迹，永远是洒满阳光，让没有担当精神者羞愧难抑。

生命的韧性就是在人生拼搏的舞台上彰显威力，绽放异彩，谱写华章。人生闲庭信步的日子是渴望，即使有也是生命中的间歇，短暂的可怜。拼搏是生命历程中的必修课。因为人的一生像是黄河发源地的鄂陵湖与扎陵湖的天气，它每天都在演绎着春夏秋冬，在人们欣赏大自然的湖光山色时，瞬间就是鹅毛大雪漫天飞舞，让人由暖转寒，瑟索不止。拼搏在人生的那个阶段，是以什么性质、样式呈现，只有当人们身临其境时，才会感知。老红军接受送信任务出发时，就是走在路途中，在不到那个山嘴处，在日本鬼子不曾突然面临时，他即使考虑到送信任务的重要，路上会发生什么危险，竟以如此态势降临，他是始料不及的。他当时的处境势如累卵，危在旦夕，唯有一拼，绝无他途，任何逃生的思路都是幻想。作为历史的后来者去倾思其境，只能是拼之则生，不搏则亡。如不是宋主任果断出击，让三个日本鬼子瞬间跌入沟壑，他的命运和信件落入敌手的后果，谁又能想象出所以然呢?

人生之旅要准备随时拼搏。在必须一拼的窄口，唯拼胜才能保护生命，延续生命，成就辉煌。那就要做一个有血性的人。

什么是做人的血性，我解读不清楚，但有一位红军将领的壮举让我有所领悟。

红军长征中三十四师师长陈树湘，率师担任全军的后卫。湘江战役中，他和战友们与数十倍于己的敌人鏖战四天四夜。在完成掩护中央红军主力过湘江的任务后，他们被阻于湘江东岸。在向湘南突围时，他腹部中弹，遂用皮带压住伤口，躺在担架上继续指挥战斗。于1934年12月14日，突围至四马桥坪塘村，他带领几名战士占领有利地形阻击追敌，掩护其他官兵突围，直至子弹打光，他不幸被俘。12月18日，在石马神关帝庙前，他趁押解他的敌兵停下来要休息之际，毅然掏腹断肠，英勇就义，践行了他自己“为苏维埃新中国流尽最后一滴血”的铮铮誓言。

“为有牺牲多壮志”，文中两位红军将士把使命看作生命的全部，对使命的执行没有一丝折扣。他们的悲壮之举告知后来者，可以流尽鲜血，献出生命，使命不可辱，使命高于生命。

忆往昔岁月峥嵘，看今朝幸福康宁，但凝眸禅思，依稀可见人们生命中的韧性在弱化。倘把目光聚焦干部群体，像文中三例为国献身者不乏其人，但总感少之又少。比比耳目的则是：面对工作重担敢喊“跟我走”、“让我来”的勇士太少了，心怀鸵鸟心态的人多了，拈轻怕重、推诿扯皮不乏其人。即使勉强挑上担子，摇摇晃晃，中途撂掉的有之；样子在担，实为老牛拉破车，不弓背，不卖力，敷衍塞责，给国家造成损失者大有人在。

工作逢上“大渡河”、“六盘山”，多是心寒腿软，逃之夭夭者有之，举白旗者有之；就是工作上必须有那么几天日以继夜，不是大喊累死了，就是邀功请赏，要补贴，要官帽。从不知拼搏是什么的干部，真要遇上像老红军宋维忠碰上的情况，那局面该如何处置，那一幕该如何演绎，不可想象，也不敢去想……

生命的韧性就是人的血性，就是不怕死，就是敢洒热血写春秋。耳闻目睹当今少数为官者，手中的权柄成了他谋私的工具，吃拿卡要，贪污受贿。不愿去想这些蛀虫再走到娄山关下、泸定桥边，会有什么作为？这些败类碰上列强的屠刀会是什么嘴脸？在硝烟弥漫的战火中，他们会杀出一条血路，身留几个弹孔？他们会像陈树湘师长为捍卫革命者的信仰而掏腹断肠？

目睹众生，不是人人都有血性。出卖革命，出卖朋友的叛徒，无一不是脊断骨软者。瞥视路旁阴沟里，偶尔看到貌似有些“血性”的垂死挣扎者，定睛注目，又无一不是人中败类、满身恶臭或双手沾满人类鲜血的死有余辜者。

中华民族这一次崛起，是上苍赐予的历史重担，也是一次最严峻的考验，它是中华民族又一次奋起的奠基。这一次能跑多远，能跑多久，全在国人生命韧性的喷发。但一定要明白，中国，再不能落后了，也再不敢落后了！

惘然若失

《医药卫生报》上刊载了这样一则报道：

一条老街上有两个怪人：一个叫刚子，一个叫领子。两个人都长得人高马大，看得出曾经是一表人才，但现在都成了傻子，神志失常，丧失了劳动能力。一个每天沿着自家到集市的马路走个不停喃喃自语；另一个拖着一根棍子走家串户讨饭，不时仰天大笑或长叹。这些情状常让知晓详情者唏嘘不已。刚子是因为卖驴的几百块钱，在集市上被小偷摸走了；领子是因为参加高考，成绩斐然，可被他人顶替而未被录取。如此看来，一个是因利而失了魂，一个是因功名而落了魄。这两位年轻人的遭遇，既令人同情又使人怜惜。

读罢短文，有两个人的身影浮于眼前。一位是我小学四年级的班主任，教我们数学和语文的戴老师。他教我们时刚二十出头，眉清目秀，仪表堂堂，睿智的目光炯炯有神。课教得又好，深受同学们的欢迎。因为妻子开磨坊亏本，夫妻发生口角，一气之下卧轨轻生，其状甚惨。一位是我读初中时的一位同学的哥哥，他因当年报考陆军黄埔军校，第一榜位居榜首，第二榜姓名无踪。经了解得知自己是被他人替换时，急火攻心之下神志恍惚，逐日加重。日后流落街头，疯疯癫癫。偶尔同学们递给他一块馍馍，他还能随手在地上流畅地书写几个英文单词。我们请英文老师实地去看，老师看后说，他写的正确，意思是谢谢你们。这真是无独有偶，今日读到的和我往日经历的真可谓是惊人的相似。

人生弯弯曲曲路，世事重重叠叠山。生活中不期而遇的寒风和冰霜始终与人相伴，亘古不绝；有时接二连三，防不胜防，人称祸不单行。人生在世如果对失意没有心理准备，或者说备而不固，当逆风骤起时，就会晕头转向，跌跌撞撞，不知所措，椎心泣血跌入黑穴之中。轻者失去正常生活，重者改变命运，甚至精神失控，做出不该做的事，留下失珠之憾，令人扼腕。

芸芸众生的社会中，怀才不遇，仕途受阻，官场失意，财运不畅，妻子离散，家道中落，恋人反目……诸如此类，给人平添烦恼的事，好运厄运难以驾驭。人有旦夕祸福，是人们生活中的切肤体验。不如意事常八九，晦气失意朝夕有。万事如意，时时开心，旗开得胜，马到成功，平步青云，一帆风顺，那都是祝福吉祥之词，它与现实相去甚远。所以我们应对现实要有理性的认识，它不是莲花瓣瓣嫩蔓，更不是牡丹姹紫嫣红。人生对此当有充分认知，一旦金榜无名，财散物空就会少一分惊慌失措。

人生应像礁石，即使一次次陷入灭顶之灾，又一次次被托举岿然；更应像小草：“野火烧不尽，春风吹又生。”

有人说，这些人过分看重尊严；有人说，这些人是要强的人杰，难忍他人的侮辱；也有人说这类人“没出息”云云。

吾寻思，人的尊严可敬，并受法律保护。这在常态下的社会里应是如此。然在风烟弥漫、社会动乱、政府失去职能时，人们的尊严往往会遭到践踏。即使在和平年代乃至盛世之下，偶遇奸佞小人，个人尊严也同样难避厄运，甚至横遭皮肉之苦，此时又该如何呢？不要说是高考有人偷梁换柱让你名落孙山，还有些在政治漩涡中蒙受不白之冤，强加不实之辞，捏造事实把他推入牢狱，丢官失权，性命不保者也不乏其例。明朝的王阳明九死一生，浮浮沉沉，生死跌宕，可他从不滋萌弃生的念头，在繁杂纷纭的人类社会中，这等违情悖理之事比比皆是，步入社会就在所难免。

什么才算得上刚强？刚强乃坚硬、坚强之意，它与柔弱相对。而刚柔相济，柔能克刚，常以柔者胜。试想人生漫漫长路，万事倏变不为所料：朔风乍起，六月落雪，天降陨石，并不罕见。所以人必须锤炼“猝然临之而不惊，无故加之而不怒”的心理素质。在乱云飞渡、走石狂卷之中心不慌乱，从昏暗中洞悉北斗，走出谜团。切不可沉溺于一时情感，一条道走到黑，那算不得刚强。

白居易一生官途坎坷，心灵困苦，“或吟诗一章，或饮茶一瓯；身心无一系，浩浩如虚舟”。欧阳修为官41年，贬谪外放12次。郑板桥为官清廉，看透了官场的腐败。因为民请命得罪了上司，且不愿在官场与人同流合污，他决定弃官回乡。临走时，他写下：“乌纱掷去不为官，囊橐萧萧两袖寒。”他向往的是“一盏雨前茶，一方端砚石，一张宣州纸，几笔折枝花”，宁愿回家过着“白菜青盐苋子饭，瓦壶天水菊花茶”的清贫生活，这才算坚强。失意袭面，镇定自若，转换思路，另辟蹊径，昂起头，挺直脊梁走出去，就是坚强。像刚子、领子那样，一股逆风，迷失走向，自毁人生，实不可取。

失意本身就是不幸，对于懂得生命之贵的人来说，只能善待自己，宽慰自己，怜惜自己。列风淫雨，冷静待之，开启智慧，让乌云尽快消散，把对自己的折磨化解到最低限度，鼓励自己从阴霾中走出。切忌失意时，沉陷灰暗之中，一味去怨恨、诅咒，在不幸面前惩罚自己，这是对社会认知的贫乏，是缺乏辩证看问题的常识，是真正的弱智。

再者，人生得意并不尽然是幸。曾读南怀瑾先生的一首诗："隋炀不幸为天子，安石可怜做相公。若使二人穷到老，一为名士一文雄。"其诗意是说，隋炀帝运气不好，当了皇帝；王安石很可怜，做了宰相。他俩若都不得志，隋炀帝不做皇帝，就是一个很好的名士、才子；王安石不做宰相，就一定是个大文豪。恐怕当时和后世对他们都会仰敬。历史上的李后主、宋徽宗等人也都是如此。

事物自身的辩证也更丰富着人生的智慧。想来诸君读过："月落乌啼霜满天，江枫渔火对愁眠。姑苏城外寒山寺，夜半钟声到客船。"这是我们很喜欢的一首古诗，然而它却是作者张继科场失意后的杰作；倘若李后主没有丢失江山，更没有成为囚徒，恐怕后人也难品尝到"问君能有几多愁？恰似一江春水向东流"的诗句。由此思之，人生得意时并不一定是福，人生失意时也不尽是坏事。"塞翁失马，焉知非福。"诚哉，斯言！

人生一旦失意就垂头丧气，一蹶不振，自毁前程，在心理学上称之谓"情绪垃圾"。

引发这种不良情绪的原因很多，但最主要的还是源于我们的思维方式，包括不能正确认识和对待世间的客观事物。现实生活中，要说烦恼、不满意的事，随时都会碰到，特别在市场经济的大背景下，各种矛盾关系和利益格局的变化确实会滋生许多意想不到的困惑，容易诱发"情绪垃圾"，这就需要我们提高自身的承受能力和化解能力。

正如一位大师所言："往事如梦，一笑可也，何必伤神。"提高心理上的抵抗能力，把万千往事视为过眼烟云，以求心安。人生就是一个不断接受自己的过程，这个过程大体是三种情况：一是事业成功，一是平平常常，一是跌入深谷。不管你走在哪一段路径，都要坦然接受，我还是我，“不以物喜，不以己悲”，重要的是务必要接受烦恼和失意时的我。刚子和领子，让人惋惜的就是没有以平常的心态接受非常状态的我。

世间万事不由己，人生常有是失意。

失意并非就是低人一等，前程毁灭，它与得意有时相反相成。应该把它看成肥料，让其滋长更繁茂的嫩叶。

把失意作为镜子，就会对它的来龙去脉观察得一清二楚，从中长知识，记教训，吸取经验，不再重蹈覆辙，使自己的步子走得更稳健，前行更通畅。

把失意当荆棘，它就有卧薪尝胆之灵，让人在前进中小心谨慎，兢兢业业，它就成了一剂清凉散，不再因混沌而误陷泥坑。

把失意用作鞭子，不时抽上两鞭，驱走惰性，在失意的废墟上，原地站起，来一番打扫和清理，让自己的人生大厦从脚下再一次拔地而起。

再想两分钟

一位名叫麦马克的美国记者，亲眼目睹了四川汶川发生的地震惨状：残垣断壁、瓦砾、废墟、被救过程中的伤者和已救出的伤者，还有不同年龄段、不同性别的遗体……他最大的感悟是：我发誓要珍惜生命，珍惜那些我会更加彻底地去爱的人，同时也懂得了生命的脆弱。

罗马皇帝奥雷流士说："不要满不在乎地过日子，好像你可以活一千年似的。"生命不单是时光有限，而更难预知的是，在几十年的岁月中，天灾、人祸、疾病、战争和一些偶然因素的侵袭，常突然夺去人的生命。

回顾平生所遇师长、亲朋中，有十几位，误跌轻生之道。无论从社会发展角度，还是从历史年代看，尽管他们各有离奇的不测境况，但没有一个是真正了解生命的价值并严肃对待的。对他们的不幸应予同情，但他们轻率对待自己生命的态度不可认同。人生挫折在所难免，而他们的遭遇不要说与历史上的司马迁、勾践相比；不要说与"文革"中的革命老干部遭受政治迫害、肢体折磨相比；就是与身残志坚的求生者相比，他们在朔风霜寒面前的抉择也是可惜、可悲的。

当代著名作家冰心在“文革”时已是六十多岁的老人了，她同丈夫吴文藻每天早上被勒令跪在自家门口三到四小时，之后在中国作协打扫厕所两年以上。面对如此人格上的侮辱、肉体上的摧残，她曾说：“那时候，有的人心眼儿窄，就自杀什么的，我觉得很可惜。”她一生经历四个时代，时常对孩子们说：“生活从来就不是平坦的，挫折永远是生活中的一部分。”由此想起：中国第一位世界乒坛冠军容国团、《燕山夜话》作者邓拓和《哥德巴赫猜想》的作者徐迟等一批为新中国的诞生和在社会主义建设中曾做出杰出贡献的人，在人生的不同路段抛弃生命，让人痛惜。

从媒体报道中看到，在一些轻生者的眼里把生命当草芥：有人被怀疑有偷窃行为就用死来证明其清白；求爱不成就以身殉情；有学生受到一点批评，就以放弃生命泄愤抗议；还有博士生导师因工作压力而跳楼……这些鲜活的生命，有的在事业上异彩绽放，临近辉煌，可瞬间赍志而殁，给亲人、社会留下伤痛和遗憾。

还有少数同伴，仅因一些无关紧要的事，或是语言上的阴差阳错，或是追星受挫，就走上绝路……这就不只让人觉得荒唐，甚至让人感到有点愚昧。

一项对自杀未遂的调查显示，37% 的轻生者，自杀前考虑自杀的时间不超过 5 分钟，60% 的轻生者考虑的时间不超过 2 小时。这种现状折射出——生命教育、挫折教育在社会生活中的严重缺失。

轻生之患如人体毒瘤，形成原因极为复杂，这一世界性难题人类虽努力探索，但至今仍不得究竟。尽管把精神病中的抑郁症置于首要原因，但就总体而言，它仍不占主流，所以我们对轻生者不必非议，更不要妄加罪名。张海迪在极度难熬的日子里，一度“每天早晨想的第一件事是自杀”，但她从不认为自杀就是怯懦。更不能说为华夏子民敬仰的爱国主义诗人屈原身沉汨罗江是巽懦的表现。以身殉国者当是另一个论题。

人为什么会轻生，深层原因是什么，这是我们应该深入研究和思考的。这一群体，有认识上的原因——不知敬重生命，不懂生命的意义和价值，但也确实有让人们难以破解的原因。尽管人们的倾向认识、心理误区是自杀的掣肘因素，但也未必完全透析了他们内心深处的纠结。

湖南经济广播电台《夜渡心河》节目主持人尚能的声音，从 16 岁的青少年到 60 多岁的白发老翁，几乎每个年龄段都有他的崇拜者。他一年里收到上万件听众来信，以自己的声望和因人而异的劝导，使一些在生活中遭受沉重打击的人抛却了绝望和轻生的念头。但他自己却选择了在家中服下大量安眠药而了生。

轻生的因素，仅心理学的概念，或凭一鳞半爪的生活迹象和情感色彩，欲知这一人生怪象是远远不够的。然对这些轻生者来说——求生是生物的第一本能，保护好生命是第一责任。轻生，就是不懂人生的意义；或者说，在人生道路上，眼睛只盯着五颜六色、极具吸引力的桂冠；或所谓的、实际上是毫无价值的“幸福与欢愉”的追求；从而淡漠了人生的终极目标——人首先是生。所以，智者认为：轻生令人惋惜，但实不足取。生活中经常耳闻目睹一些狂躁者，拿生命当赌注，以生命作儿戏，无论什么皮毛之事，动辄就挥臂高呼：我跟他拼了！大不了就是一命！以此标榜自己的“忠义、正直或勇猛”。

还有人因生理缺陷、病痛折磨、情感纠葛、生活贫困、竞争激烈而抛弃生命，误把这种无知当壮举。其实，这正表现出他的怯懦。他不知道，现实虽然残酷，但真能增长人的才干，启迪人，磨砺人，激发人的勇猛，使人释放出平庸中难以迸发的价值。

即使江山变色，社稷轰塌，大权旁落，政治迫害，无端诬陷，打入牢狱，事业失败，名誉玷污，尊严丧失……只要自己言行遵天理，合道义，未践踏做人的“斑马线”；即使项戴木枷，被摁于尘埃，也要抱定“生命至上”的信念。鲁迅说：“希望是附丽于存在的，有存在，便有希望，有希望，便有光明。”相信一切诬陷都会正本清源，真相大白。

人常说“留得青山在，不怕没柴烧”，保住生命，就能开创未来，失去生命，一切化为乌有。人常言：“龙困浅滩，虎落平阳”，意思是，即使你贵为天子，勇如猛虎，当一时陷入困境，屈居人下，这并非一定是末路，或许是须臾间就有新的转机，就会出现龙跃天际、虎啸山林的情状。

人生一世，除了自身权利和自由，还有对亲人、朋友和社会的责任。每个人，从出生到长大，父母的哺育之恩，家庭的床笫之温，社会的各种恩泽，都是难以用物质补偿得了的。要理性认识，轻生是最大的不孝与不敬，因为轻生给亲人带来巨大的悲恸，甚至是家破人亡的恶果。

在轻生面前，关键是自己心理调适，减轻或克服不良念头的滋生。每个人都会有情绪低落，抑或悲观失望的困扰时刻，此刻心理咨询室的短暂说教有用，但关键是自己要理性采取各种方式调适心情：找知己者倾诉、唱歌、逛街、爬山，到娱乐场所，尽力排解和抵制恶魔在心头的缠绕。

香港防止自杀协会副主席在一次生命教育大型主题公益活动时说，

思考生命可以让人对生命的意义有更深切的体会，理性面对困境，追求更有意义的人生。他认为，在思考生命的基础上，人可以认识生命，生老病死，皆为自然；欣赏生命，酸甜苦辣，各具其味；尊重生命，你我他都弥足珍贵；探索生命，天高地阔，生机处处；热爱生命，从这到那，让爱延伸。

生命的辞海里，没有“轻生”的词条。当生活的恶浪把自己卷到堤坝的险隘时，请记住台湾圣严法师的忠告：再想两分钟。

步步求生

人生不该等待风暴过去，而应在风暴中求生。

南北朝时期的吴均在《与朱元思书》一文中有句名言："鸢飞戾天者，望峰息心。"语义是劝谏热衷权名利禄的人，当仰视这雄奇耸云的高峰时，要懂得收敛其心，平息其欲。此言寓意尚嘉，但要以生存的视角看，畏难惧险的消极之意并不可取。

由此想到，《卖炭翁》中有言："可怜身上衣正单，心忧炭贱愿天寒。"这是卖炭翁极其复杂矛盾的求生心理——天寒、衣单，不是渴望天暖，而是企盼老天大寒，这似乎不合常情的心理，但确是卖炭翁真实的情感。何以如此，为的是生。这也是毛泽东的弟弟毛泽覃的人生信律："时时可死，步步求生。"

读过一则故事。

在菲律宾的丘陵山地中，有一种名曰"风流草"的植物，实际上是一种落叶小灌木。风暴和泥石流时时侵袭山地植物，山峦中氤氲之气笼罩着森林和山体。风流草就生长在这阴森和潮湿的地方。

一位山地探险家在森林中迷失了方向，饥饿、劳顿，加之突如其来的风雨，让他丧失了所有的信心。他宁愿躺在地上平静地死去，也不愿再耗一丝仅存的体力。

当阳光照进森林，从树缝里滤过，温柔地洒到植物身上的一刻，探险家发现，身边的一种小植物从泥泞中苏醒，慢慢爬起身，对着阳光起舞，而且舞蹈动作在加速。更令他惊异的是，当中午阳光变得强烈时，风流草旋转速度最快，一分钟重复好多次。探险家从中颖悟，一棵受伤的植物，尚且迎着阳光舞蹈，而自己呢？他咬紧牙关，爬起身，艰难地走出了森林。

有诗云："夕阳无限好，只是近黄昏。"人生要把它倒过去，"虽已近黄昏，夕阳无限好"，再体味一番，会受到什么启迪呢？让这无尽的美景转化成潮水的涌动，在黑夜中聚集能量，迎击黎明，翘首旭光的绽露，大步向朝阳走去。

每天的太阳都是新的，活着的生命只有跟随太阳的脚步，即使步履维艰，也要向前，向前……

几十年的风霜历程，同伴中不少智商蛮高，才俊不凡，能力超群，而且体能健全者，但随着星移斗转，这些人的境遇每况愈下，甚至驻足不前，直到仰人鼻息的地步。何也？

据自己的感受，他们多是被生活困难囚住了心，总是把眼前一时之碍视如"太行"、"王屋"，望而却步。不要说树立移大山于东海的雄心壮志，就连试着攀爬的勇气也没有。其实，他们前面的大山上花果累累，药材遍地，挖上几镢，金银铜铁就闪现脚底；登上去，不单可以耳闻虎啸猿啼之声，还可领略苍松翠柏之景，真可谓跻身到了伊甸园中。而这些同伴硬是只看见怪石错落，荆棘横生，既怕皮肉受损，又惧流汗出力，不是望山兴叹，便是垂首缩足，途中而返。

其实，生活中交织的鸡毛蒜皮，倘认真梳理，挡不住去路。可有些人就把它视如一团乱麻，看不出头绪，既无心也无勇去挑战，总以为剪不断，理还乱，于是，宁可手脚被捆，也不去撕断缠绕自己的羁绊。至此，他们的人生也日渐浑噩，不要说成就事业，多是三十难立，四十无家，常在他人的搀扶之下，能不栖于风雨之中，就是上苍的眷顾了。

面对日升日落，他们又常是这不顺心，那不如意，像陀螺一样，鞭子不抽就躺在地上不打转。所以虽与大伙一同起跑，可总是落在后边，而且愈落愈远，其中不乏躺下的，也有出列的。

同在蓝天下，一样的阳光沐浴和风雨洗礼，却演绎着不同色调的生活：有的熠熠生辉，有的惨淡灰暗。后者所以如此：就是在人生路上消极应对，路障面前畏葸不前，无勇气踏平坎坷，这不敢动，那不敢摸，坐失生存良机，自然要落在勇于面对生活大步前行者之后，这可谓情理之中。

积极的人生，从不自掘天堑。他们乐于挺胸举足，不畏大桥坍塌，山体滑坡，河水暴涨；有路就要走，没路绕道，要么动手自辟他途。怯懦的人倘能重温红军二万五千里长征之路，不管前面是腊子口——一夫当关，万夫莫开，还是大渡河、泸定桥，吾到此处就要渡，不畏险关天堑。如此，试问一个人生活道路有多大困难可遏止呢？人生似箭，而箭的价值就是直向靶子飞去，把它放在库里，就是一堆干柴；飞机不是只供人观赏，停在机场上是最安全，但那不是造飞机的目的。

人生的意义就是为社会创造价值，为人类做出贡献。古人云：慢易生忧。就是人生以疏慢轻易之态必然坏事，也就是说一个人总在若明若暗的环境中苟且偷安，消磨时光，对自己是蹂躏，对生命是蚕食和浪费，对他人是负担，对社会是包袱，如此唐捐人生，何以徒蹚人世！

目光转向我们的另一群伙伴——成千上万的残疾人，仅我国就有8500万，他们不唉声叹气。肢体不全者，涌现出许许多多的运动健儿；聋哑人表演的千手观音，倾倒世人；各行各业都不乏他们中的俊杰之士，在演绎着人生的辉煌。我国残联主席张海迪说："即使翅膀断了，心也要高高地飞翔"，"即使跌倒一百次，也要一百〇一次地站起来"。

2012年12月30日，现今最长寿的诺贝尔奖得主，神经生物学家丽塔·莱维·蒙塔尔奇尼在家中平静离世，享年103岁。也就在迎来103岁生日的前两天，她在网上留言："人生最重要的是永远不放弃生活或不甘于平庸，消极顺从。"她的一生践行着她的留言。作为女性在青年时代的天职是相夫教子，但她不顾父亲反对，考入都灵大学。即便在墨索里尼上台掌权，猖狂迫害犹太人的险恶环境下，她还是在比利时的乡村继续专心科学研究。回顾这段艰难岁月，她说："不要惧怕困难的时刻，最佳成果往往来自它们。"在过了百岁的时光后，她仍然坚持工作。很显然，她倾一生的体会就是：人生要积极奋进，而不应消极顺从，平平庸庸。

积极面对人生，它不只是个人的事，它是在践行对家庭和社会责任的自我担当。在社会大家庭中，有些人的一生总是尘垢满面，步履蹒跚，滚爬在泥淖或尘埃之中，从不振作挺立，不以主人翁的责任感去担当起人生之责，终究是会沉沦为生活的奴隶。

即使现实生活一时裹挟了我们，我们也务必尽其智，穷其力，摆脱它，战胜它。倘连自己都不能战胜，那就很难赢得人生。

也常听如此一说，事物总是有先有后。不错，是这样的。可是也不能不看到一个不争的、也是残酷的事实——落后就要挨打。要牢记，自然界遵循的恰是“末位淘汰”定律。事实是一只狮子每次只吃一只羚羊就足够了，因此狮子在追逐羚羊时，羚羊们就展开一场“末位淘汰”的竞赛，那自然是跑得最慢的就是狮子的美餐。

落伍几百年的中华民族，更应该把这一定律当成座右铭！

人活于心

常言道，人活贵心。什么叫人心？慈悲的心肠，刚毅的品格，以及诸多的精神产物都植根于心。这里侧重于生理机能，是说人心直接与人的生命有关。

新加坡《联合早报》曾载一文，题目是“一念之差”。

主要事实是，对一个死刑犯在征得他同意的前提下，向他注射麻醉剂，割断他手腕的动脉，在他无痛苦的感觉中，让他的血液流尽而死亡。其实，行刑当天，所施行的死刑方式，完全是一个假象：让犯人在密闭中先感觉到手腕上被刀子划过，而后听到手腕流血的滴答声，让犯人在此虚设的气氛笼罩中，一分一秒觉得越来越疲惫，越来越虚弱，最后停止了呼吸。

这个例子印证着我国早已有的“哀莫大于心死”说法。

“心死”就酷似皮球穿刺，一下子就空瘪了。心，对于人的生命的重要，万物无可比拟。

心不死，万事可为；心死如灯灭，大地漆黑。医学专家告诉人们，当今的癌症患者，50% 还多是吓死的，这就是说患者先死其心。

一同志在常规体检时，被发现有恶性病灶，当即站立不稳，同志们把他背回单位，不到一个月就离开了人世。还有一位乡亲，他所在的村子几代人都75岁是最高阳寿。当他临近这个年龄时，诚惶诚恐，心理负担超重，不久悄然去世。让家人困惑的是，他是在并未发现有严重疾患的郁郁之中离开亲人的。

这种现象生活中并不少见。人们虽然拿不出医学依据，但总认为他是心力自戕。实质上，人要有一个不枯不萎之心，就得明白，人生沟坎相连，春风得意那是愿望，要想迈过九九八十一坎，关键要锤炼一颗坚强的心。唯有它的跳动，生命才有源头活水。

人活于心，心为一身之主。人要活得超然洒脱，就不能让心太累。人要常使自己的心处于疲惫状态，其精神很难勃勃昂扬；大凡少气无力，困乏萎靡者，多是心力受损。人生总会遇到始料未及、形形色色的麻烦，林林总总的沟坎。若认真梳理，又多是细小末节。可它倒像枷锁一样桎梏人心、伤害人心，使人心的免疫力受到侵蚀。久之，疾病悄悄逼身。医学资料显示，长寿老人的养生之道各不相同，但有一点是一致的，那就是“心中不搁事”，真可谓“若无闲事挂心头，便是人间好时节”。

新中国成立前，常见蹲守街头伸手乞讨的人，有的几十年风里雨里，站在他人屋檐之下，宿于漆黑的山坡洞内，除满脸污垢增厚，“小虫”爬满额头之外，穷相一直不变。询问其因，答曰：咱命中就是穷人。穷境没变，其根是穷心没除。人还常说穷莫大于心贫。心穷透了，谁也没办法拯救。

心，是人体的发动机，是能源。只要它跳动，能量就源源不断。人的理想、信仰、意志、韧劲、勇敢……无不植根自心。所以，心力是人活的轴心，心死则有其形而失其力，只不过是躯壳而已，犹如行尸走肉。

心理学家做过这样一个试验：用一块透明挡板把一个大水箱隔开，两边分别放入一条饥饿的鳄鱼和一群鲜活的小鱼。一开始鳄鱼立即向小鱼猛冲过去，结果未能如愿。它不甘心失败，重新发动进攻，仍然撞在挡板上。反复攻击后，鳄鱼碰得头破血流，彻底绝望，躺在水中一动不动。这时，心理学家把挡板去掉，小鱼在鳄鱼面前游来游去，可鳄鱼麻木迟钝到极点，对此无动于衷，再也不去冲击，最后被活活饿死。这是因为鳄鱼扑食小鱼的心彻底泯灭了。

孟郊《夜感自遣》："如何不自闲，心与身为雠。"为雠者，身是而心非也。白居易《授太子宾各归路》中写道："病半老齐至，心与身同归。"同归者，一起了却也。身与心就这么疏离着，矛盾着，也统一着，纠结着，但心永远主导着身。身健而心"残"，无异于僵尸；身残而心盛，仍可发出光和热。多少身残志坚者依然创造出人间奇迹，尤其是在某一领域所获硕果者更为常人敬慕。像霍金之心就是永不止息的发动机。

人们念念不忘养生之道，殊不知，养生首先须知人为何而"生"，即为什么活着，和靠什么活着。心黑、心毒、心躁、心狠手辣、心术不正……则心劳日拙；心气高远、心性刚强、心态大度……则心悦身爽。所以，养生的关键，乃是养心，人活倚重自心。

儒家尊崇"仁者寿"。仁者，心怀爱人之心，自是胸无宿物，面对世俗用一颗怜爱之心对待他人，以宽容化解仇恨，以纯净抵抗腐蚀，以大度消解狭隘，以良知的温暖融化冰霜。如此坦荡之心，没纠结，少郁闷，气血平缓，不因名利而心血起伏，人体机能在这种心态下始终依它的生理功能而运转，何来突发和意外的不适，致使肌体劳损呢？尽管如此境界实在不易，但人们的生存实践告知我们，胸怀豁达坦荡是大有裨益的。

“仁者不忧，智者不惑，勇者不惧。”（《论语·宪问》）孔子之意是，内心的强大可以化解生命中很多郁结。换言之，内心坚强的人就会少一点忧虑，少一点困惑，就会在面对挫折、壁垒时更坚定更富有勇气，人生也走得更远。世上没有比人心再坚强的，武力可以压垮躯体，但永远征服不了人心。

20世纪30年代，日本发动全面侵华战争，中国人民一时被践踏、蹂躏，但中华民族之心丝毫没有屈服，所以愈压愈强，愈战愈勇，最终驱逐了倭寇，赢得胜利。

人活得累，实际是贪心重了。古人说：“功名利禄四道墙，人人翻滚跑得忙；若是你能看得清，一生快乐不嫌长。”如果人以豁达淡定之心对待功名利禄，就能顶得住诱惑，经受起考验，自然会少很多烦恼。反之，心猿意马，忘记拥有的，期盼不该有的，“物若不知足，得陇又望蜀”，不懂“有意者反远，无心者自近”之理，总是心事重重，昼夜颠倒，巴不得天下归己。这自然而然，烦恼、焦虑、超负荷的心态，在蚕食着你的心，损身折寿，情理之中。

贪官们尽管吃尽天下美味，饮足山涧神水，百般保健，四处焚香拜佛，但因心惊胆战，惶恐度日，不是入狱，就是病魔光顾，短命是情理使然。

心静，则神宁；神宁，则智生。心慌则失智，失智则无主；惶惶不可终日的人，很少有长寿的。就是勉强度日，也感悟不到人生的意义。

《左传》里有记载：有个诸侯对妻子说：“我最近心乱得很，安定不下来。”他妻子说：“王心荡，王禄尽矣。”她是说，你既已失去内心的安宁，那你所拥有的一切也将会丧失了。隔时不久，这个诸侯果然去世了。

人心静则气匀，失之坦然，得之淡然，顺其自然，人生超然。清心寡欲，淡泊名利，不以物喜，不以己悲。心清似水，颐养天年。

人的精神有飒爽，也有崩溃；有器宇轩昂，也有萎靡瑟索。但无论是“宠辱皆忘，把酒临风”，抑或“忧谗畏讥，满目萧然”。即使一时跌落于谷底，家徒四壁，祖衣度日，只要心如钟磬，毂音铿锵，它犹如大树遭雷劈风摧，虽叶落干折，但只要根系完好，狂风止，白云现，一夜间幼枝竞萌，“春风吹又生”。假以时日，它依然挺拔参天，绿荫蔽日，又是一道盛景。

人活一世，如露水一瞬，花草一秋，欲拥有这一呼一吸之短暂，贵在养心。

人心木本

孟子曰："无恻隐之心，非人也。"这是判断一个人是善是恶，是好是坏的标准。前者是人，后者非人也。我们所以看重人心，因为人心是人的根本。

心，作为人体器官，它代指心脏。《素问·灵兰秘典论》中说："心者，生之本，神之变也。"可见，这已把人们能触摸也可见到的心脏，用来表示人们不可触摸的"神"的变化。其次，"心"也被用来表示思想、情感、性格和意志等人的精神状态。如《礼记·大学疏》中所说，"总包万虑谓之心"。在这里，"心"已经完全成了心理学中的"心"，既超越了"心脏"的指代，也超越了"大脑"的含义。

社会实践中，古人也用"心"表示人们的智慧。对思维敏捷的人，俗谓"心眼灵"；在谈及人们的心灵和精神世界，面对处世公允、温和者，就赞其"心眼好"。

《释文》中注："心，或作道。"就这个层面而言，"心"表示天下至理。中国古人对宇宙和世事的认识和解读，常包含在这一"心"的概念之中。

"心"的概念，在人们的思维意识中，裹容着极为丰富的内涵。中国文化就是一种充满了"心理学"意义的文化。人们在社会交际中，撼其心就摇其根。它正像人的生理结构，心脉不稳，各路经络随之起伏，人的各个部位都随之波动，人就失去常态而陷入言行紊乱之中。在中国，“心”与“心理学”有着内在的本质的关联。儒、道、佛是中国文化中的三大思想传统。俗语说“三教归一”，或曰“三教本同”，而在我们的理解中，这“三教本同”的含义即同归于心。

李贽说：“童子者，人之初也；童心者，心之初也。”如果人丧失了这种自身的“本心”，那么，人就失去了个体的价值，人就不能以一个真实的主体而存在。他在《童心说》中有言：“若失去童心，便失去真心。失去真心，便失去真人。而人非真，全不复有实矣。”

“本心”就是天然之心，不曾有丝毫的粉饰与雕琢，或者说，“本心”就是“童心”。“童心”之可贵，就在于它一尘不染，纯璞于原貌。就人心的变化，时日愈久浸污物愈多。现在的社会太假，太虚伪，人们被不良的言行污染着“童心”，不良信息危害着“童心”，社会上假假相撞，乱象丛生，欲求一句真言难到火中取栗。世上充斥着太多太多无真心的人，实在令人难堪、沮丧和忧心。

少时，曾读到一副门联：“人心人心人人心心人人心，木本木本木木本本木木本”。读之智塞，多年不解。后拜访一位耆宿大贤。贤者禅思答曰：“上联是，人心呀，人心呀，人人都有一颗心；可人人的心各不同。下联是，‘木’者树也，‘本’者，根也；树根呀，树根呀，树树有根，根根各相异。”老人接着说：“天下不宁，是人心不公；天下大乱，是人心失真；树茂靠根，根死树萎。”小辈聆听老人娓娓之道，疑窦尽释——人凭心，树凭根。

《孙子》曰：“上兵伐谋。”这里的“伐谋”，就包括谋人心，攻人心，研读人心。

“不战而屈人之兵”是兵法中的经典语言，它的精髓所在就是透析战争双方的心理，也称之为“心战”。而“心战”正代表着中国古代兵道的智慧，是欲谋实现这一理想效果的最有效手段。所以历代兵家都主张把心战置于军事斗争的首要位置。

心战的核心是：“凡伐国之道，攻心为上，务先服其心。”

《三国演义》里，在诸葛亮率军南征之初，马谡坦言道：“愚有片言，望丞相察之：南蛮恃其地远山险，不服久矣；虽今日破之，明日复叛。丞相大军到彼，必然平服；但班师之日，必用兵伐曹丕；蛮兵若知内虚，其反必速。夫用兵之道：‘攻心为上，攻城为下；心战为上，兵战为下。’愿丞相但服其足矣。”马谡虽是一个“蹩脚”的指挥员，但上面这席话还是说到了点子上。诸葛亮听罢感慨万分，称赞马谡“足知吾肺腑也！”在此后的南征实践中，诸葛亮对孟获七擒七纵，使孟获感激涕零，发誓子子孙孙不再反叛，创造了“攻心为上”的千古杰作。

“攻心为上”包含着我国传统的治国、治军、制胜思想之精华。古人云：“得人心者得天下。”当然这里的“得人心”还浓缩着你的作为，顺民心，合民意，折服民心。这样的人和事必然能受到人民的拥戴，则事无不成之理；另一层意思就是告诫决策者，即使小的部署和调整也一定要把民心能否接受、百姓是否满意放在突出的位置优先考虑、研究、论证。知之不可而强为，民可服一时不能服一世，你的决策，不管你主观动机多么纯正和善良，到头来，历史总是以民心之好恶为评判的标准。善者扬之，恶者弃之，不留任何情面。如此看来，对人心的领悟，普通人也好，圣人、贤人也好，即使能率雄兵、易乾坤者，不懂人心，不知人性，轻者触礁覆舟，重者灭国易位，死无葬身之地。

在日常生活中，从家庭到社会，小到亲情、人际往来，大到国事的处理，凡能知其心，明其意，服其心，对症施药，其效果都一定好于不懂人心，不顾人心而一味鲁莽行事者。更要比只知穷兵黩武，以强凌弱，恃威肆虐要好得多。背人心行事，可能得胜于一时，勃兴于瞬间，但最终事物都还是走向自己愿望的反面。

天下根本，人心是也。《资治通鉴》言："才者，德之资也；德者，才之帅也。""心"是管方向的，是人的指南针，是星空中的北斗。心正则方向不偏，其行则有事半功倍之效。一个人做事，不怕能力不足，只怕于事无心。《清史稿·荆辅传》记载：荆辅任河道总督期间，成效显著。由于与康熙意见不一，遂被罢免。事后发现，他的意见正确，官复原职。可他以年迈多病推辞，康熙说：我知其年老身衰，我不用其力，但用其心。他再度复职，使黄河得以治理。

人生之根于心，只有先内化于心，才能外化于行。尽管二者是辩证统一的，但内化是外化的基础和前提，没有内化就没有外化；外化是内化的外显。

在流传海外的众多中国文献典籍中，有一本书叫《明心宝鉴》。大约成书于元末明初，至今七百余年。作为一部修身养性、安身立命的国学通俗读物，从明初起即极为盛行，多次重印。此书长期广泛流传于日本、越南、菲律宾等中国周边国家。此书《天理篇》的开头几句便是："天听寂无音，苍苍何处寻？非高亦非远，都只在人心。"

孔子说："仁远乎哉？我欲仁，斯仁至矣。"那仁很远吗？只要我想达到仁，那仁就倏忽降临到眼前。孔老先生在这里强调的是仁的动机，实现仁的愿望，只有急切地产生了惠人的欲望，才会有颗善良的心扎根在胸膛。而这种仁的欲望不可是附加的、强行的，只能萌于自己的心。

《心经》一书，它既不是研究“心”的生理学，也不是研究“心”的心理学，它是劝人信佛行善，克己为人的书。我领会甚微，但书的封底有一句：“悟道悟空，万物存乎一心”当铭记不忘。佛教认为所谓善恶的种子均随缘滋长，如田地生长五谷荑稗。佛教以为心能生万物，如同地能长万物，故称“心”为“心田”。

心善则无恶，心平则事公。人们的最高智慧是知人心知己心，也就是知彼知己，这样做人做事就会彼此相宜。

古今欲成大事者，必先正心诚意。利国惠人，事无不谐；虚心假意，误己害人，无事可成。

心，人之根也。

人心如棋

世事如棋局局新，人心如棋步步易。

韩国前总统朴正熙遇害 18 年后，女儿朴槿惠说：“作为一个领导国家 18 年的总统，在他过世后受到人们的政治评价是很正常的事情。但是，因为想要靠拢新政权而做被扭曲、造假、毁谤的评估的话，恐怕没有比这更让人感到冤枉的事情。那些人除了贬低父亲在世时的事业之外，还对已经入土为安的他进行人身攻击，我觉得真的是太离谱了。”她后来深有所悟道：“原来世上的人心一天就能改变。”

人心如云，飘忽一瞬。“朝秦暮楚”、“朝三暮四”，都是形容人心之易易的。古代谋臣有“良禽择木而栖，贤臣择主而事”，也是诠释臣子量主而就的心态。虽也有“烈女不更二夫，忠臣不事二主”之言，但真正要起到囿人心于一隅，似乎过于理想主义。所以封建君王在选才时，确有摒弃才俊而宁可提升愚忠之才。

《邹忌讽齐王纳谏》一文中，邹忌讲给齐王的一个故事值得人们深思。邹忌曾请妻、妾、客三人评判自己：“吾与徐公孰美？”三人的答案高度一致：“徐公何能及君也？”当他见过徐公后，并认为自己确不如徐公美，躺在床上辗转反侧，终于彻悟了：“吾妻之美我者，私我也；

妾之美我者，畏我也；客之美我者，欲有求于我也。”邹忌还是邹忌，三人评判不过都以自己的所求而言之。

“风萧萧兮易水寒，壮士一去兮不复还！”透过历史窥见：荆轲刺秦王不成反被秦王八创，“轲自知事不就，倚柱而笑，箕踞以骂曰：‘事所不成者，乃欲以生劫之，必得约契以报太子也。’”他临死露出真言：原来他没有要杀死秦王之心，而是要劫持秦王为人质，以换回侵地的约契而报答太子。此番壮举化为悲歌，其根是他为知己而兴事，从没刺杀秦王之心。

人心的奥秘是一门极为复杂的学问，“蛟龙”号潜水七千米，但人心之深是它永远不能碰触的禁区。

苏联作家高尔基在《老人》中写道：人，是我一生中所遇到的最为美妙的谜。当然，也有人说，人心酷似一个深渊！随你抛下多么沉重的测海锤，都测不出它的根底。

由于人心忽易，一样的眼睛有不一样的看法，一样的耳朵有不一样的听法，一样的嘴巴有不一样的说法，一样的心有不一样的想法。汉武帝在中国历史上仅此一人，然在司马迁、班固、司马光三人笔下各具不同面孔，而且个个栩栩如生。由此，太阳下的人生七彩斑斓，令人目不暇接；夜幕下的人们则魑魅魍魉，影影绰绰，使人顿感阴森，两股战战。

唐人刘禹锡的《竹枝词九首》之七里面说：“长恨人心不如水，等闲平地起波澜。”这也许原是人的一种劣根性，但在社会上，家庭中，乃至国家政权之内都难逃人心倏变的羁绊。人贵一心，只懂得他人之心当如己心，实在显得浅薄。陈毅诗云：“应知天地宽，何处无风云。应知山水远，到处有不平。”

儒家之道，提倡一个“忠”字。“忠”者，心地中正也。忠于国，忠于民，忠于职，忠于所办之事。“忠”的反义词，就是“叛”。叛者心易，心不忠也。处身立世最担心事半而出乱，乱必败事、毁事。然究其渊源，人心倏变是也。

世间人事，复杂难测，正邪难料，因为人心相去甚远。欲有大小，利有多少，人心思欲，见利忘义，唯独缺失仁慈之心不易。心不同，道则相背，言行举止，版本迥异：有的人生性慈悲，视他人苦难于不忍，举手救人于水火，甚至舍弃生命而无悔，这些人称得其是人类的精英。然普天之下也实在不乏长得人模人样，其行背逆人道，以己为尊，视己之利在他人之上。肆意滋生事端，攘成灾难，怙恶不悛，反以为强。究其何为，心底龌龊邪恶。

红尘无绪，全赖方寸。若人能谨守“人之初，性本善”的心田，那人皆尧舜，天下太平。可惜的是人心多是离经叛道，犹如山石滑落，悬崖水泻，横飞凌空，恣肆无羁，致使天下纷乱，地无宁日。还有些人即使经史熏陶，圣贤施教，因其心地荒芜，也难以逊言恭色，其行暴戾，践踏天道，蹂躏峻法，无视人伦底线，贻害社会。

清嘉庆皇帝在铲除头号贪官和珅时，大臣广兴积极有加，后被嘉庆树为廉政楷模，委以四川军需重任，每年为国家节约白银数百万两。也就是这位廉吏明星，在就任兵部侍郎后，仅一年之内就贪污四万两白银。这大出嘉庆皇帝的预料，举国为之惊愕。真可谓：人心如棋步步易。

古今亦然，先廉后贪，类似广兴者并不罕见。对此探根溯源：制度不健全，管控有疏漏，诱惑力太大……从而强化监督律条，以期根除。其实，此等人间劣迹并不难除，其痼疾沉疴还是人心。人能固守良知，即使拆除一切防范堤坝，清者自清，廉者永廉。否则，仅凭镣铐、高墙，确有一时之效，然对心灵忽左忽右者，一切归于徒劳。

国民党对共产党的屠杀不算不残酷，刑具不算不血腥，但在像李大钊、江竹筠等一大批革命者面前，成了一堆烂铁，这让刽子手们灰头土脸。何以如此？答案就是这些革命者“投身革命即为家”，为革命甘愿献出生命的心由始而终，非钢铁比拟。而叛徒明知是自掘坟墓，身败名裂，就木于耻辱柱上，可依然出卖灵魂全是其心使然。

对于人心，人们常以门上锁钥作比：锁是锁君子不锁小人。君子不取不义之财，要锁何用？小人为利忘义，锁有何用？时下腐朽之风蔓延，并非国法不明，党纪不彰，处以极刑者有之，终身监禁者有之，但为什么秽行劣迹依然频发难敛，其根本在人心已不如水，要沉淀清澈谈何容易。

由于人心倏变，多少名言、警句都难以放之四海而皆准，甚至显得苍白。文人笔下的“爱情”，情丝绵绵，然现实中的倜傥男女，能够做到笃情如初、偕老白首者可有几许，能像“梁祝”那样厮守不二吗？更难做到像《孔雀东南飞》中的刘兰芝和焦仲卿那样——“府吏闻此事，心知长别离。徘徊庭树下，自挂东南枝。”

法国巴黎塞纳河上的“爱情桥”，因各国情侣越来越多的“同心锁”锁在桥上，终于不堪重负坍塌了。据悉，桥上的锁总重量已达93吨，相当于20头大象。有人戏言，大桥已经受不了天天看人秀“恩爱”自杀了。

我国黄山之巅的“恋情锁”栗栗成链，宛若一道景观。不过徒增笑耳，其实，山下分手者多矣。

丰子恺在《静观人生》一文中写道，他似乎看见，人的心都有外皮，有的人的心似乎是用单层纱布包的，略有遮蔽，隐约可见；有的人的心是用纸包的，细细摸来还可以摸得出；有的人的心是用铁皮包的，甚至用到八重九重。那是无论如何摸不出，不会破，一点绯红也难窥见。这正是：巫峡之水能覆舟，若比人心是安流。

曾见过一副门联："世上千难万难鉴识人心最难，人间千险万险人心倏变最险"。横批是：人心易易。

管窥人心深不可测，但不能因此就不去探索。因为人生在世，除了"人心"之外，还有什么更大的问题值得去研究呢？可以这样说，懂得了人心之易易，你就懂得了一切。

谁了解谁

如何识人，传统理念崇尚“听其言，观其行”。然于青灯之下，黄卷之中，历历事实警示人们，此言难以奉为信律。

东汉时期乐安百姓赵宣葬亲之后，就住在双亲的墓道里，为父母服孝二十多年。他的孝心得到乡亲们称道和州郡的表彰。后陈蕃任乐安令后，慕名拜访赵宣，发现赵宣服孝期间，生有五子，这与礼数相背。其实赵宣的表演是货真价实的欺世盗名。陈蕃怒而将其治罪。

秦代赵高自降秦24年，自选腐刑为秦效命，肝脑涂地不谓不忠。试想，他若不是以超常的“愚忠”之为，秦始皇并非弱智之君，又怎能取信于他呢？可历史给人们开了一个天大的玩笑——这位秦始皇最为信赖者，恰恰就是秦国的掘墓人。

卖当的，算命的，以悦耳之言，鹦鹉之舌，伴以铙钹之音，常使善良的人们落入他们网中。他们吮吸别人的血液之伎正像《鬼谷子·飞钳篇》中讲的：“审其意，知其所好恶，乃就说其所重，以飞钳之辞，钩其所好，乃以钳求之。”实施飞钳术的技巧，在于专搔对方的痒处，令其陶醉，从而控制对方。传说有一种似猴的动物，专吃猛虎的脑浆。它并无尖牙利齿、蹿跳技能，而是善于在老虎打盹时，用爪子悄悄挠老虎的前额，直搔到血出骨露，老虎越觉得酥痒滋美。等到把老虎额头挠穿时，它猛力一抓把老虎脑浆掏出，几口吞下。这虽是寓言故事，但却与骗子作恶的伎俩惊人相似。所以，当我们听到陌生人在舞台上，把言辞渲染到你下意识地频频颔首，失声哑笑时，你的双脚已踩到他们设好的陷阱边沿了。当今社会骗子所以屡屡得逞，坑害了多少善良人，其术就此一招。让一些所谓智者，间或还有一些科技工作者都屡屡成为他们的“猎物”，这真令人匪夷所思，啼笑难已。

“百智之首，知人为上。”萧何月下追韩信，可韩信没有读懂萧何，结果是“成也萧何，败也萧何”。吴三桂叛明又复明，投清又反清，这到底是谁认识谁，谁又了解谁！

墨西哥《纪事报》曾报道（《参考消息》2006 年 7 月 2 日），日本一位 77 岁老妪，在捐赠一件和服时，忘了和服里还缝有 200 万日元。

当这名老妪在报上读到此一消息：一家回收公司在一件和服中发现一大摞钱时才想起了这件事。这位老妪因为能说准缝制钱包的丝线特征和包钱的旧纸，证明了自己的身份，从而拿回了这笔钱。但与此同时，还有 17 个人也声称自己是那件和服的主人。

在每个人的一生中，类似这样的事或许都会有。类似这 17 个自称“和服主人”的人，也并不罕见。

茶余饭后，偶尔闲聊到某某时，有人遂即高调：“此人我非常了解！”其语气显得是那么肯定和自信。其实，此类“非常了解”，也多是拿自己对此人的认识与没有接触过，或接触此人很少的人相比较而留下的印记。自以为已十分了解的人其实与自己的了解相去甚远。在形容人与人彼此十分了解时，常说“知子莫若父”。实际上，父亲完全读懂儿子的并不是多数，就是人们赞颂不已的恩爱夫妻，同床异梦，推侣伴于床下的不是一例两例。“爱人”，在有些人口里，只是加了蜜的口水。

纵览人世，多少真事之中，其情是假，又有多少心知肚明的假戏，却表演得惟妙惟肖，让人神魂颠倒。所以，在人流的海洋中，观其貌，识其表容易，要达到观其面而鉴其心，这非常人可为。常有的是，刹那间出现在自己眼前的奸佞小人竟是自己形影不离、无话不谈、交往深厚，而又从不怀疑，并丝毫不曾察觉的、“真”是自己再“了解”不过的“知己”、“朋友”、“同志”与“亲人”！

芸芸众生，不知识人、不懂识人、不会识人，丧失谨慎，想当然去面对一切，是不可取的，有时又是很危险的。实践告诉人们，抱着人心同己的乐观，他人也是菩萨心肠，那举手投足，轻则碰壁，重则落入深谷，给个人，尤其是给工作造成危害的事例不胜枚举。由于对人认识上的盲区，给国家铸成历史性灾难的事件屡见典籍。唐玄宗李隆基在向四川的逃难途中对一老农说，你种地不易，我识人用人也难啊。李隆基错用杨国忠为相导致内乱兵败不得不逃出长安，使唐由盛转衰，就是他不识杨国忠的恶果。

“皖南事变”，新四军副军长项英、副参谋长周子昆在突围途中与新四军中负责军首长警卫和联络工作的刘厚总相遇。一行到达赤坑山的蜜蜂洞。当时由于洞小只可纳四人：项英、周子昆、刘厚总及警卫员黄诚。次日凌晨，刘厚总杀害了项英、周子昆，猎走了武器和财物，下山投降了国民党（刘厚总在国民党监狱被关押 5 年，1952 年被我公安机关处决）。首长的警卫该是首长最贴心、最了解的人了，可是征战四方的副军长项英却没有把刘厚总认清看透。这给新四军造成了重大损失。所以人生课题中，“识人”的章节还是应该认真去读的。

生活的现实告诫人们，对人只听其言，观其行，远远不够。听其言，言不由衷；观其行，行非发自心田。当代人在用人之道上非常迷信：长期考察。不可否认，对人的识别，考察比不考察要好，长期考察比短期考察要好，但它并不是识人的唯一途径，更不是加封的保险柜。

吉林省省委原副秘书长王纯因受贿、巨额财产来历不明罪，被判有期徒刑 18 年。但他平日在公众面前经常宣称自己是廉洁自律，秉公办事，不收受礼金的；且穿着朴素，不吸烟不喝酒，不涉足娱乐场所，曾被人们誉为“严格自律的好干部”。

2013 年 12 月 28 日，央视《今日说法》栏目播出的标题是：阴谋与爱情。其主要情节是，一个邪恶之徒通过网络聊天的方式，诱使一个女孩子进入他设下的猎圈。以闪婚的方式相识半月就结了婚。接着他就为妻子办了人身保险，数额达几百万元。婚后他对“爱人”百般“体贴”、“关怀”、“无微不至”，暗中急促蓄谋杀害其妻。不足两个月，该女子被溺死在湖水之中。他演的是“杀妻骗保”之戏，可他也随即被捕走上不归之路。

罪犯因其精心策划，一时间蒙住了这一女子的视听。其实他早已是有家室之人——妻子和一双儿女。这恐怕是这个被害女子连想都不曾想的。

此类暴戾之孽，听来让人恐怖，但在生活中也并非个例。

某校一大三学生，因其家贫和母亲重病住院，负债累累，想借短暂的暑假去打工挣几个学费。不料被一包藏祸心的老板诱骗，让他从网上窃取国家保密数据，前后仅二十余天。该生获刑近四年。这不仅毁了该生的前程，对他重病术后不足一年的母亲更是致命的伤害，对这个吃着低保的家庭无疑是屋漏偏逢连夜雨。

当下传销活动猖獗，所念“咒语”与骗子同祖同源。其实，在此类“动画”面前，人们要狠心关私欲于囚笼，而后静观“魔术师”的绝伦表演，宁可信其假，不可信其真，宁可信其邪，不可信其正。唯如此，善良的人们或许会少落一次陷阱。

文中遇害的女子值得人们同情，但也可怜她防人的智商太低。或者说，对人鉴识能力太差。

常言道，同室操戈，祸起萧墙，碉堡最易从内部攻破。现实生活中太多人的跌倒，不是他看不见的“敌人”，而恰恰是天天就在他身边的非常“熟悉”、关系“亲密”的人。

“谁了解谁”无意彰显尘世漆黑让人怀疑一切，令人自畏，惶恐人世。但跻身社会，也不可盲视人人都是菩萨。西方世界有一语：把陌生人先看成敌人。此语几近危言，但对陌生者有所审慎，举手投足就少陷雾霾之境。所以，知之无害。

冬季不要砍树

读过一则故事。一位父亲在冬天里砍掉了一棵枯树。到了春天，他惊奇地发现枯树的根部周围又萌发了一圈新绿。于是父亲对孩子说，当时我真的以为这棵树已经死了，树叶落得一片不剩，光秃秃的枝丫也不断地往下掉。现在才知道，它看似枯死的躯干还蕴藏着生机。孩子，不要忘掉这个教训：不要在冬天里砍树。

这则故事值得一读，意义有二。一是面对逆境中的事物，尤其是身陷泥淖的人不可乘人之危，雪上加霜；一是对事物的看法不要静止在眼前，要在“已是悬崖百丈冰”的严冬，去捕捉“犹有花枝俏”的生机。也就是说，若想从寒冬中领略到春的暖意，就要有智慧的眼光。

其实人和自然界的树木很相似：也有春暖花开，秋风瑟瑟，严寒冰霜。可树木在冬季遭到砍伐，还会“春风吹又生”，还会发绿抽枝，可人在濒危之境，再遭到加害往往就难以复生了。

韩安国于汉景帝刘启在位时，曾事梁孝王刘武，因平定吴楚等七国之乱而立下大功，名重一时。后遭人谗陷，获罪下狱，在狱中屡被狱吏田甲欺侮。他曾对田甲说：“你不要欺人太甚，你难道没听说过死灰还会复燃吗？”田甲却冷笑道：“死灰若复燃，我则以尿浇灭之。”不料，数旬之后，汉廷竟下旨任韩安国为梁国内史。田甲闻之，吓得弃家而逃。韩安国以君子之度宽容了他，并下令："田甲若不就官，我将灭其一族。"遂令其复官，并善待之。韩安国的大度，也被史家记下令人敬佩的一笔。田甲对韩安国的所作所为，也为嗜于乘人之危者以警训。

人生之路，没有平坦大道，多是一段崎岖不平的山路。在向前跋涉中，常因狂风肆虐，雷鸣电闪，冰天雪地而遭厄运，或因一足不慎而跌入谷底。大家同在山梁上相伴爬行，理当相互关心，这是上苍赐给彼此的缘分。可现实中有一种陋习，对于人生途中的一时失足者，有些人不知出于什么目的，何种动机，不仅毫无怜悯之情，反其道不分青红皂白，不辨是非曲直，一呼而上，有的喊打，有的投石，真可谓墙倒众人推。

明朝保国大臣袁崇焕，为社稷赤胆忠心，反被奸佞诬陷。最终被缚囚笼，押赴刑场。沿途看热闹的百姓，不明事实真相，只听奸佞加害之罪，大呼小叫，纷纷向袁崇焕投杂物和石块。这一幕真让人百感交集，既有对黑暗腐朽朝政的痛愤，也有对善良人们愚昧行为的感叹。

人的生命只要一息尚存，它就是希望，它就是一盏发光的灯，就有热能，就有无尽的智慧和才能孕育其中。山有峰谷，人有起落。然在风平云淡时难觅人的真性情，常于大起大落时乃见人的风节操守。

唐代张说（yuè）两起两落，贬谪的经历让他的诗因"得江山之助"而凄婉深沉，更加感人。后世诗评家认为，唐诗就是从他开始"渐入盛唐"的。

北宋范仲淹三起三落，正是由于被人誉为"三光"的经历，才砥砺了他的人生，终使他的人品和形象琢雕在"先天下之忧而忧，后天下之乐而乐"的美轮美奂的殿堂里。

冬天到来，寒流骤至，是苍天使然，但它也寓含着春天的临近。人陷逆境亦是如此，它对人的意志是淬砺，对生存能力是熔炼；它也更像健康人易感风寒，但不是绝症。同伴视而不见无可厚非，但不可再做"冬季砍树"的蠢事。

毛泽东在遵义会议之前因受王明等“左”倾机会主义路线排挤，曾三次被撤职、免职，打入另册，遭到孤立。可历史又偏偏铸就这位多次从“冬季”过来的巨擘，他带领中国人民把一个崭新的中华人民共和国鼎鼎屹立在世界的东方。三次从“寒冬”过来的邓小平揭开改革开放的历史册页，让一个积贫积弱的中国迈步在小康社会的大道上，英姿飒爽昂首走向世界。

所以，这位在冬季砍树的父亲深有所悟，让儿子记住不要在冬天砍树的教训，所有人都应从中受到启迪。

成语中有“落井下石”一词，颇有冬季砍树之韵。此语出自唐代韩愈《柳子厚墓志铭》：“一旦临小利害，仅如毛发比，反眼若不相识。落陷阱，不一引手救，反挤之，又下石焉者，皆是也。”意为见人落在井里，不但不搭救，反而向井里扔石头。比喻乘人之危。

其实韩愈笔下的落井下石者，在人格上还不如那位冬季砍树的父亲，因为这位父亲是无知而为，并在事后深感愧疚，又把教训说给儿子，不要重犯。可在平日生活中看到的落井下石者除有无知无意者外，多数是各怀心机。这其中不乏打击报复，嫉贤妒能，诬陷加害，或是借他人之危向上攀附，这就为人所不齿了。

南唐后主李煜被俘宋之后，一天，早已降宋的部下旧臣张洎登门借钱，李煜向张洎略说自顾不暇，无力周济之后，张洎涎皮赖脸说李煜太是悭吝。临走不止拿走小周后给他的祖传银盒，还随手把李煜手迹《虞美人》、《望江楼》等几首诗词掖入怀中。

张洎到家展卷读之，词中深蕴李煜怀念故国之情，即生孽念——他寻思这可以拿去告发李煜心怀不满，诽谤圣朝。若计谋得逞，一可领到赏银，二可助自己仕途腾达。于是就将李煜诗词送到宰相赵普手里。

幸运的是，赵普知其是险佞小人，常见风转舵，于是把张洎挖苦一顿："张大人，人命关天，不可儿戏，今后慎勿信口雌黄，无事生非，搅得神鬼不安。"张洎害人不成讨了个没趣。

韩愈对社会中的这种人，笔下给以鞭挞："今夫平居里巷相慕悦，酒食游戏相征逐，诩诩强笑语以相取下，握手出肺肝相示，指天日涕泣，誓生死不相背负，真若可信。"其意是，今天，有些人平时居住在里巷的时候，彼此仰慕交好，吃喝玩乐彼此邀请往来，融洽地聚在一起，假惺惺地有说有笑，互相表示谦逊。握手言欢时，像要掏出心肝给对方看，指着天日流泪，发誓不管死活，都不做对不起谁的事，真像可以信得过一样。

常言道："身衰恶菌肆，运仄小人多。"平日生活中看到，彼此阳光下相逢，你好我好，一派祥和气氛。然一旦狂风肆虐，驱逐他人临身峭壁时，有视而不见者，有拂袖而去者，有捡石以投者。下落者若还来得及回眸，就会隐约窥见往日聚首者的笑容变成了狰狞……这种人间丑相，人若不遭跌落的瞬间是万万看不到的。更令人费解的是，平日越是亲近的，此时投石更为狠毒，几乎是掷一石而让其毙命。

冬季砍伐一树，伤及一木；如果乘人阶下再施一淫秽之举加害于人，当是罪孽深重。有道是：人生一世，非仁不事，非仁不立。直面无辜落井之人，倘因自己以石相加而殒命，这不只是受世人唾骂，死者的鲜血也永远不会从个人心灵上洗清。

“认识你自己”

“认识你自己”，这是古希腊著名哲学家苏格拉底的一句名言。在古希腊德尔菲神庙的大门上，也有这句箴言：“认识你自己。”希腊人认为这句话是神谕，也是人类智慧的象征。

卡耐基曾经说过这样一段话：“发现你自己，你就是你。记住，地球上没有和你一样的人。……在这个世界上，你是一种独特的存在。你只能以自己的方式歌唱，你只能以自己的方式绘画，你是你的经验，你的环境，你的遗传造就的你。不论好坏与否，你只能耕耘自己的小园地；不论好坏与否，你只能在生命的乐章中奏出自己的音符。”

可多少人听了这些圣谕不以为然，甚而嗤之以鼻说：“人难道对自己还不了解吗？”“我对自己非常清楚！”这些说法可以理解，可实际情况，远不像人们讲得那么轻松。有多少人的一生没有走上正道，没有做出成绩，没有活出意义，没有释放出自己的价值，甚至是背道而驰。有的竟是违天道和人道，直接或间接危害了社会和他人，误其一生。深究其因，一是没有认识自己，二是对自己有所认识，但疏于管理自己处世行事的道德操守。

人所以漠视对自己的认识，首先是特立独行的个人，自立、自行、自爱、自尊与生俱来，而这些先天的自我意识具有很强的排他性。在日常行为中不自觉地往自己头上添加一道道光环，往身上附着一件件五颜六色的外衣，戴上优质的高倍放大镜，让自己屹立最高处，委座贵宾席，把自己优等化，从而以虚化了的我替代了原本的我。这时自己再看到的我，是放胖了的我，“高大”的我，鹤立鸡群的我。

古人云：“观人之失易，见己之失难。”面对大千世界，目光犀利，蛛丝马迹尽收眼底。看他人一目了然，从个性、品行到就事为人，几乎无不清晰。若是换个角度看自己，即使满身污渍，劣迹斑斑，也总是自我感觉良好。习近平同志在《之江新语》中讲道，天下无尽善尽美之事，世间无尽善尽美之人。问题在于自病不知，识己更难。常是不自觉地对己宽，对人严，唯我为上，唯我为尊，唯我为是的做派。这自然是自己的优点多，缺点少，长处多，短处少，唯我是正确的化身。如此而已，人际间的矛盾多了，争斗多了，多少不该发生的灾祸源头都滋生在个人没有认识自己，自己放纵了自己。人们常说：自己满身狐腥味，偏说别人是妖魔。人们的私心和偏见遮住了心灵的窗户，是人们不能真实审视自己的毒瘤。

其次是人们缺乏自我认识的意识。错误地认为个人会有什么好认识的，有口自会讲话，举足就能前行；自然是认识他人，评判他事，对自己是无须再认识的。所以，多少人每天忙于琢磨别人的得失成败，指责他人的失信缺德，却淡漠了对自己的心底世界的解读。对于自己的理想、自己的责任、自己的使命，从无认识的人，那就酷似蚂蚁活着只知寻食一样，庸碌一生。一个人不知自己的优势，不明自己的瑕癖，进不知方向，退不知归宿，力不知向何处使，汗不知向何处洒，有才没成事，有疵不警觉，浑噩一生，岂不可悲！有人说，世间最大的悲哀，就是人们不能自觉认识自己。

鲁迅先生说过：“我的确时时解剖别人，然而更多的是无情的解剖自己。”这是他向自己的人生观、世界观、价值观亮剑。这需要极大的勇气，这是一次内心世界的袒露，是人这个十足自私的动物很难做到的。在生活中，经常被大家提起的一句话就是“认识自己的本来面目”，我们真能认识自己的本来面目吗？

天下人形形色色：有执政为民，胸怀大众的人，有一心为己，当官谋私的人；有见义勇为，舍己为人的人，有贪生怕死，损人利己的人；有乐善好施，慈悲为怀的人，有为富不仁，心蓄乖戾的人；有知恩图报，心怀感激的人，有忘恩负义，恩将仇报的人；有胸襟坦荡，待人宽厚的人，有鸡胸鼠肠，斤斤计较的人；有讲礼义廉耻、信义和平、忠孝仁爱的人，有不讲礼义，无视羞耻，不讲信义，不忠不孝的人……

自己属于哪种人，自己反思过吗？敢于对号入座、自我画像吗？

认识自己，不啻以铜为镜，整衣冠，见美丑，重要的是触摸到自己的精神之宅。如果真有一面镜子，能够窥见心灵，呈现于面前的自己可能是：凶狠、野蛮、骄横、狂妄、贪婪、嫉妒、自私、虚伪……必然会令自己难堪到无地自容的尴尬境地。

德国作家约翰·保罗说：“一个人真正伟大之处，就在于他能够认识自己。”心理健康的人是有自知之明的，对自己的能力、性格等都能作出恰当、客观的评价。既能看到自己的长处，又能看到自己的短处；不会因为只看到自己的优势而盲目地沾沾自喜，也不会因为只看到自己的不足而自惭形秽。认识了自己才知道如何把握将来，绘制出切合自身实际的生活目标；不会对自己提出苛刻或非分的希望与要求；也不会因为周围人对自己的评价而束缚手脚。所以能客观公正认识自我的人，对自己总是满意的。这种状态可以使自己充满自信地迎接一切，更有利于在各种环境中开凿和挖掘自己的智慧和潜能。认识自己，就是要战胜自己，指导好自己的人生。

就心理学的研究，人不仅能意识到周围世界客观事物的存在，也能意识到自己的心理和行为。能把自己的意图、体验、思想和感觉报告给自己，进而驾驭和完善自己。根据自身的需求和社会的可容，自觉地调节自己的行为。人的这种自我意识功能，表明人是能认识自己的。

可社会实践让人们看到，多少人的一生就其家庭状况、社会资源、政治背景、个人资质是应该有所作为的。但令人惋惜的是他们行至人生中途被绊倒，功不成名不就，半途而废，追悔莫及。反思其故，一是没有深刻认识自己，一是了解自己而没有管控好自己。要么没有用己所长，或长处用之失度，走过了头，又走向了自己的反面，犯了聪明反被聪明误的错误。要么是没有把自己的短处孽念囚于椟中，任其泛滥，毁掉了自己。

人不能认识自己，犹如蜡烛不曾点燃，徒有其体；认识了自己，可放纵其驰骋，那就犹如无缰的野马，难料它奋疾何方，践踏何物。

人认识自己的目的在于驾驭自己的命运之舟，洞悉正确的航道，择好起航的时机，瞭望前进中的风浪，留意水中的暗礁，举目远方，掌橹定向，让自己的片叶小舟平稳到达自己渴望的彼岸。

对于有五千年文明史的中华民族，今天当是最美好的时光，无论立足国家或个人的视角看，都是如此。可目睹一批共产党员、昔日的领导干部，甚至还有不少高级干部，论其聪明才智、工作能力当不属低能者。可到了人生将要落幕时，有的已走过了甲子之年，反受牢狱之灾，这是何故？在国法给他们以鞭笞时，也隐约让人们感到：他们的人生本不该如此——就为那么几个铜臭，把自己充满阳光的人生之页倒上一盆污水，变成了社会要清除的垃圾。至此，他人痛惜之情不算多余，可作为自熄灯光者，可否也反躬叩问，自己对自己的本质真的认清了吗？

知己而为

人生谋事非不成也，多为己无能也；欲成其事，当首考其能，无能则不为；遑能而为，终留笑柄于天下。

荆轲刺秦王，马谡失街亭，赵括全军覆没，都属于不知己而为之。

“问君能有几多愁，恰似一江春水向东流。”这是南唐李后主于开宝八年（975年）春被押解汴京，成为囚徒，在“日夕只以泪洗面”的煎熬中喷吐的心声。他虽天资聪颖，通晓音律，雅好书法、绘画，工于诗词，造诣斐然，但却不是治国之才。

尽管他黄袍加身是历史的洪流所为，但历史对他的定格也并非仅此一种版本，任何事情的走向与结局都不是“自古华山一条路”。人到底该走哪条路，理当叩问自己之才，有无胜券在手的把握是很重要的。

中华巨轮之橹，觊觎者历来不绝，回望历史，掌好者又有几人？20世纪70年代，“四人帮”摩拳擦掌，虎视眈眈，其下场身败名裂，国人唾骂。这又是何故？权欲的烈焰让他们忘了自重几何。国家舵手一人而已，它并非鸿毛，人欲求之皆可得。就是拱手相让，也一定考问自己，能驾驭得了吗？倘不顾自身之能，那必将落得“蚍蜉撼大树，可笑不自量”的下场。

浩瀚的沙漠，人类常望之却步，而骆驼却在其中游刃有余，何故？因它一次进水可达 57 升，即使滴水全无，它还能坚持三周；就是食无颗粒，它还可以支撑一个月。所以骆驼步沙漠如入坦途。

茫茫荒野，兔奔如飞，可金雕捕兔，爪到可擒。何故？

金雕展翅苍穹，然它发现目标时，俯冲而降，时速高达 300 公里。

诸葛亮出山前深居隆中十年，运筹帷幄天下三分，刘备有其一；关老爷单刀赴会，仰仗着青龙偃月刀在手如弹鸿毛；武松信步景阳冈是自知浑身武艺……

常言道：山无脊梁要塌方，虎无脊梁莫称王。知己而为当是入世之诀。哲学家讲，内因是一切事物变化的根据。军事家推崇“知己知彼”，但首先是知己。不知己而举事，多是败绩，其理使然，偶有胜者当属“奇迹”。

改革开放初期，允许公务员停薪留职下海经商，随即就有一些文人投笔从商，殊不知商场恰是无硝烟的战场。在经济起伏的大潮之中，几个浪头就使这些文人墨客晕头转向，呛喝几口浑水，浑身湿得像落汤鸡一样，好歹挣扎上岸，当然也不乏赍志而没的。

全国优秀共产党员魏书生（初中毕业），初步社会是一名普通工人。他经过一百多次申请，终于踏上三尺讲台。他仅用四年工夫，就在全国中学语文教学天地独树一帜，成功的教学经验风靡神州，走出国门。其缘是他对自己在教学领域的潜能成竹在胸，跂望曦露滋润，即可郁郁葱葱。

钱伟长考大学时，数学、物理、化学三科考了 25 分，物理只考了 5 分。入校不到一年，他目睹日本侵略者在中国的暴行，义愤填膺，尤其直面日军飞机对祖国大好山河的狂轰滥炸，怒不可遏。于是他向校方提出申请，要从文科转入物理系，研究飞机的制造。他此举不单是同学们哗然，连校方对他的这一想法也颇有质疑。可他执着以求，校方最终还是批准了他的申请。“天生我材必有用”，功夫不负有心人，不到一年工夫，他就在研制飞机的事业中，取得突出成绩，令人惊叹不已。这说明他对自己的天资和毅力笃信不疑，他最初报文科，理科成绩不佳，只是他平日偏爱文科而已。

西方圣言：“认识你自己。”东方老子曰：“自知者明。”什么是“明”？就是有看清事物的能力，能对自己做出正确的估价，自己清楚自己。在做人上，从禀性、修养、风骨或者说处世观念，自己该是最明白的。立足社会，自己文韬武略的底蕴渊源，自己心中该是有数的。或者说人生十八般武艺自己能闪亮几招几式，三百六十行，自己进哪家院入哪个门最易深植根，站得稳，绽放才华，成就辉煌，自己应是胸中了然的。

毛遂敢于自荐，蔺相如“完璧归赵”是知己之为。历史上的李冰，自幼钟爱天文懂地理，善识水性。在修成都江堰的伟大工程之前就早已成竹在胸。所以都江堰历经沧桑2200多年，遭逢7级地震16次，而岿然不动，迄今还在泽被天府之国，滋润着蜀国沃园，堪称世界奇迹。

周恩来风雨一生，举重若轻。权延赤（《走下神坛的毛泽东》的作者）认为：周恩来不当一把手（帅），不当二把手（接班人），在“宰相”位置上鞠躬尽瘁27年。他被许多老人比喻为“军师”，事实上的“总参谋长”。这一切不能叫作伟大的谦让，而是伟大的自知之明。他太了解自己，他也太了解毛泽东。从而把他的人生雕琢到几近人间完人之境。

“朽木不可雕也。”人欲成事，当先敲击自己是否可雕。

“秀干终成栋，精钢不作钩。”什么质地，什么用场，作秀不得。

知己而为，就是直面肩负的重任能否担当得起，能否担当和勇于担当是两回事。对于面临的使命，不单是有无信心，重要的是能否不辱使命，自己该是知根知底，不可心存侥幸。尤其事关重大，不抱试试看的心态。

知己而为，并非宣扬人生要四平八稳，唯唯诺诺，扼杀勇于创新的思维，而是不知己而行事，事不能成反遭恶评是小事，害人误国是大事。

常看到，积极响应挑担者蜂拥而至，然真能挑好者寥寥。一个岗位报名竞争者成百上千，然真正干出成绩者太少。全国县委书记不知多少，可与焦裕禄比肩的还是不多。当然这原因很复杂，但从领导个人角度去考虑，是否也有知己不可而强为的呢？更不提跑官要官，满怀私欲的。

知己不可而强为的勇气可圈可点，从生存的观点看不必苛责，但从事情的复杂性和多元性看，知己无能就不为，比强为却造成损失要好得多。

做人，干事，知己能为则为，知己不能为则不为，吃不了三碗干饭，是扛不起千斤鼎的。力不胜任的官吏，于国于民贻害无穷！

人知己的目的全在于指导自己的人生。不知己去做事是“盲”人，知己不可而为是罪人，知己可为而不为是懦夫。

司马迁曰：“君子拙于不知己，而信于知己。”就是说，人生缺憾之一就是并不知己，而又常常迷信自己。这就会在自己的人生道路上常不能度德量力而行事，败迹误国，其咎在己。

人要自信无可厚非，但把自信扭曲成迷信，发展成执拗，抛却自己的素质而行事是不能亮绿灯的。有些人把自信嬗变到不顾自身之能和外部条件之可，置己于盲目的境地。或只着眼勇敢的精神，敢闯的劲头，几乎离开了现实，或以极左的行事方式做事，当发展到这一临渊之地时，人生就要偏离正道了。

“清心为治本，直道是身谋。”扪心自问：胸无百姓不为官，腑无天下不谋权，贪欲熏心勿理财，刚愎自用莫作帅……要明白，无情的岁月在一支支竹简上镌刻着：“蚂蚁缘槐夸大国，蚍蜉撼树谈何易”的笑资，其意在警示来者不要扮演自不量力的角色。日本军国主义急剧在复活，司马昭之心路人皆知。可其也真要清醒，21 世纪的中国已不是 1894 年的中国，也不是 1914 年的中国，更不是 20 世纪 30 年代的中国!

人生自知领域狭窄，所知之事难及九牛一毛，沧海一粟，不要自以为什么都知。现实中，原来是提大茶壶跑堂的，一夜醒来成了老板，这就飘飘然自感灵气通天，到处指手画脚，说三道四，俨然成了“人物”。其实还是白痴，表演的是不堪入目的丑剧，落下的是历史的笑柄。

垂暮之年，颔首沉思，人走过的弯道和错道大抵是，不知己而为，或知己不能为而为。

惜哉，晚矣!

学做稻穗

这里有一则故事。

一位父亲让儿子到稻田去看稻子是否成熟，儿子回来后告诉父亲：“今年的收成会很糟糕。”父亲问儿子为什么，儿子回答说：“我看到大部分稻子都是弯着腰，好像无精打采似的，肯定不会丰收。”父亲说：“儿子你还不懂，只有被沉重果实压着的稻子才会弯下腰，昂首朝天的稻子，它们都是秕子。”

这则故事给人很多启示。

稻子明白自己的生命力只有和土地完美结合，才会有未来沉甸甸的稻穗奉献给人们。它盼望着风调雨顺，为的是茁壮成长；它俯下身子，更是为了谋求成熟圆满。它以隐忍和含蓄的品格，汲取天地的灵气，浓缩自然的精华，彰显生命的本质。它奉献的粮食，是土地给予人们的厚赠。收割的时刻，人们把金灿灿的稻穗抱在怀中，脸上绽放出灿烂的笑容。

无垠的稻田是乡村的希望，每一个稻穗里孕育的果实，都是人们赖以生存的命脉。炊烟袅袅，是因为稻穗在滋养，人们甜蜜的梦乡是缘于稻穗的馈赠。

稻穗无言示意人们，弯腰是拒绝浮华，勇于担当，籽粒饱满是天职，谦卑的生活姿态才是生命的本质。

稻穗和秕子，让人们想到老牛和驴子。牛的一生，虽不曾有骐骥之跃，但耕耘田间，步履踏实，蹄印深深。北宋时李刚写诗赞曰：“耕犁千亩实千箱，力尽筋疲谁复伤？但得众生皆得饱，不辞羸病卧残阳。”人们把它的形象美誉为“老黄牛精神”。而秕子有点像黔之驴，虽庞然大物，但却为虎食之，这足见它的无能。平日里昂首嘶鸣，人们闻此噪声多感到不爽，常戏谑“黔驴技穷”。而秕子长于稻田，人们见之就随手薅掉，并送一不雅之称：毒草！

弯腰显现着实干和负重。猫捉鼠，虎猎物，总是把身子贴伏于地，以备全力出击获取胜利。君可见，农夫耕地要面对黄土，工人师傅俯首车床，渔民捕鱼背弓拉网，环卫工人手握扫把，眼睛向下，知识分子伏案疾书……不一而足，劳作就要躬身。唯如此，事业才会有所成果，才会赢得社会的尊重。

环顾社会，行业如林，门类繁芜。但不管哪个系列，大凡事业有成，贡献拔萃者，无不是领军人物，学科骨干，攻关精英，团队中坚，他们像稻穗一样力鼎千钧默不作声，负重隐忍。他们的一生酷似稻子，在土地的怀抱里生根、长叶、开花、结实，到成熟的季节，低下头颅，做出虔诚的奉献。

稻子弯腰启人心扉，稻穗低头令人幽思。因为人生路上举目远眺，看清方向固然重要，但脚落之地更不可小觑。

常言说得好，看清眼前地，迈开膝下足。多少人才华横溢，目标远大，前程似锦，可一失足便成千古恨，轻者事业无望，理想落空，重者毁其一生。

“低头”做人是比喻，不是从姿态上耷拉脑袋，而是要心宅平实，高傲是要碰壁的。

年轻时的富兰克林去拜访一位老前辈，他挺着胸脯，大步流星，进门时“嘭”的一声，额头重重地撞在门楞上，顿时肿了起来，疼得他哭笑不得。老前辈反倒笑着对他说：“疼吧？这可是你今天最大的收获。一个人要想洞察世事，练达人情，就必须时时刻刻记住低头。”

“学做稻穗”，意在借物喻人，劝戒做人要像稻穗那样籽粒充盈，贡献默默；而不要生如秕子，总是挺着身子摇头晃脑，颗粒不着，虚耗生命。要学稻穗，籽粒越满，腰越要弯下，头颅越低下，越亲近养育它的土地，始终不忘它自己是从哪里来的。

而“聪明”的人，恰恰做不到这一点。一有些微成绩，就立马挺腰扬头，把成就垫到脚下，成就越多，垫得越高，自己的身子脱离大地越远，荡荡乎，不知自己从何而来。不明白，人生做出成绩和稻子长穗一样是天经地义，是本分。不该把微不足道的成绩，放到显微镜下去看，从而堵塞心路，模糊双眼，迷失方向，行之不远。

现实中让人看到更多的是，有些人取得芝麻大点成绩就沾沾自喜。从十几年的副科级变成了正科级，激动得按捺不住，从百里之外给亲朋好友打电话报喜；将不同报纸杂志上英模人物的事迹集录成册，就在亲戚圈里宣扬自己成了作家；把某一生产工具做了少许改进，就摆起发明家的谱来；把文字由叙述方式变换成长短句，既无诗情诗意，又不合平仄韵律，就给自己冠以诗人头衔……诸如此类，要比比饱满的稻穗，真让人羞惭难已。这些像秕子一样总是“扬眉吐气”，自诩什么事都能“摆平”的“风流人物”，旋踵之间，一个接着一个，向围着电网的高墙大院走去。

在印度孟买佛学院的建筑有一处世称“经典之作”。学院为使学生受到“弯腰与低头”的洗礼，在它的正门一侧，又开了一个小门。这个小门只有一米五高，一个成年人要想过去必须低头，否则就只能碰头了。这也正是孟买佛学院给学生上的第一课。所有新来的人，教师都会引导他们到这个小门旁，让他们进出一次。很显然，所有的人都是低头弯腰进出的，尽管有失礼仪和风度，但确能使每位进出者有所覃思。这种身体感悟远远超过了说教。教师说，大门里出入当然方便，但人生有很多时候，我们要出入的地方并没有壮观的大门。倒是在不少时候，只有那些暂时放下尊贵和体面的人才能够出入。否则，你就只能被挡在院墙之外了。所以人们常说，人到屋檐下，不得不低头是很富哲理的。

对于孟买佛学院的刻意之作，或许有人不吝苟同。但人步繁世，“弯腰与低头”这一课当是不可或缺的。

看过央视《大河儿女》，对剧中主人公贺焰生该会有难以忘怀的印记。从性别上看，贺焰生是个爷们；从做人来审视，他是正义的化身，是一切邪恶的克星。面对日本鬼子的屠刀，他彰显了中国人的民族气节，煞尽了鬼子的威风。他是个从不低头的钢铁硬汉，然在日本人和汉奸的合谋下，要立即活埋——他家、叶鼎三家、耙子家，共三代八口人时，他低头了。他接受了日本人加藤提出的三个条件，换回了八口人的生命。可就在他把另外七口人安排妥当，让其逃出虎口之后，他怀揣炸弹与汉奸邓韶光、加藤等十几个日本要人同归于尽了。他一生就低这一次头，弯这一次腰，换取了中华民族的气节，彰显了中国人的性格。这样的低头是国格，是民族的担当。贺焰生的低头让苍天和山河为之震动。

常人弯腰低头是为了做好人，走好路。为官者低头是为百姓服好务，办好事，那就要像稻穗一样，时时眼睛向下，面对土地，走进百姓中，了解百姓事，知其百姓想，解除百姓困。眼睛向下，方知该做什么，不该做什么，才会与群众互为鱼水，得到群众的拥护，永远立于不败之地。

时下有些官员，仰首向上，不知民情，不解民怨，忙于迎来送往，请客送礼追逐个人仕途的升迁，陶醉于奢侈腐化的日子。从而败坏社会风气，贬损政府形象，疏离党群关系。此风蔓延，伤民误国，后果堪忧。

人落尘埃理应像稻穗一样纯朴憨厚，卑躬做人，看上去少几分扬眉阔步的风姿，可凝眸足下，了然人生路上的风云翻卷，它会使自己举步更稳，脚印深坚。

弯腰的不一定是真驼背，颔首低眉未必不能目眺天涯；若照秕子做人，在人生路上，多数是行至途中就黯然下车了。

诚心待人

诚心待人，就是在与人的交往中，真诚实在，没有名的渗透，没有利的驱使，只有真纯朴实。它对所有人都一样火热，它的跳动使所有人都感到温暖。

在人际交往中常闻：此人言不由衷，或曰有行而心不至。这足见人们交往，不只听言、观行，更贵其心。因在彼此相济之中，似乎确有听其言，激昂慷慨，视其行，磊磊落落。然让人事后默思，总感彼此之间宛如薄纱一层，朦朦胧胧，隐隐约约。甚至有人在咫尺，心距千里之感。

人与人要有思想沟通，也需相互搀扶，更贵心的托出。

“慈母手中线，游子身上衣。临行密密缝，意恐迟迟归。”慈母无言，她的心在缝衣的密密针线中穿梭。

对走到崖边的人，伸手拉他一把，你的心融进了他的生命之中；医生用手对病人轻轻抚摸，患者感到一股暖流融进心窝，顿时觉得精神轻松，似乎病也轻了许多。

“赵氏孤儿”千载传颂。每当舞台上出现程婴的形象，观众总以一种难以名状的情感在凝视着。每当程婴在哭诉抚养孤儿的艰辛时，台下常有不少观众潸然泪下。程婴之名永远镌刻在百姓心中，这是因为程婴掏出了自己的心——献出了自己的骨肉，拯救了这个婴儿，为赵氏家族保住了一条血脉。

在抗日战争中，河北省密云县一位母亲把自己丈夫和五个儿子都送到抗日前线，而她的这些骨肉亲人又都先后为国捐躯了。这颗心爱的是祖国，爱的是千千万万的同胞，这是一位普通母亲的心，也是一颗伟大母亲的心。

北宋理学家邵雍曾在山中向农妇讨水喝，农妇舀了瓢水递给他，还拿了把干草放到瓢里。邵雍觉得受到了极大的侮辱，但还是边吹着干草边把水喝了下去。之后邵雍问：你为何这般做事，给瓢水还要在水里加把草？农妇笑而答曰：我见你气喘吁吁，一定是特别渴。大口喝凉水，容易呛坏身子，往水里加把干草，是为了让你慢慢喝水。邵雍听了农妇的解释泪流满面。

邵雍流泪不是因饮了农妇这碗水止住了渴，而是被农妇那颗纯朴善良的心所激荡。

20 世纪的人们曾一度生活在物质相对匮乏的年代里，饥饿的人是多数。一天，一位长者家里来了一位农村女客，来客正赶上长者家吃卤面。长者唯恐来客因不好意思只吃一碗会忍饥，所以在盛那碗卤面时，从碗底一层一层盛，每层都压实在，盛满后端给这位客人。这碗面条客人没有吃完，剩下又不好意思，但最后还是剩下了。客人后来对人说，那碗卤面吃着不敢用筷子去动，一拨碗就满了。

待人之心不必挂在嘴上絮叨不休。这位普通长者把待客以诚的准则完完全全融入到客人最后吃不完的面条之中。

“百姓谁不爱好官？把泪焦桐成雨。生也沙丘，死也沙丘，父老生死系。暮雪朝霜，毋改英雄意气”“为官一任，造福一方，遂了平生意”……一首《念奴娇》词，写尽党的好干部焦裕禄的为民之心。

焦裕禄同志是县委书记的榜样，也是全党的榜样。他虽然在兰考工作仅 474 天，但在群众心中铸就了一座丰碑。他的事迹历久弥新，他的精神穿越半个世纪仍为人民所传颂，这是因为他“心中装着全体人民，唯独没有他自己”。

南非人民为了表达对曼德拉的尊重，议会通过决议，尊崇他为“南非终身名誉总统”。2009 年，联合国将曼德拉的生日——每年的 7 月 18 日定为“国际纳尔逊·曼德拉日”。

曼德拉之所以赢得世界如此崇高的荣誉，是因为他是以领导黑人争取自由平等而入狱，可 27 年的囚徒生涯，使他的人生观发生了根本改变。他深知，黑人的解放不是少数高层黑人的解放，没有每一个人的自由与平等，就不会有整个黑人种族的自由与平等，他的胸中装着所有的黑人与白人。

监狱里的磨难没有助长其仇恨，相反他更认识到宽恕的意义。他在就职演说中讲：“让所有人得享正义。让所有人得享和平。让所有人得享工作、面包、水、盐分。让每个人都明白，每个人的身体、思想和灵魂都获得了解放，从属于自己。”

曼德拉的心超越了种族、宗教、政治……他把心捧给了南非人民，也捧给了全人类。

以心待人，这颗心就是仁爱之心，就是“善根”。只要不是战场上的兵戎相见，在大是大非泾渭分明前提下，每个人都应怀着人道主义的慈悲，对谁都应给予真诚的帮助和关爱。

1976 年 1 月，周恩来逝世，万人空巷，十里长街送总理，哭声恸天。何以至此？

1937 年 6 月，周恩来在崂山遇险，护卫他的十多名警卫战士牺牲。事后周恩来和另外三个虎口脱险的同志合影留念。周恩来在照片背后写上“崂山遇险，仅余四人”。这张照片一直珍藏在他的贴衣口袋里，直到病逝才被人发现。这是他对救命恩人之心的写照。

1949 年春，国共最后一次谈判破裂，国民党的谈判代表中多数愿留下不归了。但张治中说：“别人可以不回，我作为团长得回去复命。”周恩来说：“西安事变时，我们已经对不起一位姓张的朋友（指张学良被蒋所扣），现在不能再对不起一位姓张的朋友。”

翌日，他亲自来到六国饭店请张治中一同到西苑机场。张治中怎么也不敢相信，从飞机上走下的是他的夫人和儿女。原来，周恩来早已安排地下党对国民党和谈代表的家属，还在国统区的，大多作了安全转移。只等谈判一有结果，就立即把愿到北平来的，都尽力帮助接到北平来。这是周恩来对待“敌人”的心。

周恩来以一颗慈爱的心帮助着每一个需要帮助的人。他得知日本著名女运动员松崎君代婚后无子，就安排她到北京看病，终于得子。这是周恩来对待曾是敌国的人民的心，这颗心已超越了种族和国界。

在为周恩来举行遗体告别仪式时，群众的泪水把地毯洒湿了直径一米的一圈。总理把心给了人民，人民也把心给了总理，人民总理爱人民，人民总理人民爱。

随着国家的繁荣昌盛，国民素质也日益提高，各行各业都有“感动中国”的人物。“最美妈妈”、“最美乡村教师”、“最美乡村医生”……在这些最美人物事迹的报告会场，多少听众热泪簌簌，原因并不深奥，就是这些“最美人物”的行为中蕴含着一颗纯真博爱的心。这颗心温暖和感动着所有的人。

但愿天下人，能够诚心待人，肝胆相照，那么和谐与和平就会有望在人间永驻。

第一等学问
——说“他人意识”

这个题目让我首先忆起的是鲁迅先生的侄女周晔写的一篇文章——《我的伯父鲁迅先生》。此文末尾一句是：“的确，我的伯父就是这样的一个人：为别人想得多，为自己想得少。”

继而想到，陶渊明在做彭泽县令时，送一个仆人给他的儿子，并带去一封家信，信中说：“此亦人子也，可善遇之。”胡适在《领袖人才的来源》一文中，讲他读到陶渊明这封家书对他的影响时说：“这寥寥九个字的家书，印在脑子里，也颇有很深的效力，使我三十年来不敢轻用一句暴力的辞气对待帮我做事的人。”这九个字所以对胡适有如此大的影响，是因为陶渊明的善良品性和胡适善良品性发生了共鸣，或者说是陶渊明在这里的行为激活了胡适潜在的人性。陶渊明在告诉儿子，你是“人”的儿子，这位仆人也是“人”的儿子，作为“人”的儿子，在人格上是平等的，要善待他，不可刻薄。一位东晋时代的县令、封建社会的文人对一个仆人有这样的善待和关爱，怎不令人钦敬？

一事当前，他人第一，可以称之为“他人意识”，旨在弘扬人与人之间的关爱、关照。北宋程颐认为：“临事肯替别人着想，是第一等学问。”朴素的语言，凝聚了立世的命脉，道出了做人的根本。

华夏五千年，“老吾老以及人之老，幼吾幼以及人之幼”的博爱思想薪火相传，为他人不惜汗水，为民族甘洒热血者不计其数。看今朝和谐社会的人们，小到乘车让座，大到舍己救人，好事层出，义举纷呈，精神文明之花绽放，让人欣慰。

每当西瓜成熟季节，行走在新疆的沙漠里，就会看到一种现象——人们把吃剩的瓜皮翻扣在地上。在你大惑不解时，人们告诉你，那是前行者吃去瓜瓤后，怕后来者行至此处，一时口渴难耐，保留好瓜皮还能解他人一时急需。

一位送水师傅，因为电梯坏了，只好扛着水桶爬了二十多层的楼才把水送到用户家里。大爷见送水师傅气喘吁吁、满头大汗，先让儿子倒水，又让师傅坐到沙发上休息。送水师傅憨厚地推辞说：“大爷，我还要赶着给别人家送水，没时间休息。”说着提桶要走，儿子随手就去关门。大爷忙拦住儿子，手扶着门框，对下到楼道上的师傅说了声“再见”，直到师傅拐过楼梯口，才转身轻轻地关上了门。他对儿子说：“人家为我们送水爬了23层楼，他前脚离开，我们背后‘砰’的一声就把门关上，送给他的只能是心寒。我们只晚十秒钟关上门，他的感觉就会大不相同。”

北京王府井大街上有一位修钢笔的老人，每月收入两千多元，生意惨淡。而他要把这间铺面租出去，每月的租金五千多元。当有人问这位老人为什么不把临街门面房租出去时，老人说，我每月少这三千多元，不影响我的生活质量。要知道，全北京仅有我一家修钢笔的铺面了，喜欢钢笔的北京人大多知道我，我能为这么多人服务，这比我一个月多挣几千元不更重要吗？这位七十多岁的老人在经营人生时，把为他人着想看得比金钱重要。可以说，老人的朋友遍北京，老人的精神满神州。

豫西白云山，海拔 2216 米。不宽的山路有许多抬滑竿的山民，尾随游人身后，描述着登山的艰辛，劝说人们乘坐滑竿。不少游客坚决不坐。即使是坐上的，也有一些心地善良的游客，不忍心轿夫的疲惫，大都这样说：我走一会，坐一会，咱们都不累，到山顶我按原价付钱，不让你们白忙。

往日也偶遇到抬轿人和坐轿人因路途远近和收费多少而颇有微词，如今游客与轿夫竟然如此和谐，心心相印，各自总惦记他人。照说，游客付费坐轿无可厚非，可这些心中总装着轿夫的游客，其品格实在令人感动，令高山颔首。

在很多时候，只要我们把别人的事看得比自己的事重一些，并且为了别人的事情付出了自己的真诚和努力，就一定会赢得别人的尊重。

常言道，一滴水能折射出太阳的光辉。所述几件小事，虽不惊天地、泣鬼神，但他们的形象跃然于纸上，令人敬仰之心油然而生。

有学者把人分为可爱的、可贵的、可敬的三个品位。以上发生在现实生活中的几件小事中的小人物，虽没有豪言壮语，但他们鲜活的身影是纯朴的、可爱的。他们都以自己的身体力行，在展现着自己生存的价值。什么是人生价值？愚以为遇事想到他人，言行益人益世就可活出价值。反之，生性卑劣，遇事先替个人打算，有便宜就拾，见利益就沾，从不吃亏的人，当他蓦然回首自己的平生时，心头的沮丧和黯淡会令他自惭形秽，颜面无光。即使蛮有才华，人们对他多会敬而远之。因他人品低下，人脉惨淡，他们的才华也终难充分施展，这种人一生难成大器，多是离群索居，茕茕孑立常是他们的结局。

社会是大众的家，要靠人人做出奉献，做出牺牲，每个人应从身边小事做起，想着他人，为着他人。周总理在职时坚持不许更改自己办公室的电话号码，为的是让群众有事能找到他；他不让司机在闹市开快车，怕的是惊扰路人；他也稍稍停下忙碌的脚步，为的是让身边的秘书安心地吃完一碗饭；为了体验市民生活，他和群众一起乘坐公共汽车……他心里既装着国家的兴衰，也挂念着百姓的冷暖。周总理的道德风尚堪称楷模。这样的人多了，社会上的冷漠、纷争、怨恨就少了，我们的社会就会更美满、更和谐。

“一个人的生命应该为他人放射，在必要的时候还应该为他人牺牲。”巴金先生希望“每个人都有住房，每个口都有饱饭，每个心都得到温暖”。这是他的人生信律。这种人生理念属于古今中外的哪个教义，哪个学派，我说不清，但这种生之就要为他人着想的思想是值得信奉、尊崇和践行的。

人生之要，做人为先，而胸怀他人之德当独领风骚。倘如此，不管一生步入那家之道，立足何处，都会屹立于众星拱月之境。

再说“他人意识”

他人意识是做人的基本理念。人类群居而生存，依附于社会的大家庭是基本的生活模式。没有人与人的相互依赖，仅凭个体则无法生存，至少说生存是十分艰难的。所以个人利益与他人之间并无根本冲突，实质上是相得益彰。相反，漠视他人利益和生存，一定是直接或间接地伤害着自己，只是有时候表现得不那么突出，自己当即还感受不到而已。

就说一个人成功的背后，都有着他人的鼓励与支持。即使自己是千里马，没有伯乐的慧眼，也可能一生就在槽枥之间郁郁而终。

爱因斯坦每天都提醒自己：“我的精神生活和物质生活都依靠别人的劳动，我必须尽力以同样的分量来反偿我所领受的至今还在领受的东西。我强烈地向往着俭朴的生活，并且时常为发掘自己占有了同胞们的过多劳动而难以忍受。”

他人意识的外延就是群体意识，小到家庭，大到民族和国家，乃至世界全人类。所以这一做人意识的牢固确立，对于集体的壮大，民族的强盛，国家的兴旺而言，就是源头活水，就是深厚的根底。每个人这种思想越浓蕴，这个民族的向心力、凝聚力就越强。

人都希望生活得快乐与幸福，可什么时候最快乐？心中装着别人。什么时候最幸福？能够帮助别人。

在自己助人的意念还没有植根的时候，或者说还没有步入到情自心田，甚至还不太乐意的时候，你可以“违心地”克制自己，以禅心修身之志，去责令自己做一次该做的善事，帮一个需要帮助的人。从精神上“对别人表示关心和善意，比任何礼物都能产生更好的效果，比任何礼物对别人都有更多的实际利益”。（卢梭语）从俗卑起步，把自己吃不了的，穿不着的，用不尽的，花不完的，刻意送给需要吃的，需要穿的，需要用的，用得着的，急需用的人们。还有，在亲戚、朋友、同事和身边的人突遭不幸，或精神受到重大伤害时，我们要及时前往，看上一眼，稍坐片刻，送上一言半语的安慰，这看似微不足道的末节，可能会把他人从痛苦的陷阱中解救出来，从悬崖边上拉回来，它不是金钱，但这些善举又非金钱所可比。此刻无须多虑对方什么态度，只管去做。转过身来，走在回家的路上，或躺在三尺床上，品味一下，心情是否有比平日爽快的感觉；咀嚼一番，心里是否比平时舒坦顺畅；体验一次，可否觉得生活实在了好多，或许那一刻才真体味到自己活着的价值。才真理解“帮助别人快乐自己”的雅语，不是时尚的溢美之词，而是那些善良人们萌自肺腑的真情实感。

德国学者阿尔贝特·施魏策尔说：“真正快乐的只是那些寻求并发现如何服务他人的人。”如此体会，人活着乐于助人的价值，要比开着豪车飙车兜风，坐着私人飞机凌空遨游，生活在“朱门酒肉臭”中，感到实在得多。这除了自己心中涌上无限的欣慰之外，更增加许多人生的自信。

如此看来，这种助人为乐是否是在作秀？不管别人如何议论，做下去就是耀眼的人生资本。

有一则故事颇耐寻味。有个盲人夜晚提着灯笼走路，有人问他，你自己看不见，提着灯笼有什么意义？盲人说：“我是看不见，可别人看得见，这不光是给他人照明了路，也可以提醒别人不要撞到我。”故事听来是盲人提灯笼在为他人着想——为别人送去了光明，其实也给他自己带来了安全。着实，遇事替别人想想，在某种程度上也给自己馈补着滋养。

四川一对感染艾滋病毒的夫妇因驾驶摩托车受伤，血流不止。他们不管在路上还是在医院，总是真诚而善意地提醒别人：“我们是艾滋病感染者，请你们小心，不要让你们的伤口沾染了我们的血液。”他们这样做，身体里的血液一定是平缓、柔顺、温暖地在周身畅淌着。

一位在极端绝望中收到社会援助的艾滋病人，临死前只有一句话：“这病害人，我没有任何可奉献的，只有身后一具遗体可供研究。”我们有理由相信，这位病人，一定走得坦然、舒心，也会一路走好。

这种强烈的他人意识，也从背后在呼唤着，或者说震撼着，或者说挞伐着社会大家庭中对艾滋病患者的偏见——他们不怕病魔，但令他们栗栗寒心的是漠视。做人不要歧视任何一个人，尤其是命运的不幸者；给他们一点温暖，也许他们就会坚强地站起来。

他人意识的精髓是善心待人。

有一位外国学者，在肯尼亚内罗毕的购物中心见到一位中国武汉大学的女学生。他以略含不解的语气问这位女学生，你为什么远道来到这里？女学生不假思索地说：希望利用暑假时间到内罗毕的贫民窟做一些志愿工作，帮助这里的人们。这位女学生把满腔的仁爱送到了非洲，播洒于人间。

从孔子的“己所不欲，勿施于人”，到《马太福音》的“你们愿意别人怎样对待你，你们也要怎样对待别人”，让人们懂得不同领域，不同种族，不同宗教，不同文化的人们，都希望别人尊重自己，关爱自己。

《人民日报》登载的《“仁义”提升中国软实力》（作者奈仁·奇蒂，是澳大利亚麦考瑞大学软实力倡导与研究中心主任）一文中写道：“有一次我在北京打车前往一个购物中心和朋友见面，由于我不会说中文，而出租车司机又不会说英语，我们走错了地方。迫不得已，我只好给朋友打电话，请司机告知具体位置，等朋友来找我。在一个多小时的等待时间里，出租车司机一直耐心地陪着我，并拒绝了我要付给他双倍车费以表谢意的请求。”这位司机的襟怀是待人没有国别，不分种族，只有宽厚。他给别人留下余地，他也必将得到一片蓝天和沃土；他为别人拓展坦途，他自己面前的路也必将是广阔无垠，条条畅通，一路绿灯。

天之道，乐他人之乐者，他人亦乐其乐；忧他人之忧者，他人亦忧其忧。反其道而行之：欲塞他人之径时，恰恰断绝了自己的生路。

《菜根谭》中说：“路径窄处，留一步与人行；滋味浓时，减三分让人尝。此是涉世一极安乐法。”它告诫人们在道路狭窄之处，停下来让别人先行一步，有好吃的东西不要独食，要拿出一部分与别人分享。如果人经常这样想，这么做，快乐和幸福就会陪伴自己的一生。

因为也门国内的动荡，中国在撤回本国侨民的同时，也帮助其他15个国家279名侨民撤出，赢得的是国际上的赞誉，看到的是外国被撤侨民灿烂的笑容。这正是鲁迅先生讲的：“在生活的路上，将血一滴一滴滴过去，以饲别人，虽自觉渐渐瘦弱，也以为快活。”

生之有为人之心，犹如在面前铺就了一条平坦、宽广洒满阳光的大道，供自己自由驰骋。

文如其人乎

“文如其人”理当如此，但事实却不尽然。

英国作家约翰逊在《知识分子》一书中，专门揭露历史上深受尊敬的西方思想家和作家。如卢梭自称生来是为了爱，实际上最忘恩负义，听任养母兼情妇华伦夫人贫病而死；他把五个亲生孩子送进育婴堂。托尔斯泰信奉“博爱”，但从他的日记中看到，他对临死的兄弟一眼不看。海明威说谎成性，伪造自己在大战中的经历，无中生有地编造自己的性爱故事。尤其是罗素，他以坦诚自诩，然“不顾高龄，仍在追逐他遇到的第一个穿裙子的人”。

近代英国大哲学家、作家弗兰西斯·培根在《论人生》一书中：论真理、论友谊、论善、论美……写的境界崇高、语言犀利、析理鞭辟，可他一生中却做过若干与自己作品所述背道而驰、愧对德行的事情。他在穷困潦倒时，女王的宠臣艾塞克斯伯爵向女王推荐了他，女王赠送他一座大庄园。可艾塞克斯在女王面前失宠以后，培根则向女王告密，提供了致艾塞克斯以死罪的证据。为此，培根从女王那里领到 1200 英镑的赏赐。

历史上，现实中，确有不少道貌岸然的伪君子著作等身，享有盛名。尽管欣赏他们的大作时不必深究作者的身世经历，但确实不知他们有多少美文是为了掩饰自己丑恶的灵魂！

芸芸众生，言行不一者有之，人不如文者亦有之。靠文识人，有时就会把秕子看成良种了。岁月的风雨，世事的沧桑，历练出不少“秀才”以浓墨扬起“替天行道”的大旗，然其行迹与之文章格格不入，污秽不堪。

有的诗文感动得让人“一吟双泪流”，可有些撰文者的作为却也叫人诟病。比如《悯农》的作者李绅。“春种一粒粟，秋收万粒籽。四海无闲田，农夫犹饿死。”这首诗千古流传，妇孺皆知，可谓影响广远。仅读其诗，对李绅的“悯农”之情倍感真切。然观李绅之行，他步入仕途之后，恰恰是个酷吏。他在为官后，“渐次豪奢”，尤喜鸡舌，每餐一盘，需杀鸡三百。据记载，他在淮南当节度使时，“李绅以旧宰相镇一方，恣威权”，“持法峻，犯者无宥。狡吏奸豪潜形叠迹。然出于独见，僚友莫敢言。”由此可知，连狡吏奸豪都吓得“潜形叠迹”，那普通百姓更是战战兢兢，日子难熬了。“邑客黎人，巨罹不测，渡江淮者众矣。”就是说，人们对李绅的暴政不堪忍受，惶惶不安而纷纷渡江淮逃难。而当有人向他禀报“户口逃亡不少”时，他却说：“汝不见掬麦子乎？秀者在下，秕糠随流者不必报来。”言外之意，逃亡的百姓在他眼里就是秕糠，不值一提。李绅的所作所为，尤其是对待穷苦农民的表现，与他笔下的诗句相去天地令人寒栗。

你是否读过《索洛维茨岛——犯人的天堂》？文中鼓吹岛上的生命无与伦比，到处都显出“寂寞和惊人的美”。

索洛维茨岛是苏联在 20 世纪 20 年代的劳改营。有一个叫马尔扎戈夫的犯人，从岛上逃出，在英国出版了一本书——《我的六十二座监狱和我从索洛维茨岛的逃亡》。此书在欧洲引起极大反响。

苏联为了驳斥“那本卑鄙的国外伪造出版物”，选派高尔基去岛上视察。

在高尔基踏上该岛之前，监狱当局作了精心伪装，设施均为之一变。把衣不遮体的犯人全部集中起来，用帆布苫住，望去恰似一堆废物。

躺在长椅上的犯人，手捧报纸，津津有味地读着，但报纸全是颠倒的。高尔基见后伸手把报纸倒转过去。

在参观儿童教养院时，一个14岁的小男孩从迎宾队伍中走出来，大喊：“高尔基，你看见的都是假的。想知道真的吗？要我告诉你吗？”高尔基单独同这个男孩谈了一个半小时，离开时眼含泪水。高尔基走后，这个小男孩很快被枪毙，也没留下姓名。

高尔基回到莫斯科后，“以雄鹰和海燕的名义，宣称拿索洛维茨岛恐吓人民是毫无根据的。宣称犯人们在那里生活得非常之好，改造得也很好”。高尔基向权势屈服变成了企鹅，说出了让他终生不安的骗人鬼话。

文如其人有，文不如其人，也有。不可以偏概全。要读其文，思其人，并非挑剔。高尔基倒转报纸，眼含泪水，单独与那位无畏的少年面谈，然后又如此挥洒撰文，真让人替他羞愧。

书要读，然未必尽信！

毛泽东与他的秘书小孟（毛泽东称他“孟夫子”）谈到读《资治通鉴》时讲过这样两段话。

其一曰：“孟夫子，不要以为书上编的是事实，句句是真理。我们现代人写书对事实都有自己的选择，我们古人就那么客观？代代相传就不会走样？比如，写一个人，他的臣下往往说好话，甚至吹捧，他的敌人往往攻击。这一代人这样写，那一代人又往往那样写，言过其实的东西很多。都是白纸黑字，你信哪一个？所以需要怀疑。你怀疑，你就去找别的资料，对照一下，这是一种常用的方法。”

其二曰：“……本朝人编写本朝史，有些事不好说，也可以叫作不敢说，不好说的事大抵是不敢说的事。所以历史上的书，本朝人写本朝的大抵不实，往往是后一代人去写。”

对于一个文人的认识，不可拘囿于文；读其文，也要识其人。这样对文对人就会有一个更客观、更全面的认识。

文坛的大门敞开着，凡嗜笔墨者畅通无阻。所以读者灯下尽可欣赏到华章篇篇。或歌颂，或鞭挞，多在为民、为国、为世道、为人心在呐喊，读之令人拍案叫绝。但就在这些挥洒自如者中，也不时耳闻他们的秽行劣迹，或为名利，或为权欲，神魂癫狂。其文章字如玑珠，金碧牌坊，观其行，如娼似盗。让人寒心失望之际忆起鲁迅在《中国人失掉自信力了吗？》一文中说：“要论中国人，必须不被搽在表面的自欺欺人的脂粉所诓骗……状元宰相的文章是不为据的。”

许多生活阅历不深的读者，往往以为作家所宣扬的思想即是作家自己追求与实践的品格。事实是有些作家的品行与人品是两种版本。

古人说，行有余力，则以学文。可见行居首位，文墨次之。所以，与人交往中，切勿听其言而轻信，读其文而膜拜，慎当观其行而凝思之……

观其行，更要警惕眼睛被骗了。孔子在发觉“错怪颜回”偷着吃饭的事后，感慨地说：“我信任的是眼睛啊，可是自己的眼睛所看到的也不是完全可以相信的；我依靠的是心啊，可是心里所揣度的也不是完全可以依靠的。”

照一般规律，自己获得的感觉材料是可以信赖的。但凡事慎莫绝对，任何事物都有特殊性，即使亲眼目击，也不可不加思考、分析，而全然信之。尽管人们感觉是认识事物的起点，但毕竟它不是客观事物的全部。由于种种原因，人们在观察事物时常出现表面化、片面性的认识，圣人也不例外。所以从感觉获取的材料要去粗取精，去伪存真，由此及彼，由表及里地冶炼，使之上升为理性认识，识人才会正确。

读文识人也当如此，读之，更要思之……

“铁哥们”

写下这个题目，是因为它在当今很是时尚：从电视屏幕上，或从餐馆里、夜总会、大街上，“铁哥们”的呼喊声不时钻进耳鼓。“铁哥们”遍布于各行各业，活动范围之广是无孔不入，哪个角落都有。其后果多是惹是生非、灾祸频频，社会不得安宁。尤其是在灯红酒绿、觥筹交错的宴会厅中，“铁哥们”推杯把盏三巡之后，“壮士”们挽起袖管，有的就裼衣露身，拍着胸脯，铿锵其词：“为了‘铁哥们’……”接着就是“兄弟们”个个擎杯胁肩谄笑：“‘大哥’……听你的……”听着这些言动情端、壮怀激烈之语，真感到他们大有生离死别之慨。

先要说明的是，笔下的“铁哥们”与“朋友”的概念不搭界。因为这种群体的成员之间，只有私利，没有人情，更无“义”云云。勉强向“朋友”去攀附，那只能是“朋友”的异变。这些人鬼难辨的幽会者，各怀鬼胎，无根无缘，犹如几片乌云，倏聚倏散，其实都是人间的毒瘤或怪胎。

这种毒瘤之所以滋生、成长，聚成朔风，其因思之有三：一是各怀图利之心，抱团取暖，利益均沾，拉大旗作虎皮，可以狐假虎威，比之单个行事，或许一时能彰显依草附木之威。二是对人的鉴识能力低下，误以为聚首都是友，同路皆兄弟；对人只观其标而不识其本。三是也有心地善良、憨厚老实的人，这恰成了他人眼中的猎物。近年来，社会上这股污水冲击着各个领域，而且有愈演愈烈之势。不少人被寒风吹得双眼蒙眬，视物不清，良莠不辨。所以，眼看着一些头脑混沌、阅历不深者非常热衷于“哥们”团伙。轻的上当受骗，倾其家业，重的危害社会，触犯法律，毁掉人生。这股风当刹！

新中国诞生之初，某地就有一伙蟊贼，开口“铁哥们”，呼喊着“正义”的咒语，聚拢了一些社会渣滓，沆瀣一气，阴谋策划制造动乱。因其逆历史潮流而动，狐迹斑斑旋即败露，一一落网，受到国法的严惩。他们扯起讲“义”的虎皮，包藏祸心，所言所行无不以己之利为核心。所以“铁哥们”再多也只是乌合之众，在人民的铁拳之下，树倒猢狲散，很快滚入历史的尘埃壕沟，徒增笑耳！

耳听“铁哥们”的热呼之劲，彼此闻之，当是相互信赖，相互帮衬，披肝沥胆互为忠诚不二；再冠以“铁”的帽子，那自然魔力陡增，聚拢人脉，这正是此类人招摇撞骗要竖的“杏黄旗”。

其实，人与人之间的往来关系永远达不到如此地步。“铁哥们”既在客观上是双方或多元，是两个或多个独立的个体，各具一套思维机器，各以己为核心决策人生走向，以己的生存为神圣的利益主体，彼是彼，此是此，油水终不溶混。在彼此的交往过程中，偶尔会出现彼为此付出得多一点，那也只是零星的、短暂的、不伤筋骨的，即常说的助其一臂之力足矣，而其中仍不乏假惺惺的臭味。就这些少许之能，被助者一定要明白，自己是一定要付出代价的，不管事前或事后都要付诸补偿的。再“铁”的关系，因本质上不是铁板一块，再炼上一百次也难成“绕指柔”。倘把一方的鸡毛之为，误以为就是“铁哥们”，假以时日就会感到这块“铁”越来越凉，直至冷若冰霜，让你不寒而栗。所以，常以“铁哥们”自诩者，在他人眼里是狼狈为奸的狐朋狗友，是有酒有肉、吆五喝六的一群醉汉。到只剩骨头时，就要凶相毕露如豺狼相撕中还加着猎狗和秃鹫，为最后一根无一丝肉屑，仅腥味尚存的尺寸之骨，彼此撕咬到少皮没毛，鲜血淋淋；强者叼骨而去，弱者望之无奈嘶鸣。回首自己遍体鳞伤，这一场“铁哥们”的激战，把私与贪的本性上演得淋漓尽致。

如果再有一些社会经验贫乏者，以为“铁哥们”彼此都是“忠诚”不二的心肠，那更是掩耳盗铃。因为人际间没有字面含义的“忠诚”。有人问电影导演祖拉夫斯基，说你把17世纪法国女作家拉法耶特夫人的中篇小说《克来芙公主》改编为《忠诚》，你认为什么是“忠诚”时，他说：“如果你问我忠诚是否存在，我的回答是：否。即便存在，也是在谎言的掩盖之下。如果你问我是否希望它存在，我会全心全意地说：是。忠诚就像是一个伟大的却已经消失的梦想。”如果看过《忠诚》这部电影，陶醉于“铁哥们”大染缸中的“好汉”们，或许脊背上会渗出丝丝冷汗。

忠诚就是一座山，走过了头，就翻到山的那边去了。山这边可能是百花盛开，姹紫嫣红，山那边却可能是雪山肃杀，虎啸猿啼，遍地狼藉。

遑遑八旬，余耳闻目睹这些“铁哥们”之间的厮斗、倾轧、胁迫，有的还充满着血腥之味的事例，难以尽述笔下。

有几位同班同学，志趣相向，情感冰凝，可谓衿契，故而歃血为盟，信誓旦旦。毕业后相互提携共谋仕途。不日，盟中之一有望提升，这本当“哥弟”们为之兴奋雀跃，弹冠相庆。然盟中一弟立即告密被提升者人品有疵，触犯党纪，遂被除名。他就脚踩“铁哥们”之躯，抢走“红”帽，取而代之。这算其一。

其二，一同村同校的两位民办老师，在转正升学考试中走到了一起，关系一时炽热。称兄道弟，相互给力，共度一道道考场关、体检关、政审关……当金榜上只有二人之一时，另一“铁弟”遂即递上黑状，揭露“铁哥”年龄有假，违反政策。经核实，前者的大名即从榜中被黑笔涂掉，“哥弟”俩分道扬镳，一齐名落孙山。

还有一伙“铁哥们”，猛吃海喝，纸醉金迷，靠的是“铁哥们”中有一“神偷”；众头领一时间金银财宝滚滚而来，挥霍无度。“铁哥们”生活奢侈糜烂，又恐这“神通财源”日久败露，其余几个一咬牙，心一黑，趁一晚“神偷”老弟出偷不备，在他回来的路上，将其用刀砍死，推入路旁井中……

时下的“铁哥们”口中不时喧嚣，为“弟兄”敢于两肋插刀，仗义执言。其实质是在忽悠他们大树底下的“小猢狲”，“仗义执言”是为伸张正义，说公道话，而“铁哥们”从不与“公道”沾边，那“执言”也自然是对公理的歪曲和践踏。再说深一点，他们的纠合，连“江湖义气”也挂不住，若对这些“铁哥们”影影绰绰者的活动轨迹稍加窥视，就明白他们还远远攀不上旧时隐士的身份——一是出身档次，二是文化素养都卑劣低下。间或也会有几句激昂之语和低俗“义举”，其实质只不过是私心的遮羞布罢了，对社会有百害而无一益，更多的是为虎傅翼，助纣为虐。

这些“铁哥们”与布鲁图非常神似。布鲁图是恺撒最好的朋友，然而布鲁图却和其他罗马人一样嫉妒恺撒，于是密谋杀死恺撒。在元老院里，他们围住恺撒并拔出了匕首，恺撒拼死抵抗。不过当恺撒突然看到布鲁图时，他说了这样一句话：“你也在内吗，我的孩子？”随后，便停止了抵抗，任由攻击者把自己刺死。

“铁哥们”在谢幕时，多是这样的结局。

再谈“铁哥们”

诸葛亮有言：“势力之交，难以经远。”

以美国为老大的西方“铁哥们”集团之间的关系，用英国前首相丘吉尔的话——“没有永恒的朋友，只有永恒的利益”来诠释十分贴切。而美国这位大佬更是：无论何时何事，唯有他的利益神圣不可侵犯。“小弟”们必得明白：顺他者昌，逆他者亡。他把伊拉克践踏到今不如昔，反把皮鞭抽在伊拉克前总理马利基的背上，让马利基离开宝座，摘下乌纱，另立他的“铁哥们”。美国以反恐的名义把阿富汗玩弄于股掌之中，阿富汗前总统卡尔扎伊饱尝“老大哥”之苦。所以他在卸任时，语重心长地告知现任政府：与美国打交道要牢记，他只是为了他，他是不会为阿富汗着想的。20世纪的中国，蒋介石是紧紧依附美国“老大哥”的，可历史让蒋介石不得不口吐真言：跟美国打交道是靠不住的。当今，要没有美国自己的情报人员斯诺登的揭秘，他的“小弟们”不知何年何月才会知道，“老大哥”的监控魔爪长期伸在他们的头顶。

蒋介石与张学良是双双下跪、对天供香的拜把子“兄弟”，可历史竟然开了个不小的玩笑，因为张汉卿对“大哥”“不忠”，被囚禁长达五十多年。

当下，有些人热衷于“铁哥们”一族，是因为功利的驱使。一旦能攀上手中有权的“铁哥们”，接下来就是如花似玉的美女投怀，琼瑶满匣馈赠。招招新鲜，让人闻所未闻。殊不知，一旦撕掉这斑驳的外衣，就只有赤裸裸的利益。从一些巨贪落马的事实看，几乎也都是“铁哥们”、“最亲近的人”、“最信任的人”、“红颜知己”亮出最具杀伤力的证据；有的证人就是自己的“爱人”。这正是《昔时贤文》中所言：“有酒有肉皆兄弟，患难何曾见一人？”其实，大难临头，这些人要么“人间蒸发”，要么“绝情寡义”。所以，对把蜂蜜抹在嘴上的“铁哥们”，一定要淡而视之，闻而惊之，警惕这盛宴下的陷阱和幕后的丑陋。欲洁身自好，须时时防微杜渐，慎之，慎之。

在经济改革、社会变迁的大潮中，真是泥沙俱下，鱼目混珠，一些领导干部也乐此不疲于“哥们义气”的股股污流之中。从这些年违法乱纪的案件中，有些头头就是被“铁哥们”中的“小兄弟”拉下马，进了铁门高墙。领导干部也要有人际交往，但这些“哥们”、“兄弟”多是心术不正、趋炎附势的小人。“小兄弟”挖空心思地讨好，处心积虑地供奉，极尽谄媚之能事，目的清楚而明确，就是要利用“权哥”们手中的大印——为他自己谋到好处。这个陷阱既没有盖，也没有底。你在他们眼中只是一个膘肥味美的充饥之物。这些要吃你的虎视眈眈者，在没有把你绑缚之前，笑容可掬，就地打滚，谈吐顺耳，温柔婉约——足以使你陶醉混沌。无情的事实在佐证，一旦你“玉玺”离手，这“铁”就变得连棉絮也不是了。甚至转瞬之间，“小兄弟”们一个个逃之夭夭，影踪全无，真能让你饱尝呼之不应、欲哭无泪的味道。不过真到那一刻，一切都悔之不及了。

古人说："以势交者，势倾则绝；以利交者，利穷则散。"这种一时红火的"铁哥们"无一逃出这个怪圈。当你的价值被榨干时，一切都化为乌有，再相逢，还不如陌路人。

领导也好，常人也罢，耳闻"铁哥们"喊声时，要绷紧神经，警惕无德、无义、无耻之人。不管他打着什么旗号，披着哪家袈裟，"铁哥们"的呼声，与20世纪日本发动侵略战争时，高呼为了"大东亚共荣"的本质几乎是异曲同工。

"铁哥们"的高调是骗子最廉价、最能换取实惠的蒙汗药。只要警钟长鸣，他的高调也只能空喊而已，是骗不了人的。《人民日报·（海外版）》上曾有一文这样说：某地野猪糟蹋庄稼，乡村组织民兵驱赶，花费了很多人力。后来有人想出"高招"，用录音机录上狮、虎的声音和人声、枪声，用高音喇叭播放。开始，果然有效。然几天之后，野猪试探着往庄稼地里凑近，结果发现仍然只有叫喊而没有动作，于是甩开嘴巴，把绑喇叭的杆子给啃倒了。当地人说，讲假话，说空话，唱高调，连野猪都骗不了。更何况有高度智慧的人呢？

"铁哥们"所以名声不佳，俗不可耐，是因为稍有悟性的人都明白，这种社会异类的词典里只有一个"利"字，或曰："有奶便是娘。"但却忘记了世间最简单的一个道理——时移物变：铁会锈迹斑斑化为泥土，娘奶会随时干涸。这种仅以利粘合而聚，连一纸协约之效也没有，是彻头彻尾的一盘散沙，在任何外力前面都不堪一击。

南怀瑾先生在《谈历史与人生》中有一首特别体裁的吊脚诗，七个字一句，下面加三个字注释。他的诗是：

世态人情薄似纱——真不差；自己跌倒自己爬——莫靠拉；交了许多好朋友——烟酒茶；一旦有事去找他——不在家。

用这几句去刻画“铁哥们”的内心世界，可以说入木三分，力透纸背。根据本文之意，把第三句改为“我有好多‘铁哥们’”似乎韵味更浓。

耳听“铁哥们”之声，就晕晕乎，飘飘然，如沐春风，正是将自己的头颅送入虎口之时。

醉酒中的“铁哥们”，醒后读读下面几行文字或许有益。

“莎翁的《雅典的泰门》中，泰门对那些他无私帮助过的，但在自己需要帮助时不肯伸出援手的酒肉朋友们大爆粗口：‘愿你们老而不死，永远受人憎恶。你们这些微笑的、柔和的、可厌的寄生虫，彬彬有礼的破坏者，驯良的豺狼，温顺的熊，命运的弄人，酒食征逐的朋友，趋炎附势的青蝇，脱帽屈膝的奴才，水汽一样轻浮的小丑！让一切人畜的恶症侵蚀你们的全身！’”

呜呼！“铁哥们”的心真比铁还凉。

“八只狼”与我

——说“滴恩涌报”

从《读者》(2000年6月)上读到一文:《人狼情》(作者黄山)。我爱不释手,连读了三遍,读罢心情格外沉重,泪水涌动,愧疚之心难抑。故事的梗概是这样的:

1964年10月,云南省队的一支汽车测量普查小分队,在滇西地区普查找矿。小分队一共八人:一名司机,三名技术人员,四名武装警卫战士,他们每人配备一支冲锋枪,一支手枪。还有一位纳西族老乡。

路上因积雪汽车打滑,正在大伙推车时,发现车后约200米处有八只狼,个个都像小黄牛犊子似的向他们走来。战士小吴抄起冲锋枪,老乡高声喊道:“绝不能开枪打,打也打不着,枪一响,狼群会不顾一切先把车胎咬坏,把我们看起来,然后召集更多的狼和我们拼命。”老乡接着说,这群狼是饿了,把带的吃的给它们点。于是队员们就把腊肉、火腿、鹿子干巴扔下去,狼群一眨眼就吞光了,然后排成一排坐下盯着后车门。老乡见状说再撂一些,很快又被狼吞光了,狼依然如前。老乡又命令说把食物全撂下去,狼群又把食物吃光了,依然坐在那里。这时其中一只狼围着车转了两圈之后,朝前面松林跑去,很快又从松林跑回来，带着那七只狼一同跑向松林。

大家趁此时机抓紧推车，可狼群很快又从松林跑出来，每只狼口中都叼一根树枝，又朝车前跑来，大家赶紧上车，不知狼要干什么，接下来精彩的一幕上演了。

“……只见八只狼把口里叼着的树枝分别放到两只后轮胎下面。哈哈！狼给汽车打眼了，我们高兴得大叫起来……接着八只狼一齐钻到车底，我正不解其意，却见汽车两侧积雪飞扬，一部分雪刮到山下，一部分雪堆向路边。不一会儿，八只狼又从车底下钻出来，跑向车的前方，头向前，尾朝车头一字排开，把嘴一齐拱到雪里，朝前拱去。然后又头对头，一边四只，一齐用强有力的后腿向后扒雪，路面渐渐露出来。我眼里滚动着泪花，大呼：小王，狼帮我们扒雪了，赶快发动车。车果然启动了，徐徐向前。纳西族老乡也激动得和我们抱在一起。车向前，狼先向两侧闪开，后又一齐朝车后跑去把树枝衔了回来，车子刚好行到积雪厚的地方，又空转打滑了。八只狼又重复着刚才的动作：先打眼，后扒雪，就这样每重复一次，汽车才前进一段，大约重复了十来次，车向前行进了一里多路，也就到了山顶，再向前就是下坡路了。汽车到达山顶后，狼不再叼树枝了，在我们车后仍然一字排开坐着……我们激动极了，一起给狼鼓掌。”

对这个故事的理解因人而异。一次，我在老干部大学讲了这个故事。下课后，一位老干部火气十足，手指着我说：你是在美化狼，你是在含沙射影诬蔑人！这位老同志怒火之烈由何而来自有他的一番道理，但对忘恩于人的我，酷如芒刺在背，竹穿其心。

我在 20 世纪 50 年代的反右运动中，被送到一水库工地劳动，因体力不支，不足 20 天就病倒了。

病中的一天中午，房东奶奶来到我的住房门口，轻声对看管我的负责人说：“我看这个人（手指着席地躺卧的我）三天都没出这门，我想给他舀碗稀面条。”在我双手去接饭碗时，看到老奶奶双手微微颤抖，面容黑瘦黑瘦，我心里顿时酸楚。在我快要喝光这一碗时，老人又来到我的房门口，身靠门框。这次她没有请示，而是俯身直接对我说：“我再给你舀点吧。”饥饿中的我就随口答应，说“中”。就这样，那天我喝到了老奶奶家两碗稀面条。在老人接过饭碗，转过身时，我又看到她背有点驼。以后我的病很快就好了，没有吃药、打针、看医生，就又上工了。60 年的时光消磨，其他事都忘光了，但这两碗稀面条记忆犹新，老奶奶的身姿，像刀子刻到了我心上，如果不是幻觉，无论何时，只要我想起她，她就端着面条向我徐徐走来。

在那段日子里，工地上还有一位小男孩，刚 14 岁，记得他说他是渑池上洪阳村的，叫刘东明。他几次趁晚上收工（9 点）后，从工地跑近 20 里路回到他家，让他妈妈给我做些红薯、玉米面馍之类。赶在黎明之前返回工地，第二天把吃的东西送给我。我告诉他不敢这样做了，会挨批斗。他并不忧虑地说：我不怕批，也不怕斗。时至今日，我也没想明白，他为什么会为我冒这么大的风险，特别是夜里要在山里独来独往，他的勇气和胆量从何而来？

在那高强度的挑土日子里，饥寒相织，没有他们的搀扶，我很难支撑下来。一个黑馍，一块红薯，对今天的人们来说，是可随手丢弃之食，但对当时的我几乎就是生命的全部，它不仅可以充饥，还在精神上给我以极大的慰藉。这些人类本色的爱怜给了我生存的勇气和力量。可事后几十年的岁月，我不曾去看过他们一次，而那八只狼从老乡那里得到一顿饱餐，就努力解救汽车于困境，它们是那么认真、卖力、彻底——竭尽所能，不把汽车送到好路上就不离开。平日里总说，人是有灵性的高级动物，在这里，自己真比那八只狼做得好吗？或许也能说出一条两条没去探望他们的理由，不过，那都是自欺欺人罢了。

追溯古人，报答一饭之恩的事例并不少见。

韩信与漂母的故事妇孺皆知。其实早在韩信前几百年，据《战国策》记载，中山君有一次犒赏手下的臣僚，但由于羊肉羹做得不够，其实也就差一碗，大夫司马子期就是没有分到羹的人。司马子期因此怒火中烧，以为是中山君小视于他，伤害他的尊严，耿耿于怀。一怒之下的冲动使他跑到了楚国，游说楚王出兵讨伐中山君，结果楚王真的出兵打得中山君溃不成军，只得夺路而逃。在中山君逃跑的路途中，发现有两人手提大刀，尾随于后，始终保护着他。可中山君并不认识这两个人，所以就问二位壮士，今日之举其乃何故。这两位不知名者说：我们的父亲有一次快饿死了，正好遇上了您，您赐给他一碗稀饭，救了他一命。父亲临死之前，告诉我们哥儿俩，中山君有难的时候，一定要豁出性命去保护他。中山君听了这哥儿俩的陈述，仰天长叹："与不期众少，其于当厄。怨不期深浅，其于伤心。"意思是，给予别人呐，不在于多寡，而在于什么呢，在于他正好需要的时候；这个怨恨呢，不在于浅也不在于深，在于你是不是伤了这个人的心。

人们十分赞赏点滴之恩当以涌泉相报的品德，可对号入座，每个人做得怎么样呢？至少，我没做到。在我读了《人狼情》之后，立即前去探望当年这一老一少，到我登门时才知，这两位救命恩人都已离开了他们的亲人。虽然从这以后我也几次到他们的墓地上香、挂纸，洒上一樽薄酒，但每次从内心感到愧疚不已。

狼这个家族名声不扬：狼子野心、狼心狗肺、狼狈为奸……人们送给它们的“帽子”真是让它们声名狼藉，几乎沦为恶兽的代表。可这八只狼的表现为什么让人不可思议？而我也不是只看过这一篇狼对人知恩图报的文章。想来动物学家是会给出答案的。我只是想狼是否也有报恩的情感意识呢？对狼可否借用“剔其糟粕，吸取精华”之义呢？人与狼不是一个动物系列，不能相比。人的灵性与理性非自然万物可比，那至少该懂知恩必报之理，可语言中“忘恩负义”、“恩将仇报”、“恩大仇大”又是在折射着什么呢？

倘把他人的恩惠搁在一边，姑且不议，可父母的养育之恩绝非狼的一餐之食，做父母的无不是呕心沥血十几年、二十几年才把孩子养大成人，这个恩义谁能算得清说得准呢？可从《今日说法》和《法律讲堂》中看到：子女不赡养父母，母亲冻死、饿死、病死在儿女们门前的现象不是个例。还有一起姐弟五人为争母亲的钱，十年内六次对簿公堂，90岁老母亲成了他们打官司上法庭的道具。这不是诬蔑人类吧！

人，高级动物，这八只狼是野兽，两相对比，孰优孰劣，该有何感呢？

常见到的是，受人之恩似乎他人就该如此，大不了，登门示谢，就此画上句号。而此类谢意也不乏让人感觉是那么虚情，实属不得已而为之。在这些人眼里把他人之恩看作物质交换、借债还钱罢了。不懂得人间义比天高、舍生取义之理。夜扪自心，做人的良知到哪里去了？

思考（一）

黑格尔说：“人是靠思想站着的。”

“我在，故我思”，我在，何不思？“行成于思，毁于随”是人生的至理名言。

谈到“思考”，人们似乎觉得玄妙。认为那是思想家、哲学家、科学家等群体的事。“读书是易事，思索是难事”，“读书不要贪多，而要多加思索”，“读书而不思考，等于吃饭而不消化”，“知识，只有当它靠积极地思索得来，而不是凭记忆得来的时候，才是真正的知识”等来自异域的名言，人们早已耳熟能详。“学而不思则罔，思而不学则殆”更是妇孺皆知的。这些阐明读书与思考的道理自是实践凝聚的箴言，读书是须臾离不开思考的。读书贪多，疏于思，不能悟其理，明其道，犀透真谛，那只能是识字，对人生也缺乏指导意义，多是留下“纸上谈兵”的笑料，或被尊奉为“书橱”、“书篓”而已。“书读得越多而不加思考，你就会觉得你知道得很多，当你读书而思考得越多的时候，你就会清楚地看到你知道得还很少。”（伏尔泰语）

可人生内涵之丰富，几乎找不到恰切的比喻去涵盖。大千世界，事无巨细，难以数计。小到生活琐事，大到治国平天下，无事可以不思而行的。而人的大脑专司思考，并且是用则进，越思越灵敏，越思越发达。更何况大脑细胞的储存量为140亿个，寿次百岁，至多消耗10%，真是取之不尽，用之不竭。这是每个人得天独厚的思维工具，倘不去使用或不能充分使用它，让其发挥效能为己服务，该是可惜和遗憾。

思考是大脑的清道夫，它会使大脑保持洁净和思维畅通。人的大脑是有待点燃的火炬，而思考就是最好的引燃物。思考像磨刀石，可以使人的思想锐利起来；它也像过滤网，可以使人的思想吐故纳新。如果一个人懒于思考，脑袋就会像垃圾桶一样装满垃圾；如不用思考这一洗涮工具去荡涤，就会未老先衰，老气横秋。而勤于思考者，即使年龄变大，仍朝气蓬勃，充满活力。世间绝大多数东西，都是使用就意味着消耗、损耗，而大脑却是越用越好用，越用越年轻，不用反而会“生锈”。切记：思考是脑子最好的“保养术”，思考是脑子最好的“抗衰剂”。

西方哲学家有言：人是世界上最脆弱的一根小草，却是能思考的最可贵的小草。

人类的伟大功绩，就是从茹毛饮血的荒蛮岁月，发展到今天数字地球的信息时代，而这期间文明史上的每一次进步与腾飞，无一不是先从思想认识有了新的提高开始的。如果说科学技术是第一生产力，那大脑开启思考，就是它的母机。

人类所以能主宰地球，不单是靠躯体的强大有力，主要受益于大脑有发达的思考力。除人之外的各种动物也都有思维器官，但它们的思维仅仅拘泥于生存的需要。人类称它们为低级动物，主要是它们思维不发达，更谈不上智慧。它们所以亿万年没有进化，或者说进化太慢，致命的弱点就是大脑思考能力停滞了。同样的人，同样的知识水平，有时同样的背景，甚至面临毫无二致的工作，为什么有的人能出类拔萃，创出羡人的业绩，有的则工作平平，见不到特色和浪花。这除了其他因素之外，与当事者对所担当的责任投入思考的心血多少，有着直接的关系。

就是普通人的日常生活中，待人接物，朋友往来，亲戚走动，善思者，多感知他人的情义，体味人情的爱憎，不辜负他人的心思。若疏于思考，对别人奉上的温暖，甚至是尊荣，他无息无察，无动于衷，冷若冰霜。甚者因木然而言辞不周，礼仪失当，举止失度，从而影响彼此关系。抑或自此情感有隙，视若路人，有时还会贻误大事。所以有人说过："拒绝思想的人是白痴，蔑视思想的人是市侩；利用思想的人是智者，创造思想的人是圣贤。"

古人说："天不生仲尼，万古如长夜。"这句话虽有夸张之意，但如果没有人类思想的光辉，外界的一切都没有意义。唯有思想是通向觉解的过程。《新原人》第一章便说，人的特点就是觉解，所以人是"天地之心"。这足见人的思考是主宰这人类世界的最高枢纽。一位外国作家说得好："思考可以构上一座桥，帮助你通向新的境界。"

在一些突兀的情况下，有些人思维敏锐，令人叫绝。其实，思考更贵平时。

人们提起曹植，油然可想他的"煮豆燃豆萁，豆在釜中泣。本是同根生，相煎何太急？"他七步成诗，"提笔立成"，实在令人叹服。但考虑他当时的处境，皇帝阿哥曹丕对他的嫉妒，危如累卵的朝夕险境，伴君如伴虎的兄弟关系，他不会是高枕无忧的。在人生的十字路口，他对自己的前途和生命，心忧如焚，该是不止一次辗转反侧，耿耿不寐。至于用什么文辞去表达，对曹植而言，说是了然于胸，并不过分。这与他七步成诗该是关系紧密的。当他与曹丕对峙朝堂，立下七步成诗的诺言，只不过是久久地郁积于心中的“思”，瞬间喷涌而出罢了。曹植死后，赠谥曰“思”，人称“陈思王”，大概正是他一生善思、多思的荣誉赞扬。

就连“先天下之忧而忧，后天下之乐而乐”，“落霞与孤鹜齐飞，秋水共长天一色”，也是大师们平日早有思悟娴熟于胸的。

生活中，常听有些人走错了路，或把事情做错了，懊悔事前没有认真思考；或者说，事前因没时间来得及去思考。其实，这仍是没有重视思考的重要性，平日没有养成勤于思索的习惯。即使事发偶然，眉头一皱，计上心来，思考的时间还是有的；更何况大多数事情发生之前既有前因，也有征兆，来龙去脉常显蛛丝马迹，关键是个人有无乐于思考的意念。

我国奥运会跳台（十米）男子冠军获得者胡佳说：从跳板上起跳到水中只有一秒钟，可就这一秒钟也能想很多事情：“抱膝、翻转、伸体、入水”。这一秒钟对常人而言是很不在意的，所以常听人说：这个问题我没时间去考虑。这实际上是在推卸责任，原谅自己。应该说是：不是没时间考虑，而是有时间时疏于考虑。

篮球巨星乔丹上中学时，有一次比赛他做出了一个完美的扣篮动作，震惊了全场。有人问之，他说：“我每天都在心里想着扣篮的全部动作，每个细节都能想到，如此反复思考，在球场上才会表现得很好。”

思考，无时不在，无事不在。久之，就会养成勤思的习惯，就会避免一些疏于思考的事情发生。当事情戛然而至，人们常言辞失谨，行为欠当，重者惹出难以洗身之祸，这都在告诉人们：修炼勤思之功，应是一个人生存发展的必要素质。

思考（二）

行成于思，思想是行为的先导。脚步达不到的地方，眼光可以达到；眼光达不到的地方，思想可以达到。思想之树常青，行为之果常新。人们常说，只要想得到，就能做得到，这话有点玄妙，科学含量欠纯。但要说成只有想得到，才能做得到；若是想不到，肯定做不到，这话是有道理的。它揭示了思考的价值。这话符合马克思主义认识论的观点。思想是人们对客观事物及其本质的认识与把握，是对需要研究的理论与解决实际问题鞭辟入里的分析和综合，是一种理性的思考。恩格斯说：“思考着的大脑是世界上最美丽的花朵。”

人们崇尚“三思而行”，足见行前所思的重要性。要想在前人认识的基础上有新认识、新发现、新创造，要想在纷繁复杂的情势中作出正确的判断，使自己举足不偏常规，行前所思就粗疏不得。通过思考可以去粗取精，去伪存真，透过现象寻觅本质。要明白在烟雾弥漫的红尘中，离开指南的仪器，就会扑朔迷离。这时的举步犹如盲人骑瞎马，随时有落入陷阱、摔入深潭的危险。事实证明，仅凭眼球等感官所得的，虽是第一手资料，那也是表面的，肤浅的，朦胧和混沌的，它多是归入感性的范畴。如果没有经过大脑熔炉的冶炼，滤其杂质，直达炉火纯青时，就率然而动，后果多是事与愿违的。

毛泽东从西柏坡进北平的前一个夜晚，站在窗前仰望星空，一支一支地抽起烟来，他想起了李自成进北京的历史悲剧，一直思考到凌晨三四点钟才上床睡觉。翌日上午，他兴奋地说：“今天是进京赶考嘛！我们决不当李自成。我们都希望考个好成绩！”

李自成在北京建立“大顺”王朝 83 天，最后死于何处，至今还是一个谜。中国共产党建国执政已 66 年，且持续朝气蓬勃，为中华民族伟大复兴的“中国梦”的实现，带领 13 亿人民努力奋斗。历史的对比，毛泽东凝思竭虑的那一语，像光芒万丈的灯塔，照耀着中国革命前进的道路。

梁漱溟的儿子在回忆父亲时说：“父亲当时作乡村工作的时候，大家一起谈到各自的爱好。有人说喜欢下棋，有人说喜欢旅游，问到他，他说，我的乐趣就是思考问题。我要有时间的话，就要思考问题。他常对别人说，你看我最闲的时候，其实是我最忙的时候。”在大众眼中梁漱溟特别独立，是一个有思想，而且是本着自己的思想去行动的人。

人不善于思考，就像灯笼里没有蜡烛一样，永远生活于黑暗之中。“道旁李苦”的故事，说的是竹林七贤之一的王戎，他 7 岁时同一群小朋友在大路边玩耍。玩到正值口渴时，发现路边有一棵叶繁枝茂的树上结满了李子，小伙伴们竞相爬上去采摘果子，唯王戎不动。别人问他为何不动，他说，“这么大的李子，长在大路边却没有人摘，这果子一定很苦！”大家一尝，果然不出王戎所料。这足见，思考就是智慧。国人有一陋习——喜欢跟风。只要有人率尔行之，尾随者不绝于后。

20 世纪五六十年代物资紧俏，街上常有人排队购物，当后边的问前边商店卖的是什么时，前面人说“不知道！”到了 80 年代初，随着改革开放大潮的涌动，男青年都疯穿喇叭裤，留起女式长头发，蓄起八字胡子，女孩子热衷穿短衣、短裤、短裙子。美其名曰：时尚、潮流。这些风流倜傥的弄潮儿从无想过："时尚"、"潮流"都好吗？

只管跟风，不思其果，有时是要走错路的。20世纪40年代社会动荡不宁，只要有人挑头去发国难财，无须号召，应者纷纭。待战乱结束，这些人无一逃过国法的严惩。鲁迅先生曾举例说，街上只要有一个人严肃地低头在地上寻找，不多久便会莫名其妙地聚拢一大群人也做找物状。只要第一个恶作剧人不点破，寻找就将继续下去。听起来很可笑，其实在我们身边，也不乏类似的情况。诸如，推销伪劣商品的人总要设几个托；传销为什么屡禁不止；偷渡出境的人，惨状令人悚身；大爷大妈被骗天天都有；房地产商哄抬房价猖獗不衰；社会渣滓把打工妹骗入地下妓院；等等。外因不可低估，但与人们遇事不问为什么，也并非没有关系。大脑是我们个人得天独厚的智囊宝库，我们为什么遇事不去请教呢？

现象是事物表面的特征，本质是事物根本的性质，是组成事物基本要素的内在联系。思考的任务，就是通过现象发现、认识事物的本质，让感性认识上升到理性认识，更好地指导人生。人只行不思，盲目蛮动，不啻可笑，更是可怕。

人类社会一切伟大的成果都是经过反复思考、探索、实践而完成的。拉开历史的帷幕就会发现，古今中外凡是取得重大成就的人，都经过了一番艰苦的思考。

周文王被纣王囚于羑里，他在气愤之后，还是镇静下来，接受了现实。他想，不管心中多么不满和气恨，由于戒备森严，短时间是无法走出这座大牢的。要熬过这漫长的白天与黑夜，唯一可行的就是思考。思考什么？需要思考的事情太多，然最紧迫的问题，就是对自己未来命运的预测。用何种办法预测，也许就在这时，他想起了伏羲的八卦：乾、坤、离、坎、兑、震、巽、艮。他于是依此琢磨，开始了自己的发现和创造，终为华夏民族矗立起一部千古奇书——《周易》。“一个能思考的人，才真是一个力量无边的人。”（巴尔扎克语）

适逢疑难之事，更要下功夫思考。思之愈广，信息渠道愈多，材料愈丰富，参照物愈多，遴选余地愈大，这就更有利于找准前进的路径。面前通道越多，越容易走出泥沼，排除疑难。思之愈久，会把问题诸方面思考得愈周到，愈易发现问题纵横交错的节点。这自然就会发现解决问题的切入点，从而使复杂的事物矛盾清晰化。在处理问题的过程中会少时少力，获得事半功倍的效果。思之愈深，才会探究到事情的精髓，窥见问题的真谛，愈接近化解事物的成熟点。这正是涉深水者得蛟龙，这会让人感到久罩雾霭之中，忽逢柳暗花明，豁然开朗之爽。使你不由地发出：原来千头万绪的问题，在思考的魔力下，竟“如此一般”的感叹。

思考就是能力，善于思考的人就有能力。拿破仑曾说，世界上有两种东西最有力量，一是剑，二是思想。而思想比剑更有力量。

“思虑熟则得事理，得事理则必成功。”深思熟虑能掌握事物的道理，掌握事物的道理就距离成功不远了。

孔子被尊为世界千年思想家之首，这是因为他的学说内容是研究社会、人类诸方面思想精髓的结晶。

马克思是世界上伟大的思想家之一。《资本论》与其说是他写了 40 年，不如说是他思考了 40 年。中国的改革开放，能如此大放异彩，富民强国，有人说是邓小平同志“文革”期间下放江西劳动时，在每天坚持走过 1000 米的乡间小道上思考的硕果。

黑格尔曾缄默六年，以思为主，专研哲学。哲学、史学家认为，这看似平静的六年，其实是黑格尔一生中最富有成效的思考时刻。

爱因斯坦狭义相对论的建立，就经过了“十年的思考”。他的体会是“学习是需要思考、思考、再思考，我就是靠这个方法成为科学家的。”

古代巧匠鲁班上山伐木，脚被一种丝草划破了。他发现草叶边呈尖齿形，由此发明了分割木头的锯条。

瑞士发明家德梅斯特拉尔喜欢打猎，当猎狗从草丛穿过时，狗毛就会粘上许多小刺果。回家后他反复深思，发现刺果上有很多微型钩子，正是它们牢牢地钩住了狗毛。不久，在他的发明中又多了一项尼龙搭扣（又称魔扣）。

牛顿从观察苹果落地到发现万有引力定律，他在回答别人问及其中的诀窍时说：“我并没有什么方法，只是对一件事情作长时间的思考罢了。”他还说：“我的成功归功于精心的思考。”

思考，是治理乱世的一剂良药；思考，是破解宇宙密码的一把金钥匙；思考，是指导人生的百科全书。

愿者上钩

提及姜太公钓鱼，民间流传甚广。尤其对他钓鱼的方法，一不放鱼饵，二是用直钩，三是鱼钩离水面很高，所以他三年不曾获鱼。人们听之，颇感怪诞，不可思议。

这些传说虽不乏演义夸张的成分，但姜太公到渭阳隐居，“隐才于屠钓之间”，垂钓磻溪，待遇明主，等待时机，以求入世，负荷担道，解民倒悬，当为事实。当他的垂钓成为人们的笑谈时，他却说：我的钓鱼之意，不是你们所能理解的。

他的钓鱼之技如此令人费解，是因为他乃翘秀之才，仰观天文，俯察地理，中通人事，胸怀治国安邦的韬略。可时代不赐天机，英雄难展宏图。生活的戏谑，让他望门投止，无奈于街头摆摊卖饭，卖身为佣，以“屠牛”为业。可以说他的大半生从家庭生活到政治仕途前程，荆荒遍地，举步维艰。可他又不甘心放弃自己治国安天下之宏愿。所以独辟蹊径，巧谋垂钓之举，他的思想脉络实质是“终南捷径”的另一种版本。

世事如织，人心易易，欲求屹世谋业，事事循规蹈矩，难免败迹踵至，所以人的一生中多元化思维不可或缺。

毛泽东在一些大的战略问题上，在一些涉及国家、民族利益的根本问题上，从不妥协，是一个原则性很强的人。比如当年赫鲁晓夫来谈“联合舰队”问题，他寸步不让，而且发了很大脾气。可在一些战术问题上，或者说在一些具体问题上，毛泽东的灵活性又特别强。他的“敌进我退，敌驻我扰，敌疲我打，敌退我追”的十六字作战方针，其“活”如神。他的成功之道就是“务实”。用他自己的话来说，就是一切从实际出发，实事求是，反对“本本主义”。只要事情能办成，可以不拘泥某种方法。

常言道，不以规矩不成方圆。可墨守成规，也未必都成方圆。姜尚垂钓，千古一绝；毛泽东作战不循兵法，独成一家。他亲自指挥的解放战争，攻无不克，战无不胜，“横扫千军如卷席”。

有好奇者，把几只蜜蜂和几只苍蝇装进同一个玻璃瓶中，然后将瓶口放开，让瓶底朝着窗户。经观察，蜜蜂始终在瓶子底部奋力扑打双翅，寻找逃生的机会，直到累死为止。而苍蝇不到两分钟就全部飞出瓶外，逃离险境。蜜蜂之死就是以规矩行动，它坚定地认为有光亮的地方一定是出口，于是就循规蹈矩重复这一合乎逻辑的行动。而苍蝇呢？它们并不在意事物的逻辑，只知求生为上，所以到处乱飞，不断探索逃生的机会，于是它们成功了。

很显然，蜜蜂是犯了定势思维的错误，它不懂得任何事物都不是一成不变，规律之外确有偶然的道理。华山自古一条路，可解放军偏从山后无路山崖上去了。世上只有“变”才是永恒的、绝对的。遇到新事物就要有新思维去适应新情况。经验是可贵的，但它不是永恒的、静止的，更不能犯经验主义的错误。在新事物面前，想到旧经验并不为过，但要明确事物的更新，社会的变革无不是新思潮的产物。一旦察觉自己的思维几近条件反射时，就要让思维纵横驰骋，此时逆向思维会使人茅塞顿开，漆夜中找到北斗。

其实，据观察不只是蜜蜂这一种生物有趋明的禀性，就是非常机灵的麻雀，一旦飞进屋子，总是向透亮的玻璃窗飞去。一次次飞去，一次次受到碰撞，直至碰死、累死，它不会去探索新的生路。就是人类依然有趋明避暗的天性。一次大家为躲避灾难跑到一个洞口，有人指点从洞中跑出去可以逃生，但人们还是踟蹰、无勇气走向黑洞。其实黑洞的另一端就是出口，所以对蜜蜂之死应予同情而不必苛责。

至于苍蝇的逃生方式，可取的是生存第一，不顾一切。它的行为实质是盲动，没有思维的导向性，这种无序思维并不可取。它有成功的可能，也有很大风险，常会避坑就井。但它挑战生存绝境的勇气是值得肯定的。

卢梭曾经说过："一只雄鹰在练习飞行时，总是随风而飞，如果遇到危险后就转过头来逆风而飞，反而飞得更高。"

蜂鸟家族有一个规矩，就是只准前进不准后退。后退的就要被啄死。凭着这个家规，它们的家族甚至战胜了猩猩、熊和老虎。有一天，森林发生大火，国王号令所有蜂鸟都去扑火，其后果是无数蜂鸟在越来越大的火势中丧生。在这严峻的生死抉择时刻，突然有一只蜂鸟以倒着飞的姿势向后飞去，随后就有一只、两只、三只……越来越多。几天后，一场大雨终于把大火熄灭了。它的家族就只剩下那些会倒着飞的蜂鸟了。后来，蜂鸟家族又慢慢繁衍壮大，也就是这场灾难，让蜂鸟家族增添了生存的新本领——它们学会倒着飞。

人是高智商的生灵。当生命遇到险恶时，就要敞开思维的闸门，对失去时效的老皇历，要断然弃之，毋庸顾惜。如果重蹈蜜蜂寻路之辙，多会陷入绝境。

我国载人航天工程首任总设计师王永志，在1964年我国自行设计的第一种中近程火箭发射时，他还是一位大学刚毕业的毛头小伙子，可他的思维极为“异常”。在火箭射程不够，无法击中目标时，专家们主张，给火箭多加些推进剂，就可增大射程。可他却提出：如果从火箭内泄出600公斤燃料，这枚火箭就能击中目标。此语令众人哗然。有人不客气地回敬道：“本来火箭射程就不够，你还要往外泄？”最后请教了钱学森，钱老兴奋地说：“这个年轻人的意见对，就按他的办！”果然，泄出一些推进剂后，火箭射程反而显著提高，连发三枚，枚枚命中。这种思维诠释了什么叫“相反相成”的道理。

人的理性和逻辑性容易使人陷入固定的思维模式中——即一条道跑到底。蜜蜂的丧生正是这种僵化思维所致。日常生活中，类似这种思维轨迹，而导致自己误入歧途的人并不在少数，其中不乏一些聪明人。

曹魏军师司马懿堪称智者，可与诸葛亮匹敌，两师相遇败多胜少。其中一个重要原因，就是他把诸葛亮的行事风韵，定格在“生平谨慎，必不弄险”的思维禁区里。他也更谙熟兵法上“虚则实之，实则虚之”之谋略。而诸葛亮常与他的思维脉络，反其道而行之，不循常规出牌，偏使出“虚则虚之，实则实之”，如此常使司马懿追悔莫及。

《三国演义》中的空城计，人们千古传颂，其味悠长。诸葛亮料定司马懿因多疑而受欺。故在司马懿兵临城垣，众寡悬殊的卵危之势下，逆逻辑思维而谋策（今天谨慎不得，冒其险而举事）。而司马懿依然在判断，诸葛亮从不做无把握之事，既是城门大开，定有设伏无疑，故罢兵而走。若司马懿面对此景，摒弃惯性虑事的窠臼，或派部分兵力打入城中以探虚实，或像苍蝇一样，入得城内乱撞一通，那一页历史的波澜当如何翻卷，后人将难以窥测。

《孙子兵法》中讲：“兵无常势，水无常形，能因敌变化而取胜者，谓之神。”死抠本本主义，不懂随遇而迁，是适应不了生存之道上超越人们思维之外的情况的。

多元思维小到日常生活，大到立业治天下都是不可或缺的；运用之妙，它可以使人避开歧道，减少灾难，有时在不经意间取得想不到的效果。譬如，吃亏的事，人们是不太乐意接受的。但反向思之，受益不尽。

不收红包看似利益受亏，可换来的好处将是成倍的翻番。人们常把“刻舟求剑”、“循表涉澭”的故事作为笑谈，可碰上免费的午餐总是乐意入席，待身陷困境时，醒之已晚。

姜太公垂钓虽给人很大的启迪，但不可事必模仿。因事物的另一面常是有规可循，遇事不假思索只求标新立异，依然是不可取的。女性着短装好不风流，可裸裎袒裼，则是自贱其尊，自引灾祸，不可不慎。

偶 然

“偶然”是哲学概念，自己一窍不通。写上几例，望大家、学者指点迷津，以解其惑。

《解放军报》(2014 年 9 月 16 日）上登载一文，题目是：老子故里的“谢罪碑”。内容是：河南省鹿邑县是老子出生、传道授业解惑的地方。境内的太清宫、明道宫是老子出生、讲学的两大景观。而明道宫里的老君台，是鹿邑一处独有的景观。

1938 年 6 月 1 日上午，侵华日军以为高高耸起的老君台是军事据点，一连向这一目标发 13 枚炮弹，可一枚也没爆炸，老君台岿然不动。而发向城内其他处的几十枚炮弹则全部爆炸。日军极为诧异，进城后查看，这 13 枚炮弹有 12 枚落到了老君台大殿东墙、东偏殿后墙和柏树上，有 1 枚打到老君台上，只是打到了土里。当日军发现原来炮击目标是道教鼻祖太上老君的升仙台时，不禁惊呼：“中国的老祖宗显灵了！”忙跪地叩头谢罪。

这难解之谜，直到 1983 年，梅川太郎怀着一颗忏悔的心再次来到鹿邑。他说：“我就是当年炮击老君台的炮手，我们的炮弹应该是打得很准的，打在老君台上的炮弹为什么不响，这是偶然因素，还是太上老君显灵保佑的结果？这只能说明我们发动的那场战争是非正义的，是赤裸裸的侵略！”

1997年9月19日，他又从日本带来一块白色方柱形“谢罪碑”，碑的四面分别用简体中文、繁体中文、日文、英文写了这样一句话：“我们祝愿世界人类的和平”，并恭恭敬敬立在老君台旁边。现在鹿邑人民把“谢罪碑”改成了“和平碑”。

对这一略带传奇色彩的历史实录，余无意彰显神灵，那这个难解之谜就只能照梅川太郎说的是偶然了。

“偶然”作何解释，虽《辞海》、《辞源》都不曾收录，但此类事例古籍中早有记载。

公元1世纪初，汉光武帝接见一位传奇臣子刘昆，原因是对刘昆其人有两个传说。其一是，刘昆在江陵做县令的某一天，县内突发大火，在那灭火设备几近为零，唯以泼水为策的年代，面对凶猛火势，人们惊奇地目睹刘县令居然在火前恭恭敬敬地跪下，火势渐渐变小了。其二是，刘昆升任弘农太守后不久，另一个奇迹发生了——弘农县境内的老虎不知什么原因，竟然背上自己的幼崽渡河而去。光武帝刘秀耳闻此事，急不可待地召见刘昆问其原委，刘昆从容答曰：“偶然耳。”

这刘昆所答的“偶然”又该作何解释呢？

“偶然”的事没有灵性，是一种自然现象或社会现象，所以它带给人们的效果不一定都是坏事，对不同的当事人有不同的价值。

1934年10月16日，红军将领杨得志率红一团到达大渡河边的安顺场。此处无桥，又没有架桥工具，原有的几只破烂船早已被国民党军队拖向对岸。面对波涛汹涌的河水，要渡过去，难度可想而知。恰恰对岸的敌军中有一连长偷偷来安顺场赌博，带来一只木船，被红军先头部队侦察班缴获，这便成了后面十七勇士强渡的唯一工具。小船连船夫只能乘九人，所以第一船便由二连连长熊尚林率领八名突击队员进行抢滩，等小船返回我岸接第二批突击队员时，时间已过一个多小时。英勇的红军战士利用岸边礁石硬是扛住了敌军多次反击，紧接着第二船、第三船……就这样红军战士成功地强渡了大渡河。在很快击溃了敌军担任河防的一个营之后，乘势夹击泸定县城，配合四团夺下了泸定桥，保障了中央红军机关的顺利渡河。

中央红军四渡赤水后，进入云南曲靖县，手中只有一张康熙年代的云南地图，上面的标识极为简略。中央红军在沿滇黔公路行进时，截获了一辆龙云（国民党云南省主席）的汽车，车里居然携带着十份军事地图。这个事情极具偶然性。战士们开玩笑说，当年刘备进四川有张松献地图，今天红军进云南有龙云献地图。这份地图是1∶100000的高精度地图，详尽的标识让中央军委迅速做出渡江计划。对中央红军来讲，这地图是无价之宝，这种奇巧之事恐怕是周文王也难以演绎出来的。

其实，这两件事对作战双方的军事家来说该是不曾料知的。是个意外，是个偶然。

恩格斯说："那被断定为必然的东西，是由种种纯粹的偶然所构成的，而被认为是偶然的东西，则是一种有必然性隐藏在里面的形式。"也就是说，必然性是事物运动的规律，偶然性即事物发展的不确定性，必然性和偶然性在事物发展中的地位和作用不同。必然性在事物发展中居支配地位，它决定事物发展的前途和方向。偶然性则相反，它在事物发展过程中属于从属地位，对事物的发展只起加速或延缓的作用。必然性和偶然性又是相互联系和相互依存的。没有脱离偶然性的纯粹必然性，也没有脱离必然性的纯粹偶然性。偶然性是必然性的表现形式和补充。偶然性背后隐藏着必然性，必然性是偶然性的支配力量。认识事物的必然性具有重要的实践意义。在实际工作中，我们既要善于利用一切必然性因素，又要尽可能地避免和减弱有害的偶然因素的影响。

俗语云，不怕“一万”，就怕“万一”。这里说的“一万”当理解是事物的普遍性或规律性，而“万一”当理解为事物的偶然性或突发性。常言说花花世界，无奇不有。奇者，罕见也。这“奇”就是“偶然”。国外媒体报道，一伙劫匪作案后，驾车逃逸，雨中一雷正击中车顶，劫匪与车顿时四分五裂，葬于火海，这是劫匪万万不能料到的。亚洲在 2014 年一年内飞机连遭三次失事，世人只会计算飞机失事的概率，永远无法预知这种偶然性会在何时、何地、以何种形式出现。

每个人在广袤无垠的自然、浩瀚的社会、白云苍狗的世事、人心倏易的环境中生存，智慧不仅显得有限，而且又总是滞后。所以，人们只能在一桩桩事物的“偶然”发生之后去研究、总结找出必然性的东西，对世间怪诞之事始终无法先知先觉。

这些“偶然”每一次都在警示人们，不要轻视，更不可忽视事物的偶然性。举目人世间，每时每刻都以冷峻生疏的面孔给人们上演一幕幕不曾耳闻不曾见过的怪事：大型楼顶瞬间落地；运输烟花的汽车，偏在几十米长的大桥上爆炸；高速列车偏在桥上出轨；……各种偶然林林总总何其普遍，这怎么还能说是“偶然”呢？

吃一堑，长一智。现代人在谋事或制定各种方案时总要设计“预案”以备不测。这些“预案”未必准确，多无实效，但有了这种意识就是进步。目击生活中的人们，常有人谋事太自信，过高估计自己的智慧。听其言无理不通，无事不晓，料事百密无疏，但又偏偏看到在人生旅途中跌倒的、落马的、滚入壕沟的正是这些人流中的瑰意琦行者。寻思其因，是他们忘记了世间还有数不清的事物是盲区，还有很多“偶然”在等待人们去开发，去触碰。

人生不忘记“偶然”，思虑会更缜密，行为会更谨慎，尽管谋事成功率未必会提高，但失误率或许会低一点，损失会小一点。所以，小到家庭、单位，大到民族、国家，举事运筹则不可疏虑事有“偶然”。

把“偶然”作为一种理念，并不排斥人们的冒险精神，更无意遏制创新精神。但不值得冒险，是不可为的，毫无把握的胡闯乱碰也是不值得倡导的。不计后果的铤而走险，抱着侥幸心理去行事，那“偶然”面临时，结局一定是惨不忍睹的。

世上万事，不是依规矩就一定成方圆。中国人民抗日战争的胜利是日本侵略者万万想不到的。所以，做人做事，一定要坚持阳道，摒弃邪恶。心术不正，行为越轨，挖空心思去计谋，“偶然”之为的败露是会在前面恭候的。

当人们走在十字路口时，能想想事有“偶然”，或者说把“偶然”放到“必然”的位置去认真思考，走错路，掉进陷阱的事或许会少些。即便“偶然”出现，心理上可能多一份沉稳和冷静。

“偶然”才是自然，必然中一定有“偶然”。

真有“万全之策”吗？

闲步书市，《生活大全》、《旅游大全》、《智慧大全》……此类版本的书琳琅满目，让人眼花缭乱。这些书随便翻翻，充当茶余饭后，在海阔天空时的插科打诨或许有点味道，若是当真可就跌入离经叛道之途了。

此类“垃圾”大全畅销，折射出迷信思想猖獗，反映出人们在认识事物时不分良莠，以瑕遮瑜，误入了旁门左道。动手举事，总祈祷苍天赐以良策，这是忘记了人们的认知滞后于客观事物，要知事物的陡发是不可预知的。应明白万全之策的金钥匙永远藏在上苍的密室里。

国人做事，推崇“凡事预则立，不预则废”的信条。“凡人之举事，莫不先以其知，规虑揣度，而后敢以定谋。”这本没错，通常情况下也是有益的。但在实践中思维仅滞留于此还远远不够，世上总有些事是《智慧大全》中所没有的。

唐大和九年（835 年）隆冬的一天，发生了“甘露之变”。这一事变标志着唐中后期宦官弄权的开始。据记载，因这一事件被杀官员多达六七百人，以同党罪名又被宦官杀千人以上。这次事件的起因，本是宰相李训在文宗皇帝授意下决意除掉乱政宦官，可结局是宰相李训等同谋被宦官所害。李训预谋败露虽有诸多因素，可关键之处是在千钧一发之际刮来的一阵风上，说来有点荒诞。

事变开始，宰相李训与皇帝同谋诱骗仇士良带宦官到金吾左仗院内看天降甘露。事先在大厅帷幕之后布下伏兵，企图将宦官们一举歼灭。当仇士良带宦官进入金吾左仗院内之后，先是看到禁军将领韩约神色紧张，体态异常，心中很是疑惑。这时天公正巧刮来一阵风，吹动了厅内的帷幕。仇士良他们发现帷幕后站着不少手拿兵器的士兵，不禁大惊，随即率众宦官慌忙逃出，直奔含元殿，劫持文宗皇帝以令天下。李训等虽也调兵拼杀，但终遭惨败，无耐之下，李训化装逃向终南山。这场宫廷内的刀光剑影，以举谋者失败而告终。

“甘露之变”事关江山易主，人头落地，可谓天下大事。举事之初，一定谋划得周密详细，理当天衣无缝。然而事与愿违，谋事者哪里会想到老天爷那时刻竟刮来一阵败事之风呢?

无独有偶。唐睿宗李旦登基两个月之后，侄儿李重福在野心家郑愔的怂恿下发动政变。然政变没有成功，李重福走投无路，投水自尽，时年 31 岁。李旦在粉碎这次政变中，景元元年（710 年）八月的一天，唐朝的东都洛阳忽然全城紧急戒严，士兵严守各个路口，盘查行人。当此，一驾马车疾驰而来，车里坐着一位贵妇人。只见这位贵妇头盘高髻，身着盛装，脸上遮着一块面纱，看上去既雍容华贵又神秘莫测。唐朝那时流行这种盛装，再者车里既是女眷，士兵们自然不能盘查过细。就在放行这辆马车时，忽然吹过来一阵风，把贵妇人的面纱掀起一角，一士兵忽然看见几根胡子。在此紧急关头，士兵疑窦乍起，走过去施礼后掀开贵妇人的面纱，竟然是一个面目丑陋的男子，那几根胡子显然是在紧急慌乱之中没有刮净残留的。这个士兵再看看手中通缉令上的图像，连忙冲上车去，抓住这个冒牌贵妇人的衣领，拖下车来，对他说："您就是郑愔大人吧，我们在此恭候多时了！"郑愔的狡诈谋反之图终因上苍这一阵风吹掉了他的首级。

这些巧合，是必然，还是偶然？自己学养贫瘠，对事物的发展规律及它们之间的辩证关系理不清，道不明。只是在平生中，从书本到现实看到一些大腕、名流，举事之初自以为计划周详，料事如神，决策万全。然事情的结局，又让人每每看到或听到，与这些"高人"之谋背道而驰，使他们惊呼：始料未及！始料未及！更为不可思议的是，他们的决断一施展就被一些"偶然"所掀翻。正像宰相李训欲除宦官的一幕，筹划时煞费苦心，不可谓不周密，可怎能想到在生死一搏的当口，偏有一阵风吹来，致使计谋破败，乾坤颠倒。

1453 年 5 月 29 日凌晨，是土耳其人战胜东罗马帝国拜占庭的一刻。拜占庭依托坚固的城堡抵挡住了潮水般涌来的敌人，时间长达四十余天。在土耳其人被困在第一道城墙与第二道城墙之间一筹莫展时，他们突然发现，在内城墙上有一座很小的城门——凯卡尔门竟然敞开着，直通城内坚固的工事。就此东罗马帝国很快被奥斯曼帝国占领。这扇敞开的门后来被证实是夜间行人通过时忘记关闭。如此蹊跷的事是决战双方谋划者万万没有想到的。

古人曰："智者千虑，必有一失。"失于何故？多失之偶然。倘不是偶然，智者怎么会疏忽呢？

孙子曰："知己知彼，百战不殆。"这是战略思想、军事理论的经典。可这里的"彼"指代对象都有哪些，仅指敌对一方吗？就说智谋逴踬者，能晓天文、精通地理吗？能操控事物的万变吗？因为很多战事的失利不是失于对彼方的无知，而是败于意外。

偶然性中隐藏着必然性，任何偶然性总是服从于必然性。"上医治未病”有可能，预谋事物的发展、变化及进程中各种因素很难。事物的发展有普遍性，更有它的特殊性，对于时刻都在变化着的事物，谁也难在事前制定一套百无一疏的“万全之策”。谋事在人，成事在天。“天”是什么？“天”就是万物发展难以预测的特殊性，这种特殊性就连被神化了的刘伯温、诸葛亮都难以揣度。

如此饶舌事物的不可测性，不是为思想懒汉辩解，也不是为工作失误袒护，而意在提醒一些决策者、指挥者不要那么自信、武断，把自己装扮成神。

古人云：不知天文，无以断其时；不知地理，无以逢其事。而人对事物的认识总有一定的局限性。所以遇事决策，要相信“六亿神州尽舜尧”，众人是圣人。要集思广益，争取把错误的概率控制到最低。智者千虑之失难以避免，而这一失又往往可以被不识字的老奶奶，抑或是不起眼的放牛娃解答。这是何故？

乌飞兔走，息息有异，谋事囿于常规，而不知还有规外之事，不知“变”也是规矩，就容易被老皇历捆住手脚。世间万事万物无时不在变化，哪来万全之策呢？

传播爱的天使

天使是神话中天神传播爱的使者，对每个人来说要成为天使并不难。

白求恩堪称白衣天使的楷模。在他染上肺病，需要到医院疗养时，唯恐会传染妻子法兰西丝，于是提出要与她离婚。当妻子不同意他的这个决定时，他就提出："除非你同我离婚，否则我就不到疗养院去！"妻子被迫同意他的意见。白求恩身体康复后，他们又生活在了一起。后来法兰西丝觉得白求恩太执着于自己的工作，无法正常生活，不得不第二次分手。尽管他们的婚姻一波三折，但在白求恩的弥留之际，他还写信请求国际援华委员会：给我的离婚妻子法兰西丝拨一笔生活的款子，或是分期给她也可以……我（对她）应负的责任很重，决不可以因为没有钱把她遗弃了。向她说明，我是十分抱歉的！

白求恩为了中国人民的解放事业，只身一人，不远万里来到中国。毛泽东说他是"毫不利己，专门利人"的高尚的人。他的天使精神将永远激励着后人。

天使是爱神，爱神关爱的是情人，天使关心的是世人。

曾读过苏联叶夫图申科在《提前撰写的自传》中讲的一则故事。

其主要内容是：1944年冬季，两万德国战俘排成纵队，从莫斯科大街穿过，所有的马路都挤满了人。苏军士兵和警察警戒在战俘与围观者之间。围观者大都是妇女，她们当中的每一个人，都是战争的受害者。或者是父亲，或者是丈夫，或者是兄弟，或者是儿子，让德寇杀死了。妇女们怀着满腔仇恨，朝着大队俘虏即将走来的方向望着。当俘虏们出现时，妇女们把一双双勤劳的手攥成了拳头，士兵和警察们竭尽全力阻挡着她们，生怕她们控制不住自己，做出冲动的事来。

这时，一位上了年纪的妇女，穿着一双破旧的长筒靴，把手搭在警察肩上，要求让她走近俘虏。得到允许后，她到了俘虏身边，从怀里掏出一个用印花布方巾包裹的东西。里面是一块黑面包，她不好意思地把这块黑面包塞到了一个疲惫不堪的、两条腿还勉强支撑得住的俘虏的衣袋里。于是，整个气氛改变了。妇女们从四面八方拥向俘虏，把面包、香烟等各种东西塞给这些俘虏。

在这个故事的结尾，叶夫图申科写了这样两句话："这些人已经不是敌人了。这些人已经是人了。……"

还曾读到英国作家乔治·奥威尔在《西班牙战争回顾》中记载了这样一个细节：一次，作为士兵的奥威尔在执行狙击任务时，看见一个"半裸着身子，一边跑，一边双手提着裤子"的敌方士兵时，他"忍住不向其开枪"。

因为他认为"提着裤子的一个人不是法西斯分子，他显然是个同你一样的人"。如果人们都能进入"人性"的殿堂里，平静少许，或许会下意识地感到，你刚才还咬牙切齿要杀掉的"敌人"和自己一样都是人时，战争也许可以避免。

写到苏联卫国战争，自然想到日本侵华战争给中国人民带来的劫难——死伤3500万同胞，其中无辜百姓死亡近2200万；战争的破坏给中国人民造成的损失更是难以估量。然而在日本投降后，对关押在抚顺战犯管理所的千余名日本战犯，周恩来总理批示：要从思想上对日本战犯进行教育和改造，争取一个不死，将来也可考虑一个不留；尊重每个战犯的人格，不殴打、谩骂和侮辱战犯；要把他们改造好，使其变成新人，变成朋友。

远东国际法庭审判28名日本甲级战犯时无一认罪，而中国政府却把上千名战争狂人改造成了反战的和平友人。时至1964年最后三名战犯提前释放，这批战犯除一名病亡外，全部归国。

日本一位八旬侵华老兵向“平顶山惨案”的起诉人英德胜表示忏悔和歉疚之情：“我很惭愧，过去在中国的土地上做过不是人做的事情，请你接受我对中国人民的谢罪和道歉！”

1956年4月，抚顺战犯管理所，有被灵魂之战降服的28名战犯在伏法请罪血书上写道，“如果刚被送来中国时被处死刑，我们会喊天皇陛下万岁，大日本帝国万岁；今天被判死刑，我们要喊中国共产党万岁！毛泽东主席万岁！”

而日军的侵华罪行，用年近八旬的侵华老兵近藤的话说：“每个日本兵都背负着战争的罪行。”可解放军的元帅聂荣臻于百团大战的战火中营救了两名日本小姑娘。几十年后，当美穗子来到中国感谢中国人民时，聂荣臻回答说：“让我们化干戈为玉帛吧！日本民族是勤劳智慧的民族，愿中日两国人民世世代代友好下去，永不兵戎相见。”这让世人看到的是一位无产阶级革命家的宽广胸怀和中国人民伟大的人道主义精神。

如果我们能对叶夫图申科写在他所讲的那个故事结尾处的那两句

话细细咀嚼，该会感到：当这些人手持武器出现在战场时，他们是敌人，可当他们解除了武装出现在街道时，他们跟所有的人，也包括我们自己一样都是具有共同外形和共同人性的人。当我们心中容有他人时，和平、友爱、宽容、尊严等才具有了可能性。如果人们的思维僵死在一个模子里——民族有优劣之分，自己的民族是优等民族，人类就不能平等，不能平起平坐，法西斯就得主宰世界，弱国就得屈膝强国，那人们企盼的和平将永远是空想。

苏联人民和中国人民把敌人变成了人，这体现了人类灵魂走向的两种可能性：一种变成天使，一种变成魔鬼。有人说，人类真是一个奇怪的群体，他们高贵的时候那么高贵，残暴的时候竟然那么狰狞。

哈佛大学首席社会分析评价专业教授布朗特，在参加一位学生论文答辩的时候，突然感到身体不适。按他的资历和影响，完全可以宣布停止答辩，因为这个权力就在他手上。当助手递给他劝止答辩的字条后，他在上面写道：“我并不重要。”一直坚持听完才被送进医院。

孙中山在《建国方略》中讲：“物种以竞争为原则，人类以互助为原则。”《犹太法典》上指明：“人是为保存自己和帮助他人而生。”所以，犹太人认为，人可以只为自己，或只为他人而活着——光想着自己的人是卑贱的。然纵观古今中外，人类不分种族，不区国别，不计语言和宗教信仰，愿做天使、关爱世人的天性是一致的。

《千手观音》出访美国，主办方本只安排六分钟舞台表演。当表演结束时，观众起立，掌声雷动，经久不息。主办方破例又给邰丽华安排了手语表述：“爱是我们共同的语言，只要心中有爱，只要心地善良，你就会一千次伸出手去帮助别人，就会有一千只手来帮助你。”当邰丽华手语表述完时，观众再一次起立鼓掌，激烈感人。这也是此次活动中二百多个节目里唯一赢得观众两次起立致意的节目。这足以彰显不同国度、不同信仰的人都有一颗爱心，都能成为天使。

我默默地祈祷：愿人间天使与天上彩虹普降。这是人们翘企的一天。

落井下石者戒

每当看到“落井下石”这个词，就想起培根在《论人生》中的一句话：“有一种人专靠落井下石，给别人制造灾难来谋生——他们简直还不如《圣经》里那条以舔疮为生的恶狗，而更像那种吸吮死尸汁液的苍蝇。”培根对这种人为什么有如此切齿之恨，我没有读过培根的传记，所以不得而知。但随着个人生命的跌宕，阅历的积淀，逐渐对他的这句话有了深的感悟。

浏览古书，历史上的崇侯虎诬陷周文王，上官大夫谗言屈原，秦桧加害岳飞，每一例中的前者就是这种人。宋朝宰相留梦炎，先期投降元朝，后在文天祥被元军俘获后，他首先跳出来极力主张杀掉文天祥，而反对元朝统治者放文天祥出家做道士的意见。他所以如此，怕的是文天祥一旦生还，他那叛徒的嘴脸就会暴露在日光之下。这类人绵延不绝，无不给民族的大业攘成灾难，给人性之瑜嵌入瑕疵。

曾经历过一件真实的事。某单位一职工因受了不白之冤而投井，幸哉没有致命。单位领导对此事怒不可遏，在全体职工大会上声色俱厉地说：有些人动辄以死相威胁，要死，为什么不头向下栽？事过几日，这一职工没有听命领导“头向下栽”，而是手持屠刀自刎丧命，惨相目不忍睹。事后经组织上调查核实的结论是，该职工实属清白无辜。

综观种种投石者的面目，对早于培根一千多年的韩愈，他在柳宗元的《墓志铭》中，对投石者就如此写道：“此宜禽兽夷狄所不忍为，而其人自视以为得计。”他对此类人如此鞭笞，是因为这些投石下井者，非人也，禽兽是也。

当然，落井者中也不乏罪行累累、十恶不赦之徒，他们的下场历史会作出公正的裁决。但在实际生活中，多数陷入困境的是由历史的、社会的、人为的因素而铸成。他们有可能也是受害者，更多的是为国家作出过贡献，甚至是卓越贡献者。如果我们心存私念，投石下井致这些无辜之人于末路，我们不也是在犯罪吗？如果他们是被人陷害，我们不是在为虎作伥吗？郑板桥说：“天既生有麒麟、凤凰、灵芝、仙草、五谷等，即与之俱生而并茂，而亦不害为天之仁。”这是天的胸襟。“地势坤，君子以厚德载物”，这是大地的品德。作为有灵性的人，面对遭到厄运的同伴，换个位置，反躬叩问，他们真是该遭此劫吗？

也曾读过这样一则报道。一位年轻的步兵不慎把枪丢了，在执行任务的途中无奈给上尉通了电话。执勤回来后，他怀着忐忑不安的心去见上尉。上尉把枪还给了他，说是村里小孩在路上捡到的，并再三嘱咐他：“以后千万要注意，别再发生这样的事情了。”战士把枪丢了，这意味着什么，是不言而喻的。要说上尉向上级汇报也无可厚非，可上尉没有这样做。由此，一个中尉想到：人在路上行走，没有不跌倒的；当有人跌倒时，不应该再去踩他一脚。中尉从上尉那里学到了一条重要的待人原则：把跌倒的人扶起来，给他掸去尘土，让他继续前进，而不要雪上加霜。这个中尉就是曾任美国国务卿的鲍威尔。想来这对我们面对危难中人该怎么去做，是有启发的。

茫茫社会，人之失足，圣贤难免，何况常人。即使政见分歧，名利相竞，只要不伤民族之尊，不损国家基业，得饶人处且饶人。为人搭桥，也是为己铺路。举目众生坦途者寡，坎坷者众，所以，路遇踉跄的人，这已是他人的不幸，理当伸手施救，这当是大写“人”字的天性。

拯他人于险境，其实也正是天赐自己与他人一份珍贵的缘分。无心一救可谓罢了，然不知其因，不明其故，何故投石呢？甚者，还听到有人大呼：再踏上一只脚，让受难者永世不得翻身。为什么？何苦呢？真该如此吗？

即使属于万恶之徒，目睹其沉井，后退一万步去想，就是苍天留他一命，他也是头破血流，七损八伤，这就是对他罪过的惩罚，何劳他人出手费神再去投石呢？有人说，除恶务尽，斩草除根，这也未必天遂人愿。当武松被陷害打入死牢后，蒋门神、张团练、张都监更蓄恶意安排杀手于飞云浦结果武松。然一场血腥的厮杀，不只是这些凶手被武松送上西天，武松因此提刀重返鸳鸯楼上。尽管他们三人此时已来不及多想，可就是让他们去想，他们又会想些什么呢？

人的宗教信仰可以不同，但要遵循“万物并育而不相害”之道。

“文革”期间，在习仲勋蒙冤之后，习仲勋同志的秘书张志功，面对高压和威逼，从不违心地写什么揭发习仲勋的材料，不见风使舵，不乘人之危，保持做人求真、求正、求义的操守，令人钦佩。

受人爱戴的周恩来，一生慈悲为怀。从日常生活到国家大事，无不以仁为本，小到收救孤儿，大到对日本被俘的侵华战犯坚持“一个不杀”的人道原则。尤其在十年的“文革”之中，他顶着巨大的政治压力，冒着个人政治生命与人身攻击的危险，竭尽全力保护了一大批革命干部，尤其是革命老干部。待雨过天晴，乌云散尽，这些革命干部得以焕发青春，为中华民族的复兴大业做出了新的业绩，贡献了毕生的精力。人们咋能不怀念我们伟大的周总理呢？

做人应当谨记“马到悬崖莫加鞭”，目睹落井之人戒以石投之，于人恩泽无量，何乐而不为呢？

写好“人”字

“人”字，两足着地，昂首顶天，堂堂正正立于天地之间。如何做人才配这个“人”字，仁智之见各异。但人要明白：沿袭他人走过的路，是忽视了自己的双脚；重复别人说过的话，是冷落了自己的智慧；吞咽他人嚼过的食物，或许胃饱肠满，但终不知其味；听到不同的声音，要用自己的脑子去思考，去作出正确的判断。不跟风，不趋势，不学舌，挺立于世。

邓小平同志为国为民，不唯上，不唯书，实事求是，任凭风吹浪打，特立独行，带领中国人民走出了一条具有中国特色的社会主义道路，功彪千秋。这个“人”字，他用自己的行动写得魅力无穷。

而现实中常有人寄栖他人屋檐底下而不自挺腰杆，总以为大树底下可避雨，背靠泰山可挡风，听着喊声，随着风向，啥时都安全。可事实并不尽然。屡见不鲜的是，摇旗呐喊，在附和他人时声嘶力竭，真可谓忠心赤胆，屈附他人腋下，进退由他人驱使，亦可谓肝脑涂地，死而无憾。然老天总让这些人始料不及，风向逆转，没有退路，把他们裹入火坑，困于隘口，烧得面目难辨。20 世纪 40 年代，此类人可谓多矣。

从抗日战争熬过来的人，当不会忘记，那时国人中确有极少数为日本鬼子鞍前马后充当走卒，呜里哇啦对自己同胞肆虐的人，人称“汉奸”、“卖国贼”。他们是出卖良心换取荣华的民族败类，是断了脊梁骨的狗。这些唯外国人是从，主子说啥他说啥，主子叫他干啥他做啥的人，在抗日战争胜利后，他们也都受到了应有的惩罚，或伏法刑场或收押牢房。

中国有一成语“桀犬吠尧”。它的含义是，有人就像桀的狗一样，只知道听从主子的吆喝，不论善恶，不辨圣贤，主子叫咬谁就咬谁，哪怕是像尧一样的圣人它也咬。这些丧失人性的奴仆，有时昧下良心，在自己确切明白事实真相之下，为一己私利如蚁附膻，为虎傅翼，跟着主子行凶。这些人酷似赵树理《李有才板话》中的得贵。恒元说：砂锅能捣蒜；得贵说：捣不烂。恒元说：公鸡能下蛋；得贵说：亲眼见。这种人甘愿为恶势力作伪证，蒙蔽真相，扭曲真理，玷污正义。就像有些人依附在“四人帮”的羽下那样，鼓唇噪舌，为主子造势助阵，违心地去扮演喽啰的角色。

但也有人对自己奉行跟风哲学，并不以为意，反而慷慨其辞，说这是个人服从组织。其实，这种唯上思维，不管上级发号施令正确与否，言听计从，只管点头、举手、按键；有的明知决策有误，以为责不归己就甘做回音之壁；也有的是一味迎合领导意图，以博得自己仕途上的绿灯。表面唯上不二，实质是一心为己。

乐于人云亦云的人生观，与服从组织，从本质上就不属同一概念。前者不管主观上出于什么动机，其行为是盲从，是不问是非，如影随形；而后者服从组织是深思熟虑后的行为，是坚持正确的原则。当然服从组织，前提必须是命令正确，指挥得当，否则就不可顺水漂流，更不可同流合污。张国焘在长征中分裂中央，发布错误指令，改变北上行军路线。绝大部分指战员拒不听从命令，连他的警卫员也不附和于他，置他于形影相吊之地。这充分表现了红军战士坚持原则的革命品质。对于私心十足，因皮毛之利而丧失良知，甘愿附和邪恶而善于投机的人该是一面很好的镜子。

随声附和者，若重权在手，多会做出误国伤民之举。

一个印第安人部落，新酋长恰逢冬天上任，人们就问他："酋长，今年冬天是一个寒风刺骨的严冬，还是一个充满阳光的暖冬？"新酋长不懂天气变化，又不愿在众人面前显出自己的无知，便故作姿态："目前这还是秘密，你们去拾木柴吧！"族人走后，新酋长立即打电话问气象局，气象局回答："就目前情况看，也许是个严冬。"新酋长召集族人，告诉大家要多收集木柴。一周后他又打电话问气象局："你们肯定今冬会很冷吗？""是的，今冬会非常冷。"新酋长再一次告知族人继续多捡木柴。又一周后他又问气象局，工作人员底气十足地回答："可以肯定地说，今冬将是有史以来最冷的冬天。"新酋长问："何以如此肯定呢？"气象员回答："因为印第安人正在疯狂地捡木柴！"这是一个酋长和气象员都在发错误指令的笑话。

可在我们的现实生活中，这类没有科学根据的决策和命令并不少见。类似这位新酋长的领导并非一二。为了大干快上，急于把当地经济搞上去，地方领导常常率庞大的参观团赴外地取经。这种思路的初衷是良好的，可对外地的经验盲目推广，大面积普及，缺乏科学依据。抛开当地实际情况，漠视实事求是的科学态度，施以政治手段、政府命令去强行照搬异地的东西，盲从的结果多是劳民伤财。政府十分尴尬，群众叫苦不迭。

对社会上很多不能令人满意的现象，玄奘用“鱼龙混杂，凡圣交参”八个字给予概括。说实在的，再严密的律令也有不完善的微隙，再好的国家政策，也总有涉及不到的地方，再好的社会制度也难以尽善尽美，何况许多制度还在完善的过程之中。所以，对同一事物发出不同的声音，有时包括截然相反的声音当属正常。以此认识去听天下之声，不会是异口同声，自当不必苛责。

天下苍生，不问政治，不涉国是，甚而不明事理，连人情世故都冷漠待之者，并非少数。只要是自食其力，不添乱他人，不危害社会就可称良民。一些人遇事缺乏犀利的眼光、睿智的头脑、正确的分析与判断，其表现优柔寡断。这是因为他们知识浅薄，鉴识能力低下，思维滞后所造成。所以，面对烟雾缭绕之事，茫然难辨七星，不要说让他陈述高见，他连自己所站的位置，周身的环境是啥样，也是朦朦胧胧，因而随声附和实属不得已而为之。所以，面对大千世界，有时分不清善恶清浊，随他人俯仰应声，也当予以理解，不可求全责备。

面对信息时代的今天，特别是网络媒体的快速发展，有的人习惯于跟风，对一些不良言论和错误信息不加甄别，盲目接受，以讹传讹，信谣传谣，既干扰社会秩序，又影响他人正常生活。所以，面对滥如牛毛的信息，一定要经过自己的思考，剔除杂芜。对原则和真理的坚持，就像孤束松柏扎根峭壁之中，任其狂风肆虐，岿然不动，写好自己的这个“人”字。

慎从众

“从”的意思是跟随，“从众”就是跟在众人的后面走。欲其这般立世，就是漠视自己的存在，弱化大脑皮层的功能，贬抑自己的价值。跟在众人的身后，足步他人的后尘，举目他人的项背，纵然天赋岐嶷，也永远蹚不出自己的路，开创不了自己的天地。

国人有“众人是圣人”的说法，或曰“少数服从多数”、“群众是真正的英雄”等理念，这些认识通常没有什么错误，也是党的群众路线所倡导的。

题目“慎从众”与上面的认识并不对立，它的主旨是强调“从众”要慎重。遇事不放弃原则，不逾越道德栏杆，不突破做人底线，不随意当“众人”的呐喊者。因为事物之复杂太多让人难料，事事尾随人后不辨真伪，有时会跌到污泥之中，是十分危险的。

抗日战争中，在日本侵略者的铁蹄踏入渑池后，就有好事者洞入国库偷窃粮食和食盐。稍有几日，闻之者参与其中，逐日增多，到国库抢粮，也由原来的夜间变成了白天，没几日，盗取粮食的人便成群结队。那时我只有十来岁，听大人们讲，那一库粮食终被众人搬光了。

1947 年 7 月份，渑池解放前夕，因铁路不通，在火车站上滞留一列车压磁棉花。开始少数人去小偷小摸，人们见此情景——无人过问，谁扛是谁的。这就使随众之心发酵，扛棉花的人越来越多，真是人山人海。

待战乱结束，社会安定之后，这两次哄抢物资、乘机发国难财者，尤其是带头发起者，都受到了严惩，极少数肇事者付出的代价更是惨重。

这使我想起法国心理学家约翰·法伯做过的一个实验：把许多毛毛虫首尾相连，围成一圈。由于毛毛虫天生有一种“跟随”性，一个跟着一个，一圈一圈地走，七天七夜之后，它们因为饥饿和精疲力竭而相继死去。

人的“从众”心理，常受“法不责众”这句话的误导。浅见者认为，法律对“众人”是无效的。所以常见因交通事故或其他原因，集体财产或物品出现管控无力时，就有人不是积极协助护理，反而聚众趁机发不义之财。做人要明白，国家法律是为保护人民和国家利益而制定，它不依人数众寡所左右，只要践踏国法，不论参与人数多少都会依法受到惩处的。

当然，作为普通人对政治范畴里的社会问题，一时认识水平达不到，随波逐流是常有的。因它不是个人主观意识所为，也是不该多加指责的。

尾随人后的椎愚之行，之所以在社会上时隐时现，也有“人多势众”封建糟粕思想的污染。一些人下意识地认为人多就代表正确，众人是力量的象征；人少就意味着错误，就潜伏着失败的可能。所以多数人的潜意识中不乐意与少数人为伍。

有这样一则寓言。

一群麻雀站在树枝上休息，其中一只特立独行。大家对它说："我们全都是迎风站立，只有你跟我们站得相反。""你破坏了团队精神，是一个不合群的另类。"所有的麻雀都一致谴责它，但这只麻雀仍一意孤行。这时一只花猫潜行到树丛后面，由于大家都是向着迎风的方向，没有察觉到花猫的出现。当花猫正准备一跃而出时，那只与大家站立方向相反的麻雀及时发现，大声呼喊："猫来了！快逃！"其他麻雀立刻闻声飞走。这只特立独行的麻雀救了大家一命。尽管这是寓言，可现实中不乏其例，有时少数人恰恰是正确路线的代表。

在历史进程中，新生事物在萌芽时往往是少数，而人们常用习惯性思维和老皇历看待，所以少数人的意见常被否定或扼杀。而这时的多数也最容易滑到新生事物的对立面，演变成历史前进的阻力。所以毛泽东说的"真理有时在少数人手里"的观点是很富哲理的。

古巴在以美国为首的西方世界营垒面前是"少数"，在被封锁50年后，今天的美国又向古巴伸出了橄榄枝。美国一度操纵联合国奉行孤立、围堵中国的政策，可半个多世纪以来，中国的朋友遍天下，与中国建交的国家占全世界的五分之四以上。目睹当下的中华民族更是意气风发，踌躇满志迈步小康社会。现在西方七国又把俄罗斯从原来的"八国集团"排斥在外，造成1∶7的众寡悬殊，可未来的历史天平未必会倾斜于多数。

有人说，"吾从众"是孔夫子所言，还不可信吗？这种认识是对孔夫子这句话的断章取义。

孔子是这样说的："麻冕，礼也；今也纯，俭，吾从众。拜下，礼也；今拜乎上，泰也。虽违众，吾从下。"他的意思是："麻布的冠冕是合乎礼的，现今用丝帛，比麻布俭省，我依从多数。在堂下跪拜是合乎礼的，现今在堂上跪拜，较为倨傲；即使违背多数，我依从在堂下跪拜。”由此看来，孔夫子处事态度很明确，是很讲原则的：对正确的，我就从众；对错误的，我宁肯当少数，也不糊糊涂涂去服从。

“从众”行为的背后透射的依然是做人，从中清晰可见人的道德操守。它像多棱镜一样，从不同侧面折射一个人的心宅。有人“从众”确属无知，尤其在政治领域里，风云相裹，瑕瑜互参，人们一时难以清澈泾渭而举足随众，这似乎还可原谅。但有人“从众”是对事物的是与非一清二楚，多是私心太重，才放弃立场，抛弃原则，是十足的投机心态。对这种在是非面前，不讲正义，漠视道义，看风使舵、趋炎附势的人，多是百花园中的残枝败叶。

此类人的指导思想是随着众人，立世安全，个人利益可得到最大保护。其实，事物的辩证法并非如此，太多时候，太多事情，是以路线是否正确决定着个人命运的。方向错了，人越多陷得越深，损失越惨重。

愚公移山，荷担者三夫，因路子正确，精神可贵，终于感动了玉帝。《六国论》中写：“六国破灭，非兵不利，战不善，弊在赂秦。赂秦而力亏，破灭之道也。”就人数与疆土而言，战国七雄，六国合纵自然属于众多之列，而秦唯其一，茕茕孑立，自然是少数。然而历史的洪流淹没了多数，唯秦独统天下，众者败北。因为六国贿秦的路线是错误的。

在网络化、传媒高度现代化的今天，国内外对我国心怀敌意的少数异类，蓄谋假传信息，破坏我国当今安定团结的社会现实，应在意料之中。香港的“占中”风波，就喷出一股刺鼻的怪味。所以，作为一个对社会有责任感的国民，不管对来自哪里的传闻，要思考，要分析，要有洞若观火的眼力。对于错误的信息更当不信、不传，并有责任予以抵制和反击，切不可盲目推波助澜，铸成亲者痛、仇者快的悲剧。

每个有头脑者，意欲举足“从众”时，一定要驻足三思，择其善者而从之。

该怎样活着

有位诗人曾经这样说过："一个打毛衣的女人是美丽的，一个劈柴的男人是好看的，一只正在下蛋的母鸡是动人的，一只采蜜的小蜜蜂也是可爱的。"

一位图书馆馆长，每天早上 8 点，总是第一个来到图书馆开启大门，然后向第一批踏进图书馆大门的读者问好。对他的行为不甚理解者问他，为什么身为馆长还要做自己可以不做的或者不该做的事时，他却认真地回答："我来开门，是因为这是我一天做的事里，唯一对大家真正有用的。"

如果有人煞费苦心去探索人生的意义到底是什么，我以为，这位馆长的回答，就是正确的答案——实实在在为他人、为社会做有益的事。

每个人一路走来，所经过的历程，有坦途，有泥泞；头顶上有阳光，也有乌云。医、农、工、商职业不同，担当各异，但都是他人和社会需要的。

如果把社会看作是人生的舞台，每个人活得有无意义，那就全在于自己的表演艺术水平了。会演者演反面人物，也能给观众以正面的教育；演配角形象也能让人印象深刻，受到启迪；跑龙套成了明星，一句台词没有，也能让人从他所担当角色中领悟到人生哲理。

毛泽东写的老三篇——《为人民服务》、《纪念白求恩》、《愚公移山》，这其中的三个人物：张思德是烧炭的，白求恩是医生，愚公是老农。他们并无惊世之举，但为什么他们的名字却家喻户晓？

汶川地震、玉树地震、芦山地震中的老师们，在地震威胁个人生命之际，他们先让所有学生安全脱离险境，自己走到最后；有的为救学生献出了生命。其中有位51岁的谭千秋老师，把身边已经不可能逃离的四个孩子，奋力塞到桌下，张开双臂趴在课桌上，用身躯死死护住了这四个孩子，他献出了生命。这些精神足以解答清楚人生的意义是什么。

人生的价值，如果只是寄生于社会而没给社会创造什么东西——包括物质的和精神的，这个生命就灰暗惨淡。每个人都享受着前人的劳动成果，自己对社会应有所担当，有所回报，是理所当然的。用自己勤劳的汗水充分发挥自己的价值，给后人留下我们自己创造的成果，也该是责无旁贷的。成果大小，因人而异，实实在在尽心尽力就好。

一个人，不论自己干什么，只要有正确的人生观，都有为社会做贡献的广阔天地和无处不在的机遇。

至于奉献些什么，我想，只要明白，历史是大众创造的，财富是众人积累的，典籍是人民谱写的，文明是社会传承的道理，那就不必犹豫，凡人民大众拥护的、爱戴的、讴歌的，一定是正义的，善良的，光明的。我们活着的每个人，都有机会，也都有能力为此添砖加瓦。

奉献是爱心的释放，善心的升华，美德的弘扬。奉献使人生充实，使精神愉悦。从世界看，哥白尼、牛顿、居里夫人、爱因斯坦等是奉献者。从我们身旁看，“感动中国”的人物和乐于助人的人，为社会做出善行——修路筑桥、清扫垃圾的人，也是奉献者，这些人无不为人民所传颂和敬仰。

红学大家冯其庸说：“人生的全部意义，就在于能为这个美好的世界增加一点新的光彩。”作出奉献的人，有可能活得累点，但为他人、为社会，多付出的这一点，正是个人生命的闪光点，正是人生价值的体现。

一个人生性利己而不懂奉献，不去奉献，不管一生走哪条道，碰上的都是红灯。就是侥幸闯过一处，再碰到下一处，一定会让他付出成倍的代价。

社会的文明是无数人心血、智慧奉献的凝合体，没有众人作出奉献的社会，只能是徒设的空壳，它不可能接纳众多人的寄存。所以对社会只求索取不奉献，拔一毛利天下而不为的人，人生的路会越走越窄。

当人只知索取而不奉献时，那就失去了做人的根本，异化成了非人。再加上信奉“不懂享乐就是不懂人生”的误导，心灵就会彻底被私利所扭曲。这些人发财后，只会炫耀、奢侈、挥霍，或者就像欧也尼·葛朗台一样，极端吝啬，成为社会的笑料和垃圾。他永远不会懂得“带着巨额财富死去，是一种耻辱”的含义。

巴士司机黄志金，在行车途中心脏病突发，在生命的最后一分钟，他认认真真做完三件事：

——把车缓缓地停在路边，竭尽生命最后之力拉下了手动刹车闸；

——把车门打开，让乘客安全下车；

——将发动机熄火，确保了乘客与车的安全。

他做完这三件事后，便安详地趴在方向盘上停止了呼吸。

美国诗人兰德尔的一首短诗《作者致读者》中有这样两句："即使世界明天要结束，我也要栽我的小苹果树。"

有一位和尚带着他的弟子们在菜园干活时，弟子们询问他："假如你知道自己的生命还有一刻钟，你将做些什么呢？"师父欣然而答："继续干菜园里的活。"

人的生命长短是有限的，然而人生的宽度和厚度是无限的。所以个人在生命的砝码上要想加重，就要努力拓宽生命的宽度和开凿生命的深度，因为这两个领域是无限的。像雷锋、郭明义、美丽的妈妈、美丽的乡村医生……做一个普通的人，一个对社会有奉献的人。

年逾百岁的老人巴金先生，历人生的风雨雷电，苦辣酸甜，该是在对人生有所彻悟之后，写下《巴金谈人生》一书，在其前言中有这样一段话："我终于明白生命的意义在于奉献，而不在享受，人活着正是为了给我们在其中的社会添一点光彩，这我们办得到。因为我们每个人都有更多的爱，更多的同情，更多的精力，更多的时间，比用来维持我们个人的生存所需要的多得多，为别人花费了它们，我们的生命才会开花结果，否则，我们将憔悴死亡。"

裴多菲说："生命的多少用时间来计算，生命的价值用贡献来计算。"裴多菲的这句话应当成为我们的座右铭。让"奉献"这朵人类大花园中的奇葩，更加引人夺目、更加光彩鲜艳。

做普通人

儿时常听长辈说，人往高处走，水向低处流；不吃苦中苦，难做人上人。对这些俗言俚语，也曾有过疑问：为什么要做人上人，不做人下人；什么样的人是人上人，什么样的人是人下人？……这一串串的问号萦绕心头几十年。

儿时，目睹熙熙攘攘形形色色的人，从感官上觉得，有钱，有势，有名望，人们见之驻足，点头哈腰，满脸堆笑，被极尽恭维的人，只怕就是人上人。那人下人呢？模糊的意识中，就是平常不被人们注意或视而不见或为别人鞍前马后，不时被呵斥，间或被人侮辱的人。

到底做什么样的人好，普通人？人上人？很迷茫。

新中国成立前，我亲眼目睹了不少长辈们讲的“人上人”——出门坐轿子，骑大马，身着绫罗绸缎，身边不离下人；百姓闻之胆战，见之心惊，竭尽巴结，唯恐得罪这些“贵人”。然没有几年，随着“向前，向前，向前……”的嘹亮歌声，“钟山风云起苍黄，百万雄师过大江”，从国民党政府覆灭那一时起，这些昔日的“人上人”，一个个魂飘魄散，犹如丧家之犬，走进了历史的坟墓。

“文革”伊始，神州大地一夜间天昏地暗。一批所谓“人上人”从天而降。这些人出口是“圣旨”，伸臂是“方向”，扯起“横扫一切牛鬼蛇神”的大旗，让革命领导干部戴高帽，挂黑牌，游街示众。而这帮人也真风头出尽，高傲一时。然随着“大快人心事，粉碎‘四人帮’……”的一曲凯歌，曾几何时的“政治领袖”们一个个成了过街之鼠，人人喊打！

随着改革开放的春雷，神州大地百花绽放。然时日不多，又有一批出门坐车子，包里有票子，天天有宴请，夜夜情妇簇拥的风流人物，好不风光地进入了百姓的视野——新时代的“人上人”又浮现了。奇怪的是好景也不长，党中央拍响了“反腐倡廉”的惊堂木。这些风流倜傥的时尚“骄子”，一个个束手就擒，身陷囹圄，即使携款外逃，可在国外举目无亲，惶惶不可终日，在国家公安部“猎狐”行动中，又一个个就擒或低头认罪了。

日出日落，岁岁年年，普通人，普通工作，普通生活，像万年历一样，初一过罢是十五，立春、雨水、惊蛰、春分，有条不紊。

到底该做哪种人？答案不言而喻。

上述几种“人上人”的结局是事物发展的必然。一是此等人忘却人之初一丝不挂，都是一无所有的常人。不管哪家“神仙”都难言这些生者的命运。即使生者的后天超凡不俗，但他拥有的一切无不取之于社会。若没有千千万万的普通人，他就是天才也不可能造出他享有的一切；他就是有三头六臂，也不能独步天下，拨动乾坤。天下人本是同类为什么要爬到同类的头顶去做“人上人”呢？

再是这些人私心太重。把自身的毫毛或稍有与众不同之处，都会放在显微镜下，把能展示的自己高人之处尽力炫耀到极致，从而脱离群众，失去生存的根基，所以他们跌倒是早晚的事。

有这样一则寓言。一只火鸡和一头牛闲聊。火鸡说：“我希望能飞到树顶，可我没有勇气。”牛说：“为什么不吃一点我的粪呢？或许能给你增添力量。”火鸡吃了一点牛粪，发现的确有力量了，它飞到了第一根树枝上。第二天，火鸡吃了更多牛粪，飞到第二根树枝上。两个星期后，火鸡骄傲地飞到了树顶。但不久，它被猎人用枪打了下来。

这则寓言使人从中悟出生存之道：牛粪会让火鸡登上树的顶峰，但不能让它留在那里。平常的火鸡就是站在地上，而不是站在树顶，因为平常的火鸡脚踏土地才是真，偶屹树梢是暂时的，跌下来是必然的。

古希腊德尔斐神庙上刻有一句铭文：“认识你自己。”只有当一个人不“把自己当回事，当个什么人物”的时候，才可能认识到，自己比常人没有什么高贵之处。就是自命不凡的人物，不苛求他在阳光下坦露心迹，可他要能夜扪自心，是会清楚自己人品中的瑕疵，并不比脚上有牛屎的人少，脱下“蟒袍”，依然是普通人一个。

凡是做人坚守“普通人”的理念，就会远离浮躁、张扬、骄傲、摆架子的陋习，就不会盛气凌人，飞扬跋扈。

气球充气过度就要破裂，人自我膨胀亦是如此。不要把官高、权大、钱多、势众，或勋章当成资本，有了这些就觉得自己浑身“仙气”，处处彰显自己与众不同。这种躁动心理，只会误导自己忘乎所以，言行失去分寸，做出不该做的事。静心思之，人不要自以为身外的那些资源，额头上那些光环，就能使自己风光无限，四海畅通。当这些优越感使自己巍巍乎、荡荡乎时，离失足也就不远了。现实中，一批批官员刚登天梯，“官袍”还没有穿上几天，缨冠不及，就旋即栽下马来身败名裂，其因就是自以为自己不是普通人了。

其实，这些落水者忘了“出入要靠身份证，商场消费要付款”的规矩。在国法面前，没有任何特权。认清自己，给自己一个定位，不肆意妄为，不谋不义之利，不做害民误国之事，布衣蔬食，脚踏实地，或许步子迈得更坚实，路子走得更远。

当今有些官员自以为自己不是普通人，把民众看作自己凌辱、蹂躏的对象，把自己置于百姓的对立面。所以，只要风向陡转，气候有变，他们的末日就随之而来。

“天下者，天下人之天下。”普通人是载舟和覆舟的水，是社会前进的推动者，是人类历史的创造者。

没有常人搭台，伟人的能力就无表演的天地；没有常人铺路并充当路石，英雄将寸步难行；没有常人扛枪举刀血染沙场，军事家纵使韬略超群，兵法娴熟，也没有展示天才的平台和机遇。古人说：“一将功成万骨枯”，正是普通战士与元帅谁本谁末的形象概括。没有“万骨枯”就没有元帅胸前耀眼的勋章。

改革开放三十多年，中华民族迅猛崛起，旧貌变新颜，民富国强。这些辉煌的业绩是在党的正确指引下取得的，更是举国百姓共同努力的结果。

从日常言谈中，自以为是出众者，一谈到位在己下，权比己小，富不如己者，就脱口而出：某某是个普通人！细品其味，总能咀嚼到：“普通人”是下等人，是没才华、少本事的代名词。言外之意更不乏“普通人”就是“上等人”的奴仆，可供颐指气使。这实在是对普通人的大不敬。

人的一生，在而立之年以前，植根不深，难以枝繁叶茂、秀于丛林之中；学业尚浅，难有卓见，故不能独树一帜。即使奋力拼打，也很难从普通之众的队列中脱颖而出。待到甲子之后，即使“落霞与孤鹜齐飞”，但已逼近黄昏，不管当年叱咤风云坐的是哪把交椅，眼下的时光已是坐在人生末班车上。人人踏上这班列车，都是大众列车的普通乘客。

做好普通人，不是倡导做不思进取，既无宏志又无追求，不辨是非的糊涂人，更不是做逆来顺受、听凭摆布的木偶，而是做本本分分，严谨认真，司其职、尽其责的人。

做好普通人，从从容容，不要让名利的秤砣压得自己喘不过气。不以物喜，不以己悲，观山则情满于山，观海则情溢于海，在无猜疑、无忌恨、无恐惧中享受生活的温馨。

普通人的一生，多没有大红大紫，也少大起大落；他们大多能用一生的勤劳换取了终生的安逸。

由一盗窃案所想

法庭上，一小偷被宣判后，掩面大哭。

法官询问其故，他说：偷窃 30 万元就是重罪，我窃之物价值百万，判七个月，还是缓刑一年，我愧对政府……

事情的原委是这样：

在一大巴车上，两个窃贼偷走一乘客的提包。二人下车打开提包，发现包内有现金 2600 元，手机 1 部，还有一个包装严实的塑料袋，袋内装有 53 件精美玉器。二人经谋划，钱平分，手机归一人，玉器暂由黄某藏匿。二人分手后，黄某寻思，这玉器要值几百万，罪孽太重，坐卧不宁，遂决定照提包中身份证上的地址把玉器送还失主。黄某不知线路，又不敢问人，就买了两张交通地图，按图索骥。从广西经郑州，到山东济南又到江苏某地。本来乘火车一天可达，他先后用七天时间，才辗转找到这个玉器店。见到女店主，不讲缘由，只求女店主清点玉器完毕，不待回谢，就匆匆消失在人流中。他自感"完璧归赵"，如释重负。

作为罪犯的黄某，此刻心情五味杂陈。回忆携赃物送还的千里艰辛：一路上不敢合眼，不敢与人搭讪，提心吊胆。本以为罪孽沉重，而眼下量刑之轻，他从不敢想。这喜忧交集、失声痛哭当属情理之中。

黄某当获何刑，愚不懂，但对他从轻量刑，我揣度与他老实认罪的悔过表现是紧密相关的。

这使我想到，国家法律对罪犯常有：“坦白从宽，抗拒从严”之说。这种说法的依据及实际操作规程，我也不懂，但琢磨这种法律精神与罪犯认罪态度有密切关系。

于丹在回忆启功先生一件往事时写道：一次，有人向启功先生求字，先生一口允诺。可字一写好，来人起了贪婪之心，佯装意犹未满，随口说：您老怎么给我写成竖的了，我要的是横的。面对如此乖谬的人，启功先生回答诙谐：“哟，您要是早说要横的，我就带好剪刀和胶水，把这竖的剪下来，再给你横着贴一下不就行了吗？”面对这样的乖角，启功先生不愤怒，很幽默，没有让他难堪，维护了他的脸面，但也没有顺从他的暗示，老先生真会做人，堪尊智者。

以实做人，不矫揉，不做作，言不掺秕，行不裹瑕，因为虚狂总是要承担后果的。

衡量一个人是不是个实在人，大家公认的标准是：“君子表不隐里，明暗同渡。”伟大人物在言出行随中显示人品，英雄模范在说到做到中凸显其高尚，善良之人在言行一致中维护其尊严。一诺千金，守信为本，不管什么时候都要笃信不二。

掩耳盗铃的故事，当小孩子第一次听到时，笑盗铃者太傻。其实这种现象每天都在发生。有些人当面答应给别人帮忙时，态度诚恳，言之凿凿，事后把人所托忘到九霄云外。当求助者再次登门时，他总是以各种不实之词，巧言搪塞，直到再也拖不过时，只得虚做样子，敷衍了事。使有求者跑腿受累费力，最后是事没办成，礼送了不少。

这些人自以为很聪明，能以魔术般的手法遮人耳目。事实是，这些拙劣的谎言，是万万掩饰不了作假的丑伎，也蒙不住对方的眼睛。任何作假的聪明充其量在俯仰之间，事后对方是完全可以看清的。实质上这类人的处世待人，一开始就在做着掩耳盗铃的游戏。与其自己不愿助人或实在无力助人，可婉言拒绝，或坦然相告，让对方给以理解，就行了。可他不是这样，既无力或不愿相助，也不愿让来者看透自己的心事，用面纱虚遮自己作假的面孔，当然这只是妄想。欺骗自己的人才是最大的笨蛋。

做人要明白“与人以实，虽疏必密；与人以虚，虽戚必疏”的道理。这是古人从人情交往中体验和感悟出的精辟之语。其主旨是训戒后人，在待人处事的彼此交往中，一定要把握和牢记以实不以虚。己欲取信于他人，使其与己关系亲密，情谊常驻，就要做到无论大小事情，都实实在在，是就是，非是非，有就有，无就无，丢弃俗套，扫除客套，亮出底牌。

倘能以实待人，即使平日来去稀疏，有时许久不曾往来，只要彼此以实相待，其心永远是十分亲近的。倘以虚待人，即使形影不离，那也只能是貌合神离，其内心未必亲近，正所谓人近咫尺，心隔千里。所以，与人“多虚不如少实”。说话办事讲求实际，甜言蜜语再多也没有意义，甚至令人作呕。而实际的东西哪怕只有很少一点，也是有价值的。

诚实待人，保持做人底线就可以了，最好还是让人一目了然，不要让人长期琢磨不透。与人坦坦荡荡，让人们敢于接近，心中无疑虑，这就是让人们看到你的真性情，能触摸到你的心脉跳动。

诚实待人，肝胆相照，无愧天地。仰望星空，天色蔚蓝；俯视大地，山岳葱茏，就像这大自然一样美丽、自然、清澈、透明。

人们欣赏自然，赞美自然，是因自然实实在在。但由于人们利欲熏心，致使尘世纷争，由棍棒到兵戎，使家园鸡犬不宁。更由于人们贪得无厌，与人斗，血腥不堪；与天斗，太空昏暗；与地斗，地球千疮百孔，遍体鳞伤。这一切与人类生存有悖的劣迹，都源自人心之贪婪和虚妄。

在我们的生活中，人们多么渴望实在，需要实在。是什么人就应该是什么表现。讲真话，讲实话，讲心里话，不口是心非，不装腔作势，不居高临下，不扭捏作态。为官者情系人民，予民以实，不打官腔，不摆架子。以民为父母，听民冤，解民忧，与民同忧同乐。如此与民由亲而信，由信相敬，和谐相处，将永立不败之地。

以虚待人，纵使机关算尽，也依然是破绽连连，只是有修养的人出于对他人的尊重，当面不予直指，不扯下他人的假面具而已。

以实待人，就是以实待己，自己待人不实是一定换不来他人以实待己的。

人的一生，不管叱咤风云，还是默默无闻，后人提及，说这个人是个“实在人”就足可欣慰了。

礼　让

“礼”的本意是敬神，“让”的本意是后退。

汉语中有“礼节”和“礼让”两词。顾名思义，“礼节”，用“礼”节制自己；“礼让”，以“礼”谦让他人。其实，人的修养中包含按照“礼节”来对待他人，以“礼让”与人往来，如此，行为中便自有一分拘谨，气质中自蕴一份谦恭，眉宇间常有一份自卑。

“礼”是什么？《礼记·曲礼上》讲：“礼”之本质，是“自卑而尊人”。《礼记·坊记》说：“君子贵人而贱己，先人而后己。”社会是以人为主体，容万物于宇宙，共生共存，相得益彰。可天下众生，风雨同舟，摩肩接踵，在所难免。即使发肤之损，名利相抵，双方能互施一礼，各自退让，矛盾不能相逢哪来拼夺之役？真可谓：施一礼怒气散尽，让一步海阔天空。

以礼而让不是屈服，不是放弃，也不是做事失去原则，而是一种理智的选择。从表面上看是“退让”，但从人生的竞技场上看，也没有从不退却的人。这种“退却”是一种胸襟，是高尚的品德，是从灵魂深处溢出的芬芳。现实生活中，本来芝麻点事，就斤斤计较，显露锋芒，因不理智激化矛盾，因无礼让的素养而酿成大祸的教训不可谓不深刻。

耳闻一山城小县，数月之内连发两桩命案，让人闻之悚然。一起是两家卖肉的因摊位大小而互不相让，一起是卖菜的与买菜的因角分之争。事并不大，就因当事双方都不施让，而又出言不逊，动手撒野，直至酿成惨祸，“败者”横倒血泊，“胜者”走入大牢。无须禅思，这值得吗？

《焦点访谈》栏目发现交通事故频发的重要原因：司机的礼让意识太差。车子一上路就急不可待：急于赶路，急于了却心事；或为利，或为情，或为权，当然也不乏急于公事的。脑子在急的驱使下，加之路上车如流水，不时遇上拥堵，这时，“我”就成了上帝。人都得让“我”，“我”是曹操——只许我负天下人，莫让天下人负我。所以，遇到车速慢或有车抢道、加塞等情况，就怒不可遏，逞强耍横。真至于吗？如果事急，早几分钟起程，晚几分钟到家，何必冒着身家性命去抢那一步呢？让别人先行一步，不仅是敬畏他人的生命，同时也是珍惜自己的生命，何乐而不为呢？

《焦点访谈》的镜头中还有，在浓烟滚滚的火灾现场，火光冲天，可谓十万火急。消防车呼啸长鸣，私家车拒不让路。有驾技“娴熟”者，见缝插针，跟消防车抢道，更有甚者逼停消防车。本来五分钟消防车就可赶到现场，因他人不给让道，致使半个多小时不能到达。扪心自问，自己不道德的行为，竟然置他人的生命财产于不顾，自己的理性、良知到哪里去了！

曾经目睹公交车上的一幕。有一老者年近八十，瘦骨嶙峋，到站下车时，因长者紧靠车前门，车上也仅有五人，又无人下车，上车的只有一个十几岁的女孩，不挤不拥，老人就近顺前门下车。（照相关规定，当从后门下车）当老人双臂扶车门于中间时，门咔嚓一声被司机关上，老人的两只胳膊被死死卡住。老人转脸意作求情，年轻的司机横眉怒目，口吐恶言：“挤死你！”后在其余乘客求情之下，司机总算松开车门让老人颤颤巍巍地下去。目睹此景，老人无奈，受辱而去。若是年轻气盛者，执意不忍这般羞辱，事态该是啥样，我不敢去想。当时只想到，爱因斯坦一次乘公交车时，因沉浸问题思考而拿错了钱，售票员给他以鄙视与讥讽，他却一笑了之，不计较售票员的无礼，避免了不值得的争吵。

礼让是仁爱，是善行，它彰显着人的道德操守，它既是对他人的关爱和尊敬，也是自己积善成德的殿堂；把爱心释放于他人，既是在为人生宝塔增光添彩，也是给社会播撒着和谐的种子。

抗美援朝战争中，上甘岭战斗的坑道里，在极度缺水的严峻时刻，上级送去几个苹果。结果是一个苹果八个战士让来让去，没有一人啃上一口，最后把苹果送给了伤员。我曾教过《金色的鱼钩》、《七根火柴》、《老班长》等讲述长征故事的课文。他们都是在生死线上选择了把生的希望让给别人，把死的可能归给自己。对我触动更大的是红军在过草地时，因一把炒面，15 个战士多次推让，他们选择了饿死，最终把这一把炒面转让到伤员手里。每每读到表现红军战士这种朴实、纯洁的高尚精神部分，对自己的心灵都是一次炙灼和洗礼。

俯视今朝，人们的衣食住行远不是积贫积弱的往昔，为鸡毛蒜皮去争夺，真令人汗颜。再闹到搭上性命，真可谓愧对祖宗，有辱社会。

汉朝的某年春节，皇帝下旨每位博士奖一只羊。可羊有大小、肥瘦，这让分羊的官员犯难。对此七嘴八舌，众口不一，最后一向少言寡语的甄宇说：“还是一人牵一只羊回去吧。”说罢，他走进羊群，左挑右拣，牵了最小最瘦的一只羊离去。于是，众博士你谦我让，每个人都高高兴兴地牵着羊回家了。常言说得好，恭可释怒，让可息争，争之不足，让之有余。

把权力的宝座赐给明君，就会强国富民，泽被后世；利益的天平倾向于弱势群体，社会的根基就会稳如磐石；集体的功劳要人人分享，这个集体的凝聚力、战斗力会日渐旺盛；把困难留给自己，方便送给他人，他人心情愉悦，自己手留余香，彼此其乐融融。

唇枪舌剑时，少一言维护对方的面子，干戈化为玉帛；邻里之间，房地相连，让一线于他人，彼此相安无事；路逢狭道自驻足，示意对方先行，既省时又蕴情；与人经济往来，尾额归于朋友，双方春风拂面，赢得情谊长存；出行在外，对老弱病残施礼让座，周围暖意倍增；箸下佳肴不忘同席宾朋，会赢来赞赏的目光……

礼让是做人不可或缺的修养，切莫视为区区之举。看上去“傻”了一点，其实，它蕴含着包容的精神、宽厚的品性；雕琢的是人格，赢得的是尊严，洗礼的是灵魂，提升的是人的境界。反观不知其理，从不思让者，逢事强行相争，言俗行粗，看上去猛如虎罴，但在众人眼里，恰似虫豸之类，十足的一个没有理性、灵魂干瘪的异物。

抗战时期，爱国华侨陈嘉庚给在延安的中共中央领导送了两辆小汽车。毛泽东坚持一辆送给年岁大、管军事的朱德总司令用，一辆送给延安的“五老”用。有一次，毛泽东骑马去枣园开会，不慎从马上摔下来，左手受伤，朱德和“五老”都要把车让给他坐，他仍然坚持不坐。这一让，让出了团结，让出了威信，让出了伟人的风范。

毛泽东对名将粟裕有如此评价：论功、论历、论才、论德，粟裕可以领元帅衔，在解放战争中，谁不晓得华东粟裕呀？还说过“难得粟裕！壮哉粟裕！竟三次辞帅，1945 年让了华中军区司令员，1948 年让了华东军区司令员，现在又让元帅衔，比起那些因争官衔要跳楼的人，强千百倍么！”

而粟裕对评衔的态度是：“评我大将，就足够高了，要什么元帅呢？我只嫌高，不嫌低。”著名军事将领许光达，曾三次向军委领导提交“降衔申请报告”。

1959年，习仲勋得知自己被提名为国务院副总理人选时，主动给毛泽东、邓小平写信：“特恳请中央考虑，在新提名的副总理名单中把我除名，另提别的同志为新增的副总理。”如此礼让境界，真可谓“有容德乃大，无求品自高”。

礼让者仁，抢夺者盗。在现实生活中，在名利交织的矛盾中，尤其在得理中施让，是化解纠葛的灵丹妙药，同时也是对失礼者的一剂良方。瞬间礼让，对无礼者蒙尘的心灵是一次绝好的净化。它能使人与人之间少一点摩擦，多一点忍让，少一点争执，多一点谅解。人们以此陶冶自己，温暖他人，这就会使人们在充满友善的大家庭中生活。

中华民族向来以文明礼让著称于世，从尧舜禅让到“孔融让梨”的故事妇孺皆知。欧阳修《醉翁亭记》中写：（琅琊）山行六七里，渐闻水声潺潺，而泻出于两峰之间者，让泉也。如今泉眼旁边竖有清康熙四十年（1701年）知州王赐魁立的一口“让泉”碑。凡来此地的游客都想喝上一口清澈甘洌的泉水，然互相礼让，不曾争水，其乐融融，实乃可敬可颂，让人们倍感欣慰。

愿“礼让”这朵浓香的精神奇葩永远盛开在中华大地上！

天生双足就要走

题目是个比喻，但“走”的意蕴颇为丰富。

这个“走”字，对生命来讲“走”是生存，是前进，是斗争；它包含着无尽的艰难险阻。有时要走出去，有时还要走回来，即使走过去是牺牲，人还是要走，停滞预示危险，驻足就是待毙。唯有“走”才有光明、欢乐和希望。

有人说，天生双足就要走，路在脚下，走有何难？其实不然。纵观众生，有人不愿走，有人不敢走，有人不会走；有人勇往直前，有人裹足不进，有人登攀自如，有人跌倒不起。在登山的道上，可以看到：有坐轿的，有乘车的，有扶杖的，也有被人搀扶的。令人钦佩的是80后的陈州失去了下肢，仅凭双臂下的木墩支撑登上了五岳之巅。

路要自走，一是人生之路确实难走。它远比天然之路——崎岖不平，沟壑纵横，山峦逶迤，河道蜿蜒要难走得多。二是不等上天恩赐，不要寄望他人的搀扶。因他人与己同类，他人是担当不起你这副重担的。更何况他人路上有朝有暮，也有风霜雨露，更有油尽灯熄时。实践的印痕历历在目——他人的帮衬只能是短暂的，是走不远的，有时也是很寒心的。三是昂起头，挺起胸，以强者之态勇往直前。

要敢于踩困难于脚下。古诗云：鸣蝉也知登高树，孤雁更忌队后行。既是自己要走，就力争走在前列，莫恋中游，下游就会遭人不屑一顾，间或夹杂着讥讽与唾弃。要以“五岭逶迤腾细浪，乌蒙磅礴走泥丸”的红军徒步二万五千里的意志和精神去走，既有“万水千山只等闲”的情怀，也有“三军过后尽开颜”的欢乐。

从野生动物天地里，可以看到，多少小生命从落地那一刻起，就有烈日炎炎的炙烤，也有风沙暴雨的袭击。不管它未来如何生存，须臾间，务必站起，尽管摇摇晃晃，步履蹒跚，遍体胞液未干，但必须跟着母亲上路，容不得犹豫和迟疑。环顾它的四周，“猎手”成群，虎视眈眈，这个小后生随时可能成为强者的美餐。

目睹路边孱弱的小草，它并不为身边飞驰而过的车轮呼啸而自惭形秽，它总是昂首挺立，向阳而生；即使有时被践踏得皮绽骨裂，只要根植于土，一遇阳光雨露，就依然向上。从枯萎中挺起，生机勃勃，即使在严冬或是大火摧残后，也能“春风吹又生”。

这些小虫、飞鸟、走兽、野草为着生存，只知向上，勇于向前，不畏缩，不退却，一心走去，从不示弱。

可现实生活中，不乏悲观消极者，同在蓝天下，可在他的视野里，物物有瑕疵，事事不完美，鲜花上粘着尘屑，翠草中也有枯叶，生活处处暗淡失色。从而困扰自己迟疑踌躇，举步维艰，常落在向前迈进的大队的后面。

生活中的悲观者，首先是精神状态萎靡，人前呈现的懦弱，令他人小瞧三分。从他身上看不到希望，似乎明天的太阳不如今天娇艳和炽热，长此以往陷己于生活的劣势和被动，从人际关系到事业发展无不受到影响。

有些时候，在他人眼里，举步就是坦途，跳一跳就可摘到桃子，一伸手即可囊中取物，挥一镢就是甘洌清泉，用一日之功可维持十日生计。可在消极者面前，他呆若泥菩萨，僵似木乃伊，从不涉足，错失了许多不可多得的生存良机。最终他衣衫褴褛，炊下无米，面色憔悴，向隅而泣，让人同情、怜悯，也不乏歧视和耻笑。这种人生常被浓雾笼罩看不清路径而跌入山谷。

人生的路完全同大自然中其他野生动物一样，离开了母体，就要自己走，就要披荆斩棘，迎着风雨，踏着泥泞，跳过乱石，跨越沟壑，勇蹚激流，必须紧随生命的大军，离队落后就意味着末日的逼近。

每个人的一生中没有苍天铺就的阳光大道，艰难困苦不会自行飞逝，灾祸不会绕道，坎坷不会远离。所走之道的障碍没有人帮你去打扫与清理，一道道关卡需要自己去面对。任何左等右靠是幻想，也是空想。不劳而获、坐享其成的人生理念，只能使你误入人生的陷坑。

不愿驻足的人生，就不能奉行听天由命的“箴言”，不能遵从命运的安排。风向不顺逆风而行，此路不通绕道而走。残奥会上的奖牌不是衡量成功与否的唯一标准，能参加者都是人杰，因为它向人类宣示一种生活理念——向上和向前。

国际奥委会主席罗格说：“残疾人运动员的出色表现不仅超出了他们自身的体能，而且表现出战胜对手和困难，战胜生活中不公正遭遇的决心，是值得所有人学习的一课。”

中国盲人足球运动员张强说：“很多人都觉得我们是生活在黑暗里的弱者，其实不然，我们每天都想超越自己。”

残疾人参与体育竞赛，以其不畏艰难、百折不挠、乐观进取、顽强拼搏的精神为世人所瞩目，残奥会以其强烈的感染力和特殊的震撼力为世界增添了宝贵的精神财富。——人要自走！人能自走！

消极人生就像是慢撒气的皮球，疲软、干瘪，永无腾起之力。这样的人生将永远在外力的驱赶、打压、摆布中从流飘荡，任意东西，要么成其玩物，要么任其宰割。准确地说，这些人只能成为列强的俘虏，虎狼的羔羊，永远享受不到破茧成蝶的乐趣。

“伸出你的手，摘一颗星星！”这是居里夫人的名言。

人是蓝色星球的万物之灵，飞离了土地，穿越了大气层，登上了月球；掌握了机械能、化学能，又掌握了核能；破解了生物遗传密码，“克隆”出无性生殖的动物，攻克了癌症的堡垒……

人，是离弦之箭，不管撞到什么，不管是铜墙铁壁、悬崖巉屹，即使镞碎箭折，也无法回头，任何间歇和停滞，都一定是自毁自灭。

人生百年，岁月荏苒，在脉搏的起伏中，让生命的火花尽情燃放，让生命的潜能发挥到极致，尽己之责，奉献于社会。让我们的后人能因我们而自豪——他们没有经历前人的时代，但是拥有伟大的祖先！

荒无人迹非无路，村有溪流必有桥。迈步必留脚印，走出去就是小径，让个人的足迹成为自己的版本。因世人的版本各异，那世上的路也一定是精彩纷呈。与其低头寻觅他人的足迹，何不蹚出自己独具特色的路，哪怕它一时还不够宽，还不甚畅通。只要看清是通向光明的彼岸，就坚定不移走下去。

路要自走。个人如此，治国亦然。“中国梦”是前无古人的壮举，怎么圆？华夏儿女并肩携手向前走，不等，不靠，不空幻！

起而行

常言道：“坐其言，不如起而行。”“行”，就是为，就要做，就去干。

春秋时期的晏子说：“为者常成，行者常至。”可现实生活中，有些人从不寻思，与自己一起迈步的同伴，在同一片蓝天下，经历着春夏秋冬，沐浴着阳光雨露，可他人事业辉煌，令人仰慕，而顾首自我，蹉跎岁月，碌碌无为，落个空悲切！何以如此？答案还在自身。平日仰慕他人奋斗的硕果也曾激昂不已，但只是临渊羡鱼，跃跃欲试，从不去退而结网。

国外有一总统，应邀在大会上演讲。他只讲了“我是实干家，我是实干家”两句话，便结束了。

还有一位学业造诣深厚、桃李满天下的老教授，在一个半小时的演讲里，幽默风趣地讲述了自己的生平。演讲快结束时，有同学起而问之：“教授先生，您这么成功，是否可以传授我们一些经验？”

老教授笑了，慈祥地望着大家说：“你们自己先想想看。”礼堂里交头接耳，窃窃私语。稍许，老教授轻轻地拍了下桌子说：“别想了，快去做吧。我的演讲就此结束，谢谢同学们的捧场。”

师生愕然，静默瞬间后，突然爆发出热烈的掌声。

老教授的结束语，精练、中肯，仅一字而已：做！

做，就要缄默不语，伏下身子，脚踏实地，让汗水、泪水和着雨水，浇着足迹，一步挨着一步走过去留下一行印痕；不唏嘘叹气，不怨天尤人，向前走，即使荆棘遍地，蛇蝎横道，也要“杀出一条血路！”；不回头，不放弃，不管命运把自己安排在哪里，昼看太阳，夜寻北斗，义循天道，事守人伦，不滋邪念，不谋左道，坚持常为不止。如此几年、十几年、几十年如一日，可以言之凿凿地说：条条道路都有绿灯；扬鞭策马，一路畅通；其时不乏天赐硕果，积之栗栗……即使失败，教训也一定是弥足珍贵的财富。

干，是生存之道。专家们研究，地球乾旋坤转，经历过五次大灭绝。每次灭绝除极少生物有幸躲过劫难外，万物不复存在。人类从匍匐前进到直立而行，从树上巢居到刀耕火种，从身披草叶兽皮到棉麻成衣，从野果充饥到颗粒盈仓，从结绳记事到电信传媒等等，一切物质和精神，其根源是人类的辛勤创造。

人生重在自为，不愿自为而寄希望于他人，生存处境是堪忧的。他人授之一鱼，可充一餐之饥，但不能解终生之困。对于有能力为而不愿为、不想为、不去为的人，把生存之责依恃于他人和社会，是不会令人同情的。古人说，“君子周急而不继富”，所以，不为的人招来的多是他人的鄙视和唾弃。

“天下事有难易乎？为之，则难者亦易矣。”而困难常畏惧无畏的人。从人生的实践看，从生活末节到顶天立地，成就事业，治国平天下，是先天安排好的大大小小、难以数计、用困难编织的“雪山”和“草地”。生命就是与这些困难砥砺的融合体。生命要存活下来，举手投足无一不是涉足冰河，翻越峻岭。如果生性巽懦，面对困难没胆量去克服，困难会把人扼杀于摇篮之中。通往西藏的铁路、红旗渠的开凿、三峡大坝的矗立、中国人的太空行走……从新中国的诞生到今天的欣欣向荣，若没有视困难如掸尘，若没有“万水千山只等闲”的无畏精神，困难不会发慈悲而自行消遁。今日中华民族之崛起，靠的就是亿万人民在党的带领下，以愚公的移山之志——挖山不止的拼搏，这才有高山俯首、南水北调、嫦娥奔月、蛟龙下海的壮举。这才使诗人笔下“可上九天揽月，可下五洋捉鳖”的宏愿成为现实。

为，就要扬眉剑出鞘，不躲闪，不作秀，挥锋刃于众目，斩异端于鞍前；做教师，就要稳立三尺讲台，抑扬顿挫，传道授业解惑；做演员，就要能引吭高歌，舞姿翩翩，令观众陶醉倾倒；驾驶员就要能车行万里，让乘客舒适畅快，安然无恙到达终点；做庖厨，就要煎炒烹蒸，味美可口，让人回味犹存……谁能干，谁会干，无须雇人撒传单、做广告，大庭广众之前累言赘语，人们的口碑就是最具说服力的。

为政之要，贵在于行，难在于行，成在于行。行就要像鸬鹚一样沉下去，体察民意，了解实情，与民众同吃、同住、同劳动。扫除骄气，洗刷浮躁，把身上的官气从质地上转换成土气。像焦裕禄那样“住在农民的草庵子里，蹲在牛棚里”，“卷起裤脚与群众一起干活，群众身上有多少泥，他身上就有多少泥”；有时，他比群众身上的泥巴还多，蹲牛棚里的时间还长。

“为官避事平生耻。”习总书记在党的群众路线教育活动总结大会上，严词告诫“党的干部都是人民公仆，自当在其位谋其政”，“不想当干部，就申请退出干部队伍”。对待工作就不能出工不出力，不学无术，不务本分，推诿扯皮，得过且过，缺乏担当，拈轻怕重；下不去，蹲不住，蜻蜓点水，走马观花。这些华而不实之行不遏止，是要贻误兴国大业的。

实干就要像黄牛耕地，紧拉索套，低首弓背，步履稳健，一步挨着一步，不腾空，不跳跃，实实在在，留下的是深深的蹄印。这蹄印彰显着老牛的禀性：踏实、认真、坚毅、诚恳。

干事业不是魔术表演，无须道具，尤忌灯光幕布，让人眼花缭乱，而是底色越纯朴越好。要明白：泡沫瞬间就破，政绩工程的蜂拥，正裸露出一些干部人生观的扭曲，是为国不忠的劣行。

为者就要做实。下种不实不生根，树不栽实要枯萎。样子像干，心不诚，力不竭，既蹉跎岁月，又消耗资源。即使胸怀鸿鹄之志，绘就绝伦蓝图，不全身心投入，都是纸上谈兵。现实中不乏人山人海，轰轰烈烈，一派空前绝后、排山倒海的隆重场面。然曾几何时，这些龙腾虎跃之举，一个个像干瘪的皮球躺在行人脚下。美轮美奂的高楼霎时而将倾，大堤溃坝，桥梁坍塌，劳民伤财，怨声载道，给国家造成严重损失。还真不如“无为”。

梦想不会自动成真。“空谈误国，实干兴邦”，“不积跬步，无以至千里”。“一切才干，只有在实干中才能提升；一切方法，只有在实干中才能掌握；一切难题，只有在实干中才能破解；一切工作，只有在实干中才能完成。”无论是文学巨擘，还是科学泰斗，不管哪个行业的领军人物，无不是用汗水和心血将业绩镌刻于汗青之上。

中华民族浩浩荡荡走到今天，其历史波澜壮阔。中国梦的实现，不单是中国的家事，它的崛起关乎着世界，将成为捍卫世界和平大业的力量。

实现中国梦，全国各族人民一定要牢记使命，心往一处想，劲往一处使，用13亿人民的智慧汇聚起不可战胜的磅礴力量。这是习总书记的衷心告诫。泱泱中华民族的复兴，需要一代又一代中国人共同的努力。要破除“述而不作，作而不实”的浮躁习气。更要记取“宋人议论未定，金兵已然渡河”的教训。

“中国梦”的号角响彻大地，传遍山谷。横下心来，起而行之。行无所畏，行不可遏，行则不止，让复兴的猎猎红旗，在神州大地迎风招展。

做人要有主见

做人做事要有主见。世事纷纭，决断在己；随波逐流，断不可取。

唐贞观年间，宇文士及在隋朝为官时，与太宗的父亲高祖结为至交，“尝与陛下夜论时事”。玄武门兵变中他又是骨干人物，深得太宗信赖，经常被太宗召到宫中交谈。一天，太宗在欣赏宫中的树木时说：“此嘉木也！”士及在一旁也随声附和。太宗闻之不悦，严肃地说：魏征常劝我要远离佞人，苦于不能识破，今天终于认识佞人了。士及随即道歉：在朝廷上，群臣于大庭广众下，当面对你反驳与争论，陛下不得实现自己的主张，今天幸而有为臣侍奉身边，少不得有一些顺承。否则，你贵为天子，又有什么意思？太宗闻言稍事平息。史臣在记述这段史实之后说：“太宗知士及之佞，为游言自解，亦不能斥。”

这使我想起，盲目追随他人，而遭受比宇文士及更难堪的一件实事。

20世纪40年代，我们村有传教者扬言，天很快要变，一黑七七四十九天。凡信教的可以安然无恙，不信的在劫难逃。在他们的蛊惑煽动下，信的群众日渐多了起来。但也有不少人不信，特别是有些长者经常和传教者当面争辩得面红耳赤，反对他们欺骗众人。

时日不多，就到了天要黑的日子。信教的人家封门闭户，把窗子用砖块垒起来，室内储存了大量干馍、炒面、炒豆等食品和饮水。

到了这一天的晚上，有几个不信教的彻夜不眠守候在村头以观究竟。时至五更，东方渐白，越来越亮。这几位反对者立即敲起铜锣，一边奔跑，一边大呼：天没黑！天又亮了！大家快起来看呀！他们兴奋得几乎要疯了。随后，群众越聚越多，朝日升空，霞光万道，一场可笑的闹剧，在广大村民的欢呼声中谢幕了。村民们也从这件事中深受教育：遇事如蚁附膻，是要吃大亏的。

墙头上的小草绿油茁壮，但难成大树，因根底太浅随风摆动。小丑也能让观众开心大笑，但终究成不了主角，这是因为他跟在主角后头，或俯或仰总得看主角脸色。

苏轼和司马光在对待王安石变法的认识和态度上，可以说分歧不大。到了宋哲宗时，高太后对宋神宗时的变法新政一概否定，让早已隐退 15 年，66 岁的司马光重新主政。此时，苏轼已回朝任三品大员，他二人政见原本一致，命运几近相似，理应配合默契。可事实却并非如此，苏轼对司马光的政令中他认为不正确的决不苟同。一次，在宰相政事堂里，为《免役法》的存废二人意见相左，针锋相对，当面争执，气得司马光脸色苍白。而苏轼更据理力争："当年你做谏官时，与宰相韩魏公（琦）争论朝政得失，魏公虽不高兴，你依然坚持己见。如今你当了宰相，就不能不让我把话说完。"苏轼不曲意附和他人错误的意见，实乃可贵。

后来朝廷成立《免役法》研究的修订机构，苏轼也是其中一员。鉴于司马光的专断，朝廷大臣都不敢再发表意见，只唯司马宰相马首是瞻，可苏轼依然故我。为此，他在与挚友的信中写道："昔之君子，惟荆（荆国公王安石）是师；今之君子，惟温（温国公司马光）是随。

所随不同，其为随一也。老弟（苏轼自称）与温相知至深，始终无间，然多不随耳。”（《与杨元素书》）意思是说，过去我以君子王安石为榜样，追随他；现在我以君子司马光为榜样，追随他；我所追随的人虽不同，但所追随的目标都是一致的，那就是正道。我与司马光是多年相知的老朋友，关系亲密无间，但我在许多地方决不盲目地追随他。

古人说：“闻恶不可就恶，恐为谗夫泄怒；闻善不可即亲，恐引奸人进身。”一位领导干部入狱后痛悔自己平日失神于人：“自己耳根子太软，听了老婆、小兄弟和哥们的话。”这些人一旦跻于政坛若是掌舵摇橹，必是迷失大海，樯倾楫摧；让其统兵沙场则是溃不成军，全军覆没；若龙袍加身，则江山易主势所必然。因为他们胸无见地，决策无主，必然受制于人。就是让他当个庙里的主持，这个庙里也一定是乌烟瘴气，鬼神不宁。平生经过一些工作单位，遇上墙头草式的“方丈”，邪恶恣肆，秽气弥漫，小鬼当道，好人受气，因为这种领导常被小人奸佞所挟持。实践证明，一个单位工作了无成绩，正气低靡，人心疏离，那这个单位的领导一定是身无正气，丧失原则，缺乏担当，才能低下之辈，人称“三无”领导。

好读书的毛泽东一贯反对死读书。早在中央苏区时，他就提出“反对本本主义”。即使身处逆境，毛泽东对所谓的“经典”也坚持独立思考。他信奉马列主义，但又说：光读马列主义的书是不够的，还要读点历史，读点经济学，读点小说，读点哲学史。

秉持己见，不是坚持错误，唯己自尊，而是坚持正确观点，不向邪恶屈服，毛泽东当尊楷模。无论是黑云压城，还是强权施暴，他从不随其左右。

1962 年 12 月 26 日，在他 69 岁生日的这天，挥毫书写了《七律·冬云》:“雪压冬云白絮飞，万花纷谢一时稀。……梅花欢喜漫天雪，冻死苍蝇未足奇。”这首诗充分表达了中国共产党人在恶劣形势下坚强的斗志和必胜的信心。

古人云：天下大势，分久必合，合久必分。

当今天下依然是分分合合，纷争不断。中国人要想少走错路，不跌悬崖，在风云翻卷的历史节点处，就一定要认准：坚定不移地走具有中国特色的社会主义大道一百年不动摇！

在苦难面前

在苦难面前，常有人：天呀，地呀，妈呀，爹呀……大哭小叫。这作为感情的释放，苦痛的宣泄，悲愤的控诉是可以理解的，人们理当给予不幸者抚慰和关爱帮助，这是人之常情。但置身人生的洪流之中，就要认真、冷静、理性地去正视生活中的突兀之灾。尤其步入成年后，尽管对人生只有肤浅的感受，但还是应该领悟到在灾难面前，仅凭情感的呼号，或仰天长啸或低泣哀嘘，于事又能有多大裨益呢?

人的一生，在小孩不懂事时，从家庭到社会常下意识地送给他们一份精神“美食”——长大要过幸福生活，而且又俗卑地去向孩子条分缕析，幸福生活就是吃得饱，穿得好，住得舒适，钱如流水……认为这就是人生的全部。

从小在这种不健康的认识环境中成长，经过无数次的耳濡目染，人生的最高追求就是尽情享受。而恰恰就在这里，人们不愿提及，或是淡漠，或是忘记，或是着意回避人生的重要组成部分，也是人生不愿提及的或有点畏惧的——“苦难”被阉割了。

苦难不是人生的追求，但却避之不及。人生的苦难课，要读懂，要深刻领会，考试要及格，这是最低标准。其实这门课的测试越严格越好。

因这一课的缺失，常见一些孩子对生活中的点滴困难，闻之色变，视之生畏，战战兢兢。就连到浴池中冲澡，皮肤触一点稍热的水，就大声呼喊：啊！烫死我了！秋风丝丝也会使一些人缩肩弓脊，可怜巴巴。

20世纪60年代大修水库时，我亲临其境，农夫们在沟壑之中，冒着大雨，捧着雨水浇和的汤粥仰天大笑，畅怀而食，让人感到：世上没有苦难，什么苦难都可视作笑料。

娇嫩和软骨是人类自己只图享受酿造的苦果，甚至有些孩子连看到大自然的生物，在酷暑炎炎或冰天雪地，还能生机盎然就大惑不解，表示惊讶，实在令人好笑。

更不必说在这种喊声的背后，有意或无意中，也不乏人们有这样的议论：他有什么苦！就是近日无米下锅，经济有点拮据……如此而已。当然，这些方面也是日常生活中的困难。如果生存理念中有面对苦难的认识，有直面苦难的勇气和排解苦难的能力；也就是说，在人生观中牢固树立苦难是客观存在的，是正常的，就会去战胜苦难，踩苦难于脚下。要知晓，呼喊与吼叫无用，悲哀更显怯懦。要把暂时的苦难视为一次生活磨砺，欣然迎之；注视着眼下的困难，昂首健步走过去。

有人平日动辄就抬不起头，直不起腰，锁眉蹙额，口中喃喃自语：这也苦，那也难，真让人汗颜。尤其是中华民族走到历史的今天，从半封建半殖民地社会熬过来的我，回首未解放的社会，那真叫黑暗。想到百姓过的日子——筚门圭窬，蓬户瓮牖，易衣而出，并日而食，奄奄于水火之中，那真叫苦难。而今日中国人的状况与70年前相比，真如徜徉在人间天堂——从物质到精神，社会无不在最大化满足人们的需要。所以耳闻目睹一些人遇到一次蚊虫叮咬，或一时生活用品不够顶级现代，或者与高收入——先富起来的人不能平起平坐，就开始伸长脖子，叫苦不迭，这真让九泉之下的先祖们为这些子孙忧心。

以谨严的态度来讲苦难，不是为了渲染苦难的威胁，我们不是苦难的悲观主义者，而每个人应该是苦难的现实主义者。因为人生有些苦难必然得经受，有些苦难可能得经受。譬如：生老病死，这四个苦难是无人不经受的，它是上苍赐给人类最公平的四件礼物。不分种族，不分性别，不分贫富和权势大小，更不管是官是民。还有天灾、战争、瘟疫等不为个人所左右的灾难，不一定人人都要经受，但人生确有碰上的可能。

人们的怪癖是，太看重自己历经之苦。对自身受过的一点苦，总是敏感地留恋它而不能割舍，几十年如一日守卫它。一旦忆起总是历历在目，酷似昨日之事，或刚发生在身边，念念不忘，耿耿于怀；一对人提起便滔滔不绝，边渲染边诉说。然而对于他人的天大不幸，超然于外，麻木不仁，转眼即忘。

眼盲、耳聋、口哑的海伦·凯勒曾在作品中写道："我的眼睛是明亮的，只不过这个世界太黑暗。"面对人生的苦难，她以超人的豁达，勇于正视，而不是沉浸其中，在呻吟、呼喊后束手。她不认为苦难不可抗拒，不能逆转，而是调整自己的人生航标，沿着可行的航线，向人生的目的地毅然走去，最终成就了不凡的业绩。

不要回避人生的不幸与坎坷，更不要沉溺于苦难而不能自拔，要让种种苦难同幸福成为前行中不可或缺的两翼，相伴而行，有时让它们相辅相成，有时让它们相反相成。

漠然视之，苦难也是生活。它不以个人的兴致和意念为转移，不可任意取舍。它只是与享受的滋味不同，苦一点，涩一点，但也未必不能滋补你的未来。

倘有意锤炼意志，让自己的人生异彩夺目，那就沿着当年红军长征的足迹，或是参加体育活动中的铁人训练，也可与极地战士并肩摸爬滚打。我想在生活中经过以上磨砺，像篇首那种呼喊声会自行消失。

苦叫不来，但也喊不去。当它突然而至时，振作起来，迎着它，笑对它，轻视它，甩掉它。不值得呼天抢地，因为这样的精神状态只会被苦难吞没，这不是大活人直面苦难的生存态度。唯反其道而行才会迎来光明，才是真正、健全的人生。

驾好命运之舟

苦难是人生的命运之舟。

人的坚强之志不是先天赋予的，而是苦水的浸泡，烈火的锻造成就的。生活中常看到，能在逆境中挺立，能从黑暗中走出，能经起生死考验的人，多是在生命的隘口挤过的人。

世上，新生命的第一声，预示着他将是苦难的跋涉者，也是一个苦难的征服者。这个新生命的未来，可以惊天动地，青史留名，也可以默默无闻，雁过无痕。二者轩轾之异与他们面对苦难的人生态度有关。

门前有一老翁，每逢雪天，他总领着几岁的小孙子走出户外，冒着纷纷扬扬的雪片，上山下岭，在雪地里摸爬滚打，弄得小孩满身是雪，手和脸蛋都冻得通红。有人说他神经病，有人说他心真狠，老翁闻之，总是笑着对曰：难得，难得！

人们在初往某地时，不管导游如何添枝加叶去美言，初行者除了陌生感之外，多少心存忧虑或恐惧。随后再前往二次、三次，这些精神障碍也就渐渐淡化了。何以如此？人的坚毅之志常是在风霜雨露中揉搓出来的。

常听到人们谈论鲨鱼，它攻击性极强，人一旦被鲨鱼发现，是很少能逃生的。不过，奇怪的是，海洋生物学家罗福特经常穿着潜水衣游到鲨鱼身边，可鲨鱼好像并不介意他的存在。“鲨鱼其实并不可怕，可怕的是你一见到鲨鱼，自己就先害怕了。”罗福特解释说，人在遇到鲨鱼时，心跳会加速，鲨鱼就是从人快速跳动的心脏在水中的感应波发现猎物的。如果把碰到鲨鱼看成苦难的降临，我们镇静自若去应对它，心不慌，胆不惊，就不会再恐惧。罗福特所以在鲨鱼身边轻松畅游，对鲨鱼的到来视而不见，是因为他在这种危险的环境中经受的锻炼时日太久。他见到鲨鱼时，心境如常，引起鲨鱼注意的感应波也就消失了。

人们常常被苦难压垮，是因为自己的心理堤坝先被苦难击溃了。一个从没受过苦难磨砺的人，不能说他的意志就一定脆弱，经不起风吹雨打；但从苦难中、带着伤痕走过来的人，一定比前者耐磨得多。

古希腊神话中有这样一个故事。有个叫西西弗的英雄，因为得罪众神，被判推运一块巨石至山顶。而石头被推至山顶又滚下山脚，于是西西弗又重新往上推，寒暑相继，永无休止。这种行为当是什么叫“坚韧”的最好诠释。不少具有非凡意志的人，正是在一次次把石头推上山顶的厄运中获益的。

所以，我们说，苦难是磨炼人们意志最好的老师。从北极走来的人不怕严寒，从赤道走来的人不怕酷暑，守卫在西沙群岛上的战士不怕寂寞，久居南京路两旁的市民不怕喧嚣——因为他们都幸运的遇上了顶级的培养意志的沃土。

道路越泥泞，人的脚印越深、越清晰；从中走得越远，身子骨越硬朗，双腿越有力；可能在精疲力竭时，会倒在烂泥中，但休息片刻，而后依然会走出泥淖。再次履入平地时，人生又是一个春风沐浴的境界——人的意志、思想都有了巨大的收获。

屠格涅夫说：“你想成为幸福的人吗？但愿你首先吃得起苦。”照诗人所说，一个人欲求事业有成，名耀千秋，那就务须经过苦难的折磨，锤炼出钢铁的意志，因为世上没有一帆风顺的事。扬帆出海，没有风浪是偶然，而不是常态。到达彼岸是幸福，可乘坐的一定是苦难之舟。

世界超级小提琴家帕格尼尼首先是一位苦难者。人们惊呼：上帝搭配给他的苦难实在太残酷无情了。歌德评价他：“在琴弦上展现了火一样的灵魂。”李斯特对他大喊：“天啊！”因此人们不禁发问，是苦难成就了天才，还是天才特别钟情苦难？其实，二者都不是，是苦难陪伴着、砺磨着苦难者的意志使其刚强无比，是人的意志征服了苦难。这中间的奥妙虽难以作出科学的判断，但人们分明知道，弥尔顿、贝多芬和帕格尼尼一起称为世界文艺史上三大怪杰——可他们居然一个是瞎子，一个是聋子，一个是哑巴！几乎欧洲所有文学艺术大师如大仲马、巴尔扎克、肖邦、司汤达等都听过帕格尼尼的演奏并为之激动。

鲁迅说：“用笑脸迎接悲惨命运，用自信的勇气来应付一切的不幸。”当人的意志达到这种境界时，就可以驾驭命运之舟，驶向灿烂的明天。“人的生命如洪水奔流，不遇到岛屿和暗礁，就难以激起白色的浪花”，而生命要冲向岛屿和暗礁就一定要先鼓起意志的风帆。

坚强之志呈现在生命肯綮之处仍能镇定自若，那它必须以苦难做教材。从长征路上走过来的红军战士如同吃过黄连的人，不觉什么味苦；从山里出来的人，不管白天黑夜，不管走在哪条道上都觉得平坦；在田间滚爬的农夫，从不在乎烈日和暴雨……

古代有这样两句话：“宰相必起于州郡，猛将必发于卒伍。”它的意思是，从这里走来的人都经历过数不尽的人生苦难的历练，也练就了堪当大任的意志。

罗斯福坐着轮椅入驻白宫，霍金坐在轮椅上探讨着人类的未来走向，张海迪高位截瘫担任国家残联主席。想在生存路上绽放几朵艳丽的鲜花，留下一缕芳香，那务必用苦涩的汗水去浇灌。欲求在人生道上树立一块路标——像周文王、孔子、诺贝尔、爱因斯坦、居里夫人那样青史留名，就必须从第一步起就双脚踩在苦难的刀刃上。所以古人言：“天将降大任于斯人也，必先苦其心志……”

今天的中华民族所以对“中国梦”的追求如此强烈，是因为往日的民族灾难酷似苦海，是因为历史的昨天，世界列强抽打的鞭痕还让中国人记忆犹新……

苦难就是苦难

人生就是一段苦难的历程，无人能超然于外。这不是巽懦，更不是悲观厌世，而是坦荡地直面人生。

世人都渴望幸福，这是天理，也是人们的生存欲望使然。可要认真品读人的一生，大多数人该是十有八九不遂心。

就以人们对幸福的浅层次理解——吃饱穿暖去认知，一生要保证过上这种生活，也有三个风雨交加的阶段。一是在自己未成年之前，你要有父母这棵大树，为你遮阳蔽暑，挡风避雨，你才有可能在成长中免遭侵害之苦；二是在自己春秋鼎盛时，能顶门立户，练就一身养家糊口的本事，不管立足何处，都有一磐石之地；三是当你晚霞染红西山时，膝下有人为你颐养天年而操心。否则，人生在这三个阶段的年年岁岁，只要有一处坍塌凹陷你就会趺趺撞撞，坠入苦难之门，尝尽酸甜苦辣。能衣食无忧走过这三段时光的人该是少之又少；那就是说多数人的一生都会与苦难为友，只是每人所经过的阶段不同，所遇境况有别，甘苦各异。就是自感日子过得温馨惬意时，也是人们在艰难跋涉的风雨途中，偶尔的、相对的、短暂间隙中丁点甜味而已。有些人，尤其是一时享受荣华富贵的人，像皇帝老儿、超级富翁等，总想独坐龙椅，福寿万年，那是奢望。如果真把古今中外坐过龙椅的人，一一梳理，恐怕难有一人没经受过苦难，甚至他的苦难多于普通人。

佛说，不受苦难不成佛。佛教把人生比作苦海有一定道理。人生之路就是用苦的粒粒石子铺排的。要生存，要活命，就得从凹凸参差的路上走过，舍此而无他。有人说，人脸上的两眉如草头；鼻、嘴恰似“古”字，纵观正是“苦”字。这虽系戏言，但也是对人生之苦，因感悟太深而心有所思。

静观人生，深刻反思，苦难与幸福有时相随相伴，由不得人去挑选，它不管你喜欢还是讨厌。如果该吃苦的时候你不吃苦，不该吃苦的时候，老天一定补赏你一份苦难。所以苦难降临，不躲不闪，坦然接纳，认真咀嚼，随之有可能是一份甘甜。总之，人生不是为着吃苦，但只要活下去，苦难是不会忘记你的。

一电视剧的主题歌词是“千苦万苦人最苦”。有的人敢于吃苦，因能吃苦而又不再吃苦；有的人怕吃苦又偏偏吃苦。吃苦在先的人，不会永远吃苦，苦尽甜来，像病人服药一样，药力祛病而体愈自悦。享乐在先的人，或许一时会令人羡慕，但也多是先甘后苦。而这种在后的苦难往往更使人难堪、悲惨，甚至断送人生。小人、坏人、恶人、贪官走的就是这条人生孽路，下场可悲，为人唾弃。

“不吃苦会吃亏，吃苦不吃亏”，这是吃苦与吃亏的辩证法。其实吃苦可以添见识，增才干，长本事，启迪智慧。少了这一课，就少了人生的积累和储备，很难立世成事。“不经一番风霜苦，哪得梅花放清香。”置身苦难之中的摸爬滚打，真切感受到心志之苦，筋骨之劳，才能获得品德的淬炼，能力的提升。从成功人士的经历中，领悟到他们讲的感谢苦难之言，感恩困境之语是发于肺腑的真情吐露。

人生关键之处就是几步，甚至只是一步，而这一步常常就是应对苦难的一步；这一步就是人生的分水岭，也就从此或左或右，或上或下，或清或浊，如何抉择就仰仗自己的智慧，尤其是平生对待苦难的态度了。很显然，勇于吃苦者从此走上充满阳光的大道，而视苦如虎者，他们也许获得一时的安逸，但失去的要比得到的多得多，也许就此跌入狭窄的羊肠小路。

一帆风顺的人生是不完整的，是苍白的，也是没有的。

有人说过一个笑话，北欧有一个国家自杀率很高。有一次，某媒体采访一位自杀未遂者。问他是什么原因使他选择这条道路，他的回答令人咋舌："没有痛苦！"没有痛苦的生活让他受不了，于是走入这一极端。

南美一位名叫凯文·卡特的摄影记者，他在遗言中写道："我很抱歉。生活中的痛苦太多了，而欢乐太少了。"不管这件事的真实性有多大，但事实是若任何事情只看一面，肯定是不全面的。人如果只生活在阳光下，就难知什么是黑暗；如果是双目失明，不管他人再如何向他描绘大自然在阳光下的绚丽和美妙，他永远是朦朦胧胧。从美国作家海伦只希望得到三天光明，就不难想象她多么想看到光明的一面。事实是人生没有蹚过苦难的河，就会少一份低调、谦卑和理性，多一份浮躁、奢侈和蛮横。

伟人和圣贤的脚步，无不留下深深的苦难足迹，甚至是人们不愿看到的斑斑伤痕，而苦难与幸福相比，也最不容易让人遗忘。但要去回味，又总觉得苦难是一副清凉剂，它蕴含着多少做人的道理：苦难让你永远不忘亲情，因为苦难降临时，首先想到的是最亲的人，这时人才会真正咀嚼到亲情的甘醇浓于一切；苦难时最眷恋自己的家，这时才知家有避风港的温暖；也才会品尝到“归心似箭”的滋味，即使路长夜黑，雷鸣裹着风雨，也难以阻挡回家的脚步。

毛泽东多次对子女和身边的工作人员说：“嚼得草根，百事可做。”可见，咽下苦难乃立业之本。俗语说：“人有没享过的福，没有吃不过的苦。”吃苦受难是对生命的恩惠，是在为自己的挺立浇筑最牢固的根基，是在为自己的冲腾积蓄力量，是在为自己的闪光充电加油。反之，不是苦后之甜，其味伴着酸涩，难得甘醇之美。

常听人说“苦难是可贵的财富”。愚以为，苦难就是苦难，它不是财富，苦难要是财富，人何以去奋斗？束手不勤，苦难自会送上门来。苦难不可贵，它要是可贵，世间则难以区分何贵何贱？其实，“苦难变成财富是有条件的，这个条件就是你战胜了苦难并远离苦难不再受苦。只有在这时，苦难才是你值得骄傲的一笔人生财富。别人听着你的苦难时，也不觉得你是在念苦经，只会觉得你意志坚强，值得敬重。”丘吉尔听了艾顿（英国的汽车商）这一席话，很受启发，随即重新修订了他“热爱苦难”的信条。在他自传中这样写道：“苦难，是财富还是屈辱？当你战胜了苦难时，它就是你的财富；可当苦难战胜你时，它就是你的屈辱。”

丘吉尔表述中的“你”，就是面对苦难的每个人。显而易见，“苦难”对于受过苦难肆虐的人，到底是财富还是屈辱，裁定者正是你自己。

在遇到苦难时，坚定战胜苦难的信心和勇气，发愤走出苦难，使苦难变成财富。

“架子”何来

一说到人的“架子”，人们常把它和“官”字组合起来，称之曰“官架子”。事实并不尽然，无官之人，有时也会有“架子”，真是身佩官衔者并不一定都有“架子”。

在捧读革命领导人的传记中，除去他们盖世之功外，他们做人的朴实作风和常人的底色更是格外感人。

彭德怀视察某部，战士们忙搬来一把椅子，可彭德怀却坐在战士们的矮凳子上。战士们围绕“新独立的国家总是不安宁”的话题各抒己见。彭德怀听后说：“我认为还有一个原因，就是他们的领导不愿意和大家坐矮板凳、硬板凳，可能原先他们也是坐矮板凳的，后来他们就坐高板凳了。”彭德怀严肃地说：“那些坐在很高很高板凳上的人，看不到士兵了。……”可见“架子”是脱离群众的。

一天，陈毅和张云逸到一农民家里，老大伯急忙擦凳子上的灰尘，张云逸立即挡住，满不在乎地一屁股就坐下。警卫员拿出带来的茶杯倒水给他喝，他却接过主人盛满茶水的粗黑碗，大口喝起来。事后，他对警卫员说：“我们不能脱离群众啊！”

邓小平 88 岁高龄时，以一个普通党员的身份去到广东。他视察南方之前，就立下规矩：不开会、不陪餐、不题词、不见记者、不照相、不报道。老人家曾对英国记者说，我是中国人民的儿子，我深情地爱着我的祖国和人民。但他在人民心目中永远是一位伟人。每个人都可反问自己，想想老一辈无产阶级革命家的伟业和他们在人民面前的言行举止，我们的“架子”由何而来呢？贺龙元帅曾说过：一个连队不是因为连长而配一百多名士兵，而是因为一百多名士兵才产生这名连长。领导来自众人，是群众的一员，而不是特殊群众，怎么会滋生特殊表现呢？只有这二者始终融洽才会形成有战斗力的集体。

周恩来总理去某地视察工作，飞机着地后，他同机组人员一一握手，表示感谢。但他没有马上离开，而是站在正在工作的机械师的身后耐心等待，并示意别人不要惊动他。待机械师工作完毕后转过身来，发现周恩来时，大吃一惊，忙说：“对不起，总理，我不知道您在等我。”周恩来却笑着说：“我没有影响你的工作吧？”随即紧紧地握住机械师满是油污的双手。

一次，周恩来的服务员在给他倒药时，不小心把药片弄掉到地上，周恩来随手从地上捡起来吹一吹就把药片递入口中。他一生做人就这样淳朴，这样平常。

1927 年，毛泽东历时 32 天，行程 1400 多里，实地考察了 5 个县的农民运动情况，写出了《湖南农民运动考察报告》；1930 年，他为了驳斥党内的教条主义，在寻乌进行了 20 多天的调查研究，从第一手资料中整理出了近 10 万字的《寻乌调查》，并凝练成了《反对本本主义》这篇不朽杰作。青年毛泽东胸怀改写历史、改天换地之志，其行却极其普通、平常。

当年，毛泽东了解到瑞金沙洲坝百姓缺水吃，亲自带领军民挖

“红井”，解决了群众饮水困难；他在井冈山时，同大伙一起上山砍柴，因为他魁梧有力，总比别人砍得多，有些小战士常去他砍的柴堆上“偷”点放到自己的柴堆上。“朱德的扁担”是很有韵味的故事。朱总司令做人的朴实不仅于此，平日总带头下田，帮助农民插秧收稻，节水抗旱。

以上所列几位领导，是“大官”，是载入史册的革命领袖。他们把“为人民服务”奉为做人的宗旨和信仰——人民是主人，自己是公仆。他们从无高于人民之心，朴朴实实如耕牛一样为广大民众效力。在他们心中不知“架子”为何物，试想没有“架子”的土壤，何来“架子”之苗？这正是：“终日挥形而神气无变，俯仰万机而淡然自若。”诚如是，人的“架子”何来？

宋代名臣赵抃也是一位理学家，他一度主政四川。上任时，他骑一头跛脚骡子，身后有一老仆人、一琴、一鹤而已。到了省城，文武官员城外迎候，却扑了个空。谁知道那个坐在菜馆里面，一琴、一鹤相随的糟老头子就是新到的知府大人。

他虽做过谏议大夫，鼎鼎大臣，但他平易近人，视金钱与官位为外物，一生坚守常人的底色。他曾赋诗：“腰佩黄金已退藏，个中消息也寻常。世人欲识高斋老，只是柯村赵四郎。”第一句“黄金藏”，不是指把黄金收敛起来，而是说退休了，大印已退还朝廷。第二句是实指，自己的一生也曾风流光耀于台面和人前，其实也很平常。第三句告知人们，自己退下来居住高斋，这个老头子没有什么了不起，他其实还是当年住在柯村的赵老四。他平淡而平凡，正因为他能正视自己，看透人生，彻悟“架子”是虚幻之物，转瞬即逝，所以他一生清正，奉献国家，“架子”也与他无缘。

孔老夫子是圣人，一生没“架子”，因为他是常人，他有时也对天发誓。《论语·雍也》所记载那个场景：“子见南子，子路不说。夫子矢曰：‘子所否者，天厌之！’”这是说，因为会见名声不好的宋国美女南子，发现子路不高兴，孔子便发誓说：“假如我做了什么不正当的事，那么上天会厌弃我！”

以色列人不知道“架子”是什么，更不懂摆“架子”是怎么一回事，所以也不会摆“架子”。可也让人们不能不隐隐感到：人若没有“架子”，所潜在的凝聚力是无穷的。

以色列建国至今，无论总统、首相或其他官员，当他们处在犹太人之中时，从不打领带，所以，凡是造访以色列的旅客们，看到有官位的人都很平易近人。原因是在犹太人中，他们有一个理念：领袖是群众的“一分子”，不敢居于权力之上，并为自己的人民勤勤恳恳、兢兢业业效力。因为他们认为任何卓越的领袖都不可能单独存在，必须有包围他的人共同烘托，才能显出他的伟大。犹太人在被迫害近两千年的历史中，靠着人民，人民拥戴着自己的领袖，顽强地生存下来。

人人都是常人。

圣人、贤人、伟人、名人、文人、武举、君子、小人……都是人，饥则思食，寒则索衣，七情六欲，无一有别。这些五花八门的称谓，是人登上社会舞台后，众人根据他表演的角色，送给他的一顶与他表演身份相宜的帽子。落幕之后，摘下这顶帽子，他依然是他。

“架子”是人的劣根性，是独立意识、尊严至上的负面效应，是“人上人”禀赋的强烈反映。如果缺乏这一心理素质的锤炼，或者说对人生这一心理滓秽不能荡涤干净，“架子”的出笼和作祟是随时随地的。人人、事事、时时都会显现于外。所以，一个人，一旦自感有优于他人之处：要么官比人大，权比人重；要么资产累累，田连阡陌；要么琼楼纳珺，乘坚策肥；要么艺高人上，独领风骚；要么学识渊博，智慧卓尔；要么貌美群芳，沉鱼落雁……心中略感有他人不及之处，足可以令自己炫耀、张狂一下时，就要抬高自己，满足自我的虚荣心。哪怕是微不足道的小事：当个小组长，升个副股长，会唱几首歌，发表一篇短文，杜撰一本“垃圾”，玩上一招逗他人一笑的杂要……都要把它放到放大镜下，当成喷薄光环的资本。而且立刻从语调到走路就一扫他日平稳之态，昂首扬眉，高视阔步，有意让人感到他已不是昔日的他了。实际生活中，并不少见，真无资本可摆的人，也不顾廉耻在人前要“架子”，其实活像马戏团的小丑。而这些摆“架子”的资本，又恰恰是常人心里十分厌恶的污秽。

“架子”何来？房子的架子是人们用木材搭起来的；人的“架子”是自己欲意抬高自己，有意吹出的肥皂泡。那就不要吹了，裱在物体上的广告再吸引人也是一层纸，风卷则破，雨袭则落，遇火则焚，先焚表再及里，终为灰烬。

每个人放下身段，能到助产室和太平间走一趟，还原人的底色，“架子”何有？笑话！

“架子”的流弊

“架子”之弊，害莫大焉。

人这一生，只要心中萌滋“架子”的莠子，如不能及时薙芟，让它蔓延开来，它会像蚕食桑叶一样噬尽人的一生。

人前摆“架子”，宛如衣貌不洁、油渍遍身、举止邋遢的人。人们视之，虽不能一眼判定他是因职业所染污，还是不修边幅之人，但敬而远之之心油然而生。即使他委屈于人们对他有所慢待，那是他愆尤自取。

“架子”是一剂慢性麻醉剂，它的效力是让喝了这种药的人，先神志不清，言行癫狂，疏离人群，渐渐落后于前进的行列，最终是自行从人流中销声匿迹，把个人的一生风卷水浸裹入泥土之中。

有这么严重吗？答案是：有。

每个“社会人”平心而论，自己乐意跟有“架子”，尚不论“架子”十足的人贴近吗？答案是：否。

因为人的“架子”是装出来的，所以，它自然携带着十足的轻浮和虚伪。可人们心里对人的认可，应该说是喜欢实在人，就是实在到近乎“憨”的程度，人们不但不因他“憨”而小瞧他，戏谑他，反而乐滋滋地同情他，赞美他，欣赏他。为什么会有这种心理效应，因为他真，真的事物使人们从心眼里觉得可爱。小孩子讲真话，说“憨话”几近到傻的地步，大人们听了总是乐哈哈地称赞小孩子天真可爱。平日里，读小说，看电影，对剧中众多人物，你到底喜欢哪个，恐怕众口一词——最憨厚的那个人物。李逵是有点“憨”，但他在梁山泊108位好汉中，永远是受人们赞扬的、喜爱的人物，因为在他身上让人看到了他的真性情，他的形象、人品远远在宋江之上。

愚以为，人的“架子”，并非先天禀赋。这不是信口而言，而是自幼到老目睹太多人的表演留下的印痕。

抗战期间和解放前夕，地方上一些恶势力和肆意危害百姓之徒，他们那种暴戾之态，践踏百姓之行，他们的“架子”可以说要到天王老子的头上。平日坐到人抬的藤椅里，还不时对苦力们骂声不断，举杖敲打左右的下人，那真是骑在百姓头上拉屎拉尿。可一到解放，日出云散，这些往日连路都不知该怎么走的大摆“架子”的人，往日的轩昂之态，洗刷得一干二净，也会低下头，弓起脊，走路靠边上，开会找角落，真是判若两人。更不说少数罪大恶极，在听到宣判极刑时，瘫软在地提拉不起，酷似垂死之犬。作为当时还是孩子的我，看到他们当时的狼狈样子，想到他们昔日的虎啸之威，心里总想上前问他们一句：你们往日欺压百姓的大“架子”哪里去了？

一单位的二把手正在以十足的气派，手背后，八字步，堂堂会议大厅之前，昂首挺胸，眼睛向上给大家训话。突然，一把手赶到现场，这位二把手刚才的勃勃雄姿瞬间了然乌有，而立即又一副毕恭毕敬的模样，低下头退于旁边，下边的群众眼见此状唏嘘不已。诸如此类的把戏，我实在记不清看过多少场了。我的感受是，人的“架子”是自做的假虎皮，披上它似虎，扯下它便是狗熊了。

“架子”犹如病毒，只要气候适宜，它就繁衍滋生，代代不绝。极少数智商低下者，稍有比别人些许之长，他就要“长”出“架子”，兜一兜，哪怕威风一分钟，他就会分秒不失表演一番。电视剧《乡村爱情》中的人物刘能的表演，虽还达不到惟妙惟肖之境，但作为喜于“架子”的代表还算有点味道。

人咋会是这样？心态之变让魔术师们也自叹弗如。

“架子”是一个人陷于孤独的强劲推手，它像是自挖壕沟隔离众人；也像是自筑城堡，囚己于池瓮之内，封其门，绝其路，束手待毙。不啻如此，有“架子”的人还喷射出一股呛人之味，人们闻之无须辨别而唯恐避之不及，所以人们把“架子”前面又冠以“臭”字。故而，人们一提起某人一身“架子”时，就说成“臭架子”。

有“架子”的人为什么如此遭人厌恶而敬而远之，还有一个重要因素，那就是践踏了他人做人的红线。

凡人都有三条红线不可触动：一是生命，二是利益，三是尊严。有“架子”人的做派，是直接踏到他人“尊严”的红线上。留心人前摆“架子”的人的形象，身子正，脖挺硬，高视阔步，旁若无人，两腿紧绷，两肩紧耸，出言雷人，自高他人，傲视一切。人们一遇上这种把他人不当人的乖缪之态，心理上因人格遭到轻蔑，而不由顿生反感。即使往日还有些情谊，这种尊严上的凌辱，即刻间裂痕千丈，而且永远不能愈合。即使事后尽力修复，其效微乎其微。尊严上的伤害从客观效应上看，有些不次于利益上的侵犯。从社会上发生的纠纷、矛盾，乃至出乎人们意料的恶性事件显示，双方一不为命，二不为利，而是一方人格受到侮辱后，愤怒之火喷涌，使其失去理智，作出了过当的行为。百姓中有句俗言：不为馍不熟，只为气不圆。这里的“馍”是物质利益，这里的“气”是人的精神领域受到了重创，就是尊严被贬损。

“架子”之弊犹如多米诺骨牌，一张倒下，由此及彼，全阵崩溃。人前的“架子”，喷射出极强的杀伤力，让他人多感其矮，受到歧视，心生不爽，急于远去，即便形式上聚拢，情感上也是同伙不愿同行，同事不乐同力。这种貌合神离的心情纠结，即使摆“架子”者的见解超凡，决策英明，闻者也难以原原本本，更不说心悦诚服地去接纳，去贯彻执行。

有“架子”的上司，多是人缘不佳，人脉不旺，自削团队力量，因失去三膀六臂，事业受损不言而喻。即使他疲于奔命，使出浑身解数，也往往经营惨淡，工作难有大的起色。人心齐，泰山移，而“架子”冷落人心，陷自身于孤境，再好的工作单位，也会暮气十足，了无成绩。由此去思，“架子”先伤人，后伤己，最终是他自己人品遭污，毁掉前程，贻误大业。说实在的，此类人连家也管不好，又怎可委以重任呢？

太平天国的东王杨秀清，“出则服御显扬，侍从罗列，乃马者有人，打扇者有人，前呼后拥，威风排场，可谓盖世”。这种官气泛滥是导致农民起义覆亡与天国梦破灭的重要原因。展卷史册多少王朝的消亡无不与脱离人民，从人民心中消失有直接关系。李自成“大顺”天下是如此，就连国民党政府的坍塌依然是民不从也。其原因是他们自上而下贪官污吏对百姓视若牛马，在百姓面前要尽了权势，摆透了威风。对他们在百姓面前展现出的不可一世的“架子”，至今让我历历在目，其厌恶之心难以言表。百姓心中一天也容不得他们，所以共产党每解放一地，百姓便敲锣打鼓，载歌载舞还不足以表达内心的欢腾之乐。事实是，“官架子”危害政权，而个人摆“架子”造成的恶果，虽不能与江山社稷相比，其危害就性质来讲，效果等同，毫不逊色。

拿破仑在总结滑铁卢之战惨败的教训时，说过这样一句发人深省的话：“很久没有和士兵一起喝汤了。”他起事之初所以能称雄欧洲，与他经常深入士兵当中，关心士兵生活，听取士兵的意见，汲取他们的聪明才智有着直接关系。当他被胜利冲昏了头脑，变得骄傲起来，开始陶醉于自己的“不普通”时，一味沉湎于那种“伟大的征服者”、“战争之神”的巅峰时，他变得武断与专横，为所欲为，“架子”熏人了。

“但使龙城飞将在，不教胡马度阴山。”这是唐边塞诗人王昌龄对西汉飞将军李广的盛赞。李广何以博得如此美名，是因为他领兵打仗，俯身官兵之间，不曾有“官”的威严。凡得赏赐总是分给部下官兵，与士兵吃一样的饭食。逢饮水、粮食缺乏或断绝时，发现可饮的水，士兵没有全喝到时，他一点不喝；有可吃的东西，士兵没有全吃到时，他一点不吃。李广常对士兵问其苦衷，询其冷暖。自古道，官兵齐膂，众志成城，焉有不胜之理。

“架子”就是“官气”。毛泽东曾对此深刻批评，“官气是一种低级趣味，摆架子，摆资格，不平等待人，看不起人，这是最低级的趣味。”实践也让人们清楚地看到——人前有“架子”的人，一旦凌驾于百姓之上，头戴乌纱，多数是骄傲伴着独裁。官僚主义、主观主义、命令主义一胎三子，危害国家，贻误大业。就个人而言，从人品到事业，成功者少，败绩者多。

“架子”对人之害，罄竹难书。

“面子”的学问

“面子”的学问是够深奥的，够心理学家颇费一番心思的。

鲁迅在《且介亭杂文说“面子”》一文中写：“……但‘面子’究竟是怎么一回事呢？不想还好，一想可就觉得糊涂。”

什么是“面子”，《辞海》的词条中只有“面目”一词。它的解释是：一、面貌；二、犹面子、颜面。我理解二者意思相通，都包含脸面之意。一位著名国学大师说：“面子”一词英文没法翻译。我不解的是英国人不要“面子”，还是不懂“面子”，我不懂英文就不逞能了。

国人对“面子”看得是很重的。鲁迅在同一篇文中这样写：“他们（这里指外国人——作者注）以为这一件事情，很不容易懂，然而是中国精神纲领，只要抓住这个，就像二十四年前的抓辫子一样，全身都跟着走动了。”

对于人的“面子”，林语堂也曾认为，统治中国的三位女神是面子、命运和恩惠，在这三位女神中，面子比命运和恩惠还有力量。

“面子”为什么有如此魅力，余冒昧揣度，人的“面子”和人的尊严源始一脉，须臾不分，因为它们都植根于人心。人内心的尊严与颜面互为表里，受到赞颂或针砭，或是喜，或是忧，当心灵受到震撼时，人心波动的涟漪首先反映到人的面部表情，“容易”一词——就是说人的面色最易变化。因为它是人的精神世界凝聚和敏感的部位。所以，“面子”之情与“面子”之力皆始于人心。

有专家研究，人脸上有43块表情肌，可以产生7000种不同的表情。法国文豪雨果认为，面孔常常反映内心世界。心理学家解释说：一个人最基本的习惯性态度或内心情感，如自信与自卑，乐观与悲观等，往往能“凝固”面部的表情肌肉。而这种习惯性状态常是宣泄内心情感的标记。

德国哲学家阿图尔·叔本华总结说：“人的面孔要比人的嘴巴说出来东西更多，更有趣，因为嘴巴说出的只是人的思想，而面孔说出的是思想本质。”余对此亦有同感。原因是，我曾任教过的一所学校，炊事伯伯是哑巴，他与我同住一所房内，中间只一墙之隔，长达近十年，所以，对他的思想动态和情感表达特点多有领会。老师们对这位伯伯很尊敬，因为他尽职尽责，待人亲善温和。他给大家留下最深的印记是：他虽不能直接说话，但从他那面容情感中反馈出学校的事情最多，也最真实。他在给人们传递某一信息时，除去有时以手势和肢体语言辅助外，主要是通过他的面部表情传递的，所以他的表情比常人更有趣，老师们也觉得更有意味。我长期留意，他除了对“昨天”一语表情不好展示外，生活中所发生的事，几乎是没有不能用自己的眼神和面部去表示的。

展卷古籍，历代帝王大都是爱“面子”的顶级人物，谁要是不给皇帝“面子”，那是要杀头的。臣子对君王要毕恭毕敬、唯命是从，所以谏臣在历史上是屈指可数的。就算有个魏征，那也是唐太宗出于江山社稷之重而成就了他，或者说宽容了他。其实唐太宗对他在朝堂上当众不给自己“面子”，心里也常有杀掉他的想法。

历史上的刘邦想用四匹颜色一样的马来拉坐车，举国上下都难以凑齐，丞相们出门只得用牛来拉车。刘邦继位第二年，即公元前205年，民生凋敝，可萧何为刘氏王室大造未央宫。韩信问萧何：“大战之后，民生凋敝，大乱虽平，隐患未止，何以耗费民力做这等规模？”萧何巧妙地回答：“天下方未定，故可因遂就宫室。且夫天子四海为家，非壮丽无以重威，且无令后世有以加也。”意思是说，正因为万事初创，正是兴建国家的好时机，天子以四海为家，就理应以冠盖天下的巨宫宏殿来扬威，而且还要让后人无法超越。刘邦闻之大悦。

耳闻一贫困县书记到省政府办事，一行25辆现代轿车浩浩荡荡，煞是威风，这真叫“面子”。有同志对此做派略表惊诧，书记闻之不悦说，不能因为我们是贫困县而丢“面子”，不能让省里的人小瞧我们！我们不得不为这位县太爷“喝彩”，真有“大家”之气魄。

中央三令五申不得建楼堂馆所，可各地楼堂馆所鳞次栉比，甚者顶风违纪去建。报载一贫困县有一乡政府仅十几个工作人员，可建筑近万平方米的办公楼。而且从周围环境、院内设施和室内装饰风格，都要赶上一流的档次，要彰显出时代气派。如此折腾，他们的“面子”真是大放异彩。

还有一股风，新官到任，不管当地财力如何，先上马建“面子”工程（也叫形象工程）——为自己升迁让上级看的工程。更为百姓所诟病的是在这一“面子”工程尚未竣工，又换一任县官，后来者从速、果断、无情废弃前任的“半拉子”工程。何以如此，据知情者言，后者绝不给前者留“面子”。这些挥霍百姓汗水的官员，大搞违纪建筑，有的还真能捞上“面子”，春风得意，节节高升。如此“面子”真是祸国殃民，百姓们深恶痛绝。

生活经验也在告诉人们，每个人的“面子”也都像是一把双刃剑，这把剑的心理暗示力量是蛮大的。诸如：榜上无名，工作落后，赛场失利，战斗败北，经商亏本……不管在哪个领域一时坐上“红椅子”，对于一些珍重自己尊严的人，就会产生很大的激励作用：他们对自己走过的路认真反思，查找滞后原因，洗刷污渍，揩去灰屑，总结经验教训，奋起直追，以期迎头赶上，把往日丢失的重新补起来，这些积极进取者的“面子”观自然为人们所点赞。

但现实生活中，也有与前者截然相反的。对站在队伍的末位，脸不变色，神情自若，泰然处之，非但不是奋起而追，挽回“面子”，反而破罐破摔，就此一蹶不振向沟底滑去。

这两者的“面子”反差竟如此之大，何故？

北京语言大学教授周思源先生在《百家讲坛》上讲，人有野心并不可怕，只要这个人要“面子”，野心就不发酵；如果他不要“面子”，野心就失控了。这说明“面子”对人的约束力是很强的。

“面子”的学问，余知浅薄，仅有一孔之见，想来还是鲁迅先生说得好：“不想还好，一想可就觉得糊涂。”

把“面子”放到掌心

命题有两层含义。一是把面子看成掌上明珠去疼爱，因为它如瑾似瑜。当然每个人在呵护自己的容貌上也都没少下功夫：不啻天天净洗养护，而且人们也从自己的形象、塑人和事业上努力为自己的颜面锦上添花，增其亮丽。尤其是女性为自己的靡颜腻理不吝其资，有时省吃俭用，略负微债也在所不计。二是面子宛如人们精神田野里的玫瑰，所以把它放入掌心，意在对它的色艳、味香得以尽情观赏，同时也容易减少它的刺对人的伤害，或者说，尽量减少面子的误导作用。

林语堂认为“面子比命运和恩惠还有力量”。现实生活中，从乡村邻里到机关单位，确有某人，他既无官职，也无权势，更无钱财，但人们打心眼里对他尊敬。常会碰上一些纠结的事，翻来覆去摆不平，事难宁，可只要请他出面走一趟，事情就会迎刃而解，化干戈为玉帛。无须深究，此人的能力就是他的“面子”。他这面子何来，我费过一些心思。这种人多是德行无瑕，心底坦荡，主持公道，伸张正义，一视同仁，从而积淀下高尚的人格魅力。因为人们从内心佩服他，所以他说话就有力量。看来一个人面子的有无大小与个人修养是紧为一脉的。可以这样说，一个德高望重的人就是力量的化身。

20世纪70年代，中日邦交正常化的前期谈判一直波折不断，到谈判后期的关键一环，日方捎话：如果中方让周恩来前去，一切都好说。历史事实也正如此，随之周恩来前往，一扫前期谈判障碍，大大加速了邦交正常化的进程，并顺利建交。这其中都有什么奥秘我说不上来，但我从报上读到，日本政界评论周恩来是世界上头等好人。这使我想到易中天教授曾说：面子是咱中国人的宝贝。面子几乎主宰着我们的日常生活。人际关系要靠面子来维持与处理，社会生活要靠面子来维持与操作。

面子在华夏子民心中实在过于复杂——东方文化的情感交流崇尚含蓄、委婉而不羡直白，它远不是《心理学》里写的那些条条款款，也不只是小说家笔下描绘的含情脉脉。有时人们把面子放在立世的高度去对待，或是当成做人的底线令人不可逾越。

对面子这种难以把握的心理，从人的修养去着眼，它与人的耻辱感几乎等同，它对人的言行既有约束作用，同时也激励一个人去努力，去奋斗。

如果忽视了这一心理素质，不能正确认识和把握这一情感，有时它的消极作用也不可低估，实际上也是面子的误区。

常看到人们对待自己的面子有两种不良倾向。

其一是，一些人在社会活动中，渴望折桂夺冠，在颁奖台上位次领先，在经久不息的掌声中，让自己的面子绽放异彩。当然有面子是一种荣耀，但一时座次靠后，只要对自己的担当和该做的事，踏实做了，认真干了，而成绩欠佳，这不是耻辱，这无伤做人的尊严。每件事成功与否，因素是多元的，不拘泥主观的一方，这才是社会的常态，我们要理性去认识。

也有人把偶遇的挫折、虑事的失误、家庭的变故等人生中难以绕过的事，造成自己处境一时坎坷，就认为颜面大伤，走不到人前。从而情绪低沉，失去前进的勇气，常避人后向下坡路走去，这正是因受面子之害陷进了误区。

不只这些，还有人不管什么事，只要榜上无名，不是先思悟自身不足之处，努力把丢失的补起来，赶上去，而是臆断自己的头筹是被人为抢走，非要去跟他人争个子丑寅卯。其实这番举措，反而是给自己名誉上抹黑，会显得更无面子。殊不知一个人有无面子，不单是主观意愿，它是在你周围的社会大家庭中，从做人到做事个人努力奋斗，众人赠送的锦匾，它不是自封或自制的。这种一时冲动去争面子，其实质是虚荣心在作祟。

生活中不时耳闻“一定要把面子争回来”的喊声。这种不甘人后、勇于奋进的精神是很鼓舞人的，但争的后果，答案是不确定的。因为面子是实体的展现，是有实质的，而且内涵十分丰富，它不是空喊就会降临的袈裟，更非朝夕之功就可织成的龙袍。人的心灵一旦被面子的虚无所缠绕，心想着它，眼盯着它，夜郎自大的做派就要凸显：言语虚夸，行欠淳朴，待人失诚，做事少实，日渐远去正道，最终走向哪里就很难预料，这类人多是留笑柄于他人。

其二是“死要面子”。这话听起来俗不可耐，但古今不乏其例。

殷朝旧臣伯夷叔齐，武王起兵伐纣，他便跑到首阳山去吃野菜，决心“饿死不食周粟”。后人劝之，“普天之下，莫非王土，率土之滨，莫非王臣，你吃的首阳山的野菜，不也是周天子的吗？”伯夷叔齐无言以对，为了面子，只好饿死。

无独有偶。历史上的隋炀帝也是这样的人。他在大业元年（605

年）、大业六年、大业十二年，曾 3 次乘龙舟巡幸江都。龙舟 4 层，高 45 尺，长 200 丈，最上一层有正殿、内殿、东西朝堂，中二层有 120 间房，全部用金玉装饰，耀人眼目，而且规定挽船的 80000 多名民工都穿锦绣华丽的衣服。这真是要大了面子。当然清代乾隆皇帝六下江南，玩的场面更为空前。历代皇帝不玩大面子者少矣，那何称隋炀帝是“死要面子”？

隋炀帝如此折腾，百姓饥寒交迫，民变四起，天下大乱。公元 618 年，禁卫军哗变，要砍杀隋炀帝。在大势已去的危局下，他还没有忘记自己的面子，厉声断喝：“天子自有死法，何得加以锋刃！拿鸩酒给我！”如此境况还要讨个“面子死法”。

20 世纪 60 年代，美国侵略越南，战火蔓延十几年，美国损失惨重，强国的颜面蒙上厚厚尘灰。后来美国向越南提出谈判，希望让其“体面撤军”。什么是“体面撤军”？就是美国希望越方先停战，不要让国际上看出他们是被越南人民打败了，灰溜溜地被赶走了；并且允许他们保留一时的战事态势（临死威不倒），以此造成他们不是失败而走的假象。如此看重面子的头号强国和隋炀帝“死要面子”真是惊人的一致。

其实，生活中怀有如此心态的人并不少见，他们也明知自己或言或行，于理不通，于情有悖，可他总要振振有词，口出谬理，企图掩饰他空虚的内心。这种不知羞耻、危害社会的人当是社会的另类蛀虫。

做人不可能尽善尽美。说错话、办错事、走错路在所难免。不管错误的性质有多严重，造成的损失有多大，除该负的责任之外，要实事求是勇于承认，而且要有勇气揭示错误的真相。不要躲躲闪闪，怕丢面子。李立三说：“一个人的面子和亿万人的面子哪个大？共产党员当然不可能不犯错误，只要他不搞阴谋，不谋私利，犯了错误，首先想到党的面子，人民的面子，他就可以改正错误。”反之，就真会颜面丢尽。廉颇老将能负荆请罪，不顾及自己的身份，看似没有面子，反在历史上留下美谈。做人切忌把面子演绎成不知装知，不懂装懂，力所不及而逞能。常见到白痴装学者，鲁班门前抡大斧，熊罴自喊是英雄，燕雀高傲称雄鹰，可笑落个四不像。

当人们把面子珍为容颜的玉纱时，人也就失去了本来面目，即使亲人之间也将难有以心相待之情。此风猖獗，人与人之间必是阿谀奉承、溜须拍马。简言之，当人们唯面子为尊时，假象泛滥，淫乱滋生，它疏离人际关系，贻误工作，其害无穷。

丧失真诚，必然导致虚伪之风大行其道，浮夸之风泛滥。扯掉它吧，虚伪的面子！

让他人的“招牌”更亮丽

颜面是人的金字招牌，人爱自己的面子，如同商家爱自己的招牌一样，因为招牌黑了、落了，那就意味着这个商家将要垮台、倒闭了。人要是在做人的道德防线前跌倒了，容貌被污水淹没了，这个人的一生也基本塌方了。

人的玉容与心息息相通，其脉络融为一体。它是人内心世界的情感聚焦区，也是人的思想活动向外展现的平台。这个神经交汇点极为敏感，它的变化既复杂又敏捷，“容易”一词就含有此意。

吾与人同类，自己珍爱自己的容光，那也要事事关爱他人的玉颜，并尽力去给他家的招牌披花添彩，使之更闪亮，每个人应把这奉为做人的道德准则去修炼自己。

当一个人颜面受到玷污时，羞愧之心让他无地自容。所以，杀父之仇，夺妻之恨，挖他人祖坟，抽别人的耳光，这是人们最忌讳的四大伤害面子的事。而这些仇恨一旦结下则难以冰释，因为国人有时把面子看得比生命还重要。生活也提醒人们：打人莫打脸，羞人莫讦短。尤其在大庭广众场合，翻人箱底，晒人隐私，让人颜姿扫地，这是做人的禁忌。因为以这种乖戾的方式，给人造成内心的刺痛，他人终生都难以复平。

常见到，人在风光时，无不昂首扬眉；理亏时，耷拉脑袋。人怕没理，狗怕夹尾，除极个别死要面子，强装骨气以掩其内心的空虚而强抬头仰脸之外，内心有愧者几乎无不垂首弓脊，容黯色苍。

在人性化的文明国度里，从电视荧屏上常看到犯罪嫌疑人的脸部被遮掩。其用意是对嫌疑犯人格的尊重，不因其罪而羞辱其人，给失足者一个悔过自新、重新做人的希望。还有，蓄意上演危害他人与社会的梁上君子，作案时也常把他的脸包裹起来，担心怕人认出，日后无法做人，以期逃避惩罚。

在做人的天平上，人把脸面放上最重的砝码。

《史记·项羽本纪》中说：项羽兵败垓下，在乌江边上，乌江亭长力劝项羽杀回江东，重整旗鼓，卷土重来。“项王笑曰：‘天之亡我，我何渡为！且籍与江东子弟八千人渡江而西，而今无一人还，纵江东父子怜而王我，我何面目见之？纵彼不言，籍独不愧于心乎？’”后拔剑自刎，时年30岁。项羽心愧无脸面见故土父老，才俊未尽而英年自刎。这位叱咤风云的英雄，最后悲壮的结局，让无数文人雅士扼腕叹息。宋女词人李清照有诗赞曰：“生当作人杰，死亦为鬼雄。至今思项羽，不肯过江东。”（《夏日绝句》）可见李清照对项羽把脸面看得比生命还重要的气节，是极其赏识的。当然，对这件事还有另一种看法。唐人杜牧的《题乌江亭》中说：“胜败兵家事不期，包羞忍耻是男儿。江东子弟多才俊，卷土重来未可知。”项羽“包羞忍耻”能否卷土重来？凭己之智无力胡乱猜想。历史不容假设，可项羽太看重自己的面子倒是真的。“无颜见江东父老”这句成语，成了闯荡江湖失败者没脸回家的常用语。

“朕死，无面目见祖宗，自去冠冕，以发覆面，任贼分裂。”这是明朝最后一位皇帝崇祯在煤山自缢前写下遗诏里的话。后人从他衣袋里发现的，他认为自己无能丢失社稷，愧对祖宗，无面相见，只得“以发覆面”。

项羽战局败北，毁灭前程；崇祯使社稷倾覆，江山易主。这使他们无面于现实而自我了断。这让我们从中悟到，人的面貌区区几个平方厘米，可它的功能绝非只是人体结构的一个部分，它凝聚着人的精神世界，透射出一个人的品格、灵魂和各种观念。由此足见面目赋予人一种责任，一种社会担当，也是做人的底线。所以，人人爱护自己的面子实乃情理使然。

社会实践告诉每个人，在与人交际中的一支烟，一杯酒，一个水果，一声问候，一语再见，一个微笑，一个电话……该做的一个都不能少。这看似微不足道的末节，稍有疏忽或把握失度，都会引起他人的不爽。若有不慎，时勿许久，你会感到你与他人情不如昔，渐行渐离，分道扬镳，严重的会演变成你前行路上的羁绊。一位好友讲：一天晚上，他在主持一个近千人的大会。他的主管领导在将要散会时到了，坐在会议大厅后边，他不曾看到。就在他宣布散会后，领导怒气冲冲指责他两句。他立刻向上司道歉解释没让领导作指示，很对不起。可后来在评特级教师时，这位领导坚持把他取消。原因很简单，这位领导那晚上没能在大会上当众训话，心里耿耿于怀，是他伤了人家的面子。

这类事不一定事有多么重大，而是对方认为你小瞧了他。即使你事后察觉，着意修复，努力加以偿还，也常常于事无补。因他当时蒙羞的心理烙印仍然挥之不去，你去修补甚至会适得其反。

“察己则可以知人。”咀嚼一下自己失面子于广众的滋味，再想想自己不给他人面子的后果，自然就会明白受自己伤害过面子的人，为什么与你彼此距离日行渐疏了。

有时还见到上级对待下级，官员对待百姓，强者对待弱者的羞辱，气势阴森，言语尖刻，态度蛮横让人瑟缩战栗。若如此，不管你有何等善意，当他人受到毁容性的侮辱后，情感的决裂是必然的。更不必说有些人出语伤及他人几代人的尊严，这就等于以刀削面，双方自此坍塌的心理天堑，量你有回天之力，沟壑也难变通途。就是仰仗你官大、权重、钱多，在此亦是粪土不如。

要明白无瑜无瑕、人无完人之理。每个人走过的路都和蚯蚓一样弯弯曲曲，做过的事都不能锦绣无疵。人生染上污点，留下斑痕是正常的，这伤口是不该再去撒盐的。这正像他家招牌有了破损，我们只能去帮助修饰，万不可再施乖邪之举。这就是说，对于他人的隐私和面子的“雷区”切莫越界插足。君可见有些人言语不慎，在人前贸然提及他人无光的事，对方不是脸色苍白，面红耳赤，如坐针毡，就是当即予以反唇相讥，让多言者尴尬狼狈。要牢记，涉及他人面子的情感领域，“忠言逆耳”不如委婉含蓄，润物无声，即使在不得不触及他人的瑕疵时，一定不要伤害他人的面子。

在人际往来中，还有一种人的颜面更要尊重——那就是登门有求者。一个人无论是精神的或物质的，当务需求人时，矮于人下的羞涩心理很重。大凡欲求他人时，贸然而行者少，思虑再三者多。常言道：不信上山擒虎易，果然开口求人难。所以，不少有求者虽已入他家之门，然终将不曾启齿者有之，行至途中又返回者亦有之。所以生活中对这些迈入自己家门槛者，一定热情相迎，诚恳以待，自量其力可帮能助时，慷慨解囊；若力不从心，那就委婉相告，勿敷衍，勿搪塞。切勿让来者心寒色难，情若冰抑，尊严蒙上尘秽。此一刻是登门者容颜既敏感又极度脆弱之时，要倍加爱怜。否则，稍有些许慢怠，双方之情多会就此冰封而终难回归于春。

如把人的颜面看作招牌，那就要牢记，在他家招牌上抹黑是人生的大忌，严重点说，这样做也是在自己前行道上垒墙筑壁，自掘陷坑，自设红灯。

自己爱面子，也要给足他人面子。做一个他人面子的增色者，使他人的招牌更亮丽。

高枕入梦乡

曾在一位长寿老人的藤榻之侧看到一条幅，上写着：忘却尘樊事，高枕入梦乡。这当是长者的“榻右铭”。寻思其义，深感味醇。

经验告知人们，白天忙碌奔波，晚上能睡个好觉当属性情使然，一来是生命需要，二来也是人们长寿之宝。可要能进入这不算高的佳境，就必须在入睡时胸无杂念，心情舒坦，否则，思绪纷乱，忧心忡忡，吃安眠药都难以奏效。

从电视上看到，一逃犯在外隐姓埋名25年，当他被缉捕时，他第一句话是：我今天晚上总算可以睡个安稳觉了。还有一逃到国外十多年的贪官在被押解回国后，面对镜头说：在国外这么多年，夜夜惶惶不安。他们这些亲身感受正验证着众人常说的一句俗语：为人不做亏心事，半夜敲门心不惊。

人都想时时愉悦，天天快乐，夜夜安然，这其实不难。

“帮助别人，快乐自己”，“送人玫瑰，手留余香”。这两句流行语并不空泛，它是无数人善行之后的真情实感。

劝君不妨一试：每日夜寝卧床时，扪心自问，今日益人乎？如果当天做了对他人、对集体、对社会有益的事，哪怕是微不足道、默默而为，这一晚上就会睡得安然、香甜。

善举行为承载的是精神，维护的是人们之间彼此生命的平等与尊严。

益人之为不都是惊世骇俗之举，能在他人急需一臂之力时，毫不犹豫，只要力所可及，伸出手，迈一步，帮一言，助他人挺过那一坎，你在求助者心里烙上的形象将永远是高大的。对个人而言，这只不过是做了自己该做的事，做了自己想做的事，或者说是为自己的生命种植了善根的事。这样做人，坦坦然然，夜不成眠之事定会寂然而失。

活得有益他人，这不是高调，也不是漂亮的口号，道理也不深奥。稍加思悟，人类是群居，彼此相互依赖，没有谁能独善其身。从个人最基本的衣食住行到共同赖以生存的社会，是息息相通，水乳交融；合之则生，离之则死。从生存的严格意义去讲，人，没有绝对的我你他。实质上是我中有他，他中有我，为我也有为他，为他就是为我。从这一角度去看，所谓社会，就是我为人人，人人为我。所以人生要确立为他人活着的理念该是天经地义。

益人和利己并不是水火不容的关系，“人不为己，天诛地灭”也不是科学上的定律。随着社会的发展，物质财富的丰富，人们的私利意识也会随之有所转变。衣食足而知荣辱，人们的生存观念不是物质愈多愈为己。社会财富的增加推动着社会的文明程度的提高。从国内人们对贫困人群和突遭不幸者的自发救助活动中，迸发出的踊跃劲头，以及在大灾面前，全国人民雷厉风行“一方有难，八方支援”的高尚精神，国人无不感到当今人与人之间的关系正在发生“随风潜入夜，润物细无声”的变化。从事慈善事业的个人和群众组织像暖风吹遍神州大地，在这走向和谐社会的大环境中，人们的共富共荣理念与日俱增，社会文明程度也在发生质的飞跃。

就是父母养育子女，也是为社会作出了贡献，子女长大成人一是孝敬父母，更多的是服务社会，报效国家。不能再把这一社会的自然现象看作利己之为。

也不要把“为己”概念化、庸俗化。衣食住行生存必需，不悖义理而得之，无可非议。倒是不为己是不正常的，连生存所需都不顾及也是不可能的。生活中颠沛流离的个人，欲其要为社会作出奉献，也就无从谈起。

现实中的每个人，都有其特定的、合理的需求，通过自己的勤奋而得以满足，这不当看成是私己。或者说，不能把个人为社会在创造财富过程中得到合理的酬劳也视为不高尚、不道德行为。

文明是人们共同创建积淀的，社会的前进与发展，是全体劳动者在推动。当下更为可喜的是：舍己为人，弃小家为大家，甚至把生命奉献给他人，奉献于社会的人层出不穷。各行各业的志愿者、慈善家、救人不留姓名的“活雷锋”无处不有，郭明义的爱心团队犹如雨后春笋，蓬蓬勃勃。我们有理由相信，不待时日，文明、和谐的社会氛围，会让人欣慰，令人鼓舞。

邹韬奋的一生六次流亡，一次被捕，始终不屈不挠，他是民族危亡时期卓越的文化战士和民主斗士。他有几句很朴素的话：“其实一个人光溜溜地到这个世界上来，最后光溜溜地离开这个世界而去，彻底想起来，名利都是身外物，只有尽一人的心力，使社会上的人多得他工作的裨益，是人生最愉快的事情。”

《犹太经典》上指明：“人是为保存自己和帮助他人而生。”

因此，犹太人认为，人不可只为自己，或只为他人而活着。光想着自己的人是卑贱的，光想着怎样做自我牺牲的人，则有了丧失理智的嫌疑。考虑自己生命的所需是生存的必然；无生存做前提，要为他人和社会作出贡献就失去基础，也毫无意义。自己活着想到他人活着，自己活着想让他人活得更好，这才会使自己活出价值，活出意义，活出境界。

读过一则报道。在一场激战中，一个上尉发现敌机正向下俯冲时，他一个箭步扑向离自己四米多远的一名战士身上。一声巨响，他俩身上被泥土覆盖。之后，他爬起来拍打身上的土块，回过头去，惊讶地看到，炮弹炸的大坑正是他刚才站的位置。这不正是为救他人同时又使自己躲过一劫的证明吗？在中国革命的战争年代里，这类故事数不胜数，栗栗成卷。

这个故事发生在非常时期，但回望我们的身边，在日常琐事中，有时不经意向他人伸过援手，或着眼于道义把好事分享于人，其结果恰恰是帮助了自己。每个人在自己的生活历程中大概都会有这种感受。

20 世纪 40 年代的一天，当地一位王大伯，听院外枪响，急跑到大门口，目睹一贫苦男子破衣烂衫，神情慌张。王大伯随手把他拉入门内。转眼匪徒就到，大声呵斥王大伯，问可见有人从这里窜过，王大伯直言：没有。数年后方得知，当年的那个男子是位地下工作者，后来升任一军区空军司令。王大伯一家从此不仅受到政府的优待，也倍受当地群众的称道和敬仰。

益人就是益己，少益少恩，大益大惠，常有举手之劳或相助一方，受益者对恩人的丰厚回报让人惊讶不已，真是“一饭千金”。

常言道，水火中拉一把，犹如再生父母；饥饿中送一食，人没齿不忘。诚哉斯言。反之，视他人危难于不顾，袖手旁观，虽免受一时之劳，省去一时之累，其实是失去了与他人的缘分，是自置路障。这不只是愧疚之心使你夜不能寐，连白天的路都会让你深感越走越窄。

仓廪实而知礼节。时下国人的物质生活富裕有加，遗憾的是在这些富人中，拔一毛而益人的良知却弱化了。在风靡的享乐飓风中，他们已不知从哪里出发，又要到何处去。一时间，什么“不懂享受，不会享受，不醉生梦死，就是活得没档次，是时代的低俗公民”等奇谈怪论、污言秽语在败坏着世风，令人愤懑。在这些人心里什么人间正道都可以践踏，什么礼义廉耻都可以抛却，什么做人的底线都可以逾越。言行无他人，心中无国家，贪污、受贿、弄权才是他们的快乐。极少数的为自己活得舒心，不惜做叛徒、汉奸、卖国贼。销声匿迹几十年的人间沉滓又重现丑陋之形，像幽灵一样勾引着神志恍惚者活得颠三倒四。这些人再也无从品尝甜蜜的梦乡是什么滋味。

人生于世应明白：苍茫大地和为尊，和而不同“和”是魂，四海之内皆兄弟，同舟共济享天伦。自己欲求其乐，何不与苍生同乐；欲求梦乡之美，何不与天下人一起高枕。秦灭六国虽逞一时之威，但同时也在为自家挖掘坟墓。

人该是生之怀仁，举步有义。何故要因一己之利损众人之益；为自己民族的发展，去侵略蹂躏其他民族之荣；为一国夺得霸主之位，而四处伸手，插足全球，挑起是非，点燃战火，让普天下的人都夜不安枕呢?

世事令人相信：千事万物福祸相依，利害相连，当五洲犬吠鸡飞时，所有人都不能安然入眠；当四海硝烟滚滚时，疯狂的野兽也无力逃过劫难!

强摘的瓜不甜

——说“顺其自然”

人常言，柿子熟透蒂自落，强摘的瓜儿不发甜。这朴实的比方告诉人们做事要顺其自然。

我在读初中时，目睹了这样一幕。

一天下午放学走在回家的路上，见一位大伯从一头小毛驴的背上摔下来，可大伯依然还要强骑，几上几下，大伯被折腾得够呛。可从大伯口里听到，他家离这县城还远着哩，此时太阳已大偏西了。这时过路的两位好心叔叔主动上前帮忙：狠狠贴紧小毛驴的身子，扶大伯再次骑好。谁知没走几步，小毛驴嗷嗷两声，使出性子，把大伯又从背上摔下。这两位叔叔扶起他，并劝他不要再骑了。可这一次摔下时连毛驴背上装着油的两个瓷罐的布袋也一起摔在地上，两个瓷罐又撞到一起全碰破了，食油咕嘟咕嘟从布袋里往外直渗，眼看着心疼人的油流到土里。

少时，大伯脸色苍白，愤怒、懊恼伴着沮丧，于无奈之中从地上捡起缰绳牵着这头犟毛驴离开。

几十年前的这一幕，历久弥新，让我经常反思。那位憨厚的大伯骑毛驴回家无可非议，毛驴驮上大伯是它的职责，可毛驴今天就是拼命反抗不与大伯配合，而大伯今天不顾这个事实就是非骑不可，结果是两败俱伤。毛驴挨了不少棍子，大伯失去了两罐子油，又几次被摔着身子。

强摘的瓜不甜，是说人们在社会生活中面临很多事情，在去应对和处理时，要充分考虑到事物的另一面，即客观实际。不要仅凭主观愿望强行去改变它，更不可动辄采取高压手段，命令主义，让客观事物务必服从人们的主观意愿，这样做的结果多会和这位大伯的结局一样。

顺其自然，就要认知自然乃宇宙自身所为。八卦中的天、地、日、月……人类可敬畏适应，但无力撼动。“百川东到海，何时复西归？”这种慨叹既是对自然的敬畏，也是对自然的无奈。

天要刮风，天要下雨，天上出太阳，这是宇宙规律；树叶绿了，树叶黄了，树叶落了，这就是一年；花开花落，月圆月缺，潮起潮落，周而复始，亘古依然；亲情疏远，朋友扬镳，爱情遇冰，这不奇怪，拥之则喜，失之勿忧，因它们都是自然。

中国的大地，春天多东南风，冬季多西北风；台风侵袭，破坏性很大，人们虽能知之，却无力阻之。但这些绝非神灵，更不是什么上帝的作为。苏轼在《定惠院海棠》中云：“自然富贵出天资，不待金盘荐华屋。”自然之妙，美妙绝伦。

可目睹现实中有太多的人们去强行扭转不能撼动的事情。忘记自然之理，其结果是耗时耗力，落下竹篮打水的结局。

改革开放初期，人们在教育领域积极探索如何提高教育质量问题，各种教学方法随之像雨后春笋一样应运而生。各种研讨会、优质课观摩教学此起彼伏，甚至采取命令的手段，可到底发挥多大作用很难作出评估。其原因是违背了教学是双边活动的规律，只有一厢情愿多是不成功的。然经得起实践检验的是魏书生老师的教学方法。他之所以得到成功是他把主观的意愿通过和学生积极主动去学的配合，才得到了理想的效果。在教学这个双边活动中，学生主动要学是十分重要的，如果学生没有求知的欲望，或者欲望很低，间或还有反感，单凭教师一方的热忱，到头来恐怕与大伯骑驴的后果差不多。这正如教育大家夏丏尊先生讲的，牛要不想喝水，你强按住牛头让它去饮，牛是不欢迎的，也不会去感谢你。

当下，面向学生以营利为目的的各种辅导班铺天盖地，家长们为了孩子的未来，给孩子报各种辅导班。得知一个小学生，一个周日从早上到晚上要读四个辅导班。而孩子恰像那头小毛驴，心里很不情愿，这样高压下的补习会有多大的作用呢？我担心热衷于让孩子进辅导班的家长很可能步大伯骑驴的后尘。

《红墙知情录（一）——新中国的风雨历程》（作者尹家民，当代中国出版社出版）中，有关20世纪50年代的“大跃进”，有这样的文字：“在短短两三年内，国民经济严重不平衡，全国粮食大幅度下降，森林遭到严重破坏，农民饥饿、疾病连连爆发，非正常死亡人数增加，大大地挫伤了农民群众的劳动积极性。”毛泽东听到农村出现饥荒和饿死人的消息，忧心如焚，坐立不安。在北京，他几个月不吃肉，吃饭时指着盘子里的菜对工作人员说：“你们对我很好，可你们不能光从生活上关心我，而要注意节约。比如这青菜，你们都把叶子去掉，光叫我吃嫩的，那菜叶子不是浪费了吗？”

“大跃进”的初衷是为国家快速发展，富民强国进入社会主义、共产主义，但忽视了当时中国的经济基础和基本国情，更忽视了几千年来个体小农经济给人们烙上的自由经营意识。这不是一道圣旨，一个早晨都可以改变得了的。这种脱离现实的愿望和操之过急的做法，照胡乔木在反思中国二十年“左”倾错误时的五点原因中，针对“大跃进”有两点是这样说的：一是希望比第一个五年计划时期增长速度更高的超高速度来推进中国经济，并认为这个速度是可能的。一是追求某种空想的社会主义目标。

说到治国要“顺其自然”，老子有言，“治大国若烹小鲜”，要顺其自然而治，不要瞎折腾。唐代柳宗元写过一个郭橐驼种树的故事。郭橐驼是个很会种树的人，他种的树不仅茁壮生长，而且结果又早又多。问其诀窍，他说：“顺木之天以致其性。”就是根据树木生长的自然规律来种植，存活率就高。可常见种树死亡率很高，一是没有责任心，一是人们种树的随意性太强，违背了种树的自然之道，成活率自然极低。

如果人们细心留意一下，从家庭成员之间的相处到社会的人际交往，乃至日常工作，一件事进展顺利获得成功，那就是主客观双方有共性的存在，有成功的可能性。当事情进展阻力重重，竭九牛之力而无果时，停下来凝思一下，就会发现要么有背情理，要么违反事情自然之规。

懂得顺其自然，就要考虑事情变化的多方面因素。要想把事情办好，就要少一点主观因素，多一点客观因素，少把自己的主观认识强加于他人，更不要把主观臆断在未经实践检验时，就强行用来作改变客观现状的指导。

拿中国人的思维教化外国人，这是不太可能的。比如巴黎的孔子学院有一年开新年晚会，起初请了很多法国人，结果只有很少法国人来参加。我们的老师询问原因，法国人说：“你们晚会的主题成了‘我爱中国’，这不是带有强制色彩的么？”一些人其实把国内的做事方法带到外国去，效果适得其反，思想认识上的片面性是不言而喻的。由此及彼，一些人常按照自己的思维方式、处事方法，抑或把在自家料事模式带到他人家里去使用，还自以为很有城府，效果自然不佳，吃闭门羹当是咎由自取。

文中说的做事要顺其自然，不是宣扬逆来顺受，听天由命，而是要把握好事物的多方因素，不要心血来潮，忘乎所以，其结果多是赔了夫人又折兵，是不可取的。打个比方，人站在果树下，树上的果子即使让人垂涎欲滴，也不可不顾安全而登高，但也不是张口能噙住果子才动口；而是靠自己的实力，跳起来还是可以摘到果子的话，就要跳一跳。如果我们顺势而起，就能吃到果子，当然一试也可以。

世间万类顺其自然，则天下泰然。不管何类何家，奢望独霸天下，以霸主之气施压于人，其结果都将与那位执拗大伯的下场一样——摔伤身子又伤脸面。

说“适度”

“适度”的准确含义不曾读过，但在生活中常看到同样的事，有人做不到位，有人做过了头，有人做得恰到好处。

实际上，万事皆有度。“度”在《辞海》中不止一个义项，但它主要是指计算长短和容积的标准，所以就有难度、限度之义。“适”，《辞海》解释为：“适，当也，谓及理当然。”也作“恰好”讲。“及理当然”，是说事情与事理和情理如此。平日我们说办事要适度，那就接近适中之义，不偏不倚，不左不右。天平的中心点，或者说一件事的关键点。在事物要害之处能拿捏得准，就是适度。它也更像门上的锁，办事能把握适度，就像手中已拿到了钥匙，打开锁是自然的事不会再有阻力。所以，人生懂得做人做事要适度是大有裨益的。

作为中华文化的重要源头的《周易》，认为凡事应以“中”为度，不要走极端。在日常生活中俯拾皆是的现象是做人做事贵在适中。适中则平，平则稳；不平则荡，荡则乱。所以社会生活“公平”就是制衡的金钥匙。古人云：“人不患寡，而患不均。”不均就是不公，不公则倾，是非骤起，矛盾滋生，乱象就会旋之而生。

什么是适度？譬如帮他人运东西，你把搬的物品按照主人的意图搬到位，达到主人的满意，这就是适度。如果搬到只差几米、几步你放下了，或是你在搬的过程中，把东西砸坏了，或是搬得不知去向，这样去助人，前者不及，后者过了。你也真是辛苦，但你收到的效果是零，或者就是负数。

再譬如，到长辈家去探望，要视长者身体状况、精神心态决定陪长者坐的时间长短。不能一去几个人，进得门去，个个站立，让坐不坐，急得老人手足无措，不知该如何是好。几分钟之内，托词雷口，谎言太忙急于走开。看来老人就欠这点薄礼，这种轻慢之举，老人除感受到一次莫大的侮辱外，就再没有别的意义了。其实，平日探亲访友，在亲人家停留多长时间为宜，这中间也有一个“度”，不是说留的时间越长越好（特殊情况例外），但这种不得已的、违心的、应付的、带着伤害性的看望还是拉倒为好。

适度，在儒学里就是“中庸”。“中”的意思是“不偏不倚”，“无过无不及”。生活之中无事无度，“适度”则成，“违度”则废。人生深谙此道，把握其妙，运乎其中，一路畅通。

为人做事，能否做到适度，是鉴别一个人的知识、修养与智慧的一面镜子。做一件事适度算聪明人，做事多能适度就是智慧丰富的人，事事皆能适度，不是神人就是圣人。

与他人相处，应牢牢把握“适度”的哲学。该愚则愚，不懂不要装懂。知一不要谈二，自己不清楚，不明白，不知其所以然的就缄默其口。因为这时的任何阐释都会纰漏频频，不能自圆其说，置自己于逞能、自不量力之嫌。该装糊涂时就装糊涂，正是事态的所需。对事情的发展与走向毫无把握，还要指手画脚，口出高论，言不及的，那将会火上浇油，让事态向反方向发展。这时就装个糊涂，减少事态进程中不良因素，反而有利于事情的解决，这就是适度。当然有智献智，面对出现的事态，自己成竹在胸，能厘清纷纭，洞悉脉络，那就坦陈己见，使事情顺利、圆满得以结束。

成语“萧规曹随”，正显示了曹参的智慧。面对国家当时的局面，“萧规”有益社会治理，符合社会实际，没有必要另搞一套，所以曹参“举事无所变更，遵何约束”。他沿袭萧何制定的律令、制度，从表面看，曹参缺乏气魄，少一点“新官三把火”的创新劲头；但这正是后人要赞颂他治国适时知度的智慧。当下一些单位，更换一次领导就要否定往日正确的、有效的规章制度，另搞一套不切实际的“约法三章”，以显示自己的超前意识和领导“才能”。其实这种动机不纯之为，既扰乱了人们的思想，又破坏正常的工作秩序，这就是无智装智，反显其愚，不仅自毁形象，对工作也尽损无益。

军事上的“先发制人”与“后发制人”观点，实质上就是考验指挥员对战时把握是否适度的水平。只有做到把握适度，无管“先发制人”还是“后发制人”，都会得到胜利的战果；否则，都会是不愿看到的后果。所以，这两种战术单从概念去研讨，是不能确定标准答案的。

中国人民在抗日战争初期多采用后发制人，在敌人发起进攻时，我们总是避其锋芒，把敌人放到二三十米的距离才开火。当然，这是有潜在危险性的，稍有闪失，敌人会闯入我们的阵地。我们所以不先发制人，不在一二百米内开枪射击，是因为敌军装备精良，我军在火力上不占优势；远距离开火射中概率低，近距离射击命中率就高，可以用手榴弹杀伤敌人；而且短兵相接，日军的火炮优势就不能发挥。而在抗美援朝的上甘岭战役中，其中一个片段就采取了

“先发制人”。这次“先发制人”所以成功，并不是盲目抢先，而是在摸清实情基础上的准确判断，关键是乘敌人准备尚未就绪之前，出其不意，先发动进攻，打得敌人措手不及。这正是“棋高一着，步步争先”的战术。

工农红军长征中的“四渡赤水”，与其说是毛泽东军事指挥的“得意之笔”，不如说是毛泽东把握事物有“适度”的智慧，出神入化运用到了极致。1935 年 1 月遵义会议之后，红军处于遭国民党军四面围堵的不利态势，黔北地区回旋地域有限，不宜建立根据地。中央毅然放弃建立川黔根据地的打算，决定率领中央红军跳出敌人重围而北渡长江。毛泽东以高超的指挥艺术巧妙地隐蔽战略意图，灵活变换作战方向，一再造成敌人错觉，创造了可贵的战机。在巧妙处理“走”与“打”的关系上，有时“走”而不打，保存实力；有时“打”而不走，战而胜之。这一次战役很难说清哪一步是“先发制人”，哪一举是“后发制人”，战斗的决策全在毛泽东对战局之“度”的判断与把握上。

不知适度者，常以极端思维方式去决策事物。秦国的商鞅，生性刻薄，多谋但凶狠，所以他在推行新法时全仗酷刑。民不从者，或割舌，或割鼻，或在人们面颊上刺以“刑”字，或充军边疆。他忘记了，割裂人性，治国以害人为武器，民心丧失，何以治国。到头来仅一平民以他之律束他之手，让他终遭车裂之灾。唐朝的周兴自制“请君入瓮”的酷刑，而历史也无情地以他之道还治其之身。秦始皇以遏制知识传播，桎梏人们思想而实施焚书坑儒之策，他忘记了防民之口甚于防川之理。他这种极端决策也被人嘲讽：“竹帛烟销帝业虚，关河空锁祖龙居。坑灰未冷山东乱，刘项原来不读书。”他虽一时荡涤宿敌，灭六国而统一天下，但落得停尸在地，江山旁落，社稷易主，留诟病于天下。这类无度的治国理政之策，招致朝政的短命不可胜举。

社会生活中，小到家庭，大到集团，发生不该发生的群体事件，恶性事故，事后人们稍加静思，无不是在事情发展过程中，多因对“度”的把握失衡而酿成。

说“奋斗”

“奋”的繁体字是“奮”。其中“隹”字（zhuī），是鸟之短尾的总名。“奋”是个会意字，是大鸟振羽展翅，翱翔于田野之上。对人来说，“奋”就是淌汗，流血，甚至献出生命。

在老鹰的家族里，生命就是奋斗。老鹰一次可孵化出四五只雏鹰。可它每次猎捕的食物只能喂一只小鹰。而老鹰喂食既不按个个平均，也不特意照顾弱小，而是看哪一只抢得凶，就把食物喂给谁，那弱小的就自然被淘汰了。

《淮南子·说林训》：“人莫不奋于其所不足。”人要生存，自然就要奋斗。

电视上播放一位女学生因肌肉萎缩而行动迟缓。她用双手扶着墙壁，吃力地抬起腿一个台阶一个台阶往上走。经过她身边的同学对她说“加油”时，她总是笑着说：“好！”她快乐地接受所有人给予的关怀。她俨然一个小巨人，坦然面对自己的命运，坚持靠自己的力量往上爬。一次，一同学问她：“你不觉得太累吗？”没想到她答：“就当锻炼身体了。”同学们感动于她的自奋精神，纷纷投来深含敬意的目光。

鸟不展翅，栖亡于巢；人不举足，瘦毙于室。不劳望获，坐享其成，无论是九五之尊，还是权倾天下，社会是不认可的。《易经》曰："天行健，君子以自强不息。"摇篮中的宝宝并不感到幸福，他是因不能独立生活，全凭父母的安排，是不得已而从之。一个正常的人要羡慕躺在紫檀木的"顶子床"中，那是自绝生路。

"奋斗"是把金钥匙，攥紧它，可以启动所有关隘的锁；它又像是关老爷的青龙偃月刀，所向披靡，无坚不摧。绿茵场上的驰骋者，有双目失明的，有双臂缺失的……这些平日连生活都难以自理的人，却是运动场上耀眼的骄子。中国首枚残奥会金牌得主平亚丽的感悟是，人生像"一场永不落幕的奥运会"。

邢福义教授谈人生曾赠送给读者三句话：一是："抬头见山，路在脚下。"他解释说，一个有作为的人，眼睛要看着山，心里要想着爬山。但是，上山的路要靠自己一步一个脚印地去走。二是："猪往前拱，鸡往后扒。"这句话的含义是：猪要拱，鸡要扒，只有拱和扒才能生存；猪拱鸡扒，各有所长；往前拱和往后扒没有优劣之分，只要能生存，能成功就行。三是："年年岁岁，春夏秋冬。"其意是，一年365天，天天如此，需要韧性和毅力，这就是奋斗不息的精神。

凡有生命的东西，意欲存而不亡，唯有奋斗而无他。

南极的成年企鹅每次捕鱼回来，并不急于把食物喂给小企鹅，而是让这些饥饿的小企鹅跟在它身后拼命地追逐。小企鹅们如此竞争的结果是，只有一只跑得最快的小企鹅获得食物。在动物界里，它们多是以竞争来培养后代的生存能力。

自然界各种生物，种族之间相安无事是相对的。为了生存，弱肉强食确实血腥，强强格斗更是残忍。不管什么物种一旦失去竞争能力，就预示着消亡。人类虽与其他物种不尽相同，其质亦然。历史上人类之间的拼杀，甚至比其他物种有过之而无不及。“二战”期间，仅犹太民族就被纳粹分子屠杀600万，中国人民在抗击日本侵略中牺牲2000多万。

据报载：“一只蜜蜂如果要酿出一公斤蜂蜜，需要采几百万乃至一千多万朵花，它往返飞行的距离大约有几十万公里，相当于绕地球好几圈！”

蜜蜂酿出的蜜，是甜美，可比蜜更“甜美”的是它的“勤奋”精神。正是它的这种精神，让它那原本弱小的生命在人类的视野里显得巍峨高大。人们视它为既可爱又亲密的朋友。

注视大自然的种种现象：花开不是为着花落，而是为孕育硕大的果实；鸢栖巢穴无异于鸡，当它迎着呼啸的逆风，搏击长空时，人们才领略到它的苍劲和高傲；溪水湉湉，曲折婉转，只有撞到礁石上，泛起白色的浪花，才显现它的皎洁和质地的纯净；于平缓之处看江河，碧波荡漾，而它的巨大潜能恰是在飞流直下时才得以释放。由此想到人的生命的诞生不是为了奔赴死亡之约，而是要在拼搏中展现自己的价值。

人生渴望平安，但不能原地踏步。它犹如爬山，没有平坦大道只有拾级而上，步步喘气，大汗淋淋；它更似逆水行舟，槁槁呼号用力撑，一槁松劲退千寻。不懂人生就是奋斗，更不提不愿奋斗，不敢奋斗，不去奋斗，不管社会给他安排何处何位何职，他都难以在其位，谋其政，司其职，尽其责。这种缺乏阳光的人生，既不能活出自己的灿烂，也必将成为社会的负担。

生存就不能静候、袖手、蜷曲于他人的屋檐之下，依草附木，乞哀告怜；或呼叫，或泪吟，都不能使生命从沼泽中昂然走出。企盼上帝的恩赐，命运的眷顾，他人的怜悯，天上掉馅饼，只能是伤感心冷。

室内秧苗，再茁壮也经不起日晒雨淋；河岸之柳，终难成参天大树；美味佳肴如果从他人的口中接过，就失去了原汁原味。婴儿从母亲口中得到食物，那是生存的无奈。自己用双手锻造的宝剑，可能是劣质的，但你享用了炉膛前的炙烤和抡锤背酸的全过程，心底更踏实，更明白为生存而拼打的意义。

不去奋斗就会失去尊严。不思进取，不愿攀登，以果腹为目的，本想平平庸庸，得过且过，碌碌一世，可上帝有时恰恰紧关此门。不去奋斗，生存就难以维持，乃至把你扔到困境、绝地，连人格尊严都丧失殆尽。

“不用扬鞭自奋蹄。”要树立“无功便是过，平庸就是错”的观念，不断自我加压，激发干事业的内在动力。要锤炼常境中不平庸，顺境中不自满，逆境中不屈服的坚强品格，勤于谋事，奋起干事，努力成事。

奋斗之路是艰辛，然在人生旅途上，恰是又苦又累的日子是你最难忘的日子，也是回忆中最甜蜜的精神养料；奋斗的历程越长，付出的代价越大，生活的馈赠越超乎你的意料。

奋斗未必铸就伟业，但一定活得充盈。“苹果之父”史蒂芬·乔布斯在寄语大学生时说：“17岁那年，我读到这样一段语录，把每天都当作是你最后一天来过，总有一天，你会轻松自存的。从那一刻起，这句话每天都伴着我，成为我人生的座右铭。”这样的人生是累一点，走下去，即使不能在群星中闪烁其光辉，但回眸深深的脚印，时光不曾虚度，自感人生积极而又阳光。

奋斗是命运的主轴。无论你身在何处，境况如何，只要你奋发，不做命运的奴仆，就会成为命运的主人，就能书写新的人生，迎来成功与辉煌。

人的生命存在和生命价值是不能画等号的。它可能是因人而异。一个人活着，只有通过不懈奋斗，为社会作出贡献，生命才有价值。

“残疾只是身体上的。一个人只要有好的品质，勤奋踏实，能坚持梦想并为之奋斗，就是一个健全的人。”这是北师大附中轮椅上的“玻璃娃娃”刘大铭面对记者坦然说的。他的身高一米四，体重不足 30 公斤，十余次的大手术，两次与死神擦肩而过。19 年的人生道路上，他用孱弱的身躯和坚毅的笔触，书写着与众不同的青春年华——2012 年夏天，他获得中国少年作家杯文学一等奖。他在校园总是笑着给老师、同学讲述生死之间的故事。

奋斗使人生灿烂。周恩来鞠躬尽瘁为中国革命奋斗一生，可谓俯仰无愧于天地。韩素云女士说：“再过一百年、几百年有很多出名的人，人们都记不得他了。但是大家都会记得周恩来，全世界都会记得他。”

天道酬勤

中华民族是一个勤劳的民族。“锄禾日当午，汗滴禾下土。”辛劳的农夫，在我幼小的心灵烙下深深的印记。

然偶读“中国年轻人是世界上最懒惰的年轻人”一语（著名英籍女作家韩素音对《世界知识》记者如是说），还有报载：“我们不要学中国人！”日本有些企业主以此训斥雇员。闻之刺耳，多怀不忿，深感这是对中华民族的侮辱！

静思之，逆耳之言才有发聩之效。

随着物质的极大丰富，物欲洪流滚滚而来，享乐之风日渐蔓延。当代大学生中，每当期末拎一大包臭酸的衣袜带回家中，让父母洗的事，并不罕见。据报载：温州某高校一学生江某，一个学期从家里带来 600 双袜子，“两天换一双，然后就丢掉”。饭来张口，衣来伸手的“小皇帝”、“小公主”随处可见。他们只会享用，而不屑也不愿去干力所能及的事。

忧哉，国人由享乐向懒惰滑去之势不可视而不见，年轻人是国家的未来和希望，如此下去，岂不让人忧心忡忡？

什么是懒惰，梁实秋先生曾在《名家小语学生读本》中说：“早晨躺在床上睡懒觉，起得床来仍是懒洋洋的不事整洁，能拖到明天做的事今天不做，能拖给别人做的事自己不做，不懂的事情不想懂，不会做的事情不想学，无意把事情做得更好，无意把成果扩展得更多，耽好逸乐，四体不勤，念念不忘的是如何过好周末，如何度过假期。”这是对懒汉的精彩写实。

有一篇短文，题目是：你必须奔跑。说的是在非洲的每个清晨，羚羊醒来后想到的第一件事就是，要比速度很快的狮子跑得更快，因为这样才不会被狮子吃掉。狮子醒来后想到的第一件事就是，至少必须要比速度最慢的羚羊跑得快，因为这样才不会被饿死。人，无论你是羚羊还是狮子，当太阳升起的时候，你所要做的就是——奔跑！否则就会被抛弃或淘汰。

每个人都是独一无二的，上帝送你来世，不是让你躲在角落里等待和哭泣，而是要扬帆出海，驶向广阔的海洋，搏击风浪，求得生存，开拓美好的人生。玻利维亚一位名叫胡安娜·马马尼的百岁老人，在总结他一生的感悟时说：“不要偷懒，上帝会眷顾我们。”

清初石溪和尚在《溪山无尽图》中写：“大凡天地生人，以清勤自持，不可懒惰。若当得个懒字，便是懒汉，终无用处。”一个人若“忽忽不知，懒而不觉，何异草木？”饱食终日，无所用心的生活，西方人称其为植物的生活。

在市场经济环境中，从事同一种经营，效益有天壤之别。这其中不否定经营之道标新立异，但勤与懒亦是不可低估的因素。历史和现实都告诉我们上天是奖勤罚懒的。常言道，身懒穷一辈。一人惰，衣食无着，酸相丛生；一家惰，门庭难立，众人鄙视；一君惰，民不聊生，基业不稳。《清仁宗实录》中写：“明不亡于崇祯之失德，而亡于万历之怠政。”

《围炉夜话》中讲：“人生不可安闲，有恒业，才足手放心。”这警示世人远离懒惰，不要贪安逸而恶勤劳。安适的生活久了就要养成懒散惰窳的习性，从而不思进取，碌碌终生，虚度年华。不要期盼空闲，要自找事做，自找苦吃，自压担子，这样的生活才会觉得更充实，更有乐趣。

志惰事难成。有志做事的人，可以说就是在一条黝黑、潮湿、冰凉、蛇蝎出没的隧道里攀爬而行。对此，懒怠者闻之毛骨悚然，即使走进去，他也难见胜利的曙光。马克思说：“在科学的大道上是没有平坦的道路可走的，只有不畏劳苦艰险、沿着陡峭崎岖的山路努力攀登的人，才有希望到达光辉的顶点。”其实，何止是科学大道，人生不管是走哪条道，也都是如此。

一名大学生经常梦想自己成为有名望的专家教授。他问哲学家：“你说一个人怎样才能让美梦成为现实呢？”教授不假思索地回答：“少睡几个懒觉，少做几个美梦。”

因《乡愁》而闻名的台湾诗人余光中说：“灵感是一种很神秘的东西，灵感多的人就是天才。我的体会是，灵感不会拜访懒惰的人，一个人饱食终日，无所事事，漫不经心，那他就绝对得不到灵感。”

“道虽迩，不行不至；事虽小，不为不成。”路程虽然很近，不走就不能达到终点；事情虽然很小，不做就不能成功。怠惰之人的病根在不为，自然与成事无缘。勤劳的人，不一定取得事业的成功，但成就事业者一定是勤劳的人。

怠懒的人，肌体缺乏活动，新陈代谢功能差，体内各个器官的生理功能，也因缺乏活动而不能有效工作，从而导致肌肉萎缩，体能衰退。久之，就会疾病缠身，严重影响个人的生存质量和生命。

当你面对力所能及，又是该做的事，切勿贪逸恶劳，此刻正是懒性在滋生。人们也最容易就在这时，下意识地认为这不是大事。如果不能在此刻遏止它，薙除于萌芽，只要有第一次松动，就会有第二次、第三次。久之，当安逸成性时，人的一生就难有作为。就是下决心去改，也会付出不知比第一次要多出多少倍的代价。人与懒惰的斗争是无硝烟的战争，是对我们意志的严峻考验。

世人视不爱劳动者为害群之马，可厌的蛀虫。常以体态、表情或蕴含讥讽乃至羞辱的语言，置懒汉于异常狼狈的窘境。看起来有点冷酷不仁，其实，稍一琢磨，其理使然。普通人都懂得，劳动不但创造着幸福，也锻炼着自己的肌体，使自己更健康、更幸福，更能为他人、为社会作出更多的贡献。可让人不解的是，总有少数人怕劳动，恶劳动，好吃懒做，坐享其成。视日常不可或缺的劳作为一种痛苦，认为苦力是下人做的，骨子里塞满的是他人是自己的奴仆，该为自己服务，所以常把自己的安适建立在他人痛苦的基础上，而毫无羞色，了无愧心。这种人，常眼巴巴地乞求他人的宽容，但苍天赐给他的惩罚迟早会送上门来。因为他还不如一些鸟类和小动物。

生活中常见喜鹊、麻雀、小松鼠都会储藏食物，它们也有未雨绸缪的智慧，连小猪也知道，大雨之前或天冷的时候就要忙忙碌碌准备柴草，保护自己。

鸟类学家对灰喜鹊筑巢做过统计。一对灰喜鹊在筑巢的四五天内，至少得衔取枯枝、青叶、草根、牛羊毛和泥团多达 600 余次。其中衔枯枝 250 余次，青叶 150 余次，草根 120 余次，牛羊毛 82 次，泥团 54 次。一只美洲金翅雀筑起 50 余克的巢，就得飞来飞去衔取 800 根巢材。由此推想，它们为筑一碗口小巢，整个过程该消耗多少精力呢？

而今政府官员中的慵懒作风，看上去没有贪官那么可憎，但这些懒官在其位不谋其政，当作为不作为。要知道官员懒政失职就会丧失群众信任，贻误发展良机，瓦解执政根基！明万历年间的懒政导致亡国的历史教训切不可抛于脑后。

天道酬勤，勤则益己，发家，亦兴国。

被逼成事者多过半

平静人生，宛若一潭湖水；倘以石投之，心海之浪顿时“惊涛拍岸，卷起千堆雪”。勾践没有丧师辱国之压，未必会留下“卧薪尝胆，三千越甲可吞吴”的光璨之页。

逼己，是自我加压。直白地说是自寻“苦”吃，自觅“罪”受。但从人生的视角，不管是为了生存，还是倾心事业，受这份“苦”和“罪”都是值得的。

人们通常的习惯是，担子拣轻的挑，车子拣轻的拉。但有时也看到，挑夫行至山腰偶遇狂风时，主动捡起石头放入筐里；人力架子车在下坡时，尤其遇到坡长、坡度太大时，驾车人自行往车后放物增加重量，或请人站到车尾上，为什么？

曾读一则故事：父子俩驾着一叶扁舟航驶至江面上，突然风浪大作，小船像水中的一片树叶摇曳不止，眼看有被风吹翻的危险。在儿子惊慌失措时，父亲告诉儿子赶快往船舱里灌水。当船舱里的水灌到一定水位时，小船不再摇晃了。

这则故事当是上面“为什么”的答案。其意是说人有潜能，有可以承载适度超负荷的能力。但平日这些潜能往往被习惯惰性消弭或吞噬。只有遇上严峻的事态，或对自己施令出威胁时，生理的本能就发出“逼”的指令，人体也随之会喷发出超负荷的能量。

有一句名言：“闲散犹如酸醋，会软化精神的钙质。”作家米兰·昆德拉曾说：“一切重压与负担，人都可以承受，它会使人坦荡而充实地活着，最不能承受的恰恰是‘轻松’。”

《参考消息》上一文说，不论宇航员的身体素质在离开地球前有多棒，在太空工作生活半年之后返回时，他们的肌肉伸缩性相当于八十岁的老人。而如果在太空停留三年，当他们返回地球时，将几乎无法爬行。宇航员的身体机能之所以大幅度退化，一个很重要的原因就是人在太空中始终处于失重状态——来自人自身体重消失了——人体内血液、肌肉、器官等生理功能在无压力的条件下全面退化，整个人也随之迅速“老化”。

一般人认为：紧张、繁忙的工作会影响身体健康，传统的养生之道是强调多休息和宁静。但人的生活过分地松弛、随意，也同样不利于身心健康。常见一些中老年人，一旦从工作岗位退下来，有的就和药瓶子打起了交道，甚至有的离退休不久，就驾鹤西去了，让人极为惋惜。专家说，这与一下子失去多年的工作压力有一定关系。人常说：“树老怕空，人老怕松”，就是这个道理。

一个人如果没有一点压力，松松垮垮，无所事事，就会在闲散中磨去锐气，钝化志趣。莫名的空虚、寂寞、孤独、忧愁就会乘隙袭来，自然不可能精神愉悦。

人们在生活中常看到或听到，某农村妇女因丈夫去世，独自一人拉扯几个年幼的子女，堂上还有年迈的父母，这当是非正常家境。然而她却能里里外外独撑天地，困境使她迸发出顽强的生命力。艰辛的日子，虽然使她与同龄人相比显得疲惫、苍老，但身体健康，意志顽强，拼搏劲头超常，这就是逆境给了她释放潜能的平台。

体育界普遍采用“最大负荷理论”，实质上是运动员在自逼。这种深挖潜力的思路——即逐渐加大负荷，增进难度，接近或达到一个人的能力极限。甚至不断地去挑战、挖掘运动员的潜能，使他们在赛场上不断刷新纪录，创造出一个又一个奇迹。

表现在体育竞技活动中，从轻到重，由易到难，就是人为逼己的渐进过程。尤其是举重比赛，一次次杠铃的加重，正验证着运动员承受压力的过程，这就叫训练。当然这个过程拼的是意志和韧性，是十分艰辛的，有时几近残酷。这也正说明人们自愿给自己添加砝码是要有勇气的，其中也更验证对常人施以适量的重负是可行的。

一些同志能力差，成绩平平，是否反思过问题常出在对工作拈轻怕重，从无勇气施以千钧，总贪图轻松，而错失了勇挑重担的锻炼机会。一次在田间运粪，两个儿子都比我粗壮，可我挑一担比他俩抬一筐重量重得多，为什么？我十岁就挑担子，肩头早就练出了承重的能力，可他们从小到大从没挑过东西。能否换个思路，“能力强是工作多逼出来的，铁肩膀是重担子压出来的”。以此来激励自己，把全副力气使出来，投入工作，刻苦学习，潜心钻研业务。用极大的毅力，堵塞各种松垮的缝隙，向自己的能力极限发起冲刺。当然，逼的结果不一定能取得惊人的成绩，但充实的生活，艰辛的汗水，苦涩的“拼”味，会使人感到人生的含金量与日俱增。从中悟出“逼己”的人生才是真正的人生，也一定是有意义的人生。

人的才能从储备、增长到提升，途径虽然很多，然“挑重担”是增加能力的有效途径之一。著名教育改革家魏书生的见解是“多挑重担，少推卸责任，多干活，少闲着。”现代管理学中也特别提倡“重担主义”——谁能担50公斤，就交给他60公斤的担子，以此激发人的潜能的释放。

赘言冗语，意在说明人是有一定承受压力的潜能，不逼压是不会释放的。要明白，正是因为有了压力，我们才能脚踏实地的前进；正是因为有了压力，我们的心跳才更加有力；正是因为有了压力，我们的人生才能充满活力……反思每个人的工作、学习和生活多是在不同程度、不同方式的压力之下才完成的。没有压力，就谈不上逼，完全处于轻松潇洒、优哉游哉之中，能干出成绩的人有几个，就连有些人吃饭、穿衣、锻炼身体也是在为求生命之长存，带着“逼”的因素去做的。几乎是一切事情，完全是在外因或内因的压力逼迫下去实践的。

明代王阳明曾语：“天下事或激或逼而成者，居其半。”我看被逼成事的要多过半。人没有适度的压力，到手的果子也会落地，斯须的成功也会化为泡影。

20世纪60年代，亚非拉不少国家和政党领导人来中国“取经”。他们除了向毛泽东讨教武装战略战术外，还常常问起毛泽东是如何成为战争大师的。毛泽东的回答是四个字：“逼上梁山”。他进一步解释说：“我没有准备打仗，是一个小学教师，干革命后也没有想到枪杆子。我没想到蒋介石那么厉害，到处抓人杀人，不要我们活了，一下子把我们打入地下。这七逼八逼，把我们逼上了梁山。”

马要骑，人要逼。逼，才有“车到山前必有路”；逼，才有“心有灵犀一点通”。“背水一战”成经典，“逼上梁山”铸英雄。逼，多少才俊脱颖而出；逼，才使共产党人横空出世；逼，才走改革开放之路；逼，才使神州雄狮惊醒；逼则思变，逼则生威。诸多之逼，是断其退路才激醒神灵。

“二战”结束后，英国皇家空军统计在战争中失事的战斗机和牺牲的飞行员，以及飞机失事的原因，其结果令人震惊：夺走生命最多的不是敌人猛烈的炮火，也不是大自然的暴雨狂风，而是飞行员的操作失误。

更令人不解的是，事故发生最频繁的时段，不是在激烈的交火中，也不是在紧急撤退时，而是在战斗机完成任务，即将着陆的几分钟里。

心理学家对这一结果，称之为典型的心理现象。人在高度紧张过后，一旦外界刺激消失，人的心理会产生“几乎不可抑制的放松倾向”。飞行员在敌人的枪林弹雨里精神高度集中，虽然外界环境恶劣，但由于大脑处于极度兴奋中，反而不易出纰漏。

在返航途中，飞行员精神越来越放松。当他看到熟悉的基地，飞机距跑道越来越近时，顿时有了安全感。恰恰就在这瞬间的放松，铸成大祸，因此人们称这种状态叫“虚假安全”。

人不管是生理还是心理都具有一定的承受压力的能力。“井无压力不喷油，人无压力轻飘飘”，这是铁人王进喜的生命体验。人当深思到底以何种精神状态去度过自己的人生呢？逼一逼自己，适度的压力有利于事业的辉煌，有利于体魄的健壮，有利于生命的存在。

功亏一篑

“为山九仞，功亏一篑”出自《尚书·旅獒》。它是比喻做事因差最后一点而未能完成。用当代时尚的表述，就是没走完成功的最后一程。由此想到，在当下人们把没做彻底的工作称之“半拉子”工程。

目睹家乡，几十年来，“半拉子”工程还真不少。诸如：面粉厂、奶粉厂、灯泡厂、棉纺厂、小型水力发电厂、环城快速通道……无不夭折。尤其是小型水力发电厂和快速通道，迄今留驻人们视野的是良田成了垃圾场，青山凿成洞穴，致使山体疮痍满目。如此症结原因颇多，但缺乏干事业的彻底精神是病根。

愚公移山，荷担者三夫，寒暑易节，挖山不止，终于感动玉帝，命夸娥氏二子将太行、王屋二山，一厝朔东，一厝雍南。这种坚持到底的精神，当今重温，价值犹存。

什么是坚持？《辞海》中不见解释。愚以为，坚持精神是对人们毅力的检验，是对一个人时间观念、意志品质的叩问，更是对怠惰者的直面挑战。

有学生问大哲学家苏格拉底，怎样才能修学到他那般博大精深的学问。苏格拉底听了并未直接作答，只是说：“今天我们只学做一件最简单、也是最容易的事：每个人把胳膊尽量往前甩，然后再尽量往后甩。”苏格拉底示范了一遍，说：“从今天起，每天做300下，大家都能做到吗？”同学们都笑了，这么简单的事有什么做不到的？过了一个月，苏格拉底问学生们：“哪些同学坚持了？”有九成同学骄傲地举起了手。一年过后，苏格拉底再一次问大家：“请告诉我，最简单的甩手动作，还有哪些同学坚持了？”这时整个教室里，只有一个人举起了手，这个学生就是后来成为古希腊另一位大哲学家的柏拉图。

甩胳膊动作，对一个四肢健全的常人，是“简单的事”，可是绝大多数同学坚持不下来。可见有无“坚持”的意志，对人也是很严峻的考验。它考验着一个人有无善始善终的意志，而这一意志对成就一番事业则是难能可贵。为什么浩浩荡荡的人类大军中，有成就的寥寥无几呢？一是愚而无知，二是知而不行，三是行而不终。常说功败垂成，半途而废，无持之以恒之志当是疾疴。

美国学者罗斯曼，为研究成功的发明者有什么个性特征，曾向710位发明者发出询问，回答最多的是坚持不懈，有503位，占参与者的70%。

英国首相丘吉尔在一所大学的学生结业典礼上演讲，大约持续近20分钟。而在这一时间里，他讲话的实际内容，只有两句话，并且是相同的：“坚持到底，永不放弃！”说来，演讲内容不算精彩，也不丰富，单调乏味，近于无聊恐怕是大家的同感。可要深刻思之，细加琢磨，内涵是充实的。不管丘吉尔的人生从哪里起步走的哪条路径，委身首相宝座，期间的风雨坎坷该是不难想到的；走过来的人生经验也一定是十分丰富的；可他唯独把“坚持到底”看成最重要的原因，是值得人们深思的。常人对遇事要有坚持精神并不陌生，但没有他这样的切肤之感。由此想到，一位大学教授在对学生讲课时说，人的一生实际只要学会两个字就足够了，那就是“坚持”。这当不是妄言。

美国哥伦比亚广播公司《60 分钟》节目主持人华莱士的上司凯文认为：“对华莱士人生影响最大的是他早年的英语老师，教会了他‘坚持’。这个词看似普通，但却包含了很多东西。这一点华莱士和我都有体会，我希望所有的人也能有所思悟：坚持，再坚持。”每一个人在事业上的成功，不是上帝的恩赐，而是坚持奋斗的结果。有人说成功是一种机遇，但不要忘记，机遇只赐予有准备的头脑。而一个人在机遇不曾到来之前的努力，正是他坚持积蓄实力的过程。

加拿大医学教育家奥勒斯，给自己定下一个读书制度——每天晚上睡眠之前必须读 15 分钟。不管多晚进卧室，即便是凌晨两三点钟，他也要坚持。他坚持了半个世纪，共读了 8325 万字，计 1098 本书，医学专家变成了文学研究家。

一天，一位班主任把同学们带到操场上说：“这是最后一课了。我给大家布置一个作业，说易不易，说难不难。请大家绕这五百米的操场跑两周，并记下跑的时间、速度及感受。”对这个作业，老师在同学们毕业后二十周年的联谊会上说话了：“我离开操场后，在教室走廊上观看了同学们的完成情况。跑完了两圈的同学有 4 人，时间 15 分 20 秒之内。1 人扭伤了脚，1 人因太快摔了跤，有 15 人跑过一圈儿后觉得无趣味，退出后在跑道外聊天。其余的嫌事小，没起步。”

同学们惊异老师记得如此清楚。在一阵掌声之后，老师结合七十余年的人生体验，送给各位同学四句话，其中一句是：“有了起点并不意味着就有了终点。”

哈佛大学一项研究表明，一个人成功的因素中，持之以恒的积极态度占85%，15%是本人的职业技能。面对各种挑战，支撑到最后的往往是意志品质；面对困难停滞不前，就是再有能力，也难谱写成功的篇章。

坚持不懈是通向成功的必由之路。有人说：世界上没有什么东西可以代替不懈。聪明不能，因为世界上失败的聪明人太多了；天赋也不能，因为没有毅力的天赋只不过是空想；教育也不能，因为世界上到处都可看到受过高等教育、做事半途而废的人。只有决心和坚持不懈才能带来成功。

面对日本帝国主义的入侵，毛泽东高瞻远瞩，坚定地提出：坚持抗战，坚持统一战线，坚持持久战，最后胜利必然是中国的抗战方针。历史早已证明了这三个坚持的正确性。

20世纪90年代初，邓小平同志在南方讲话中说：要坚持党的十一届三中全会以来的路线、方针、政策，关键是坚持“一个中心，两个基本点”。不坚持社会主义，不改革开放，不发展经济，不改善人民生活，只能是死路一条。基本路线要管一百年，动摇不得。只有坚持这条路线，人民才会相信你，拥护你。“坚持”给中国带来的好处该是人人都感受到了的。坚持改革开放已成了国人的美好心愿和自觉行动。

当然，事业的成功不只是简单的坚持。我们倡导坚持不懈的奋斗精神，是指在方向正确的前提下，坚持就是胜利。所以，对个人或国家从事的事业，该不该坚持，能不能坚持，要有科学的分析和理性的判断。如三峡大坝、青藏铁路、南水北调……人们开始是有疑虑的，然坚持做下来并取得了成功，这说明这个坚持是科学的，是正确的。有些事坚持很长时间，投入大量物力人力，结果还是失败，这说明没有选对坚持的方向，或者说坚持了不该坚持的选项。至于如何准确选项，这要开启智慧，谨慎而为，任何盲目和草率行为都应引以为戒。

实践告诉人们，事物复杂多变。有人坚持了，功成名就；有人坚持了，一无所获。就是在正确方向指引下，坚持也偶有失败的。不过即使在坚持之后失败了，坚持中所付出的心血，至少让人认识到此路不通，它可使后来者不再重蹈覆辙，这也是坚持的宝贵价值。

在改革开放之初，名牌产品如潮水汹涌，然随日出月落，多数销声匿迹，究其因，产品质量不能保持如初。而同仁堂、瑞蚨祥、贵州茅台，为什么历世而不衰，是因为始终坚持质量第一而赢得信誉。

失败者，往往是热度只有五分钟；成功者，往往是坚持到最后五分钟。

成功不是上帝恩赐的

何谓奋斗？

“老骥伏枥，志在千里。烈士暮年，壮心不已。”这是东汉丞相曹操《龟虽寿》中的名句。其人东征西战，荡平群雄，虽至晚年，犹壮心不已，可谓奋斗。

也有人说你最好去看看石匠敲打石块，也许他已经敲了几十次不见裂缝，可是就在第一百下的时候，石块终于裂开了。这是比喻，说的道理非常明白：石块的裂开绝不是最后一击才成功的，而是前面99次所碰撞的结果。这是说成功靠的是奋斗，而不是激昂的言辞和卧榻中的希冀。

茅以升是我国著名的桥梁专家，对祖国科学事业的发展，尤其在桥梁建筑领域，呕心沥血取得了辉煌成就。有人询问他的体会，他说：“人生一征途耳，其长百岁，我已走过十之七八，回首前尘，历历在目，崎岖多于平坦，忽深谷，忽洪涛，幸赖桥梁以渡。桥何名欤？曰奋斗。”

对于事业，李嘉诚的体会是，10%是运气，90%是勤奋。

著名科普作家高士其曾在一次实验中，被脑炎过滤性病毒侵入小脑，他忍受着病毒的折磨，学完芝加哥大学细菌学的全部博士课程，并发表了一百多万字的作品。有人问他苦不苦，他笑而答之：“不苦！因为我每天都在战斗，战斗是有无穷乐趣的。”

对于奋斗者，冰心有首小诗：“成功的花，人们只惊慕她现时的明艳，然而当初它的芽儿，浸透了奋斗的泪泉，洒遍了牺牲的血雨！”

曼德拉的生命体验是：“生命中最伟大的光辉不在于永不坠落，而是坠落后总能再度升起。”泰国商人施利华，在1997年的金融危机中破产。而面对如此惨败，他没有沮丧、消沉，而是乐观地坦言：“好哇！可以从头再来了！”失败，再奋斗，使他东山再起，几年后他又成为“泰国十大杰出企业家”。

人初入社会，尤其在阳光年少时，憧憬未来，壮怀激烈，常有吞天吐地的壮志。然随着花开花落，岁岁年年，热望在冷却，激情在平淡，意志在消沉。惊回首，步履无痕，平平庸庸，或被人淡忘，或遭世抛弃，不觉老之将至。鼎盛春秋，大好时光，几近在浑噩中消磨。所以无一建树，扪心寻思，皆因偏离了奋斗之道。

人们对颁奖台上的英模，无不投以欣羡的目光，并给以雷鸣般的掌声，有的人伫立良久不肯坐下，动情地热泪盈眶……然激动之余，对他们获此殊荣的过程又能记住多少呢？稍时数日，当时心灵的震撼，激励起奋斗的人又有多少呢？

在《寂寞·辉煌》一书中，作者通过35个人物来弘扬奋发向上的勤奋精神。其实，每一位成功者都不是上帝对他的恩赐，而是宵衣旰食、月上西楼的心血。有人说，这是他们适逢好的机遇，但不要忘记：机遇是给有准备的人的恩赐。这个准备就是常人临之却步，而他们不惜汗水、泪水和血水。

翻开成功人士的册页，映入眼帘是“奋斗”的画卷。每一页都密密麻麻记录着他们不畏困苦，面对挫折，坚韧不拔，痴迷于自己的选择而不移初衷。有时在困境中挣扎，有时与死神相博弈，但从无灰心之意和退缩之心。

儒家经典两千年后惠及五洲四海，孔子学院在全世界一百多个国家矗立，这是上苍对孔夫子年逾七十，依然读《易》，韦编三绝的褒奖。

鸿篇巨制《红楼梦》的问世，是曹雪芹在“举家食粥”的困苦生活中著就的。他对这部著作“批阅十载，增删五次”，也曾由衷感叹，“字字看来都是血，十年辛苦不寻常”。

爱迪生在长达 70 年的勤奋中，每天工作都超过 12 小时，直到 80 高龄，常在实验室一待就是一天；世界杂交水稻之父袁隆平为人类少受饥饿，耄耋之年还在稻田里工作……

奋斗不一定成就事业，但事业有成必须奋斗。奋斗也许不能改变人生的长度，但却在改变着人生的宽度和厚度。

为人类作出贡献的人，无一不是努力奋斗的人。即使常人，也必须在自己的领域内去投入精力，实实在在干事。不愿脚踏实地，躬身卖力，或是前行中不能全身心投入，总是恍惚其行，样子很像，他的人生不会有大的成果，即使巧取一星半点也一定不会惊人。

常看到在同一起跑线上迈步，往往是奋斗者遥遥于前，先把红旗插向制高点。而落伍者无不是缺乏坚韧不拔之志和勇往攀登的精神。人生路上欲成其事，无论事大事小，奋斗精神是不可或缺的中坚力量。

奋斗是一种精神境界，当代中国人只有把个人为之奋斗的事业融入到民族振兴和国家富强的炉膛里，把个人梦放进“中国梦”的烈火中才能得以充分的燃烧和冶炼，蓝色的晶体质地才会更纯净，它的光泽才会更耀眼。

成就一项有益于人类的事业，不是人人可为，更不是心擎易举。理想和信念的矗立不难，难在付诸实施，而且要做到万险不移，特别是在向顶端的攀登，它需要一代甚至几代人的前仆后继。

中国共产党从57名党员奋起，到推翻三座大山，砸碎束缚中华民族几千年的桎梏，埋葬了旧制度。从枪林弹雨，前仆后继中，把一个古老的积贫积弱的“东亚病夫”，雕塑成名至实归的巨人，矗立于世界的东方，令世人瞩目。这部近百年的历史，窃以为名曰“奋斗”，可谓贴切。

看今朝，众志成城。“中国梦”的伟业像朝阳一样从地平线升起，霞光喷薄，国人齐心奋斗，它将冉冉升起。

凡事皆贵专

有这样一则故事。一只小青蛙和一群大青蛙一起爬一座铁塔，越往上爬，叫喊放弃的声音越多越高，随着上爬高度的增加，所有大青蛙都回到了地面。当大青蛙们仰望塔顶时，却发现小青蛙已经爬到了塔顶。等小青蛙下来时，大青蛙们才发现它是一个聋子。

小青蛙之所以爬到了塔顶，是因为它听不到大青蛙们放弃的喊声，它心里只有一个意念——爬到塔顶。

这个小寓言丰富了“专注”的内涵。

河南电视台2013“梨园春”金奖折桂，在灼热的竞艺气氛中，失利的两位并非造诣浅薄、演艺逊色。用评委的话说：落选之疾是神情无全然倾注。其中一位评委惋惜而又动情地说：庖丁解牛，目不二视，耳不两听，全神贯注，心到神到。古人说，泰山崩于前而色不变，麋鹿兴于左而目不瞬。最后毫不客气地指出，你俩把比赛当儿戏!

这两位“孙山”之后者，就是少了耳聋的小青蛙那一点专注精神。

如果说事业是困难的聚合体，那专心就是直击困难的金刚钻。事业的成功就必须靠专心去踏平每一道坎坷，击破每一个难点。一艘宇宙飞船由几万个零部件组合而成，每一个部件都是辛勤的汗水和心血铸成的精品。倘有一个部件在制作时因分心而质地不纯，飞船就不能升腾入云，就会在运行中发生故障。

南宋思想家陈亮在《耕斋铭》中讲："工贵其久，业贵其专。"这"久"、"专"二字就是成就事业的灵魂。

治学做事，就要盯紧目标而不松动。专注，就是在前行的路上，两眼瞄准目标，从不睥睨他物，不管遇到何等列风淫雨，不左顾右盼，不瞻前顾后，就是眼前突现瑰宝，或价值连城之玉，也切勿懈心疏力。要矢志不渝，不达目标，就不裎裼安寝。事业中途的分心移志，就会前功尽弃，功亏一篑。这如同开出的列车不到终点的任何意外停顿，都会造成难以估量的损失。

做事不专注，不一以贯之，不善始善终，不管开始时谋划再缜密，设计再完美，最终一定是虎头蛇尾。这正是古人谆谆告诫人们的，做事不管大小，切忌走上"靡不有初，鲜克有终"的歧路。

从媒体中看到一些地方政府，在某项事业的进程中，趑趑趄趄，从延时、误工到放弃。不管原因多复杂，多是决策者心有他念，志不专注，从而给国家造成极大的浪费和损失，甚至留下历史性的隐患。

《孟子》说："不专心致志，则不得也。"人的智力、精力都是有限的。做事从始到终务必聚精会神，心无旁骛。倘分心于身外世界——灯红酒绿，湖光山色，那就万难把事情做成做好。要做到"心无二用"就要抵御身外干扰。大千世界，熙熙攘攘，人声鼎沸，车水马龙当属正常。企盼大地万籁俱寂，那只能是相对而言。即便为了排解纷至沓来的滋扰，将自己置身于深山老林或峡谷寺庙的仙境，那也只是形式上的作秀。

专注之功在于自静其心。"结庐在人境，而无车马喧。问君何能尔，心远地自偏。”这是陶公千年之教——自心静则万物静。人于心静之境凝结专攻之力，这对人成就事业是考验，是历练。毛泽东青年时代有意去到人流如潮的城门口凝神读书，任何搅扰在他面前都成为“蚍蜉撼大树”，他真可谓沉稳大气有贤德。陈景润在图书馆一坐十几个小时，连图书馆工作人员下班锁门他都不知道。时下的通信发达，什么电子邮件、短信、电话乱如牛毛，可刘子歌为潜心自己的体育生涯摒弃这些时尚产物，心静如水；法国一位化学家担心看电视分心耗时，影响研究工作，一直不买电视机。

一个人抗干扰能力的强弱与他的学识修养和事业心有关。越是半瓶子水的人越是心浮气躁，很难凝心于事；不以事业为贵的人，自不知什么为“专注”。这些人满脑子饕餮大餐，想的是西服革履，坐的是“奔驰”、“宝马”，自然与“专注”事业无缘。其实这些人是绣花枕头——“金玉其外，败絮其中”。

干事业做学问，就要耐得住寂寞，要有“板凳要坐十年冷”的毅力。要清心寡欲，“欲多则心散，心散则志衰，志衰则思不达也”。现实社会浮躁之气太盛。在色彩斑斓、物欲横流的钱与物的漩涡中，人们眼花缭乱、头昏脑胀、趔趔趄趄，为人民服务的信仰多抛之脑后，很难在利民益国之大业上横下心来，矢志不移。或者说事业上无目标，抬头不辨左右，举步茫然，浑浑噩噩。用“朝三暮四”就不足以概括当今人们神志悠忽之状。大多数人是眼观六路，耳听八方，诚惶诚恐，担心哪怕是丁点的当官和发财的机会倏忽失去。更有少数人敏感到像无头苍蝇，只要嗅到一缕腥味，就会豁出临死前的疯狂四处乱撞。尤其是闻风干部调整，就上上下下、夜以继日、车轮飞转；上忙于收、下急于送，找关系、拉选票；短信频频、手机炙烫，人心大乱。可以说，在这些人群中没有一种事业能与他们的私心抗衡。一切的一切连人格羞耻都不顾，何谈专注事业之心。就是真有坚守岗位、埋头于公、执着于事业的，也会被这些时代的“弄潮儿”嗤之以鼻，并讥讽为“迂腐”和“傻帽”。

专注之心要像盲人走路——只顾及路面有无障碍，下脚是否踩实，其他事物当在心脑之外。这也像诺贝尔奖得主一样，他们在得奖之前，只是凝神于研究能否解开谜团和某一领域的尖端难题。他们的心中就像苏格拉底说的：“我只知道一些事，就是不知道一切事。”倘存心只为获取诺贝尔奖的桂冠，或许永远没有机会。

事无巨细，只要洞明方向，察准击点，上下求索，就有望取得正果。专注的心神犹如凸透镜——在自然的常态下，即使赤日炎炎，阳光并不容易把东西烤着，可借助凸透镜之力万物皆可点燃，这正是因为它把阳光高度聚焦于一点。

沧桑人生，岁月如逝，知沉潜而得专一，面面俱到则一无所获。然专注之神不单是时间的自然延续，形态上的恒守，务须笃钟心志、毕其全力。曾文正公一言当记取：“凡事皆归专。”

美国著名作家马克·吐温说：“人的思维是了不起的，只要专注于某项事业，那么就一定会做出使自己都感到吃惊的成就来。”玄奘历经八十一难，西天取经之志不改，终成正果，辉煌千古。滴水何以穿石，专注之功也。

专注于心的人有涵养，专注于魄的人有品位，专注于魂的人一定会在事业上熠熠闪光。

一则农谚的启示

农谚云：草苗竞长，糠菜清汤。沃野禾壮，谷粒盈仓。

去到农村，欲知谁家勤懒富贫，到他家的地里、家里转一圈，就明白了，贫富的原因无须多问自晓八九。

《箴诫》中有言：“民生在勤，勤则不匮。”言外之意，懒惰就要受穷。常见弟兄分家时，财产均等，然不出几年，贫富差距明显。究其原因，多是一个勤一个懒。

一天，耶稣带着他的门徒彼得远行。路见一只马蹄铁，耶稣让彼得拾起。彼得懒得弯腰，耶稣自己拾起来，换了 3 文钱，买了 18 颗樱桃藏于袖中。走到茫茫荒野，门徒渴得够呛。耶稣走一段悄悄掉出一颗，门徒赶紧拾起放入口中，前后弯了 18 次腰。这时耶稣看着门徒的狼狈相，笑着对他说：“你要开始弯一次腰，就不会有这没完没了的弯腰。”

故事简单，意蕴丰富。举目社会生活中桌椅榫卯松动，房顶透亮滴水，车子螺帽脱落，堤上管涌泛浆……及时修补，乃举手之劳。可人们往往懒于动手，终将造成桌椅散架，房倒屋塌，车轮停转，大坝溃决，大祸酿成，损失惨重。倘有勤劳的习惯，何至于此。

听一长者说：为了绿化自家宅院，买了九棵树苗，自己栽了两棵。因老来无力，掏钱雇人，每棵栽好三元。结果是自己亲手栽的两棵慢慢绽绿抽枝，雇人栽的七棵没活一棵。老人很显伤心。原来自己栽的两棵，挖坑、施肥、浇水、封土，一丝不苟，当然汗水淋淋。他人只为挣钱，怎么省力，咋着省事，就咋干，就是树苗再优质茁壮，种下也难以成活。

懒惰的人生是走不了多远的，因为生存的大道是用“苦”和“难”两种石子铺砌而成的。有些人在工作中，总自作聪明，上演消极怠工的游戏，殊不知是掩耳盗铃的劣伎，众人洞若观火。如此做人干事只能使自己的人品污渍斑斑，形象的光泽逐日暗淡；偷懒的魔术演得越逼真，丑陋的灵魂暴露得越彻底，自己走的路离泥坑越近，直到从社会大家庭中被淘汰出局。

一则故事说，一天，村里来了一个僧人要到对面村庄去化缘。村民告诉他，经过的时候，遇到要倒的路标，一定要向下插好，遇到快被沙漠淹没的路标一定要再拔起插好。可这一僧人遇到一些快被埋没的路标总懒得动手去拔一下，心想，反正自己就走这一次，管它那么多呢。当他走到沙漠深处，狂风大作，许多路标被淹没了，被卷走了。僧人返回时，因失去路标再也走不出沙漠了。他在气息奄奄的那一刻，十分懊悔自己没听村民的吩咐去做，连一条退路也没有了。因不愿付出举手之劳，他断的不仅仅是退路，也是自己的生路。

一种动物，我记不起名字了，它的特性是，猎人追它，它就跑，猎人不追它就偷安。待猎人第二天再来时，它还在原地懒睡，终究被猎人捕获，丢掉小命。这恰如人们常说的一种人，推推动动，拨拨转转；不推不拨苟且偷安。它们还不如小小的蜜蜂。在蜜蜂的家族中，勤劳是高尚的品德，懒惰就是罪过。

《菜根谭》中讲：“人生太闲，则别念窃生。”意思是说，一个人整天太闲，一切杂念就会在暗中悄悄滋蔓。

父母教育子女，勉励其勤奋以求立世之本。古今身陷牢狱者，相当大的比例是，因四体不勤收获薄寡，还妄想奢靡，就横生邪念。这正是古人提醒后人，“纵子孙偷安，其后必至耽酒色而败门庭”的道理。梁漱溟先生在《谈习气》一文中，开篇第一句话就开宗明义：“一切罪恶过错皆因懒惰中来。”事实就是懒惰是导致偷盗、抢劫、贩毒等罪恶的渊源。当今社会 40 岁以下走入歧途的，游惰懒做的比例该是最大的。

“不赖其力者不生。”人常说，勤奋是长寿的侣伴，懒惰是短命的朋友。富兰克林说得好，“懒惰像生锈一样，比操劳更能消耗身体，经常用的钥匙总是亮闪闪的”。

季羡林著作等身，望九之年还不辍劳，辛勤笔耕。当地一老农 96 岁，名叫梁寅卯，整天手脚不闲，放下这活，就是那活，现在身体依然硬朗。这种例子很多，他们用自己的生命历程诠释了富兰克林的名言。

我有一位舅爷，一生懒得出奇。少时靠父母衣来伸手，饭来张口；中年流浪街头，靠人施舍，衣难蔽体，食不果腹，路不想走，手不想动，栖息他家屋檐之下，只企一饭充饥足矣；到了晚年，他把饭碗轮流到三个外甥家，让其供养。满身脏兮兮的，臭烘烘的，蓬头垢面，踵决肘见，屣履而行，因怕养家受累终身不婚。常年多靠集体救助过日。冬天送去棉袄，如果扣子掉了，他就用根草绳系住腰；如果送去的是原粮，他就把原粮放在锅里煮着吃。由此想到商鞅变法的政策中为什么规定对耕田和织布超过一般产量的人免除徭役，对好吃懒做而受穷的人，罚他们做奴隶的道理。

20 世纪 60 年代，因事我在一都市暂住数日。好几次在饭店里见到一伙人常在食堂讨饭。店里服务员很不耐烦他们，在赶他们出去时，也总是提醒他们到附近一地去打工。可我留意这些人并不接受店员的劝导，行若无事，我行我素，对讨食残羹冷炙不以为然。之后，我也有意和这些人接触沟通，从中发现他们的想法是，只要填饱肚子就不思劳作（至少当时是这样想），能得过且过就不去流汗出力，至于别人以什么态度对待，他们认为那并不重要。他们的生存理念让我感到：懒惰是慢性毒品，一旦染之成癖，改过很难，什么人格尊严都不在乎。

比尔·盖茨将其全部资产 580 亿美元捐给慈善事业时，一再强调，捐款的使用不能助长懒惰和依赖。

芬兰政府提出“不养懒人”的政令。这是因为近 30 年来，芬兰的外籍人口增加 25 倍。而这些人到芬兰后，游手好闲，不找工作，靠福利过日子。

犹太人把因懒惰而依赖他人视为耻辱，他们饭后祈祷：“上帝，别让我们借钱和受施，我们何时何地都不让你受辱。”这个民族能在困境中站起，走向繁荣富足，勤劳吃苦是重要原因。

孔子见到宰予大白天睡觉时，深为感慨地发出：“朽木不可雕也，粪土之墙不可圬也。”

懒汉连作茧自缚的蛹也比不上，因为他没作茧。此类人更像没有破茧成蝶的蛹，生之有命，因懒于怕劳，囚死茧中，了却一生。

人有双手要劳作，天赐双足要走动，生就大脑要思考。动手才能创造，迈步就会有路，动脑就有智慧。中华民族能有今天的繁荣昌盛，是世世代代千百万人们不辞勤劳在推动着历史的车轮。

一个人的背上只要穿上绣有“懒”字的外褂，不管外褂用什么料子做成，即使玉璧耀眼，他的眼前无一通道，他的一生一定是可怜巴巴的孤家寡人。

断　奶

断奶是自加压力，是自我逼迫。

置之死地而后生，意在激发人的潜能于极限，根除惰性之壤，使其奋发有为，让人有限的生命绽放夺目的异彩。

绝大多数妈妈，都有给小孩断奶的亲身体验和情感缱绻。到了该跟小孩断奶时，单凭跟小孩解释，即使耐心说服，尤其在小孩吃奶时间越长，年龄越大，不管你有多少美言和手段，都是徒劳的。再者，妈妈自己也非常明白该断奶的道理，其内心也总有难割之意，无奈，小孩断奶多采取母子分离，断其奶源。

人乃血肉之躯，喜温和、好舒坦是生之天性。反映在人成长中的松垮、拖沓、惰性是内在的，有时啻仗柔性、理性之道是无效的，在特定背景下，也是有害无益的。

对此，我深有体会。三十而立，可自己年近不惑，居无定所，几个孩子接续长大，住房之事迫在眉睫。其实，这是自家的现实问题，从筹资到备料，自己也颇费心思，付出了汗水，但就是无勇气落到实处——开工建房。

一天和叔伯相聚，自己向他们诉说立业之难，盖房之艰，其意是博得长辈的同情。但不曾想到，当我话音刚落，伯父就狠狠地反斥一句："年纪轻轻，没上套，就卧坡！"真是一言中的，刺中要害，多年忆起，言犹在耳。就这又拖了两年多，所备之料常有损坏和丢失，但仍因畏惧动工之苦而却步。

突然，接上级通知，工作有变，要到偏远之乡，我遂想这以后盖房会有更多困难。其实领导此举，对己而言是捣毁惰怠的温床。不得已于无奈中奋起，在 28 天之内，盖成三间瓦房，两间平房，瘦了 12 斤肉，欠账 1300 元，此后我十年才还清，但彻底解除了住房之忧。我从中体验到有些事，有些时，断其退路，对于惰性也不失为一剂苦药，一剂良药。难得！

断其后路是把人的心理承受能力推向极点。这种近乎极端的措施，不能确保事皆成功，但一定会惊醒懒睡中的人们。

专家有言，普通人的一生，自身潜能的发挥至多可达 10%，而被人们称其"天才"的人，其自身潜能可发挥到 20% 以上。可见，普通人与天才之间的差距迥异在自身潜能的发挥，而潜能发挥的概率与有没有破釜沉舟的决心有关。

有人做过一个实验。一个南瓜在生长期中，在它的外部加上 5000 磅压力的铁箍，当南瓜长到把铁箍鼓破时，用刀子很难切开它。当用其他方式把它切开时，南瓜已不能食用，因为它的中间充满了坚韧牢固的层层。它与自由生长的南瓜断然不同，这说明它有承受更大内压的潜能。

据资料显示，人的肉体，不管多大块头，组成的也就是那几十种化学元素。如果提纯分离出来制成日用品，不过是 7 块肥皂（脂肪）、22 盒火柴（石磷）、1 颗钉子（铁）、20 磅（1 磅约合 454 克）焦炭、1 小匙硫磺、1 克有色金属和可以刷一间房子的石灰。因此，人与人之间的差别，不全在于生理，而更在于能力素质上的差异。这些能量，往往在悠悠岁月中不知不觉地消耗了。

人对外部的压力并非乐意接纳，但因断了你的退路，你的进击潜能就会被激发出来，产生的能量让自己也惊讶不已。汉将李广，世称飞将军。一次行军见草中石，误以为虎，射之，中石没羽。唐代诗人卢纶赞曰："林暗草惊风，将军夜引弓。平明寻白羽，没在石棱中。"他此时神力何来？潜能的极大发挥而已。

很多人都读过《巴黎圣母院》，这部文学经典恰是高压下的巨著。1830 年，雨果和一家出版商签订了合约，半年内完成这部长篇巨著。可他的广泛社交活动使他疲于奔波，无暇全力投入写作。随着稿期的逼近，他自断退路：把出入上流社会所穿的内衣、毛衣等华贵衣物全部锁在柜子里，然后把钥匙丢进了小湖的深处！这一绝招，逼得他彻底断了外出会友和游玩的念头，凝神写作，仅用五个月时间，就完成了作品。当然这对他个人而言，是需要付出决心和毅力的。

军事领域有立军令状的，战士在开拔战场之前，有写好遗书的，有把自己的姓名写在衣服袖子上的，以备战场阵亡后的清查，这实质上都是自绝退路以示壮心。

项羽引兵渡河与秦将章邯大战，他命令"皆沉船，破釜甑，烧庐舍，持三日粮，以示士卒必死，无一还心"。因为没有退路，只有死拼，所以全军将士奋不顾身，英勇杀敌，结果大败秦军，创造了历史上著名的以少胜多的战例。

动物世界里断尾逃生并不止蜥蜴一种。人有时顷刻间也会有好像从天上跌到地下之感。虽一时身心不适，但只要生命依然存在，从早餐的山珍海味到晚饭的吃糠咽菜，他会难以下咽。可过不了几天，清汤一碗他也喝得有滋有味。

曾目睹昔日养尊处优、出门坐大轿的人，手无缚鸡之力，扫地不知笤帚前后。倘若即刻转换生存空间，明天抡大镐、抬大筐、扛麻袋，历历数日，还是这个人，体力倍增，百八十斤之物扛到肩上，飘忽而去。断“路”的压力如同此理，人本性好逸恶劳，嗜轻松、望自在，眷恋舒坦日子，越是如此，人颓废得越快。能挑百斤担，常是拣八十，总想多留余地，怯于向极限进逼。看看优秀运动员的成长历程，凡名居世界的佼佼者，无不是在“最后一公里”处切断退路去搏最后一把。

1959年，苏联撕毁协议，撤走专家，并扬言说，没有苏联的帮助，中国永远造不出潜艇。毛泽东闻之大为震怒：“核潜艇一万年也要造出来！”陈毅元帅满腔怒火：“就是当掉裤子也要造核潜艇！”屈指不足十年，中国不仅有了核潜艇，还有了原子弹、氢弹。苏联如此一举，恶意不言而喻。为此毛泽东曾幽默风趣地说：“中国原子弹成功了，有赫鲁晓夫的功劳。他撤走专家，把我们逼上了梁山，我们应该给他发一个一吨重奖章。”更耐人寻味的是：苏联专家于1959年10月撤走。五年以后，即1964年10月16日，中国第一颗原子弹爆炸成功，刚好是赫鲁晓夫下台后的第二天。

苏联此举，恰如小孩断奶。断之前小孩子食欲不佳，长得面黄肌瘦，横心断了他的奶源，他反而饮食倍增，面色红润，肌体瓷健。这一时之苦换来无尽之益，何乐而不为！

断其退路，不管是自断或是他断，都要有断的基础，断后仍有前行的可能。它不是心血来潮，不是极端思想作祟，它当是深思熟虑的产物；更不是忘乎所以，铤而走险。这种理性地向自己施压，其目的是加大动力，激起活力，登顶闪亮，增益于事。

茫茫沼泽，皑皑白雪，人迹罕至，长征人从不畏惧；狼牙山五壮士面向悬崖而纵身一跃，视死如归。他们自断生路，是为生者和后继者更加愤然前行。

华夏五千年，而今到了历史的节点，中华民族伟大复兴的中国梦，咫尺即至珠巅，自断后路攀登峰顶。此举意义，不仅华夏中兴，而且摇撼五洲。

中华民族的千秋伟业在此一“逼”！一人“逼”己，虽不能毁魁父之丘，但国人齐心共“逼”，定可实现这一宏伟理想！

从“吃不饱”说起

改革开放三十余年后，“吃不饱”一词即将尘封史册了。

吃不饱的味道，没有挨过饿的人，尤其没经过长期忍饥的人，仅听他人说饥的感觉，无论讲者怎么渲染得逼真，都难以让人品尝其味。饿的日子长了，肌肤消瘦，脱相变态，健康水平每况愈下，只是“眼睛间或一轮，还像个活物”，直到生命被吞噬。简而言之，人生饥肠辘辘，当是一大不幸。

改革开放以来，由于实施家庭联产承包责任制政策，使困扰中国几千年忍饥挨饿的现象淡出了人们生活。接踵而至的是人们生活水平大幅度提升——吃得饱，吃得有滋味、上档次；随之社会生活中“三高”（高血脂、高血糖、高血压）人群也与日俱增。由此而出现的名目繁多、稀奇古怪、往日不曾见过没听说过的疾病悄然而至，对人们的健康造成威胁。

就人的健康而言，“吃得饱”与“吃不饱”两相比对，孰好孰坏，不曾见诸论断，但目前因“吃”而给社会造成的困惑，尤其是给医疗系统带来的压力是不可小觑的。如此说来，挨饿和吃得太好孰良孰莠难分泾渭了。

耳闻一位同事的小孩身高长得羡人，比同龄孩子高出一大截子。平日里为保证宝贝儿子茁壮成长，家长给以优质而又充裕的营养。然而到医院一检查，医生说小孩发育不良。原因是营养失衡，使小孩长速偏快，身体各部发育失调，就整体健康水平而言，属于亚健康。这给小孩的后期发育造成潜在危害。

我国的语言中有“过犹不及”的成语，它源于子贡与夫子的一段对话。

子贡问：“师与商也孰贤？”子曰：“师也过，商也不及。”（注：师，孔子学生，姓颛孙，名师，字张，陈国人。商，孔子学生，姓卜，名商，字子夏。）曰：“然则师愈与？”子曰：“过犹不及。”意思是，子贡问：“子张与子夏哪个贤能？”孔子说：“子张过了头，子夏还没赶上。”子贡又问：“那么就是子张强一些吧？”孔子说：“过了头的和没赶上的都差不多。”

从子张和子夏的情况看，子张虑事离自己太遥远，志向过高；而子夏则有时未达到应有的高度。因此，孔子对二人的评价一个是“不及”，一个是“过犹不及”，不差啥。

“过”字本义是超过、越过，寓过甚之义；过甚就会演变成罪恶。所以又引申为过错、罪过。

直面人生，做人做事要把握到适度的境界并不容易，可以说非圣贤不能及。但它在人生的舞台上又十分重要，不可不学，不可不懂，得之则无往而不胜，失之则过失频频。

回首平生，做人做事常因不懂此道，教训惨痛。这里写一则笑话：紧靠我菜畦的一端是邻居的一片土豆，我每次浇地都捎带放水浇一遍，举手之劳，乐意而为。土豆苗得水长得真欢，望去茁壮喜人。之后土豆到了成熟季节，主人挖了不少窝，挖不出土豆。询问我是否给浇水了，我以实相告，浇过几次。主人听后哭笑不得——土豆不敢浇水。如此善举误了人家一茬的收成。本意虽然想办好事，结果是帮了倒忙，好在是主人没有怪罪。

常言有“能吃过头饭，莫说过头话”之说。细酌其意，这句话从语言结构上有偏正之分，前偏后正，着意于后，前句是为陪衬后句。倘从严分析，“能吃过头饭”并不恰当。医学早已证明，吃得过饱伤胃，引起肠道疾病，久之影响肌体健康，害莫大焉。“莫说过头话”是诚心提醒人们把握自己的口，说话要讲分寸，要实事求是。反映事实真相，既不夸大，也不缩小，因为语言的作用会影响他人产生社会效果。“吃过头饭”伤的是己，还是个人的事，可率口而言，说错话是要承担社会责任的。而说话像碗中的水，一旦泼出则难以回收。尤其是滥吼狂妄之言，是要付出代价的。日本侵略中国时发动淞沪战役，大呼三天结束战斗，结果打了三个月，且死伤惨重。朝鲜战争的战火烧到鸭绿江边时，美国狂妄地叫嚣一周之内消灭中国，可战火一连烧了几年，美国也没踏入中国领土一步，最终还是以中朝人民的胜利而载入世界史册。2003 年美国在发动侵略伊拉克战争时又高呼“零伤亡”，实际上是，七年后美军士兵死了五千多，伤了三万多。第二次世界大战，德意日要瓜分世界，历史对这些吹牛皮者都给了一记有力的耳光，被载入历史的“嘲弄卷”。人生不单是过头话不能说，寻思自己和身边的人，恩恩怨怨，争争吵吵，起因多是言过一句，行过一步，酒过一杯，事过一举。对这些无意之“过”细究起来，实在是差之毫厘，谬以千里。

还有一句话是：“矫枉必须过正，不过正就不能矫枉。”此话说说可以，行则偏颇。话中的“正”就是事物的“度”，“枉”就是弯曲，本来“枉”就不正，“过正”是从这边扭到那边，何如不矫。过“度”则错，而又必须“过度”，那就是从指导思想到行为过程，从根上就错。“不过正就不能矫枉”，既有“正”就不能过，否则立“正”何义。既是过了“正”，那就造成了损害，明知不可为而为之，那自是明知故犯，于事无益，存心不正。

可这句话为什么如此流行，有人又把它尊为禅语，当佛咒去诵读。倘要留意这种人多是“左”得出奇的人。自以为说“左”话，行“左”事，就是“左派”，就是一贯正确，就永远是历史的主宰。其实历史也很无情，对自诩其“左”，视他人为右者，有的不用几十年，多则几年、几个月，历史和人民就把它澄清归真还事实以本来面目。斯大林肃反的扩大化，中国的“大跃进”，“文革”期间的“四人帮”，无不“左”极一时。然春梦无痕，苍天送来一缕不大不小的清风终使尘埃落定，黑白分明，清浊了然。那些身披“左”字袈裟者也都为自己“左”的言行付出了代价。其实中国共产党早在革命初期，凡写到“左”与右两字时，总把“左”字加上引号，其意就在提醒人们不要犯“左”的错误，因为古人早就告知我们“过犹不及”之理。

纵观社会上各种人的表现，有如下几种人常有“过”的行为。手握大权，一呼百诺之人；背靠大山爱依草附木之人；一时志得意满不识自己为老几之人；偶获一技之长傲气十足之人；依靠人多势众乐于对弱势人群张牙舞爪滥施淫威之人；家有万贯财大气粗之人；地痞无赖，不可理喻，危害乡里的人渣。这些人因其言行过激，有悖人情事理，树敌太多，天怒人怨，不是灾祸缠身就是死于非命，下场可悲，人所不齿。

呜呼，苍天虽无灵性，然对是非善恶又总是看得那么清晰，又总是给那些不遵天理、不行人道、践踏社会、蹂躏人类的过激者以无情的鞭挞。

“窝囊”否？

“窝囊”的含义辞书里没有释义。这足见它身价卑微，难登大雅之堂。照季羡林先生说的：定义这玩意儿，除在自然科学上可能确切以外，在人文社会科学上，则是办不到的。吾思之，题目的含义并不重要，它当属于中性词，并寓诙谐味道。褒贬之义在不同的语境中有不同侧重，可它在人们的口语中颇受欢迎。

从一个人的体型看，线条欠秀丽，肩胛不匀称，人们说他身材窝囊；五官长得欠端庄，就说他相貌窝囊；说话不流畅，谈吐不清晰，就说他口辞窝囊；穿衣不得体，色泽不协调，就说他着装窝囊；有理不去争，反缄其口，受尽他人侮辱，人笑他秉性窝囊；还有才华横溢，仕途不第，与民为伍，甚至弄到衣不蔽体，食不果腹，人们常以同情的口吻说，某某人生窝囊。如此等等，不一而足。

凡生活所及之处，都少不了它的名字。琢磨之后，似乎一个人方方面面的表现，与他本人的才能素质，本不该如此而如此——自我价值没有得以充分展现，这就有点窝囊。

耳闻目睹人间的窝囊事和窝囊人擢发难数。打坐思悟，着实糊涂。到底什么是窝囊，什么是不窝囊；或者说人生在某方面的缺憾就真是窝囊吗？

说实在，自我忖度，该不属窝囊之辈。走路从不踥蹀踯躅，而是疾步匆遽，虎虎有生气；说话心直口爽，从不吞吞吐吐；总爱实话实说，一度曾得意于男子汉“痛快莫过直言”的信条。秉性耿介，疾恶如仇，即使顶头上司，自以为不顺理之事，就直面相谏。岁月荏苒，流水似年，不觉垂垂老矣。惊回首，以人为镜，发现自己走过的历程，总是狂风夹着暴雨，飞沙搅着走石，皮鞭伴着棍棒；一谷尚未爬出，接踵又落壑底；足之所涉，荆棘丛生，崎岖坎坷；壁垒层叠，狼狈踬碍，直使遍体疮痍，终生难愈。回眸同学、同事、朋友和周围的人，为什么走得那么平稳、从容；生活坦然而宁静。自己为什么一路走来，这样苦，这样累？答案是自感不窝囊的结果。

我兄弟三人，大哥身为庖丁以厨炊为业，但从不受饥饿之苦，生活素无大忧。二哥面对黄土，日出而作，日落而息，虽汗流浃背，但生活踏踏实实。二位兄长因家贫不能读书，一字不识，终老故土，生活可谓平淡，但都比自己灾难少，颠顿少，坦荡一生，寿终正寝，能说他们窝囊吗？而唯独自己识得子丑寅卯，能在三尺讲台上对学生子乎也者，传道授业，自以为比二位兄长有点“出息”。可多次运动屡屡挨整。收获的是抬大筐，举铁镐，遭囚禁；有时被迫浪迹四方，以当木工学理发维持生计，给家人和孩子带来无尽的担惊。说实话，自己比比二位兄长，真的能说不窝囊吗？

一位学生告诉我，他父亲兄弟三个。他大伯和二伯秀外慧中，才俊不群，门前门后无不翘首仰视。平日门庭若市，高朋满座。这弟兄俩有一阵子，真是只要哼一声，全村就鸦雀无声。曾几何时，风云突变，他两个丧魂落魄，落了个死有余辜的可耻下场。而他父亲相貌平平，又没文化，躬耕垅亩，平日人们眼里几乎看不见他。可就这样，不管云浓云淡，潮起潮落，他总是平平安安，于耄耋之年，了却平生。这三位弟兄到底是谁窝囊，谁不窝囊？

清时和珅，自幼嶷嶷，通史书，娴书法，口齿伶俐。后又处一人之下，万人之上，享尽人间荣华富贵，可悲的是物欲难抑，在历史上落下“中国贪官之王”的称谓。就在乾隆归天的半月之内，被凌迟处死，时年正值知天命之年，该说残生窝囊。崇祯皇帝，听信蛊惑之言，忠奸不辨，赐保国忠臣袁崇焕以凌迟之死，自己又缢于煤山槐树之下。他在双脚离地之前，会有何感？东条英机等日本战争狂人，一心想要吞并中国，多少无辜生命，死于他们的屠刀之下。他们这些战争恶魔，在绞刑架下，瑟索不支，泥瘫于地。希特勒手持地球仪，梦寐当地球之长，然结局是自持手枪，对准自己的太阳穴，了却罪恶的一生。世人永不知这些“佼佼”者该有何感？

自尊心人皆有之，风光体面令人神清气爽，没人甘愿蓬头垢面，哀乞人前。种子要发芽，金子要闪光，有秀发没有人愿装秃，生之为人，谁都不愿与窝囊为伍。

人都希望通过从事不同行业来施展自己的本领。问题是，自己的一切投入和付出，仅是主观的一方，而且力量的大小，能量的强度与外部世界相比，那又是极其微小和脆弱，可以说随时都有逆风暴雨。余体验人生途中之危，有点像蚂蚁忙忙碌碌，但求一饱，并不知随时就会有一只黑乎乎的大脚踩在它的头上，让它猝不及防，一命呜呼。所以，人的一生是尽展其才光辉无限，还是路途泥泞，险象丛生，甚至更多的是功不成，名不就，才美未现，壮志未酬而灯熄光灭，窝囊一生，没人能未卜先知。但只要谨守人生正道，做人行事不损公，不损人，忧国家之忧，忧他人之忧，无论个人的一生走到何处，身担何职，大到为国司责尽忠，小到摆摊设点，杀猪宰羊，间或以捡垃圾为业，应坚信自己的价值与日月同辉，与天地共存，没有什么窝囊不窝囊。反之，人没做好，总是逆天道，乱人伦，不管他是出将入相，还是富可敌国，他的一生定将是窝囊之至。

20 世纪 40 年代，我十几岁。亲眼看到有那么一帮人：身着白绸衫，头戴黑礼帽，鼻架墨镜，腰挎盒子炮。他们招摇过市，前呼后拥，煞是威风；挥挥手，爪牙成群；哼一声，四方栗栗。他们权势齐身，风流倜傥，荣光无限，真可谓潇洒至极，谁都夸他们真不窝囊。但因他们“放辟邪侈，无不为己”，所以一曲“东方红，太阳升”，神州大地“斯须九重真龙出，一洗万古凡马空”，昔日的穷光蛋、窝囊废成了主人，举红旗，张正义，为国除害。往日横行乡里，欺压百姓的“英豪”，顿失他日之威风，一个个成了丧家之犬。罪大恶极者无不受到应有的惩罚。我看这帮人怎么个个都变成了窝囊蛋。

电视剧《水浒》的主题歌里有一句：“该出手时就出手，风风火火闯九州”，好一副绿林气概。真是如此，倒真的痛快、洒脱。这段唱词在年轻的男孩子中间广为传唱。但想过没有，什么时候“该出手”？林冲的妻子几次被高俅淫威戏弄，而林冲以八十万禁军教头之威，把拳头几次举起，又几次放下，令人长叹其窝囊。“出手”就是反抗，落手要计后果。林冲出手有理，这帮鸟人该打！可他无奈屈身在高衙内的权杖之下，打则不利，所以又把手放下。这是林冲知止之智。换个角度，林冲据理打将下去，面对犹如一对豺狼的高俅父子，林冲的命运又将如何？这叫，不该窝囊，然又不得不窝囊。

关云长名扬天下，过五关斩六将，威震四海，然而走麦城真算窝囊；19 世纪初期，法国皇帝拿破仑以叱咤风云、纵横捭阖的气魄，统率大军南征北战，一时间威名赫赫，如日中天。然而，滑铁卢一战，使他一蹶不振，被困孤岛而了却残生。真是比关老爷子还要窝囊多少倍。

人生窝囊不窝囊，不在长相、衣着，不以造诣深浅、权势大小、官位高低、珠宝多少去界定。唯其本本分分步沧桑之道，伴日月终生就不算窝囊。然即使嶷嶷超凡，指点江山，倘背天地人之道，不管何种归宿都难免坠于窝囊的窠臼。这里借郑板桥诗韵：人生聪明难，糊涂难，窝囊也难，由英雄装窝囊更难。

有道是：

该窝囊时就窝囊，是自知；不该窝囊装窝囊，是睿智；该窝囊时不窝囊，是愚蠢。

从瓜熟蒂落说“成熟”

蒂，花或瓜果跟枝茎相连的部分。瓜熟了，瓜蒂会自然脱落。农谚有麦子熟了要洒地，瓜果熟了蒂自落。人们常以此比喻条件、时机成熟，事情就能顺利成功。

“成熟”一词，照《辞海》的解释，一个义项是指果实或谷实长到可以收获的程度。一个义项是比喻事物发展到有效果的阶段，如条件成熟。《易林·泰之小过》讲“桃李花实，累累日息，长大成熟，甘美可食”。这些都是讲天然之果的成熟。就人的成熟而言，一种含义是指男长三十，女满十八，肌体丰满，不再发育，可谓生理成熟；一种含义是指人的思想和理性的成熟。

人们常借瓜果成熟之美来比喻人，或品评人。说某某成熟了，就是说这个人对事物的认识、分析、判断和处理问题的能力很强，或是效果很好，无一闪失。反之，就说某某还不成熟。

所以，有人听到他人评论自己成熟了，似有春风拂面之感。把一句恭维话，就当成袈裟，于是俨然以一副长者、智者、泰斗自居，定格于“成熟”者之位。即使心里不太踏实，能受到如此赞誉，至少显示自己出入社会，虑事缜密，见解独到，出言谨慎，举止有度，人生底蕴深厚，积淀丰富，能受人如此尊崇是莫大的荣耀。

当今社会有一些年纪 20 岁左右的人常钟爱把“成熟”这顶红帽子早早戴在自己头上。

一天，同一晚辈闲聊时，他毫不讳言地说：你读过的书我都读了，你讲的道理我全懂，我已经是成熟的人了。当年他 18 岁。

一次从电视屏幕上聆听一位记者在采访一位女青年。对话中，这位女青年以坦然而又自信的语气对记者说：我今年 22 岁，我早已成熟了，你（指记者）讲的意思我全然了解。

什么是人的成熟？在孔子看来，一个人若兼备智、廉、勇、艺四种品质、能力，又能以“礼乐”来规范、润色、充实，自然是一个全德、成熟的人了。一个人即使没有这样的全德，但如果能够在他人危难时，能以生命为代价，帮助他人，或在穷困中也不忘记曾经对他人许下的诺言，尽力践行，决不失言，也算是一个有道德的、成熟的人了。

成熟的人才是国家发展的栋梁。国家不惜资金，投入大量人力物力去造就高层次成熟的人才，这足见，一个人能置身“成熟”的人才宝塔是多么不易。

吾生梦寐登入人生成熟的殿堂，可畹晚顾身，曲折的路迹，政治的魔杖，生活的竹板，人际的炎凉，策己于黄灯之下，经史之中去寻拾这些海贝。然展卷可见的又多是，滚滚江水，淘尽千古英雄，成熟者少矣。也读到“惜秦皇汉武，略输文采，唐宗宋祖，稍逊风骚；一代天骄，成吉思汗，只识弯弓射大雕……”这几位人物在上下一千多年的历史长河中该属于重量级人物，但毛泽东笔下的他们，在文治方面都差了一些。因为他们都是封建时代剥削阶级的代表人物，他们的统治实质，只能是对劳动人民的压迫与剥削，只能是对封建主义的思想体系和社会制度进行维护和巩固。句首一个“惜”字，既肯定了他们的才能，也准确点到他们的历史局限性。“成吉思汗”是蒙古语，是对国王的尊称，意思是“强大的统治者”。他是“一代天骄”，却也不过是只懂得弯弓射大雕的赳赳武夫罢了。对文治方面，更是一窍不通，毫无足取。

把历史的镜头拉到近 3000 年前的周文王、姜尚以至孔孟圣贤，不曾见到有人自诩成熟了。孔子不远千里从山东到洛阳求教老子，临走时老子语言婉转地指出他身上还有浮躁之气。那年，孔子已 34 岁。静思之，稍有自谦的人，都不会自诩成熟了。

毛泽东指挥过大小战役不计其数，是世界屈指可数的军事家，可他从不曾说及自己的军事思想成熟了。最多是对他亲自指挥的四渡赤水之战，比较欣赏罢了。

转换镜头聚焦当下“腐败族群”的每一位。在他们乌纱帽高耸头顶时，人们无不仰视。从他们的学历、资历、能力无不是团队的佼佼者，他们中的大多数才华不凡，并在实际工作中做出了成绩，才被遴选到领导岗位，他们当是有能力的聪明人，是一个“成熟”的人了。不然怎么能官至省部级、中央级呢？然在“反腐”的镜子面前，一个个污渍遍体，品质龌龊，几乎是人鬼难辨的模样，他们的个人素养不会比那两位自诩成熟的小青年相差太远吧。

“成熟”是什么？散文家余秋雨说：成熟是一种明亮而不刺眼的光辉，一种圆润而不腻耳的声响，一种不再需要对别人察言观色的从容，一种终于停止向周围申诉求告的大气，一种不理会哄闹的微笑，一种洗刷了偏激的淡漠，一种无须声张的厚实，一种并不陡峭的高度。蓬勃的豪情发过了酵，尖利的山风收住了劲，湍急的细流汇成了潮。

作家对“成熟”的解读，“明亮而不刺眼”，“圆润而不腻耳”……驾驭人生达到如此境界，该不是常人所及。作为普通人，恐怕连动机与效果、伟大与渺小、英雄与懦夫、留名千古与遗臭万年的临界点都分不清，拿捏不准，往往是在一瞬之间从天上掉到地下。倘若有魄力宏大又有虚怀若谷的胸襟，那就可能在人生中获得很大的成功。

瓜熟蒂落之境，人可望而不可即。余幽思，寒暑易节，两鬓秋染，岁月洗涤，生活砥砺，师长指教，挚友劝谏，自己潜心寻觅，终不曾走上“成熟”之径。常自勉言行要谨慎，要低头做人，然凄风苦雨总是不期而至。一场时局风暴卷自己于谷底，伤痕终难平复；回忆教学生涯，因学识贫瘠，不堪传道授业解惑之任。因而，对“教然后知困”之感尤深，岁至桑榆之境，负疚之心垂暮不敢释怀。

时下年轻同志，动辄脱口“我成熟了”，“我早都成熟了”，以显示自己世事通明，人情练达。闻者稍表疑异，他就面色不悦，遂即再补上一句“我什么都懂”。这话着实让人咋舌，因“什么”包含着万事万物；一个“都”字涵盖“一切的一切”。如果言者不是不假思索或恣肆狂言，那就真把自己置于他人膜拜之庙堂了。

瓜熟则甜，是天赐之恩，以科技手段催它早熟，使之变味变质，食之无益，又损健康，早熟何益？人欲成熟，愿望良好，但要靠自身的勤奋去锻造，倘走邪权荒蔓之道，以假的外衣靠自诩包装，这样貌似成熟，害莫大焉。

成熟的欲望太烈，孱弱的谦卑素质就会被吞噬，人也就从成熟感而趋近自满骄傲，阻止进步，最终走向失败。

成熟是一种至境。据说孔子临终前几年就很少说话了，弟子们问他为什么，孔子答曰：天何言哉（包容宇宙的天难道说话吗）？看来，他老人家真是成熟到家了。

成熟难，难成熟。人在浩瀚无垠的大自然脚下是白痴；在风雨交加雾霾缭绕的人际社会，近乎盲人；对什么是人生，穷其心志也难以步入大彻大悟的境界。即使幸运岁至百年不过一瞬而已，奢望成熟谈何容易。

“四十而不惑”

题目乃圣人之言，涵义深邃；重在自悟。

余不揣谫陋，禅思多年，未解其意。毫末之下述之有谬，欲抛砖引玉。

举目社会，顾环左右，不要说普通百姓，就是官至三品、学富五车、满腹经纶的饱学之士，步入而立之年疑团丛生者大有人在。不要说四十年华，就是岁及天命之秋，置身于氤氲飘荡、雾霭缭绕、物物时移的尘世，面对人心易易，繁杂人间千奇百怪之事，束手如坐针毡，左右难以挪身，生死无力遂愿者为数众矣。也不要说人为什么活着，该怎么活着，或曰人生观、世界观以及个人信仰等凝重的人生议题，真能成竹于胸，侃侃而谈者恐怕是晨星之稀。如实说，混沌不清，得过且过的颟顸之人比比皆是。

对什么“人间正道是沧桑”，“清心为治本，直道是身谋”的处世做人之道，多少人从来不曾想过；对明代大儒张载讲的，人生要有“为天地立心，为生民立命，为往圣继绝学，为万世开太平”的人生追求，恐怕更是闻所未闻。

当今世界，除去王室的世袭制外，各国元首就职年龄大都在四十之后。可一览他们的所作所为，对人生能达到彻悟之境的几乎是屈指可数。就自诩文明民主美国的小布什，在他们父子俩任总统期间，先后发动两次对伊拉克的入侵，让伊拉克跌入火海，生灵涂炭。平民死伤十数万，他们在导演此一世界级战争“杰作”时，双双已过不惑之年。安倍晋三，挖空心思煞费苦心，以前所未有的嚣张，一夜间想把日本再一次推到军国主义的极端；他不会不懂，更不会不知二次世界大战的血腥历史。他如此野心，该不是因为未满四十而迷惑。穆巴拉克在埃及总统的宝座上，执政三十余年，谢幕时却走进了高墙之内……人生惑与不惑，不全决于年纪大小。常言道：有志不在年高。

新中国的开创者们，多在30岁之前就叱咤风云，征战四方。长征中曾有一支几乎全部由同龄人组成的部队，全师平均年龄18岁，历任师长都是20多岁，政委萧华上将上任时年仅17岁。周恩来14岁就立下“为中华民族之崛起”而读书的宏愿，26岁担任黄埔军校政治部主任；邓小平16岁赴法国勤工俭学，投身中国革命，成为职业革命家。

人惑与不惑与年龄、知识、道德修养等诸多因素有着复杂的关系，如果没有智障，同龄人的智商没有太大差异。就人的处世行为来看，其本存乎于心。如果以木相比，“柢固则生长，根深则视久”。根性优良，不管生于长白山，还是黄山的岩隙之中，不管土质瘠沃，它都能长得郁郁葱葱，生机勃勃。若是根染疾疴，生之难久，更勿望挺拔参天。惑与不惑，心正则行端，不越规逾矩，嘉言善行，践行社会道义。心仄则行邪，犹如楼基起于废墟，纵有天工巧匠，不许时日，墙倾楼毁。此种人举止乖戾，危害社会，滓秽斑斑，多于人生途中跌倒。

常见社会上淫乱丛生，这不是乱者困惑，而是蓄意非为。这些人的病根就是他污腐的人生观。希特勒、墨索里尼、东条英机等一生放辟邪侈，他们不是因惑而狼奔豕突，而是“聪明”透顶。当下危害国家的大小蛀虫，几乎没有一个不是高智商。他们是心肝霉变，不是惑而迷惘。当他们在法庭上假惺惺地说什么：“事发时犯糊涂”，“没有多想”，“不懂法律”，“现在真后悔”，尽是虚言妄语。他们是机关算尽，虑无一失而为之，只是上苍发怒，让他们偷鸡不成，自认倒霉罢了。

一天，一行数人外出闲游，途中畅所欲言。其一曰：孔子说“四十而不惑”，我早已过了这个年龄，可总觉得还是糊糊涂涂。

听来思之，这是对圣人之言的字面浅识——人只要跨入这个年龄就自然无惑了。

其实不然。若按西谚“人生四十开始”。其意当理解为人到此时，其惑多多。党的领导人之一李先念生前任国家主席。从十几岁投身革命，枪林弹雨，戎马一生，历经沧桑，他对人生的体会是：“人不到60岁还是不懂事的。”任继愈是中国当代学界“大家”之一，他对人生的体会是，人活到80岁也难及无惑之境。

1943年4月初，当时任中央宣传部代理部长凯丰为庆祝毛泽东的五十大寿，制定新的宣传计划，即宣传领袖毛泽东，宣传毛泽东思想，宣传毛泽东体系。可毛泽东审阅完凯丰的宣传计划后，复函凯丰：生日决定不做，做生日太多会生出不良影响。我的思想还没有成熟，还是学习的时候，我的体系也还没有成熟。

中央党校党建部一位教授说：“不成熟是年轻人的阶段性特征，是一个必然阶段。作为年轻的干部，不能自以为成熟，要清醒地看到自身的不成熟，在实践中虚心学习。”遵这位教授所言，是否人过了年轻阶段就自然成熟了？事实上人的成熟不成熟与年龄有关系，但不是因果关系，更不是年龄大了就一定无惑了。惑与不惑是人的终生问题，或者说大多数人即使寿比南山也依然有惑；更何况，对人而言，什么是惑，什么是不惑，这是人的认知领域很复杂的问题，答案是不确定的。

国家为培养成熟的人才，投入了大量的力量，但这个愿望的实现需要一个实践过程，更需要时间。常言道，十年树木，百年树人。事实是，“无论怎样加大力度培养，也很难使 30 岁的干部全面成熟或早熟。20 世纪 80 年代炒得沸沸扬扬的高考‘神童’，如今看也没有多少被培养成拔尖人才，而不少栋梁之材，大器晚成的例子比比皆是”。

现实中，就是步入“知天命”之年，迷茫人生者多矣。宋高宗曾说过，“吾年五十方知四十九之非”。战国时，卫国的蘧伯王也是这样讲的。“六十而耳顺”该是有的，但也不是多数。不少人尽管目睹他人走过的错路，依然重蹈覆辙。古往今来，任何朝代对贪官无不施以重刑：坐牢者有之，杀头者有之，然贪官亘古不绝。

面对大千世界，十几岁，二十几岁，常言初出茅庐，走过的路没有前人走的桥多，吃过的东西没有前辈尝过的东西多。人海中的白脸、红脸和黑脸，令其眼花缭乱；刀光剑影使其不寒而栗。在人生这个舞台上，眼看着不少颇具天赋、才俊倜然的后生，因阅历浅，社会经验贫乏，刚举步就被搅得头晕脑胀，当他转过身来时，多已被踢于台下，落下苗而不秀的遗憾。所以年轻人自诩踔绝之能，世事通明，实是坐井观天，夜郎自大。

也有人说，时间可以培育人的“成熟”。但也有这样一句话：十年以前我以为我的生活会有五百种可能；十年后，我知道我的生活只有两种可能——晚上回家吃饭和晚上不回家吃饭。前者的天真烂漫是对人生无知的表现，后者的老成和古板是人生磨炼的必然。岁月的日出日落让人的年龄在增长，然人是否就“无惑”了？照孔子的人生感悟，

“七十随心所欲而不逾矩”，也只能理解为人到古稀，所经挫折与磨难多了，可借鉴的镜子多了，行事的把握增大了，过失会少了。但不可认为，只要岁及桑榆之年就一定无惑了。孔子七十有三，正寝仙逝，无幸于九十乃至期颐的人生体验。冒昧妄言，他老人家倘再有几十年的时光，或许他对人生何时臻于无惑至境，在感悟上还会更上一层楼，又是一番境界。

其实，社会上暴露出的五花八门、千奇百怪的亵言秽行，并不真是因惑而为。坦言人心，多是不惑而为，更准确地说，是恶意而为；是黑心发酵，是害人利己，甚至是害人不利己的丧心病狂之为。

“四十不惑”，圣人并无断言，人到四十就一定没有迷乱，此言也包含对人的希望，企盼人到此时该不要迷惑了。这只是最低要求，也是有力的鞭策。所以有人错误地理解，四十以后人就会言行无拘、虑事无误，那真是大谬至极。

吾常不寐沉思，人生岁月长短不一，望无惑，无惑难。虚心求教，谦卑做人，谨言慎行，是为贵。

说“二百五”

一次在火车上，一位50岁上下的小个子男性挑两个竹篓，放在车厢口，一位乘客端一杯开水，只专注茶缸里的水，不慎踢倒了竹篓。竹篓的主人出手就是一拳，打得端缸的乘客踉踉跄跄差点跌倒，开水烫伤了他人，顿时在车厢里引起骚动。有人说，此人是“二百五”。

河北省霸州市某地派出所原所长杜某，驾车出外。行至途中，对一位避让不及，挡了“大驾”的农民开枪射击，致人倒地毙命。又有人说，杜某是“二百五”。

其实这两人都不是真“二百五”。前者之蛮横是发自内心的贪财。懂行人说他竹篓内藏的是蛇，怕的是篓倒蛇跑，横财难发，所以把他人的生命尊严看得比蛇还轻。后者是丧失人性，是心中无百姓，眼中无他人。对于他面前发生的这件事，可以假设若是他的亲人，是他的领导，他会这样吗？所以他们的“二百五”是装出来的，把癫狂之行说成是“二百五”，为的是掩饰他们丑恶的本性。

有人说，乖戾性子是先天的。我不懂心理学，但从几十年的风雨经历中走来，觉得此一高论在现实中难站住脚，它常被一些奇怪现象所否定。

小时候，我常见到，有钱、有势和平日狼奔豕突的人动辄火气大作，打骂他人是家常便饭；穷人，尤其是佃户、长工见这类拄着“文明棍”的，总是低头哈腰，忍气吞声，赶快躲到路边。怎么在解放后的一夜之间，这些人就灰溜溜的、夹着尾巴，火性子就一扫而光了？

暴气何来？吾琢磨不透。

有人说，秉性刚烈多为傲气攻心。目睹现实并非事实，旧社会，我眼见长工、佃户、苦力，以及乞讨的人，他们哪来的傲气呢？可历史上的朝代更替，江山易主，恰是这些“穷光蛋”怒冲霄汉，揭竿而起，把皇帝老儿从龙椅上掀翻到历史的壕沟里。更让我不解的是我弟兄三人，母亲带我们在甑尘釜鱼半乞讨中度日，可三个人的性情一个烈过一个，其中二哥稍逊我和大哥。

一天夜里，家里的羊被狼吃了，二哥奋起就去追那只狼。接着他把狼吃剩的又捡起来，用铁丝捆好钉在地上，每天晚上独自抱着自制猎枪彻夜守候，待狼再来。一连守了几夜，果真一天夜里狼又来了。当狼啃咬那些剩骨时，他猛扣扳机卡壳了。狼咬住剩骨连同埋在地下的铁棍一起噙跑了。二哥穷追不舍，一连几天没有音信，大哥又不在家，我还很小，真愁坏了母亲。到第七天他终于回来了。手脸上带着干了的血迹，本来穿的就是破衣烂衫，这一来衣服在山林里挂得更“花”了。小村的邻里听说他回来了，出于惦记都来家里看看。见他那个样子，问他这几天都去哪里了，他还是气冲冲地说：在后山里追找那只狼了！叔伯们一听，看着他那副狼狈相，真让大家忍俊不禁。此事让我长思，他这种火气来自哪里？他是骄傲吗？他是凭着“贫穷”去骄傲吗？

老伴常拿我是“二百五”作笑料，来讥讽我。我深思自己也是骄傲吗？因为在火气将要爆发时，内心还总在敲打自己——千万不要发火。其实到了该发火时照发不误。在家看电视，看到日本的蛮横，菲律宾的嚣张，美国的霸道义愤填膺，马上就想拍桌子，发狂吼，疾恶如仇之火如鲠在喉，其怒必发，发了爽快，不让发是要生病的。

“二百五”是俗语方言。人们常说：“二百五，不够数。”它是人们给火爆脾气者送的绰号，多含嘲弄味道，其意是有点傻。人家不敢说，不愿说，不去说，不直说的，他敢说，愿说，去说，并直白地说，还唯恐说得不彻底；人家不敢做，不愿做，不去做的，他慷慨而行，敢作敢为，勇于担当。心中总感到做人就当如此。

人称这种人是傻子。是真傻，假傻？还是人们错当其傻，吾难以说清。说这种人不够数，着实让人费解。到底人是哪个数才算够数，就不傻了，这迷津终生不曾得到智者指点。但人们心里也都十分明白，“二百五”的反义词当是“聪明”。所以，前面的那两种人当不属于真正的“二百五”。

“二百五”当属什么性格，《辞海》中不曾有释。但它很像克洛甫（苏联教育家）教育学中讲的，人有四种性格中的“胆汁质”。用当地人的认识，“胆汁质”的人就是麦秸火，也称火药性子，也有人称这类人为“大炮”。孙中山先生可以说是这种脾气，不然，他怎么荣享“孙大炮”的美誉呢？

由此思之，能被人称起真正意义上的“二百五”也应引以为荣。

央视《大河儿女》中的主人公贺焰生的形象让观众铭记尤深。贺焰生秉性耿直，伸张正义，疾恶如仇，惩恶扬善。他怒目注视蔡殿金（国民党地方武装头子）说，我永远不会与你走在一条道上。他与日本的加藤多次正面较量，义正词严，慷慨激昂，语如匕首，直刺敌人的心脏，多次置加藤于尴尬之地。他与叶鼎三智陷加藤的走卒于枯井之中。最后，怀抱手榴弹，拉断导火索扑向汉奸邓韶光，连同加藤下属的重要成员同归于尽，大张了中国人民的浩然之气。也有人说他是“二百五”。此话不管是褒还是贬，贺焰生无愧是真正意义上的“二百五”。

“妖为鬼蜮必成灾”，以穷兵黩武为本性的日本极右势力，只要他们窃取国家机器，侵略战争的火种就会被点燃。牢记历史，不忘国耻。一个民族欲其不受外敌蹂躏，“聪明”的假“二百五”万不敢多了，可像“甲午风云”中的邓世昌、抗日战争中的为国牺牲的将领张自忠、解放战争中的董存瑞、朝鲜战场上的黄继光，还有《大河儿女》中的贺焰生这些“傻子”、真“二百五”该是多多益善。

“今日欢呼孙大圣，只缘妖雾又重来。”真“二百五”是国人的脊梁，是中华民族的骄傲，也是强盗们的克星！

人生能在自己的棺盖上，被后人刻上“民族的二百五”，当是最高的奖赏。

说“坏脾气”

鲁迅先生笔下的《一件小事》里有这样一段话。

“我从乡下跑到京城里，一转眼已经六年了。其间耳闻目睹的所谓国家大事，算起来已很不少；但在我心里，都不留什么痕迹，倘要我寻出这些事的影响来说，便只是增长了我的坏脾气，——老实说，便是教我一天比一天的看不起人。”

脾气的准确内涵是什么，鲁迅先生文中所说的坏脾气又指什么？我说不清楚。

南怀瑾先生曾有一文《看相论人的书》，其中也有一段说到人的脾气。照录于下。

以前有一位老朋友，读书不多，但他从人生经验中，得来几句话，蛮有意思。他说：“上等人，有本事没有脾气；中等人有本事也有脾气；末等人没有本事而有脾气。”这可以说是名言，也是他的学问。所以各位立身处世，就要知道，有的人有学问，往往会有脾气，就要对他容忍，用他的长处——学问，不计较他的短处——脾气。他发脾气不是对你有恶意，而是他自己的毛病，本来也就是他的短处，与你何关？你要讲孝道，在君道上你要爱护他，尊重他。我有些学生，有时也大光其火，我不理他，后来他和我谈话，道歉一番，我便问他要谈的正题是什么，先不要发脾气，只谈正题，谈完了再让你发脾气。他就笑了。

读了这段文字该清楚了，脾气是一个人的短处、毛病。

在日常生活、工作和相互交际中，不论你是上等人、中等人还是下等人，脾气是不受人欢迎的。不管你的主观世界里蕴藏的是什么，不管你的见解是正确的，还是错误的，大光其火是对他人的不屑，是贬损他人的尊严，是人格上的不敬。让人从心理上筑起壁垒，情感上产生裂隙。更不说此类人一发脾气，血气涌动之下往往思维紊乱，语无伦次，言辞偏颇过激。即使经过深思熟虑的良策远谋，一时都会走辙出轨。常看到大光其火者就如饮酒过量之人，举止言语把握不住轻重分量，引起人们始料难及的后果。常见有才俊非凡者，也会因脾气的失衡涂下人生的败笔，遗憾终生。

合家相聚，朋友交谈，事业切磋，国是相议，理当心平气和，彼此尊重，坦诚谈吐，各抒己见。一时难以达成共识，也应当彼此理解，言谈温和，在宽松的、情真意善的氛围中倾注已见。即使认识上水火不容，关系到大局成败或历史命运，也要让思想积淀，表达到知无不言，言无不尽。城府高深者，要有圣君之度，宰相之腹，驾驭商讨的方向，循循善诱，最终达成共识，完成大业才是终极目的。所以，要像南先生讲的，只谈正题，谈完了再发脾气。

文思至此，坏脾气几乎一无是处，可现实生活中被人们恭维的所谓好脾气者，其言其行常又悖于人间正道，劣迹斑斑，也不能令人推崇，更不能尊为楷模。

人是血性动物，面对野蛮之行，仗势欺人，强权政治，霸王主义，对他人肆意侮辱、蹂躏，像日本鬼子对我民族的无辜杀戮，伏尸满地，血流成河，心潮能不起伏吗？难道不该热血激荡，奋起而拼吗？但那些骨质缺钙者在邪恶面前卑躬屈膝，满脸堆笑，油头滑脑装出一副好脾气模样的人，其目的是为了苟延残喘，欲从尸骨堆中，探头挣扎求得一息，不该受到鞭笞吗？

风雨人生，也确实目睹到：有的人终生不光其火，逆来顺受，能忍则忍，不要原则，自毁人格，丧失国格。甘愿充当让跪下绝不站着的绝佳奴才。这些人完全符合“打左脸不给右脸”的教义，人称打一百棍子不吱声的“好脾气”。

目睹动物世界里，不要说狼虫虎豹，就是软体动物都有一副绝佳的保护自己的看家本领。当它们受到外敌侵袭，生命受到威胁时，也会怫然怒拼，至死也要给对方一击，何况我们是人乎？

人为落个“好脾气”而活着，也真让人大惑不解——或许他的生性就是怿怿然唯利饮食，当好奴仆，做个上佳的御用器皿。我常思：一个民族中这种人要占有比例，那法西斯、日本侵略者一定是急欲求之。所以有些人的意识里，看人只看脾气好坏，把“好脾气”与“坏脾气”奉为鉴识“好人”与“坏人”的律条，实该视为敝屣而弃之。

现实没有脾气的人并不鲜见，但观其言行也不难发现，这一群体的特点，要么才疏学浅，能力不足；要么无谋少勇，关键时刻缺乏担当；抑或狭隘自私身无正气，面对邪恶的侮辱训斥和责骂，更显得奴气十足。不挣扎，不反抗，甘愿鞍前马后受人策役……这种没脾气的人，很难做自己的主人，民族的脊梁，国家的栋梁。国家如把希望寄托在这些“没脾气”的人身上，国将不国。这些人正是南怀瑾先生说的，“有些笨人，一生也没有脾气，但那不是修养，是他不敢发脾气”。

谈论“好脾气”，被欧阳修痛骂——丧尽中国读书人气节的冯道是不该遗漏的。唐末五代，中国乱了八十多年，皇帝始终由边疆民族相互交替，可辅政的总是汉人冯道。他能包容敌人，感化仇人，因脾气“太好”能避风躲浪而不树敌，所以始终不倒，人称“不倒翁”。他虽然也活了73岁，奉行“有奶便是娘”的活命哲学，但又有什么意义呢？

鲁迅先生明白自己一生树敌不少，但他并不认为是他的“坏脾气”所造成的。

鲁迅一生所处的年代，正值清末民初，国家积贫积弱。列强入侵，瓜分中国，国家已沦为半殖民地。军阀混战，生灵涂炭，黎民深陷水深火热之中。作为新思想的倡导者、传播者，新文化的旗手，他直面的是“忍看朋辈成新鬼”、“万马齐喑究可哀”。而广大群众依然笼罩在漆黑的封建思想的桎梏之下而不觉醒。他以如椽之笔在呐喊，收效甚微，正如他所言“哀其不幸，怒其不争”。作为一个具有强烈爱国主义的思想家，如此的现实，只能增长他的“坏脾气”是民族义愤使然。可惜的是，当时的中国，像鲁迅先生如此“坏脾气”的人，实在是太少了。

像闻一多先生勇于在大庭广众直面国民党特务对民主人士的暗杀暴行和卑劣手段，予以无情揭露，严厉痛斥的“坏脾气”之人是太少了。尽管他旋即倒于国民党特务的枪口之下，但他正义的怒吼响彻华夏大地，也敲响了蒋氏王朝的丧钟。此类正义的呐喊，如此“坏脾气”的中国人还是多多益善。

对于一个人的人格鉴定和政治评判，不可谫陋到以个人俗卑的情感出发，顺我者昌，逆我者亡。撇开时地背景，事情环境，只着眼一个人遇事的脾气而妄加雌黄，伤民误国就在所难免。还有少数领导，宁可用“好脾气”的蠢才、庸才、奴才，而芟刬“坏脾气”的英才、人才。视“坏脾气”的人如仇敌，必欲除之而后快。这种人当政只能是坏人得宠，好人受气。

翻阅史籍，让人费思的是多少江山毁于“好脾气”者之手，又有不少社稷正是为“坏脾气”者所奠基！

幽谷悟“禀性”

驻足幽谷，仰目可见巑岏，山崖嶙峋，参差嵯峨，其状锋削似刃，棱锐犀利，镶嵌于巉岩峭壁，令人望之兴叹；俯首脚下，溪水潺潺清澈见底，卵石颗颗或侧或卧，各具形态，悠然自得。

崖上之石棱似刀劈，水中顽石圆如鹅卵，同为一山之石，何故形状迥异？余幽思：溪中石由高崖坠落，粉身碎骨，烈日炽烤，暴雨冲刷，山洪荡涤，随岁月的磨砺，棱角自会被打磨得圆润而光滑。由此联想，人的禀性形形色色，温顺者有之，暴烈者有之，放荡不羁者有之……但终老如初者很少。

在人们的口语中，“江山易改，禀性难移”之说，不绝于耳。听语气禀性难移中的“难”字几乎与“不”字同义，也就是说，人的禀性是不会改的。语义的表述多含贬义，常指向屡有污迹而不思悔改，对他的不良行为非但不愿正视、自谴，没有愧疚之感，反而有轻蔑开脱之意。

禀性好坏，随口去说听来无关紧要。但在复杂的人际现实中，有些人蔑视法律，践踏道德，贪利害义，其行为侵犯他人，危害社会，甚至罪当诛之。但他们为逃避愆尤，免受法律惩处，常以禀性作借口，掩盖其罪恶的动机，企图就轻其惩罚。

其实对这类人，断不可信是禀性问题。这种人在滋事之前，无不是蓄意而为，对事情的结局，造成的恶果，无不事先周密谋划，了然于胸。不管他自言哪种禀性，都是没有仁义之心。如果他洗心锤炼，常用道德、法律去训戒自己，用慈善之心去陶冶性情，使得自己的人生循正道而行，邪孽之为就没有滋生的土壤。

几十年的阳光雨露之中，常听到“我这禀性，天王老子都不惹我”的狂吼，更让人悚然的是，“能让我这禀性怕的人还没来到世上！”这些雷霆之言，入耳使人心悸。到底这是哪种禀性，常人不曾探究，至少说这种生性是属于天不怕，地不怕，唯他是天下老大。可也就是这类人，碰上雷鸣电闪、大雨如注的非常年代，常依稀可见，他们也会耷拉脑袋被人打得鼻青脸肿，满口吐血，眼冒金星分不清路径。这一刻，仔细观察他们在善良人们面前的淫威、狂嚣消失殆尽。同一个人，禀性反差如此之大，让人们疑惑他们平时挂在嘴上的“禀性”云云是偷来的衣钵，是自我吹嘘，是纸老虎。其实，这种人哪种禀性也不是，目的是扯起禀性的“杏黄旗”掩盖龌龊的人品劣迹。

同时，社会实践也在告知人们，对那些禀性怪诞者，也不可视为异端，不一定要像意大利以罗马教皇为首的天主教对待乔尔丹诺·布鲁诺那样，施以火刑，必欲除之而后快。还要看到他们本质是人，本性中不乏天良的一面。要区分不同类型，给以真诚的、耐心的、有效的调教和训导，用关爱点燃他们心性中的积极因素，让他们心中的阳光元素得以喷洒和释放。让这些言行一时癫狂者也看到自己生存的价值。不可视此类人统统是社会渣滓，必欲剔除才是。当然对给社会造成严重恶果又累教无悔者囚于桎中，严加惩处，以儆效尤，也无不可。

值得注意的是，社会对人的禀性常有一种偏见：凡遇事不持异议，唯命是从，温顺如羔羊的都得以嘉奖，奉为好人的楷模；对于思维卓荦，见识脱俗，行不拘“规”的人常诬为人群中的邪类。这种对禀性的浅识常使一些人才美不能外现，终死槽枥之间。对于人的禀性中充满正当的、正义的阳刚之性（有时会使人们一时看不惯、接受不了的），也要给他们使枪弄棒的舞台。因为在历史的册页上闪耀着，在民族存亡的关头，常有平日因禀性不循习俗，不被人们看好，常被社会淹没或一时被唾弃者，英勇无比，大义凛然，屹立潮头，成为中流砥柱。

晋朝的周处，父亲早逝，缺少管教，自幼禀性暴躁，经常持枪动刀，打架斗殴，是当地出了名的无赖。人们把他与当地的蛟和老虎并称“三害”。可他之后做了大官，为人正直，给百姓做了很多好事。在一次与叛军交战时，奋勇杀敌，战死沙场，名留千古。

“有多少风流人物？盗跖庄屩流誉后，更陈王奋起挥黄钺。”这是毛泽东 1964 年春写于《贺新郎·读史》中的三个人物。这三个人物中的前两位是带领奴隶起义的首领，后一位是农民起义的领袖。论禀性三人都不是柔顺之辈，之所以被人们歌颂，是因为他们在历史的进程中发挥了积极作用，在百姓心中，他们是真正的风流人物。

清政府的重臣左宗棠信奉：“穷困潦倒之时，不被人欺；飞黄腾达之日，不被人嫉。”所以在他无品无级时，动辄与人争吵叫骂，肝火飙发。一次湖南永州镇总兵樊燮没有给他请安，他勃然大怒：“樊燮！你进门不向我请安，出门不向我告辞，太猖狂了！湖南武臣，无论大小，见我都要请安！”而实际上当时他是湖南省巡抚，“樊燮是朝廷任命的正二品总兵，岂有向一个师爷请安之理！”左宗棠燕颔僵硬，雷吼一声：“王八蛋，滚出去！”此事被人上奏咸丰皇帝，如不是有人从中相救，事态严重，形势危机，他就连小命难保。

常见多数人是官升脾气长。原本平和素朴的人，一当上官脾气跟着上升，小官小升，大官大升。牛烘烘，颐指气使，动辄就脸色青白相间，粗声大气，瓦釜雷鸣，让往日常聚首、共举杯的草根相好避之不及。而左宗棠则官越升脾气越小，从当上巡抚到封侯就像判若两人。他的禀性移了？没有，依然如故。究其因，官大了就显眼了，“左列功名右谤书”的人也多了，树大招风，朝野上下，众目睽睽，左宗棠深知官大了“高处不胜寒”的道理。其次，官大了，懂得自我洗礼，对世事变故孰重孰轻的把握能力增强了，所以对往日之言行引以谨戒。

可还是这位左宗棠，为收复新疆，他与李鸿章大闹殿堂；为天津教案，他又将老友曾国藩骂了个狗血喷头，分道扬镳。左宗棠不愧为中华血统，亲自带兵，抬棺引军，全歼闹分裂的阿古柏匪徒，为中华民族的疆土完整做出了历史的贡献。左宗棠的禀性如此时好时坏该如何理解呢？

我曾在学校做过近30年的班主任，其中有高中、初中和小学，还曾在干部文化学校做过教师。如果说学校是学生个性的百花园，那每个学生的性格差异，真可谓万紫千红，各领风骚。有些学生的个性并不完全符合儿童心理学讲的——少儿品性可以归属成几类几别。实际上儿童的小性格几乎是各放异彩，“奇葩”朵朵，令人“陶醉”。说实在，几十年后与这些往日的“孩子”再相逢时，发现他们几乎都不再是做学生时的禀性了。爱说爱笑的成了沉默寡言；爱打爱闹，常违反校纪的都已或为人父，或为人师，不少人还走上了领导岗位。他们随着岁月迈入古稀之年，儿孙绕膝，孩子时的禀性了然无痕，完全成了不一样的两个人。就眼下所知，在自己教过的学生中禀性不变者有之，但为数少之又少。

由此思之，人的禀性与他一生的经历紧密相关，类似岩石变成卵石的过程，经多次冲洗碰撞，棱角是会被磨掉的。

回首往日的同学、朋友，他们的禀性大抵都有变化。其中一些人在事业红火、风光无限时显出与众不同的一面，特别是权握掌中者的“禀性”，更是让人闻之色变。可他们又都像走马灯一样忽明即暗，如果再留意这其中的落魄者、失足者，往日的暴戾之性一扫而光。他们的禀性是遮掩了，收敛了，还是改掉了，不得而知。单从表象视之，全盛时期的张狂和高傲禀性荡然无存了。

禀性的变迁植根于自心！随着个人对事物的认识，与理性意识的增强，它会得以不同的修炼，爱之则温和，恶之则乖戾。即使人之初性本善，它也随着一个人的学识、经历、自我修养使其禀性呈现不同的色调。但也不乏在外部环境的熏陶下，也会有“近朱者赤，近墨者黑”，“染于苍则苍，染于黄则黄”的可能。当然还有少数的禀性是在遭遇残酷打压下的畸变。

人的禀性，虽形形色色，但不是“禀性难移”，而是“禀性可移”，虽然它移之很难。

宇宙万物在变，哪有人的禀性守恒之理呢？

冲　动

有人说，冲动是魔鬼；有人说，冲动是酒疯子；有人说，冲动是人品修养问题。可谓见仁见智。冲动情绪到底是生理上的性格问题，还是心理范畴的精神问题，不曾读到专家、学者的评论。

从书报浏览和现实观察看，一个人处于情绪冲动状态时，常失去谨言慎行的把握。语无伦次，言辞偏激；举止狂癫，越轨逾矩。冲动下的结局多是令人沮丧、难堪，其实它也不是冲动者自己所愿看到的。

对于冲动造成的后果，让我震惊的一幕是：2006 年 7 月 9 日在德国世界杯足球赛时，意大利与法国队进行决赛争夺战。双方势均力敌，旗鼓相当，一直把赛程拖入加时赛下半时。就在这一决雌雄之时，法国队 34 岁队员齐达内，突然用头直面撞向意大利队后卫马特拉齐的前胸，马特拉齐当即仰面倒地，齐达内也立刻被红牌罚出场外。事由是马特拉齐在比赛中说了一句侮辱齐达内母亲和姐姐的话。毋庸讳言，齐达内听了马特拉齐的亵言唐突，情绪陡变，一头撞去得到了愤怒后的痛快宣泄，但也立即被剥夺参赛权，失去他辉煌足球生涯即将画上完满句号的良机，以及旋即有可能捧到大力神杯……看台上的唏嘘声，吐露出观众对他的遗憾和惋惜。此刻齐达内为何不能极力克制，因为他是法国队内定的赛场上的堪舆主将，是法兰西民族荣誉的希望。他代表的不只是他个人，还代表他的球队、他的国家。如果真的像人们议论马特拉齐是蓄谋于“诱骗犯规”，那齐达内的莽撞不单是毁了事业，也让人对他的智商侧目。

古代战场上诱战方式中的阵前骂战、侮辱性挑衅不乏其例。三国时司马懿面对诸葛亮部下的多次战前侮辱就死守不战，当是智者之为。如果齐达内对马特拉齐的不道德行为不予理睬，以夺取胜利去回敬对方，是否后果会比他这样“热”处理好一些呢？当然这是东方文化的思维方式，是我们的愿望，齐达内有他的个性、情感和信念，这为我们所不知，所以也不必过多揣度和苛责。

有媒体报道，澳大利亚的悉尼发生一场悲剧。其因是，66 岁的老人正在自家屋前的草地上用水管浇花。一位 36 岁的年轻人刚好路过，他批评老人浪费水。老人一怒之下把水管转向年轻人，双方因此动起手脚。老人被打倒后，年轻人继续拳脚相加，后经急救仍无回天之术，老人为此谢世，年轻人被判谋杀罪。其实，这事根据当地法律，尽管规定严格，限制家庭用水洗车、清洗走廊，但允许在准许用水的日子里，可以用手握的小水管在自家花园浇花，没有触犯法律。可年轻人的善意提醒也不违法。老人错在不加解释就掉转水管以水袭人，年轻人不该“以牙还牙”使出如此重手。这真是芝麻点误会，前者为了美化环境，后者为了节约用水，双方初衷无不良好。竟因一时不能冷静，理智失控，演变成了惨痛的悲剧。

常言道，一个不会愤怒的人是庸人，一个只会愤怒的人是蠢人，一个能控制自己情绪，做到极少发怒的人是聪明人。对号入席，自己是个蠢人。

平日里，从生活到工作，往往一事眼前，多数人若无其事，或充耳不闻时，自己就会血流涌动，情绪亢奋。接下来怒色眉宇，辞彩浓烈，语调高亢。如此，原本平静的池水，骤起波澜。顿时气氛紧张，自己也自然成了众矢之的——矛盾的焦点人物。碰上家长式的领导，那自己不受欢迎该是愆尤自取。什么优秀、模范、该评的职称、当享的待遇——自然与己无缘。因为自己早已被打入“不好领导”者的另册。

适逢“斗私批修”年代，自己罹遭批斗，致使弃家漂泊，居无定所，跋涉山间，夜宿街头、车站，几乎是半乞讨度日。畹晚幡悟，咎不在人，都是自己冲动之性惹的祸。

教训深痛，记忆犹新的一幕是，县里举办一场职工篮球赛，也是在进入决赛时，争夺冠亚之战如火如荼。因裁判的一球裁决引起争执，双方顿时唇枪舌剑。其一方五名队员退至后场篮下，整好队列。霎时间场上场下气氛凝固，几近爆炸之前的死寂。列队中走出一人振臂领呼：请裁判出场！观众哗然，人声鼎沸。此一鲁莽之举轰动邻近几县。这个领呼者就是在下——实足的蠢人。此后该球队受到两年不许参赛的处罚，自己也为此被调离县城。

冲动的后果不但是惹是引非，激化矛盾，影响人际关系，使个人的事业、仕途，乃至命运都笼罩上雾霾的阴影，而且对自身的健康也造成损害。在自己熟悉的人群中，因一时情绪激荡，气血紊乱，导致卧床者有之，殒命者有之，可谓损失惨重。

冲动情绪对人百害而无一益。庄子有句话说得好：“安时能处顺，哀乐不能入也。”而人在冲动的那一刻，不会有安顺可言，一次冲动就是一次重创。心理学家指出，一个人如果精神上遭到一次重大打击，他的寿命将缩短三至五年。美国得克萨斯州的科学家证实，人的大脑和免疫功能之间存在着密切的联系，冲动会使人的免疫力下降。

个人的亲身体验是，一次冲动就是一次跌倒，至于摔得轻重，无不是满身尘土，蓬头垢面，眼冒火星，浑身瑟索，刹那间辨不清赤橙黄绿和东西南北。年青时摔倒，咬紧牙关，还有气力爬起来，揩去身上的污灰草屑，喘喘气还可上路。然到日薄西山，还不能遏制这种不良情绪，一旦再次倒地，欲以爬起就显得力不从心，更不敢去想去看那些老来发火酿成的惨状。

这就是说，任何一个聪明人，都应该把“请不要冲动”尊为座右铭。每当遇到精神刺激和过度兴奋时，要把冷静尊为神灵，抑或奉为禅语，竭力克制自己，缓度医学家称之的“危险期”。

人生路上，无不期盼平平稳稳，一帆风顺，但来自身外的旦夕祸福，不测风云，个人是始料不及的。这些不幸的骤至，常使人紧张、心烦、义愤。尤其是个人利益受到损害，情感受到刺伤，尊严受到羞辱时，心理堤坝的承受能力就会决口，此时洪水汹涌，犹虎兕出柙，后果不堪设想。

说遇事冲动是愚者之为，是因为它虽能遣一时之愤，获一时之爽，但容易忘乎所以，言行走入极端，堵塞回旋余地。往往小事惹下大祸，主动变成被动，有理反成没理。从而做出错事、傻事，追悔莫及。

冲动情绪的严重危害，是让人一时陷入非理性状态，自以为强大无比。但在众人心里：是一个十足的器量狭窄，缺乏自信，空虚懦弱之人。所以，做一个有理性的人，就要像电站的总开关、水坝的总闸门一样，对自己的言行有绝对的操持能力，什么时候该开启，不该有丝毫松动。

古人讲，宰相腹中可撑船，所以，能成大事者，必是一个能够克制冲动情绪的人。

寻常挫折

所谓寻常挫折，着意于挫折的普遍性、随意性和多发性。打个不恰切的比喻，挫折就好像人人都会跌跤一样那么平常。每个人的一生中都会跌跤，至于什么时间，什么地方，什么原因跌跤，个人不得知晓；跌后什么情况，是皮毛之损，伤筋动骨，头破血流，还是一下跌到谷底爬不起来，这些在不跌倒之前更不知道。简而言之，跌倒是肯定的，至于跌倒次数的多少，跌的伤势轻重，给自己造成的后果，每次不会相同，人与人也不会一样。有了这种认识，思想上就会有所戒备，心理上时时提防跌倒。若真是跌倒，只要不是人生的休止符，掸掉身上的泥土，莫丧气，扬起头，继续走。

近闻当地一位不惑之年的同志，从高达数十米的大桥上纵身跳下，惨不忍睹，过往行人眼见此状，无不哀其苍凉。

轻生之因，据说是他负责的工作与领导意见相左。领导有意施压使他难以承受而酿出如此不该发生的人间悲剧。作为局外人难知事情详细原委，只听说该同志人品纯正，对工作认真负责。所以，他的轻生，不只是造成家庭的悲痛，也引起社会的舆论。要说在同一单位共事，领导与下属意见不一的现象多如牛毛，即使矛盾难解，也不可作出自戕了生的抉择，此举使人大为惋惜。

然在现实中，因承受挫折能力太差，而导致此类事件屡屡呈现。人虽不是为挫折而生，殊不知，挫折总与人相伴而行。

有人问，人生能不受挫折吗？答曰：不能。能少受一点挫折吗？答曰：有可能。一言以蔽之，挫折是人生的常态。有时，挫折会像笑话一样倏忽而至，戏弄于人。

一天，一晚辈以虔诚的孝心，送来一包洗净的蒲公英。我大喜过望，因我当时正是内热引起口腔溃疡。谁知，他送的这种野菜与蒲公英的枝叶极为貌似，食之有毒，让我腹疼呕吐，满脸通红，皮肤水肿，为此前后折磨近十天。

一次从小报上见一治疗痔疮的单方。苦参 50 克，水 500 克，煮后分两次服用。我遵照说明操作服用 15 分钟后，就头晕目眩，不省人事，经住院一周治疗，才有好转。

生活中类似这种小的挫折，在不同人身上，发生在诸多方面，令人防不胜防。

诗人说："没有眼泪的故事，是没有蜜蜂的花园；没有冬天的孕育，就没有真正的春天。"吾酌其意：没有挫折的人生，是没有任何佐料的菜肴，淡而无味。

生活就是挫折的演绎，挫折就是生活的内容。平静、安宁的生活是人的企盼、愿望，但它绝不是现实。现实是人生路上挫折接着挫折，这一是稍有平息，另一非不期而至，在前一个漩涡中挣扎着，下一个恶浪已逼近你。常常是一波未平，一波又起。人们总是在寻梦，天天如春，鲜花沁鼻，"世外桃源"，那是天真的一厢情愿，细思令人可笑。还是冰心老人，集百年人生之体验说得好："生活本来就不是平坦的，挫折永远是生活的一部分。”

人生尘世，大自然瞬息万变，从不顾及人类的脸色：阳光裹着乌云，白天衔着黑夜，月圆挨着月缺，花开恋着花残，乃天道所为。可人们不去正视而悟，总想着天上掉下个林妹妹，不切实际地淡化或有意回避挫折的存在。因为没有应对挫折的理念，常有人在平日的生活、工作中一遇挫折就惊恐万状：天要塌，地要陷，濒临绝境。其实天公在自转，事物在自演，根本不是什么阻力和壁垒，可有些人因想不通捶胸顿足，让一粒沙迷住眼睛，举目迷茫，邪念滋生走向极端。这正如人们常言，想不通时是地狱，想得通时是天堂。

人群亿计，其心倏变，事物的复杂是没有哪一部经典可以透析无遗的。人类为着生存而爆发的利害冲突、呐喊厮杀亘古依然。人生百年跳不出乾坤之拘。有一年，全世界一天内有五架飞机失事。2014 年 7 月份的一天，就有两架飞机失事，这一年仅亚洲就有三架飞机失事，世人皆仰天无奈。面对这些难以预料之事，只能接受、应对、抗争，让它随日月的迁移而淡化、消失，而后走出阴霾继续前行。指望虔诚地祈祷、叩拜，无济于事。

有些人不能正视挫折，又总梦想远离挫折，所以常去上香求神以企保佑，或是求救算命先生，占卜问卦。君可见，道旁的阴阳先生在地上摆一块污垢斑斑的破布，歪歪扭扭画上几个让人似懂非懂的阴阳符号，眼睛若闭若睁，屈指掐算，呜里哇啦给人指点：如何逢凶化吉，躲灾避难。看上去他俨如大仙，好像一切都在他的股掌之中。其实，他连自己有什么灾、什么难，自己是什么命运，也未必了然。就连姜太公、孔老夫子一生也是脚踩乱石，手拨荆棘向前摸索走着，落下遍体鳞伤。有人称孔夫子“累累如丧家之犬”，这就足以说明孔圣人经历的挫折不比常人少。

有人把挫折的频繁看成是人生旅途的常事。吾寻思，外出旅行多有明确的目的地，出发前还设定有路线图，所到之处还尚可咨询。而人这一生像离弦之箭，不能停留，不能回头，行程中的千变万化始不得知，碰到什么就是什么，落点之处才知晓发生的一切，所以挫折该是人生的未知数。

人生挫折之险有点像马术比赛。它要求在规定时间内，人马一起跨越规定障碍物。而每一组障碍排列着几根横木，它高高低低参差错落，变化多端。所以在比赛中让观众绷紧神经领略到各种惊险的表演：有的是马蹄荡掉横杆，有的是马在横杆前驻足腾身而不跨越，有的是马越横杆不过而栽倒，有的是人仰马翻，轻者损其皮毛，重者伤其筋骨，更令人毛骨悚然的，是人或马瞬间了生。然挫折与人生之间的关系更像奥运会上山地自行车的轨道，有上有下，弯弯曲曲，坎坷泥潭，接连不断，有时在下坡道上就得想到对面的陡坡，稍不留神就会摔跟头。

挫折无论以何种形式袭来，对人都是害。为避免这些难以预料之灾，做人就要遵天道，守人伦，本本分分。目睹当下一批批，一串串，一窝窝在物欲横流中被裹挟之人，真正是傻者少，聪明者多，平头百姓少，当官有权者多。这也是他们的人生挫折，但他们不能怨天尤人，是愆尤自攘，是事物发展的必然结局。其实，这些挫折是做人理当避免的。

如果把社会看作汪洋，个人就是这浩瀚波涛上的一叶孤舟，而挫折便似这茫茫大海上的风浪，它时起时落，变化无常。人们对此要有足够的认识和充分的心理准备，任它忽起忽没，时大时小，若如此，当它不测而至时，我们就会以沉稳的心态去应对，就会少一分慌乱，多一分镇静，少一分损失，多一分平安。

腊子口前

——说“直面挫折”

红军走到腊子口前，犹如唐僧西天取经撞上火焰山。

“腊子”系藏语译音，意为“险绝的峡口”。这是红军进入陕甘，不再退回草地的唯一通道。可在国民党重兵把守下，形成“一夫当关，万夫莫开”之势。而红军将士刚经过雪山、草地，体质虚弱，要突破这两山对峙，如刀劈斧削一般的隘口困难极大。聂荣臻在评价这一险关之战时说：“腊子口一战，北上的通道打开了。如果腊子口打不开，我军往南不好回，往北又出不去，无论军事上政治上，都会处于进退失据的境地。现在好了，腊子口一打开，全盘棋都走活了。”毛泽东对此嶙峋峻境更为清楚，他深知腊子口再险，红军也要攻下来，否则就会重回草地去。所以，毛泽东果断下令：“两天内拿下腊子口。”

面对这生死当口，红四团的指挥员亲率全团的营、连干部深入阵前，观察地形。经过反复侦察，再分析一营攻击时敌人暴露的火力情况，指挥员总结出敌人有两个弱点：一是敌人的炮楼没有顶盖；二是口子上的敌人集中在正面，山顶没有守敌。指挥员又立即召开阵前干部会议，研究战斗方案，接着又召开连队“士兵大会”。有一位贵州籍苗族战士，只有十六七岁，不知他的姓名，人们喊他“云贵川”。他“毛遂自荐”，说：“我能爬上悬崖。只要有一人能上去，就能上去一个连，一个营。”他说：“我在家采药、打柴经常爬大山，攀绝壁，眼下这个悬崖绝壁只用一根长竿子，竿头绑上结实的钩子，用它钩住悬崖上的树根、崖缝，一段一段地往上爬，就能爬到山顶上去。”

就这样，战士们在他的带领下，爬到山顶，可以居高临下把手榴弹投入敌人的碉堡里。毛泽东也再次派人到前沿阵地了解情况，询问“突击部队现在在什么位置？有什么困难？要不要增援？”

腊子口之战是长征途中奇迹之一，也是挫折之一。笔下引述是借题发挥——直面挫折，该如何行事。从中不难看出，一是沉着冷静，开启智慧。二是要有勇气，树立必胜的信念。

邓小平多次指出，面对重大的考验和挑战，要冷静观察，稳住阵脚，沉着应对。

解放战争时期，有一次敌人的炮弹突然打到我军前沿阵地的指挥所附近，官兵们顿感惊恐。这时总指挥陈毅棋战正酣，他像什么事也没有发生一样，直到从容把棋下到局终。这种战地指挥官遇紧急情况而冷静的风度，对稳定军心，洞明战况，把握作战时机，以期夺得战斗胜利是至关重要的。乒乓球对决的冠军之赛，观众常处于心血起伏涌动之中，可邓亚萍的体验是：此刻对垒双方的球技差距并不大，我此刻总是提醒自己：冷静，沉着，不慌乱。

可现实中常看到的是，不要说像红军长征中遭到腊子口那样的严峻挑战，多是碰上不顺利的事，或是一点小小的不幸，或是仅仅遇上出乎自己意料的事，就会思维混乱，左右失措，坐立不宁，既不冷静沉着，又因慌恐挫伤前进的勇气，以致做出错误的决策，导致不幸的加剧。

读过一则两人在沙漠中迷路的故事。其中一人脚部受伤，由另一人搀扶着在沙漠中艰难地前行。当他们的水用完时，未受伤者去找水，但又怕走远了，找不到受伤的同伴，这时他交给同伴一只手枪。枪内有十发子弹，他让那位受伤的同伴每隔半小时朝天放一枪。两人分开后，受伤的同伴躺在沙漠中按吩咐去做。当他已放过第九枪时，心中就忐忑难安——担心同伴远行，将自己视为累赘而抛弃。不祥的念头涌于脑际：人在浩瀚沙漠渴死的一幕，还有饿狼伤人的惨状……越想越可怕。眼看这最后半小时快要到了，他由恐慌、担忧到绝望，扣动了扳机。这一声枪响，不是朝天而去，而是对准了自己生命的中枢。没过多久，同伴拎着水回来了，这眼前的一幕，使他顿感茫然。第二天，那位没受伤的同伴走出了沙漠。故事中受伤者所面临的处境，种种沮丧之思是可以理解的，但是他不应该选择倒下。他的选择是自信心的熄灭，是迎着挫折去拼搏、去抗争勇气的消失。他的不祥臆断有可能性，但无必然性，即使匍匐于沙漠之中，也并非没有希望。要知绝处逢生的人，也不在少数。

抗日战争中，山东农民刘连仁被日本侵略者抓到日本国内当劳工，后从煤矿中逃至北海道。在那冰山上坚持 14 年，每年有 7 个月住在冰窟中过冬眠期，只有 5 个月能到山下搜集一点吃的以备冬用。他虽面对非人的遭遇，但回到祖国的信念没有动摇，一定要活着回国的勇气支撑着他面对非人的挫折生存下来。终于迎来中国人民抗日战争的胜利，他也回到了祖国。

1927 年大革命失败，这当是革命路上的重大挫折，毛泽东面对如此严峻的处境，坚定地告知同志们："中国共产党和中国人民并没有被吓倒，被征服，被杀绝。他们从地上爬起来，揩干身上的血迹，掩埋好同伴的尸首，他们又继续战斗了。”伟人之言，当是忽逢灾难的指路明灯。

面对不期而至的挫折，首先保持冷静的心态。清朝两代皇帝的老师翁同龢说：“每临大事有静气，不信今时无古贤。”“冷静观人，冷耳听语，冷情当感，冷心思理。”这句话告诉人们面对雾霭尘霾之世，做人应当用冷静的眼光去看，用冷静的耳朵去听，用冷静的心态去理事，用冷静的头脑去思悟。当一个人有这四种冷静的涵养，它不只是针对突发之事有益处，其实，这当是人的处世理事之道。经验告诉人们，突然碰上绑匪，沉住气，按住心，不胡言乱语，不急于跳出火坑，以静制动，先斗智，后拼勇，当是正确决策。人生中还有很多意想不到的麻烦，凡能冷静思考，冷静待之，其结果大多比慌不择言，慌不择路的结局要好得多。

如果把迎面逆境看成是被绊倒，那么首先是尽力爬起，以免次生灾害乘虚侵入。李敖把眼前之挫看成毒蛇，他认为：“在你意想不到地突然被一条毒蛇咬了一口的时候，你该用各种办法去解毒，而不该继续震撼于这种意外，以致加深你中毒的程度。”你要告诫自己：“不要研究你为什么被咬了，也不要研究你怎么样被咬了，也不要感慨你被咬得如何严重……这些都是无益之举……”要坚信，人生前进路上的挫折是顿号，后边的文章更是跌宕起伏，精彩纷呈。

动物学家用跳蚤测试，跳蚤所跳的高度是它身高的400倍。若给缸子加上一个玻璃盖，刚开始跳蚤本能地跳得很高，但因为它一再撞到玻璃盖上，渐渐地只在受限的高度内跳了。如果逐渐降低缸盖，它因为怕挨撞，跳的高度也就逐次降低。后来，当实验者将缸盖去掉时，跳蚤所跳的高度依然是最低的高度，而不是当初的高度。可如果在缸底加热，跳蚤会“噌”地跳出缸口，仍是最初高度。这说明跳蚤所跳高度的本能没变，中间所以跳的高度降低，是因它屡受撞击而失去了再跳的勇气。

人生路上，人仰马翻，车陷泥潭，随时都有可能面遇。果真如此，开启智慧，冷静以对固然可贵，但奋起一搏，勇于在抗争中求生的信念不可丝毫动摇。不能像试验中的跳蚤碰上瓶盖就一蹶不振，也不要活如羚羊，遇见虎豹只会逃跑。朔风骤至，大雪拥门，都不是人生谢幕之时。不止步，不后退，不呼号，要自信眼前的寒流，不至于让乾坤错位，海水倒流，稍耐一时，阳光依然会照上自己的家门。

我海军三七二潜艇，在远航执行任务中，突发故障，途中还有异国飞机跟踪监视。面对突如其来的危机，一是等待救援，一是返航，潜艇领导经研究决定：继续前进。政治部主任何占良讲：虽然等待救援请求返航是合理的，也是安全的，但如果遇到困难就退缩，那跟战场上临阵脱逃没有什么两样，只要有一线希望，上级交给的任务就必须坚决完成。

人生直面挫折，就该如此，也当如此！

一百次跌倒

——说“愈挫愈勇”

生活中常有人，被一次批评，一次处分，或事业上一次碰壁，就陷入萎靡不振，裹足不前的境地；有人接到一篇退稿就垂头丧气，搁笔卷纸……各行各业，凡此种种，一次被蛇咬，十年怕井绳的人不在少数。以此种心态在人生路上不只是不能远行，还会碌碌无为，荒芜终生。

人立足社会，该是从哪里跌倒，就从哪里爬起。

奥斯特洛夫斯基曾经说过：“人的生命如洪水奔流，不遇到岛屿与暗礁，就难以激起美丽的浪花。”

人生于世，日子不会天天顺，路也不是条条平。不虞之灾，没有灵性，不懂人情，瞬燃眉间是常有的事，所以人人都有遇上的可能。本来人就在挫折交织中生存，人类在挫折反复中进化，社会在挫折荡涤中发展。它的袭来对人是打击和折磨，可也砥砺着人的意志，丰富着人的生存知识和经验，增强着人的生存能力。

生命不息，脚步不止，跌倒潜伏其中。跌倒与爬起如影随形。尽管跌倒欲爬时筋骨疼痛难支，但生命是不会答应你横卧大道成为社会的垃圾，否则，你将被清道夫扫除。

生命犹存，不喜坐等，不许止步，不管行进中遇到恶魔还是虎狼，胆怯意味着缴械，束手必被擒拿，逃跑就要毙命。“东亚病夫”遇到日本入侵，这是中华民族的挫折，有投降的，有当汉奸的，毛泽东说：“暴虎入门，懦夫奋臂”，战而胜之是唯一出路。

我国的杨佳，在她生命的前29年，一路走来，是鲜花和掌声。1992年她视神经突变，将她拖入了盲人世界。她苦苦思索：“人这一辈子，路该怎么走，是在孤寂中沉沦，还是在困境中重生？”她选择了后者——“失明将我的一生一分为二，29岁之前，我是在超越别人；29岁之后，超越自己。”不能看书，凭听书；不能写字，学盲文。2000年她考入美国哈佛大学肯尼迪政府学院，攻读公共管理硕士学位。奋勤不辍，如愿成为哈佛大学建校三百年来，第一位获得公共管理硕士学位的外国盲人学生。

在联合国残疾人权利委员会的首次会议上，她据理力争：“世界哪个国家残疾人最多？中国！哪个洲残疾人最多？亚洲……”她在竞选的铿锵演讲中，最终当选为联合国残疾人权利委员会副主席，攀上了常人难以企及的人生高峰。她的人生感悟是：“人可以看不见道路，但绝不能停止前进的脚步！100次摔倒，可以100次站起来。感谢命运让我知难而进，一步一个脚印走出家门，走出国门，走进光明，走向世界。”

扫帚不到，灰尘不会自己跑掉；命运从来不会给人送来最赏心的礼物；灾难更不会自行化为乌有。在挫折脚下，欲其站立起来，只有奋力一搏。这一搏可能是再遭挫折，雪上加霜。但这正是易中天教授在《一起聊聊》栏目里讲的：“我必须提醒所有年轻人，你可以背水一战，你可以置于死地，但是我作为一路坎坷走过来的人，有责任讲出这样一句话来：并非背水一战都能胜利，也有淹死的；置于死地未必都能后生。这个话不说到，就叫作不负责任。”易教授讲的是大实话。但人们选择背水一战，或置之死地时是别无选择的选择。选择的背景一定是背水一战或许还有生的可能，不选择这步险棋那一定是全盘皆输；置之死地而望生或许有一线希望，不这样做是连一线希望也没有。作为“生”是人生第一要务，即便在挫折中挣扎没有成功，也不能束手任其摆布。奋起抗争，可能是再次受挫，未来不一定铸就辉煌，但只要生命犹存，就可能走得更接近终点。即使沉沉浮浮，伤痕累累，但有幸从泥潭中蹒跚走出，亲口品尝人生酸涩之味，亲身体验人生之艰。暮年回首，活得还算充实，不因碌碌虚度而羞愧，也是一种欣慰。

曾做过毛泽东秘书的李锐，他在《宣言》一书中这样写道：

毛主席曾多次谈及，共产党员要做到五不怕——“不怕撤职，不怕开除，不怕离婚，不怕坐牢，不怕杀头。”这五者除今日头颅犹在，其他“四不怕”我都经受过了。为此欣慰之至，因祸得福；筋骨耐劳，心老耐苦，世事洞明，胆气犹壮。

回首平生，行止无愧天地，得失从不萦怀，素与“左”倾无缘，足以自慰矣；来日无多，请问尚有何眷恋？答曰：关怀莫过后来者，忆旧莫忘“左”祸殃；但愿一言堂永绝，神州遍地百花香。

1914 年 12 月的一天，一场大火把大发明家爱迪生的实验室化为灰烬，损失超过 200 万美元。他当时已是 67 岁高龄，人们无不为他能否经受住如此打击而担心。谁知第二天早上，他看着这片废墟说道：“灾难自有它的价值，瞧，这不，我们以前所有的谬误和过失都给大火烧个一干二净，感谢上帝，这下我们又可以从头开始了。”他以欣喜的心态把大火当作了一次修正“谬误和过失”的机遇。一言九鼎，火灾刚过 20 天，爱迪生就推出了他的第一部留声机。

美国著名女演员简·卡兹玛瑞克在 50 岁时写了一封信，收信人是 30 岁前的自己。其中有两段话耐人寻味，发人深思。

“说老实话，你的运气要到一年以后才会有所好转。但这一年的挫折会让你懂得平衡事业和生活，让你变得低调冷静，让你发现幸福的真谛。”

“这封信就是人生之路的缩影：前进—挫折—再前进—再挫折，从每次挫折中发现不曾知道的新知识、新经验，从而再充实人的斗争才干，最终走向成功的目的地。”

放眼成功者的方阵中，无不是在挫折中历经磨难而不屈，他们自信只要一息尚存，就选择一次次拼搏；他们把前车之鉴，当作后事之师，揩去身上的血迹，颠簸扶杖，手攀崖壁，拽着野藤，他们奋勇之志不息，终于登上人生的塔顶。

面对“非典”之灾，温家宝总理去看望北大学生时说：中华民族几千年多灾多难，但始终是压不垮的，愈挫愈勇，愈挫愈奋。

20 世纪 30 年代中国工农红军的长征，更是把这种精神推到了珠峰之巅。

谈起长征，人们多是笼统地知道，行程二万五千里，穿越草地，爬过雪山等等。今从史料中略摘一点具体内容以飨大家。

长征，从 1934 年 10 月开始到 1936 年 10 月结束，两年内总行程 6.5 万余里。先后跨越了近百条江河，翻越了约 40 座名山险峰，其中包括 20 余座海拔 4000 米以上的皑皑雪山。红四路军出发前将近 20 万兵力，到达陕北时只剩下五六万人。长征途中先后进行了 600 余次重要战役，牺牲营以上干部 430 余人，其中师职干部 80 余人。长征途中，红军平均每天行军 37 公里。在中央红军 368 天的行军途中，15 个整天在打大决战，平均每天都有一次遭遇战。中央红军出发时 8.6 万人，仅湘江战役兵力锐减到 3 万余人，一年之后到达陕北时，队伍仅剩下 7000 余人。据一位红军老战士回忆：红军在四川阿坝地区过雪山时，留下了上万名战士的骸骨。那时掉队的人迷不了路，沿途都是牺牲的战友，他们生前是战士，死后是路标……

100 次遇险，100 次搏击；100 次倒下，100 次站起！面对艰难险阻，伟人讲：“下定决心，不怕牺牲，排除万难，去争取胜利！”坚持和发扬这种精神，中华民族将永远屹立于世界民族之林！

挫折是财富

很久之前，一位国王令大臣们编一本《古今智慧集》，以传给子孙后代用以治国理政。众大臣呕心沥血，历尽艰辛完成一套百万余字12卷的巨著。国王看了后说，太厚，需要浓缩。大臣们又费了九牛二虎之力，将12卷的鸿篇巨制压缩成一卷本。然而国王依然摇头，于是大臣们绞尽脑汁把这一卷本浓缩成一章，再浓缩成一页，又变成一段，最后变成一句话："挫折是一笔可贵的财富。"睿智的国王看到这句话后满意地笑了。

曾有一则报道：德国有一个工人弄错了配方，生产出一大批不能书写的废纸。事故发生后，他被扣了工资，停了奖金。正当他垂头丧气的时候，一个好友鼓励他要从这次挫折中发现更有价值东西。经过一番努力，这个工人发现这些废纸虽然不能做书写用，但纸的吸水性极强，可用来吸干器具上的水。这个工人把这批废纸切成小块，还取了个好听的名字——"吸水纸"。投放市场后，被抢购一空。后来，他申请了专利，成为从过失中走出来的成功者。

开篇所讲故事的真实性无须探究，因为那并不重要，重要的是怎样认识和理解那句话的深刻含义。挫折就是遭罪受难，怎么说它是财富，一下子叫人还真是想不通——这种财富还是少点为好。

西方哲人有言："每个人的一生都是战役——多事多难的漫长战役。谁都不欢迎挫折，但谁都无法避免挫折。"《逆境人杰》一书的封面上写有这样几句话："逆境是人杰的摇篮，磨难是成功的良伴，挫折是英才的乳汁，悲痛是奏凯的琴键。"再加上一句，挫折是人生的财富。

什么是财富？余以为：对人有益的东西都是财富，它包括物质的和精神的；反之都是灾祸。

说挫折是财富是从辩证的视角去观察，它不只是直接的、正面的给人们带来伤害，造成损失；稍事冷静，略加思悟，其中还蕴含着人们平日看不到、想不到的东西。每次灾祸都似别开生面的一堂"人生课"。它内容真实、生动，说服力又强，是普通书本中没有，连圣贤所著的经典中也难以读到的。它让你懂得什么是社会，什么是真善美，什么是假恶丑。从中让你领悟到人该怎么活着，人该做些什么。它好像一服清醒剂，喝着有点苦涩，但会使你头脑冷清，眼睛明亮，从来都是雾蒙蒙的路，这一击沟沟坎坎一目了然。所以能上一节"挫折课"，真是胜读十年书。从中受到的教益远比挫折降临时的苦痛大得多，而且从逆境中亲身体验的各种味道与听别人的说教大不相同。所以人生碰上挫折，从做人做事的长远利益看，也可以理解为上天的恩惠。

看过一幅画：画中是一段粗壮的白杨树干，上面有几处恰似眼睛的疤痕。它的解说词是：挺立在路旁的白杨，用树干上大大的"眼睛"审视着这个世界。每削掉一枝，树干上就会长出一只"眼睛"，目送白杨向天空生长。这也正像人们的身体每受到一次外伤都会留下一个疤痕，而每一个疤痕也都成了自己可贵的财富，它会忠心耿耿随时劝告你不要在同一疤痕处再受第二次伤害。

什么报记不清了，说的是：英国有一家农场主，为了方便拴牛，在庄园中一棵榆树的干上箍了一个铁圈，随着榆树的长大，铁圈慢慢长进了树身里，榆树的表皮留下了一道深深的伤痕。有一年，当地发生了一种奇怪的榆树病，方圆几十里的榆树全部死亡，唯独那棵箍了铁圈、留下深深伤痕的榆树存活下来。后来，植物学家对此树进行了认真研究，结果发现，正是那个给它造成伤痕的铁圈救了它。因它从锈蚀的铁圈里吸收了大量的铁，所以才对真菌产生了免疫力。

“塞翁失马”的故事，众人皆知。人因挫折一时受到伤害，而后又从中得到好处的故事数不胜数，这就是人们常说的“因祸得福”。

常言道“一寸沉香一寸金”，沉香所以名贵，正是生长成熟的香树在经历灾难后的收获。它常是在被老鼠吃，昆虫咬，台风击断枝干，人工砍伐，还有放火燃烧，用烧红的火柱钻向树干之中。它是在这些伤痕累累，发生病变的情况下，才开始结出这一香料。人们想用当代科技手段去复制，还真是难以企及。

世间有些美好的东西又常孕育在痛苦之中。中国人表演的千手观音令世人倾倒，这除了演技绝伦之外，还因为表演者都是聋哑人。大自然中的珍珠是宝，可它是蚌的病灶，牛黄对人的一些病症堪称有效，可它是牛的胆囊结石。

世界历史名人中，除了他们阳光的一面外，有些与他们不寻常的遭遇也不无关系。像拿破仑被囚禁在大西洋中圣赫勒拿岛上时被人毒死，曼德拉铁窗生涯 27 年，张学良的大半生是在囚禁中度过。这些不寻常的苦难，也给他们的人生增添着亮色。

挫折富含免疫力。有些挫折让人一时阵疼，或许疼痛难耐，但它也蕴含了莫大的福分。它像幼儿的防疫疫苗，每种一次疫苗，孩子就要哭闹一阵，但受益是终身的。从骨科专家那里得知，骨折是不幸，身体痛苦，精神折磨要恢复，一般都长达百日。然其骨折处却平添了健康指数。听洛阳白马寺骨科医院专家郭大夫讲：骨折的地方在做过理疗之后，长到第三周，骨质内部从伤口处分泌出层层骨胶，正涂在骨折处的外围，牢牢禁锢在骨折的外部。待骨折结合牢固之后，它会像一个骨箍把受伤的断裂处紧紧箍住。日后再遇到同等力量的伤害，其他地方的骨骼会折断，受过折伤的地方安然无恙。

人云“挫折是财富”，重在从挫折中汲取到精神养料和指导人生的智慧，运用于人生实践中，使后来者的步子迈得更稳健，脚印更深沉。挫折中的人们，要用变化的思维和眼光从一时昏暗中举目远方，看到光明，看见希望，从而激起自己生存的勇气。

人云“挫折是财富”，就是要铭记：前车之鉴，后事之师的哲理。这正是：

迷失在戈壁大漠中的人，比谁都珍惜水，因为他读懂了“水是生命”的真谛。

从饥饿岁月中幸存下来的人，不再说“粒粒皆辛苦”、“一粥一饭当思来之不易”是陈词滥调。

地震之中，从废墟里被抢救出来的幸存者，心中最想说的一句话是：世间最宝贵的是生命。

祸不单行的家庭，自会无言默祈，无灾无病，平安是福。

因愚鲁直陈，而遭贬官、下狱、充军的人，对人生“敏于事而讷于言”领会更深。

志得意满，忽落陷阱的人，才信服——即使再平坦的大道，也要举步防跌，该不是危言耸听。

因贪财而走上不归路的人，才能嚼出“不贪是宝”的真髓。

国破家亡，惨遭列强蹂躏的民族，才懂得为什么要爱国。

马谡倘能再世，该不会再以精通兵法自居；赵括若是复生，他对“纸上谈兵”的危害性会比谁都理解深刻。

今天享受着幸福生活的人们，该懂得先烈写下的“狱中八条”和上万红军战士用脚步拟就的“长征精神”，当是中华民族走向未来的精神瑰宝。

“挫折”是世上门类齐全、水平一流的综合性大学。能就读其中是幸运，是福分，能拿到毕业文凭将是财富最大的拥有者。

天地父母

古人云："呼天者，人之始也；父母者，人之本也。人穷则返本，故劳苦倦极，未尝不呼天也；疾痛惨怛，未尝不呼父母也。"这不是无病呻吟，正是人在绝境时发出的求生呼唤。称天地犹如父母，不是把它虚无为神灵去膜拜，它是深邃的自然科学，它与人的生存息息相关。早在西周时期问世的《易经》就已研究得清清楚楚——它有八样东西：天、地、日、月、山、泽、风、雷，布于宇宙，挂在天体之间，人称八卦。在人们的认知滞后于大自然时，常有"老天爷"的呼喊。这喊声有敬天之意，但有时也包含着无奈的渴望与祈盼。

天地是人类的摇篮。

《易经》指出，人"与天地合其德，与日月合其明，与四时合其序"。意思是，人是天地生成的，人类的活动要遵从自然界本原的普遍规律，要使"人道"符合"天道"。先民们尊崇"天道"，把宇宙运行、万物生长的自然界视为"天"，自知人是这整体中的一部分。

《易经》中强调天、地、人三者各有其道，但又互相对应，互相制约，互相联系，将人放在天地之间，体现了"天人合一"的思想。

"天"代表无所不在的自然。天人合一，一是指天人一致，宇宙自然是大天地，人则是一个小天地。二是指天人相应，或天人相通，人和自然在本质上是相通的，故一切人事活动均应顺乎天地，从而达到人与自然和谐相处的最佳状态。正是基于这种认识，老子说："人法地，地法天，天法道，道法自然。"

"天地者，万物之父母也。"这是《庄子·达生》里的一句话。意在告知人们对于自然天地要有敬畏之情。人是万物之首，然无天地则无以为寄。

天地并非虚幻，而是人类赖以生存的实实在在可以感知到的。诸如：阳光、空气、土壤、水、动植物等无比丰富的自然要素，以及由这些要素组成的生态系统。实际上，人类也就是在这一生态系统中经过长期的进化、发展、演变的产物。所以说，人类的祖先择水草而居，伴水草而生活。草在人类的幼年给了人类生存与繁衍的物质基础和精神滋养，更给了人类永远的家园。

汉代王充在《论衡·量知》中说："地性生草，山性生水。"生存让人们怀着感恩的口吻道出"靠山吃山，靠水吃水"之说。再从《说文解字》中对"药"字的解释去看："药，治痛草。""菜，草之可食者也。"由"药"和"菜"与人生命关系之密切，我们理当感到人的生命本质与自然链接如扣，如果链条微丝松动，就给我们带来不堪承受的浩劫。所以，回味天地馈赠，我们是天地之子，地球是我们的母亲，说母子情缘浓浓，并非溢美辞章。

古人对天地自然有依赖，也有改造，但却顺乎天道。

2010 年，抗洪救灾中，江西赣州免于洪涝之苦。原因是建于宋代的一套排水系统福寿沟，它完全是尊重自然之规修建而成，从而为后世人类造福无穷。四川都江堰修建之前，成都平原经常饱受岷江泛滥之灾，可以说，没有都江堰就没有富庶美丽的天府之国。都江堰至今发挥着防洪、灌溉和运输的功能，我们由衷赞叹古人的远见卓识。在建造这一历史性工程时，完完全全是依山势的自然走向和水势的自泄规律，巧妙地将两者结合在一起，从而使都江堰既坚固又经济，历千年虽多灾而无损。先人们遵天地之道而举事的智慧永远值得后人称颂和膜拜。

华夏子民祭天地活动源远流长。当今百姓以极为隆重的形式欢度农历春节。相传这是把舜祭告天地的日子当作一年的开始。舜所以这样做，一是感念天地赐福于百姓，二是感念尧能“逆天道”把帝位传给他，而没有把帝位强让给自己难成大器的儿子。

当然，感恩不是屈从，不是束手顺其颐使，更不是挟人类停滞或倒退，回归混沌世界。而是从走过的历程中，总结成败经验，发现规律，摒弃无知作为和盲动行事，因那样既无益于人类生存，又使大自然遭到破坏。要在天地运转的规律中，寻找人与天地的契合点，于和谐中求发展。

人们常把地球称作母亲。其实，父母仅给以生命，供养人类生长、存活还赖天地。1942 年，老天大旱，仅河南省就有 500 万人的生命被夺走。

2006 年 8 月 24 日，《人民日报》撰文：“天有病，人知否？”中写：当年，发生在我国许多地方的自然灾害，大到影响广泛的台风、洪涝、旱灾、沙尘暴，小到局部发生的泥石流、山体滑坡、暴雨雷电，已经造成 2000 余人死亡，150 万户居民房屋倒塌，大小经济损失加起来超过 1500 亿元。

从 1906 年美国旧金山发生里氏 8.1 级地震，到 1995 年日本阪神发生里氏 7.2 级地震，前后 7 级以上的地震发生 9 次，死亡 100 余万人。从 1976 年的唐山地震到 2013 年 4 月的芦山地震，先后 7 级以上地震就有 4 次，死亡 40 余万人。

据我国军队防灾减灾专家唐德高教授的研究统计，地球上每年大约发生 500 万次地震，其中有感地震大约 15 万次，造成严重破坏的地震近 20 次，毁灭性地震约 2 次。

2004 年 12 月 26 日发生的印度洋海啸，其时 3 分钟，为里氏 8.9 级，然释放的能量相当于 2.3 万颗原子弹。而且来之须臾，又那么暴虐、残酷，造成的惨状让人目不忍睹，谈及色变，忆之心悸。平日什么坚强、勇敢、威武，有时响彻云霄地呼喊着向大自然进军的号令，然而在天老爷怒目蹙眉之时，人类又显得如此脆弱、乖顺和无奈……

20 世纪 90 年代初，110 位诺贝尔奖获得者曾共同呼吁："人与自然正处于迎头相撞的险境，人类的活动为生存环境和珍稀的资源带来无可逆转的伤害……人类必须彻底改变管理地球与生命的方式，才能逃过未来的苦难。"

感恩天地，就要对"人类中心主义"的理念进行认真的反思——大自然与人是相互依存，共存共荣，而不是谁主宰谁的关系，是矛盾的统一体；是相得益彰，而不是互相排斥、对抗。人类毁灭自然，就是自绝生存之道，所以，感恩天地，就要像爱护自己生命一样爱护自然。呼天地为父母，就一定要做到像孝敬父母一样去敬仰它，呵护它。

城门失火

“城门失火，殃及池鱼”一语，出自《太平广记》。语中“池鱼”有两说，旧说是人名，曰池仲鱼，因城门之火的蔓延被烧死；一说是池中鱼，池中的水因灭火汲尽，致死。这里不去深究，因它并不重要。我们取其语义，是从当今的生态环境说起。

对于“生态环境”这个话题，人们已不陌生，因它是全人类共同的话题。近几年来，由于政府加大对生态环境的治理力度，和在这个领域的普及宣传，人们在日常生活中不时提到生态环境与人类生存发展的关系。就在人们对这个领域具有共同认识的同时，也不时夹杂着一些不和谐的声音。诸如：这真是“小题大做”、“大惊小怪”、“杞人忧天”之类的话。他们的言外之意显然是，生态环境是全世界的事，与己何干？

生态环境离我们真是遥不可及，与我们没有关系？你听说过“蝴蝶效应”吗？

在南美洲亚马孙河流域的热带雨林中，一只蝴蝶扇动几下翅膀，可能在两周后引起美国得克萨斯一场风暴灾难。也就是说，表面看来毫无关系，非常微小的事情，可能带来巨大的连锁反应。

沙尘暴席卷我国北方的时候，有人开玩笑：江南好，沙尘很遥远！

据《人民日报》载，有一年，浙江监测中心站提供的数据显示：当年 3 月，由于受沙尘天气的影响，全省大气环境整体质量下降，影响最大的是杭州。该市轻微污染天气有 12 天，占整个月的 39%。而在 2 月份，杭州市轻微污染天气仅有 2 天，优良天气有 26 天。就在当年 4 月 18 日，日本列岛大部分地区均观测到沙尘天气，我国首都北京更是 6 年来首次遭受沙尘侵害。日本媒体称，沙尘主要来自中国大陆地区的沙尘地带，偏西风吹到日本。

其实，就是抵达中国的沙尘，也有相当一部分属于“境外入侵”。据介绍，从 2000 年到 2004 年，发生在我国北方地区的沙尘暴有 40 次，其中 29 次都是“境外入侵”。

省有界，国有疆。可沙尘不长眼睛，不选地方，同属地球村人，在许多自然与人为的灾害面前，人人无法逃遁。尤其是环境污染将是全球性灾难，绝不是事不关已。

有记者采访时听到这样一句话：现在物质条件虽然越来越好了，可整天灰头土脸的，哪是人过的日子！这话出自内蒙古居延海边的一位大嫂之口。

气候变化将造成营养不良、痢疾、心血管、疟疾和呼吸系统等疾病发病率升高。

空气污染是引发心脏病的高危因素，每年导致全球约 200 万人死亡。1952 年的伦敦烟雾事件，导致数千人死亡。（《人民日报》2013 年 12 月 12 日）

由于对资源的无节制开发、争夺甚至是抢掠，生产加工过程中产生的“三废”（废水、废气、废渣）肆虐，使人类赖以生存的自然环境受到严重破坏，使一些动植物变异畸形，有的新生儿畸形变态。人类患上癌病等疑难杂症的概率，逐年增加。

德国《独立报》撰文，尼安德特人大约在35万年前出现，曾居住在横跨欧亚的广阔地带。直布罗陀地区是他们最后避风港，一直生活到大约2.4万年以前。那里物产丰富，森林茂盛，湿地和狭长的海岸线使得他们得以繁衍生息。可气温突然下降至8℃（现在海平面温度在14摄氏度至20摄氏度之间），接着是一场干旱，使可供使用的淡水大量减少，猎物大批死亡。芬利森教授说："寒流似乎非常严重，而且时间很短。橄榄树和栎树等生物躲过了一劫，一直存活至今。但尼安德特人和其他种类的物种未能幸存。"

美国爱丁堡大学一位科学家警告说：尽管环境污染导致的基因突变不会立即引发疾病，但它们可以在人类一代代的遗传中壮大自己。引起人类不育，最终毁灭整个人类。（《人民日报》2006年5月18日）

2007年，联合国政府间气候变化专门委员会在布鲁塞尔发布的《气候变化影响报告》指出：气候变化是全球性的，有可能导致水资源和粮食资源短缺，任何地区和个人都无法幸免，将在今后造成数百万"气候难民"。至21世纪末，如果气温上升2—3℃，其结果将是悲剧性的。报告展示2100年的前景是：干旱地区扩大，强降水和洪水发生频率激增，江河湖泊水位下降。如果气温升高1.5—2.5℃，20%—30%的生物品种面临绝境，因海平面升高，每年将有数百万人因洪灾沦为难民。

到2100年，海平面可能增高一米。中国东部沿海会有大小如同葡萄牙一样的地方淹到水里。

最近一份气候变化的官方报告预测，在21世纪后半段时间里，中国的麦子、大米和玉米产量会下降37%。中国七大水系中淮河、海河、辽河、黄河、长江等的降雨量会下降37%。

据有关专家计算，我国由于环境污染导致每年损失2800亿元。

青藏高原为1000多万人口提供着直接的生命支持，其生态服务对具有20亿人口的东亚和东南亚地区产生直接影响。青藏高原生态系统每年创造的服务价值达到近万亿元——9363.9亿元，占全国生态系统每年服务价值的16.7%（《人民日报》2006年6月29日），而如今青藏高原正经受气候变暖的影响：冰川融化，雪线上升，草原退化，河流污染，野生动植物种类锐减。这个变化已经使它不再是一块完全意义上的净土了。

中华民族自古以来就有重视与保护环境的优良传统。神话传说中的“女娲补天”，就具有强烈的环境保护意识。自20世纪下半叶起，尤其是我国快速发展的今天，政府把环境工作列入国策，制定方案，拟定法规，大力推动环保事业的发展。国民对生态文明的理念也日益增强。据报道，某地环卫工人一分钟要弯腰109次去捡拾垃圾，累得大汗淋淋。黄山上的环卫工人，系上保险绳子，冒生命危险攀附在刀劈斧削的陡壁上捡拾垃圾。这种精神着实让人感动。然国人环保意识滞后于时代的要求，生态文明的理念还没有植根于心，行动迟缓，所以不文明的行为还频频呈现。在旅游景区私刻乱画，摘花折枝，敲碎雕像，践踏草坪，乱扔废物……这些不文明行为带到国外，贬损国家形象，羞辱国人颜面。

大自然的存在、运行、演化是有其自身规律的。人作为自然之子，应当像孝顺父母一样，顺其自然，保护自然，与其和睦相处。在自然面前，人是能动的而非被动的。人们主动的发展是为了更好的生活。当一种发展使我们很少看到蓝天白云、青山绿水，很难呼吸到洁净的空气，很难吃到喝到洁净的食物和水，那社会发展还有什么意义呢?

蓝天，经不起有毒气体的过度排放；清流经不起过多浊物的污染；青山，经不起无休止的乱砍滥伐；土地，经不起超量化肥农药的侵蚀……

保护自然环境，人人有责。从我做起，从身边做起。要像保护自己的眼睛一样来保护环境；要像对待自己的生命一样对待自然环境，因它不是城门之火!

无雪是何年

“燕山雪花大如席”，此语虽有夸张，但也未必不是事实，因为大自然的造化，本来就绝妙无比。可“更喜岷山千里雪”，该是雪山特色。诗句告诉后人，诗人挥毫的年代，雪量肯定大于今天。就是20世纪中叶，冬季的大雪也是一场接着一场；燕山大地皑皑白雪，覆盖山野，整个冬季都不融化。就是家乡豫西，记忆中冬季也是雪花漫漫，绵绵不断，大地落雪厚达半米是常有的事。大雪封河塞路，待到日照雪融时，屋檐上冰柱尺余，晶莹剔透，人们在惊喜之余，禁不住腾足折冰，品尝这天然的冰棍，其乐无穷。逢上飞雪迎春，更给人们平添无尽的乐趣，人们由衷赞曰：大雪兆丰年。人们心目中的雪是对庄稼的滋养，是大丰收的先兆。农夫曰：“麦盖三层被，头枕馒头睡。”雪是爱的天使，是上苍对黎民的恩惠和眷顾。

置身雪景，不由高诵毛泽东在《沁园春·雪》中写下的：“北国风光，千里冰封，万里雪飘。……”

当今，因冬季少雪，2007年圣诞节期间，美国的报刊上频频写着“冬天在哪里？”“冬天？这是什么冬天！”的标题。

这一年，德国人心目中的“白色圣诞节”成为奢望；日本人未能欣赏到“寒樱”——因无雪。近几十年，到了冬季，数九寒天犹如初春之暖，大地干裂，“土地爷”的脸又黑又瘦，褶痕一道挨着一道，既密又深。没有雨雪的滋润，冬天的大地少了很多韵味。生活在尘埃雾霾之中，尽管山珍海味，豪宅琼楼，一切生活气息显得苍白而缺乏生机。

“黄河之水天上来，奔流到海不复回”，这是唐代诗人李白赞美滔滔黄河的诗句。它是中华民族的母亲河，然而，今天的黄河中下游每年都发生断流现象，而且每年发生断流的时间和区段越来越长。从1972年第一次发生断流到90年代中期，断流现象越来越严重。1995年距河口600公里以内的区段发生断流，时间长达118天；1996年长达136天，距离扩大到700公里。往年断流从2、3月份开始，1998年的断流从头一年的11月份就开始了。这种跨年份断流现象实在堪忧。

地球怎么啦？闹水荒！

1997年6月5日，《中国教育报》刊文：难道因为缺少干净的淡水，人们将再一次流离失所吗？难道可以忍看成千上万的同胞因饮水而挤满医院吗？我们这个历史上多灾多难的民族啊，又一次面向苍天，发出焦灼的呼唤：水！水！水！

淡水紧缺。目前世界上有超过62个国家，将近22亿人口处于缺水状态。有28个国家被列为严重缺水国，约有3/4的农村和1/5的城市人口，每年得不到足够的淡水。全世界始终有15亿人没有可靠的饮用水。

从童年的记忆中，家乡的河水绕村郭流淌，清澈见底，直视无碍，游鱼可数；溪流潺潺，不息昼夜；井水喷涌，冬暖夏凉，清冽、甜淡、可口；夏季里大雨滂沱，河水暴涨，浪涛腾越，人们欢呼雀跃；秋雨连绵，凉意丝丝；冬季鹅毛大雪，人们更是手舞足蹈，迎接这圣洁的天使，远方的来客。

很多南方文人非常乐意在文字里面将雪描绘成有灵性、有生命、有感情的柔婉之物——晶莹、剔透、婉约、清幽。

如今，这一切似乎成了不复的往昔，记忆中的瑰宝。

北风振枯苇，微雪落璀璀。北方人对雪更是情有独钟：把它看作上帝恩赐的硕大蛋糕；它的莅临，使天空湛蓝，空气清新；大地像盖上一床羽绒大被，御寒保暖；它犹如大地的甘露，过冬作物的奶酪。举目长白山雪凇，如云如乳，如梦如幻，娇嫩欲滴。

“忽如一夜春风来，千树万树梨花开”，这是诗人对雪的赞美。大雪纷纷，寒气袭人，出行不便，但这阻止不了人们对雪的狂欢。成群的少男少女，尤其是顽童，他们冲出家门，去蹦、去跳、去追逐嬉戏：口含着雪，手抓着雪，开雪战，堆雪人，欢乐驱走了严寒，换来了身暖，刹那间忘却了世间的一切，在雪的王国里，尽情地欣赏着银装素裹的奇峰雪域——仙境般安谧，神话般奇美。

“风雨送春归，飞雪迎春到，已是悬崖百丈冰，犹有花枝俏。”大雪普降，也悄然送来丝丝春意。正是此时，细心人会惊喜发现，阳坡上的绿色正在蓄意浅染，寓含着春天的脚步悄悄走近。春是未来，春是希望，不要小看这一丝希望，它虽不像理想那么远大，但却是走向未来不可缺少的力量。它是人生中最基本，也是最重要的精神支柱。人们完全神会：雪的洒落就是希望的曙光。人们为之欢呼，为之歌唱，情感为之奔放。

然当今的冬天少雪了，没雪了。

水是雪之本，雪由水而生；渴望、祈盼雪的回归，那就珍惜水吧！

不敢想象：无雪是何年？

草木的叹息

《人民日报》(2006年7月20日)刊文:“要听懂草木的叹息”。内容是写，在韩国被誉为“盆栽艺术家”、“盆栽哲学家”的成范永先生来到北京，发现天安门广场的松树“气色不好”，当天晚上徘徊观察了几个小时，断定它们是得了“重病”。之后他对本文作者(也是他的朋友)范敬宜说:“因为树木和人一样，是有生命的，健康的树是会‘笑’的。而在这里，我听到了松树在‘叹息’，在‘呼号’，在‘哭泣’，必须马上抢救，否则就会‘死亡’。”

作者不解地说:“我经常经过这里怎么听不见？”

成先生严肃地说:“那是因为它们不是你的孩子。每一个细心的父母都能听懂他们婴儿的哭声——是饿了，病了，还是冷了，热了……”

读完此文，让人眼前一亮，别有一番感受。人们能把树木当成有生命的物种，这就显示一个人的生态理念是很强的。可这位盆栽专家把草木看成自己的孩子，比喻成婴儿，可见草木在他心中和人一样，还有喜怒忧伤的感情，这足见树木与人类的关系太密切了。

曾周游全球166个国家考察环境问题的土耳其著名环境专家库拉勒博士说，其实大自然的生态均衡极为微妙，而且敏感，即使移动一棵树，也会影响当地的生态环境，可人类经常砍伐与破坏森林。

20 世纪 50 年代末，国人为了大炼钢铁，当地的树木几乎砍伐殆尽，这种惨痛的教训只能归于人们对森林的价值太无知了。

森林是天然的“绿色水库”，具有很大的保水能力，它能促进天上水、地表水和地下水的正常循环。每年一亩林地比一亩无林地至少能多蓄水 20 立方米。它是保持水土的“巨人”。它可以削弱雨滴的冲击力，减少地表径流，只要有 1 厘米厚的枯枝叶层，就可以把地表径流减低到裸地的 1/4 以下，泥沙量几乎减少 94%。森林是防风固沙的“绿色长城”，一亩防风林，可以保护 100 多亩农田免受风沙之灾。

就我国而言，森林的年水源涵养量为 3473 亿吨，相当于现有水库总库量的 75%。森林保护土壤的作用相当于每年创造价值 2691.32 亿元。森林固定二氧化碳和供给氧的价值，两者合计 1842.3 亿元。

在全世界约 500 万至 3000 万动植物物种中，约有 2/3 生活在森林中，约有 600 万人居住在森林中，并且是靠森林为生。因森林消失而受到威胁的物种包括类人猿、猩猩、大猩猩、黑猩猩、倭黑猩猩、老虎、亚洲犀牛、大象等。

森林被称为“地球之肺”，世界上最大的巴西亚马孙热带雨林通过光合作用吸收二氧化碳，释放氧气，制造全世界约 20% 的氧气。

森林与人类生存休戚相关，可目睹现实，森林的生存状态着实令人担忧。

据联合国估计，全球每年有 1300 万公顷的森林被砍伐，相当于希腊或尼加拉瓜的国土面积。

《参考消息》（2000 年 8 月 18 日）撰文：“森林在哭泣……”文中这样写道：这是一场失去控制的环境灾难。当你读到这篇报道时，世界上有200多万英亩森林正在燃烧。连绵不断的原始森林，成千上万种动物与人们居住的房屋都被这一连串前所未见的大火点燃，烧焦，毁灭。

当年，美国已经有403.4万多英亩（1英亩约合6亩）林地被烧毁，几乎是十年来平均烧毁面积的10倍。

世界自然保护基金会和另外两个组织在历时三年拟就的一份长达650页的报告中警告：世界上已知的树木品种有1/10濒临灭绝。在业已知道的8万到10万种树木中，有8750多种濒临灭绝，约有77种树木已经消失，还有1000种树木被认为“受到了严重威胁”，某些种类的树木仅存一棵或寥寥数棵。

世界自然保护基金会根据卫星照片发出警告说，在最后一季冰川结束后，覆盖全球森林有2/3因农业生产和建房消失殆尽。该基金会研究结果表明，亚太地区原始森林的覆盖面积减少88%，欧洲为62%，非洲为45%，拉丁美洲为41%，北美洲为39%，俄罗斯为35%。

1997年《人民日报》刊文，当年全世界至少有500万公顷森林在大火中受到破坏。而森林大火中释放出来的大量二氧化碳进入大气层，又部分地助长了温室效应。1999年被世界野生动物基金会称为“着火”的一年。

世界观察研究所1998年发布报告，世界森林正在以每年1600万公顷的速度消亡，差不多是一个英国或半个德国的面积。更为严重的是，由于人们大量使用木材，特别是用于造纸和饲养牲畜，以及森林大火等原因，世界森林已消失了一半。

我国的森林面积仅占世界的3%到4%，森林覆盖率只有13.92%，是世界平均水平的一半，自然条件恶劣、生态环境较差的西北等地区的森林覆盖率更低。森林对环境和气候的调节作用难以充分发挥，生态环境不断恶化的局面没有从根本上得到改观。

我国全民植树运动开展二十多年以来，营造的人工林面积虽然占世界第一位，但是，人工林质量不高，结构单一，还没有达到义务植树运动的预期目标。有些地方把义务植树作为一种形式，表面文章做得多，实际效果差。尤其是一些学校或是不景气的公园、交通要道的路旁所植树木，成活率难及三分之二；已成活的树苗遭到折枝断臂的屡见不鲜。这充分说明，对树木的价值和对生态的作用，人们的认识很淡薄，植树不见林的现象还不能从源头上得以扭转，实在令人焦虑。

联合国粮食与农业组织森林资源评估协调员威尔基说："毫无疑问，中国是目前为止全世界在造林方面做出努力最大的国家。"平均每年实际新增森林面积在 300 万公顷左右。她说，中国要在 2020 年实现全国森林覆盖 23% 的目标，"如果中国能保持过去 10 年的造林水平，那么这一目标完全可以实现。"

云南腾冲有一种红花油茶树，在"大炼钢铁"那阵子，村民们顶不住，白天砍树晚上哭。2014 年曾有人在马站乡和睦村出数万元买段生祥几棵红花油茶树，被拒绝了。老段说："卖祖宗留下的树，出门咋见人？"县里给大树、古树办了"身份证"加以保护。2013 年曲石镇八棵大树被挖，镇领导、林业站干部一律被问责。县委书记何伟认为："抓生态，不能光想着环境怎么对人好，还得琢磨人怎样对环境中的树好、对动物好。"所以，这里人盖房宁愿去别处买木材，也不砍树。"只栽树，不砍树，是祖辈的规矩。"

腾冲人对树木的感情、行动值得赞扬，更值得发扬光大。从中也看到国人对树木的关爱，对生态重视的理念在提升。

人类为了自己的舒适向自然索取太多，导致生态环境改变，天灾不断，最后受到损失的还是人类自己，包括庞大的经济与生命损失。

毁林易遭水灾，毁蛙易遭蝗灾，毁蛇易遭鼠灾，这个道理不是今天才知道，可如若不是大灾临头，人们总难以引起重视。

要用科学的手段来指导义务植树运动，种一棵，活一棵；栽一片，绿一方，讲求成活率。“人海战术”的植树运动，让它成为过去吧！尤其是心血来潮的大面积砍伐，作为沉痛的历史教训让它尘封于史册吧！

水至清则无鱼

苍茫大地乃万物栖息的乐园。人与自然和谐相依，共存共荣，生生不息。

中华民族的文化传统理念认为“水至清则无鱼”，肯定异质要素与不同意见的积极作用，尊崇物物相邻而不相害的依存理念，这就是和谐，这就是“和合”思维。儒家提出“和为贵”，老子认为“知和曰常”，主张通过不争、守弱的途径实现与并存者的和乐相处。

和谐自然就是由天地人组成的宏观大系统。中国思想史上看重整体的思想原则。老子说：“天得一以清，地得一以宁”，儒家认为《春秋》“大一统”，法家主张“尊于一”。虽然表述不同，各家各派出发点不同，但无不强调一元说。中国人民常讲“舍车保帅”，“牵一发而动全身”，还有范仲淹笔下的千古名句“先天下之忧而忧，后天下之乐而乐”，都是在倡导中国文化崇尚“一盘棋”的理念。

中国人是以《易经》的变易思维来看待世界，而事物变易源于内部要素的不同交合。在《易经》的卦象系统中，那些上下之间可发生交感的卦象则吉，如泰卦；相反，否卦因乾上坤下，天地不交感而不吉，否极泰来的喜庆态度就表达着对“和合”思维的肯定。

在我国的传统文化中，“天人合一”是重要理念。“天亦有喜怒之气，哀乐之心，与人相副。以类合之，天人一也”；“万物各得其和而生，各得其养而成”。古人主张对自然应采取顺从、敬畏、友善的态度，对自然万物博施以“仁”，和谐共生。

人本自然之子，享受着大自然的赐予和恩惠。但长期以来，在人们的理念中，缺少对大自然的尊重，习惯于以大自然的主人自居。只知肆意索取与占有，不知回报与感恩。多数人认为保护自然是科学家的事，与切身无关。所以，举手投足只着眼个人的眼前利益——移山填海，围湖造田，私采滥挖，破坏人类赖以生存的自然环境。

其实，人与自然不是对立的双方，不是谁战胜谁，而是如何相互共存的问题。老子说：“人法地，地法天，天法道，道法自然。”

在他看来，人与天地万物是同根同源、血脉相连、休戚与共的统一整体。庄子也说：“天地与我并生，而万物与我为一。”庄子哲学思想的核心范畴是“道”。天生万物，人是自然的一部分。“吾在天地之间，犹小石小木之在大山也。”人应与自然保持平等、和谐、融洽的关系。要达到物中有我，我中有物，物我合一的“天和”境界。

庄子认为，人与万物同样地被“自然和气”生成，人应尊重天地自然万物，居住在“万物不伤”和“物物而不物于物”的“天乐”境界里。

法国作家雨果说过：“人与人之间关系的文明化，这只是第一步。下一步是人与自然，人与动物之间关系的文明化。”

历史上一些国家的衰亡，许多都同人与自然矛盾的激化有关。中华文明之所以源远流长，一个重要原因就是，我们的民族文化具有崇尚自然的文化传统与天人和谐的思想与智慧。

人类可以利用自然，从自然中获取有利于人类发展的使用价值；同时要善待自然，不要肆无忌惮地去伤其筋骨，削其头颅，刀削斧劈，让它流血，让它哭泣。近几年全球每年破坏森林近2000万公顷，全球每年地表土流失近230亿吨。20世纪最后25年中，人类对能源的需求等于人类以往消耗掉的全部能源总和。

美国以阿尔多·利奥波德为代表的、一批有远见的生态学家，提出了土地伦理学判断标准："当一个事物有助于保护生物共同体的和谐、稳定和美丽的时候，它就是正确的，当它走向反面时，就是错误的。"

美国，早在1864年，乔治·帕金斯·马什在其研究人与自然关系的名著《人与自然》中，就批判道："地球仅仅是给予人类使用，不是消耗，更不是肆无忌惮地浪费的权利，人类把这一点遗忘得太久了。"

自然界的生物链是不容破坏的。人类仅仅是这个生物链上的一个环节，而就整体生物链去看，各种生物的价值是等量的，损坏任何一节链条，都是对全链条的破坏。这个演化过程是渐进的，当它发展到质变的那一刻，就是末日。

《水里的圣经》是作家沈思源的新作。其主旨是通过一位90岁的老奶奶和一个25岁的孙女两代人21天的对话，告诉大家："所谓的世界末日，是人类狭隘地站在自身的立场上，觉得人类没了，就是世界末日了。她认为末日是相对的，宇宙并没有真正的末日。但是我们不懂得敬畏自然，那么人类的这个末日，不是今天到来，也会明天到来；不是这一部分人的末日，也会是另一部分人的末日；不是在此岸发生，也会在彼岸发生。"

人与大自然和谐相处，就要尊重其他物种，它们都是天地的子民。它们与人虽不同类，但是同伴，是邻居，有的还是亲戚；彼此思维不一样，语言不相同，但人与太多的动物，经过一定时间的接触、磨合，还是有可能沟通、交流的。有一些家畜，经过人们对它们的饲养、疾病治疗，从中建立起感情：天鹅、蟒蛇，甚至是人们引以为宿敌的狼，在与人类长时间的相处后，到放归它们时，它们还能表现出依恋之情。更不说鸡、鸭、狗、猫等，有时它们与人类的情感还很浓，甚至知恩图报。

在我国南水北调的移民搬迁中，有一户移民因自家的一只小狗着实不能带走，无奈将小狗暂托邻里喂养。当车开动后，小狗穷追不舍。车子渐远……几天后，主人在新居住的院子里听到门外耳熟的小狗叫声。全家人喜出望外，跑到门口去迎接。就在他们开门的刹那之间，小狗倒在主人面前瞑目了。全家人几乎异口同声在惊喊：天呀！小狗是从 600 公里外的家乡跑来的呀！

可有些人对越是稀缺的动物越要捕，越是贵重的动物越要吃，甚至对吃了无益，反而有害的动物，尤其要吃。这对人类的理性，人类的灵性和文明该是莫大的讽刺！

2006 年据美国广播公司报道，在美国、加拿大、欧洲等地，数百万只蜜蜂，一夜之间突然消失。这使美国东海岸和得克萨斯州一些养蜂人的损失超过 70%；美国西海岸养蜂人的损失则从 30% 到 60% 不等。蜜蜂的大批失踪，严重地影响了美国的农业。寻觅其原因说法很多，但当地冬天变暖是主要因素。这与人类有什么关系呢？对此，爱因斯坦曾说过："如果蜜蜂从地球上消失了，那人类只能再活 4 年；没有蜜蜂，就没有授粉，就没有植物，就没有动物，就没有人类。"

像蜜蜂这样的授粉动物与人类的生存和福利关系极为密切。比如，欧洲 84% 的作物需要昆虫授粉，而作物授粉动物的减少就直接威胁粮食生产。农民、食品分销商、商店经营者和一般公众都会遭殃。事实上，很多水果和蔬菜也有赖于授粉动物，其中包括一些对健康饮食至关重要的品种。

2013 年春，南京市某小区一批麻雀突然死亡。这一突发事件，需经过专业人士论证，才可能了解其原因。或许一时还找不到原因，但至少可以推想，可能是禽流感，或是食了有毒的谷子，饮了有毒的水，吸了有毒的空气，不是人为，就是天为。其实，当今世界上有生存危机的又何止麻雀。天上飞的，海里游的，圈里养的，地上长的，都有可能在知名或不知名的原因中死亡。

这些非同寻常的现象，实际是大自然在呐喊：大自然也有不可逾越的平衡，它们的规律和尊严不可践踏，人们物欲泛滥的结果是自掘坟墓。它提醒着人们应奉行“见素抱朴，少私寡欲”的生存理念，和尊崇“知足不辱，知止不殆，可以长久”的道理。

在万物争荣的世界民族之林，中华民族是一株久历寒暑、年轮密集的劲松。其千载不衰的经历、抗风耐霜的生机和复兴在望的前景，正验证着“和合”思维的生命力。这一思维不只符合人与自然，而且更切合人与人的关系。

“天与人不相胜。”四海之内皆兄弟，普天之下共手足；生之有权，活之有理；利彼则是益己，共生才能共存。种不分强弱，族不分大小。不管何家何族没有优劣之分，既不能独善其身，更勿妄自己一家雄居苍穹，唯其“和合”是为天地之道。

人勿妄为

人对自然可以改造，使其为人类服务，但一定不可妄为。

仅以水为例。

《管子·水地》中写："水者何也？万物之本原也，诸生之宗室也，美恶贤不肖愚俊之所产也。"无水，就无生命；缺水，就缺生命。世界上有了水，才绿意盎然，才花团锦簇，才人丁兴旺。是以圣人之化世也，其解在水。

生命的渴望，让人懂得：有些时候，水比金子贵。珍惜水，可以说就是珍惜生命。可举目现实生活，人们对水的挥霍可以说达到疯狂的地步。

一座小小的山城，几万人口，可洗车店近百家，平日生意兴隆，店员们手持水枪任意喷洒，好不畅快。一逢雨天过后，洗车店门口就排起长龙，蔚为壮观。到底洗一辆小车耗掉多少水，没见过统计数字。还有在浴池中看到，有人洗一次澡，放开淋浴闸门长达一个多小时从不关闸，有的关停不断，洗一次下来放上百次水，这些水又都是救命的淡水！

我们今天的生态环境，党的十八大报告概括是"资源约束趋紧、环境污染严重、生态系统退化”。环保部对当前全国环境质量的概括是“局部有所好转、总体尚未遏制、形势依然严峻、压力继续增大”。这不能不使我们重温，恩格斯曾告诫过人们的话：“不要过分陶醉于我们对自然界的胜利。对于每一次这样的胜利，自然界都报复了我们。每一次胜利，在第一步都确实取得了我们预期的结果，但在第二步和第三步却有了完全不同的、出乎预料的影响，常常把第一个结果取消了。”恩格斯还以美索不达米亚平原变成沙漠为例论证了自己的观点。

直视当今，许多地方江河湖海的水质不达标；湿地、草原退化；城市的天空灰霾绵绵；化肥、农药、重金属还在污染农田、水源、家园……对生态环境有负面影响的项目，仍有妄为者先建后批；废水、废气超标排放、毁林毁草；浪费水、电、油、气；滥捕杀、滥吃野生动物等“不生态”的现象屡禁不止。毋庸讳言，这是人们的无知妄为。

由于人类对自然资源非正常利用，干扰了自然生态的正常演化，破坏了整体自然生态系统的稳定与平衡，出现了全球性的生态危机。其中：“臭氧层的破坏”、“温室效应”、“酸雨危害”，已经成为世界性生态的三大危害。

过度消耗资源、污染环境的生活方式，是造成环境灾难的祸根。它破坏了自然秩序，而这种破坏处于环境容量之内，自然灾害尚可说是“天灾”。一旦突破环境容量，天灾的实质就是“人祸”。

当人们在开发自然资源的狂热性井喷时，毫不掩饰的个人贪欲也充分地释放，从而导致了严重的资源浪费和环境破坏。从 1650 年到 1850 年，美国人及其先祖共毁掉了 46 万平方英里的森林；1850 年到 1910 年间，又砍伐了 80 万平方英里。结果到 1920 年，美国东北部和中西部已经失去了 96% 的原始森林。另一个典型例子是，总数量达 50

亿只的北美旅鸽在 1914 年因美国人捕杀而在地球上灭绝。

20 世纪 90 年代，由于虾的价格飞涨，印尼各岛沿海地区的人们纷纷砍伐浅海滩涂上的红树林，然后建成养虾场。有统计表明，印尼约有 936 万公顷的树林，截至 2006 年，有 70% 已遭到破坏，约 22% 已被彻底破坏。人们的肆意砍伐招致大海发怒——苏门答腊岛的西苏门答腊省、亚齐省、巴厘岛和爪哇岛南部海岸，于 2007 年相继出现异常海浪——多数海浪有 2—3 米高，有的达到 7 米。肆虐的巨浪淹没了距海岸较近的一些村庄，造成数百栋房屋被毁，大片稻田被海水淹没，数十艘渔船被毁坏。西爪哇省约有 650 人被迫逃离家园，西苏门答腊省约 600 人无家可归。联合国 2006 年 7 月发布的一个环境报告指出，红树林能把海潮的“威力”减少 75%。此外，它还有固沙、保护堤岸、净化海水和空气的作用。无情的海难迫使人们反思：满足眼前欲望，抡斧于红树林的愚举，是在自毁抵御海浪的天然屏障。

佛经上说：“生命就在呼吸之间”，即使没有疾病，谁可断言自己一定会有明天。有人说，生活就像阴暗角落或草丛中潜藏的怪兽，会突如其来，张大血口向我们呼啸：唉！对不起，你们该下场了！

《环球时报》（2007 年 9 月 5 日）报道，联合国粮农组织近日发布的一份报告说，过去 6 年中，几乎每个月都有一种家畜动物从地球上消失。如果保护不力，1/5 的家畜动物可能灭绝。在已知的 7600 多个牛、羊、猪、马、鸡、鸭等家畜动物中，11% 的物种已经灭绝。保护生物的多样性刻不容缓。

联合国《保护生物多样性国际公约》执行秘书艾哈迈德·朱格拉夫指出：毫无疑问，气候变化和生物多样性的丧失是“一个硬币的两面”，都是由于人类活动造成的。

朱格拉夫指出："我们正在经历自恐龙消失以来的最大一次物种灭绝浪潮。如今，每小时就有3个物种灭绝，每天有超过150个物种彻底消失。每年则有1.8万个到5.5万个物种变为濒危物种。"

英国自然灾难专家比尔·麦克古尔在其新书《七年拯救地球》中，提出了一个令人震惊的观点：2015年将是地球命运的"转折点"。他认为，如果温室气体的排放在2015年前没有达到稳定状态，地球将在2015年7月进入不可逆转的恶性循环：生灵涂炭，万物灭绝。(《人民日报》2008年9月21日以"并非危言耸听"为题进行了转载)

全球生态基金会的执行主管利安娜·希萨斯指出："如果我们不拿出行动，不光是后世子孙，我们这代人也将付出惨重的代价。"

即使是科技如此发达的今天，号称能征服自然的人类，面对疾病，或不可预测的天灾人祸，而显得无奈、尴尬，让人们在大自然面前显得那么卑微。

珍惜今天拥有的一切：如意不如意，成功与失败，欢乐与忧伤，亲情、友情和爱情，因为它就是我们今天实实在在的生活。因为谁也不能保证，我们今天这所有的一切，还能拥有多久，还能持续多久……

"知足不辱，知止不殆。"人类坦诚地回望久去的岁月，今天虽还不能让所有人都过上富足、殷实的生活，但就生存的基本环境和生活状态该有所满足。倘一味唯物质享乐为上，恣肆对大自然攫取，欲望膨胀不止，那就逃不出物极必反的规律，最终将走向美好愿望的反面。

"世界上最危险的动物是什么？"这个问题写在德国爱科尔特野生动物园一座小木屋的墙上。这个野生动物园在提出这个问题的同时还告诉参观者：这个问题的答案，你打开木屋的门就可以知道。参观者常想到的是狮子、老虎等凶猛的野兽。当打开“答案之门”——参观者看到的是一面大镜子，参观者的尊容尽在里面。它实际上是在告诉参观者：最危险的动物是人类！我国有些从事环境教育的老师在看了这个小木屋后，用“震撼人心，令人永生难忘”来形容自己的感受。

人类对待大自然的无礼，早已到了该收敛的时候了。

一瓶水要喝三天

水资源是有限的，尤其是淡水资源。

从太空望去，地球是个蓝色的星球，也是宇宙中唯一的生命星球。它的表面积的70.8%被水覆盖，但这些水的97.5%是咸水，无法饮用。在余下的2.5%的淡水中，又有87%是人类难以利用的两极冰盖、高山冰川和永冻地带的冰雪。人类真正能利用的是江河湖泊及地下水的一部分，约占地球总水量的0.26%。地球上淡水总量只有3500万立方公里，而全球每年的需要量却达到5000立方公里，用完只是时间问题。

我国虽是个水资源大国，总量达到28万亿立方米，居世界第六位，但人均淡水资源仅有2300立方米，占世界人均的1/4，在世界排名第120位以后，被列为世界上最贫水的国家之一。我国只拥有全球7%的淡水资源，支撑着超过全球21%的人口，而且60%的水资源分布在人口稀少的地方。

《人民日报》(2013年12月31日)登载《水是民生之本》一文中这样写道：黄河水量日渐减少，人力干预效果乏力，水质恶化，断流危机未消；华北平原因缺水沉降面积达6万平方公里，天津市区下沉2米以上，北京成为严重缺水的城市；上海因为长江、黄浦江的水质恶化，守着长江口，“到处是水，可不能用”；湘江不断瘦弱污染，长江航运不畅；海河水系的河流基本上都是干枯的，水源环境几乎崩溃，流经北京的永定河已经成了“死亡的样本”；淮河 2/3 的河段失去使用价值，大运河几乎接近于一条臭水沟；东北的辽河、松花江、嫩江等水源不足。

中国农村每年缺水 300 亿立方米，有 5800 万农民和牧民为自身和数千万头家畜的饮水问题而发愁。

一县志上写着：“旱，大旱，三年无雨，五谷不收。”山民中风行着一句话：“咱这一辈子只洗三次脸，生下来洗一次脸，娶亲时洗一次脸，死时最后洗一次脸。”他们是“山居谷汲，膝腊相遗以水”的山民，他们根本没有奢望过每天吃上水、用上水的日子。他们喝的水，要到山外一汪小小的水坑里去背。山路坎坷，崎岖遥远，三天一个来回，背回一桶水，血汗洒一路。有人疲惫不堪，翻山时一个趔趄，就再也没有起来。有人说，背水汉子流下的汗，比山民用过的水还要多。

在我国 660 座城市中，严重缺水的城市有 110 座。国家投资 625 亿美元用于南水北调工程。到 2008 年已有 2712 个水处理项目投资 74.6 亿美元。

水是生命之源，它是经济和社会发展的首要制约因素。工业、农业都离不开水，世界上 30% 至 40% 的粮食产自灌溉农田。而我国总水量的约 65% 用于农业。哪个地方水源贫乏，不只是农业要靠天吃饭，工业发展也受到严重影响，任何锅炉的燃烧和机器的转动，没有充足的保驾护航的水，一切轰鸣声将不复存在。世界银行顾问迈尔博士说：“有水就能生存，没有水就没有粮食，也没有任何物资。”

我们许多人对生产食物需要多少水毫不知情。一些统计数字令人震惊。种植一公斤大米需要 2000—2500 升水（这比许多家庭一周的生活用水还多），一公斤小麦需要 1000 升水，一个四分之一磅的汉堡包需要 1.1 万升水，一升牛奶需要 2000—4000 升水，生产一公斤白糖需用 3000 升水。折算下来，一个喜食肉类和乳类制品的普通西方人，每天消耗的水是他自身体重的 100 倍。

水的重要性在哪里？科学家试验证实：人可以最多一个月不吃饭而生存，但是 5—7 天不喝水就要死亡。人类皮肤中，70% 是水分；如果我们的肺部不能保持湿润，那我们就无法呼吸；如果我们的口水不能把口中的食物湿润，就无法下咽。如果血液中的水分不向全身输送养分的话，我们的细胞就不能存活，也不能呼吸，更不能排出毒物。

水资源污染形势恶化。每年约有 4000 亿立方米的污水直接排入江河湖泊，全球高达 1/10 的河流已受到不同程度的污染，14% 以上的水体因污染严重而无法使用。

据世界卫生组织报告：目前全世界有 10 亿以上人口生活在污染严重的城市。其中每年有 1000 万人之多，因喝不上清洁的饮用水而死亡（《人民日报》2009 年 11 月 6 日），而在洁净的环境中生活的城市人口不到 20%。全世界有近 1/3 的人缺少安全用水，每天有数以万计的人的死与水污染有关，食品中毒的事件时有发生。

在发展中国家，每年有超过 200 万人（其中大多数是儿童），死于与饮水不洁有关的疾病。

在第三世界，有 10 亿人喝不上干净的饮用水，大约 20 亿人没有相应的水净化设施。人类每天排放出 200 多万吨粪便，其中只有 2% 得到了处理，剩下的部分都被直接排入了水中。据统计，80% 的疾病以及 33% 的死亡与不干净的水有关。

每年3月22日是世界水日——在这个日子里不该忘记，10亿人无法获得足够的清洁用水；每个月因饮用受到污染的水而死亡的人数和印度洋海啸死难人数一样多。（《参考消息》2005年3月22日）

2008年世界水日，联合国警告说，到2025年，全球1/3人口的安全饮水将面临威胁。

由于江河污染，世界自然基金会淡水计划负责人皮托克说："大自然满足人类需求的能力正在遭到破坏，由于全球气候变化使淡水资源面临枯竭的危险……"

据联合国提供材料表明，如果不能设法提供干净安全的饮用水，到2025年，世界无法获得安全饮用水的人数将增加到25亿，因饮用水不卫生致死的人数将超过530万。现在地球上每8秒钟就有一名儿童的死亡是不洁饮用水所导致。

过去50年中，由水引发的严重冲突507起，其中21起演变成军事冲突。虽然河流是巨大的水资源，但许多河流是跨国的，在水资源分配上紧张形势在加剧。有关专家预言："20世纪的许多战争都是因石油而起，而到21世纪水将成为引发战争的根源。"

1965年1月，阿拉法特向以色列发起的第一次军事行动，就是破坏太巴列湖到内盖夫地区的引水渠。

水是人类最基本的生产资料，也是国家最重要的战略资源。当人们面临石油短缺时，还可以通过发掘天然气、核及太阳能等作为补充能源。但对于水，到目前为止，人们还没有找到适当的替代品。

以色列前总理列维·艾希科尔有一句名言：水是以色列的生命。其实水与所有人的生命有关，体内流淌的血，如无干净的水作补充，就会由浓缩到凝固。大地无干净的水浇灌，花萎树枯，人类亦然。

有专家毫不客气地指出，地球上的水荒，98% 是人为的，自然环境造成的只占 2%。可以说水荒困局是人类自造的。

关心、珍惜、节约，保护水资源，是每个人的天职。否则在地球的许多地方，生命的链条就要断裂，人类就只能吞咽自攘水荒的恶果。

“问渠那得清如许，为有源头活水来。”爱水、节水从我做起，从点滴做起，关好水闸，切断长流水。保护好水资源，让源头活水，清澈如鉴，川流不息。否则，地球上最后一滴水将是人类自己的眼泪。这绝不是危言耸听，更不是杞人忧天。

《人民日报》（2014 年 6 月 21 日）刊有一文，题目是：“为一滴水祈祷”。录上几句与诸君共勉：

“……在一所严重缺水的彝族小学校里，我（作者）亲眼看到校长把全校学生集中起来发放矿泉水的过程。那位校长高举一瓶矿泉水十分动情地对学生说：‘矿泉水是恩人们从千里万里之处送来的，一是要节约，一瓶水要喝三天，实在渴了，就含一口。’”

黯然的数字

每个人最珍贵的莫过于自己的生命。可瘟疫流行、战火肆虐、大自然发疯，几乎每天都在吞噬着人们的生命，让人们恐惧而又无奈。更让人心神沮丧的是，有的人，非但不珍爱生命，反而轻视生命，令人悲惜。

“大多数国家不太关注自杀事件。”这是国际预防自杀协会主席布莱恩·米沙拉的呼声。

他还说：“全世界每年死于自杀的人数超过了一百万，比死于战争、恐怖袭击及谋杀的人数还多。也就是说，自杀者多于他杀者。”

什么是自杀？专家们的定义是：自杀是指有充分根据可以断定系故意采取自我致死行为。其动机可由悲观绝望、委屈抗议、畏惧罪责、迷信驱使和精神障碍等种种原因。但这种说法不能包括“二战”末期，日军强迫冲绳居民自杀的类型，因为那不是这些自杀居民自愿的。在冲绳县博物馆内，至今仍有一件雕塑作品，形象地描绘当年日军士兵恶狠狠地用刺刀逼着七个冲绳百姓自杀的情形。雕塑上面还刻着“日本士兵屠杀平民，强迫他们杀死对方，然后自杀”的字样。当然更不能包括当今恐怖分子自杀式炸弹爆炸所造成的死亡。

话还回到原题。米沙拉为什么发出如此惊呼呢？因为他看到世界人类中，令人惊心的自杀现状是——

“自人类历史有记录以来就存在自杀事件”，这是身为魁北克大学心理学教授米沙拉的研究。而且在贫富人群中均有存在。根据世界卫生组织的统计，全球自杀率在过去50年中上升了60%，而发展中国家的自杀人数增幅最大。

全球每天3000人自杀。(《参考消息》2007年9月12日)

——俄罗斯每年6万人自杀（《参考消息》2009年7月11日）

——印度士兵自杀现象严重（《参考消息》2006年11月6日）

——韩国中小学生自杀人数激增（《参考消息》2010年9月3日）

据2005年10月，韩联社公布一份政府报告显示，韩国2004年自杀人数达到历史新高，成为该国位居第四位的死亡原因。在当年死亡的24.6万人中，有1.2万人死于自杀，占死亡总人数的4.8%，平均每天32人自杀。

日本在20世纪80年代，平均每天有65人自杀。世界卫生组织在2000年的统计表明，这一年日本男子每10万人中有35人自杀，女子每10万人有13人自杀。在25—34岁的日本男子、20—29岁的日本女子中，自杀是首位死因。

到了2005年，日本又发现了一个新问题——通过网络联络然后集体自杀的人数越来越多。奇怪的是，有一年，文部科学大臣一周内收到两封学生自杀匿名信，并且不约而同地将日期定为2005年11月11日。

日本连续13年每年自杀人数超过3万人，2010年是3.3万人，其中2003年最高，是34427人。也就在这一年的9月10日，世界卫生组织和国际自杀预防协会共同把这一天确定为第一个世界预防自杀日。

2006年6月，日本国会通过了《自杀对策基本法》，其中规定了防止自杀的一些对象及地方政府的责任和义务。并于8月建立由专家组成的研究会，其中有研究自杀问题的精神科及临床心理方面的专家，还有中学心理学老师等。

英国研究人员对6000名15—16岁在校生进行调查，结果发现女生自残的可能性几乎是男生的4倍。2006年8月又发表一项研究报告说，英国每年约有1/10的女孩故意伤害自己。而究其原因，承认自残的多数学生表示是一时的冲动，而没有考虑良久的结果。英国儿童自杀增多引发社会关注（《参考消息》2008年1月16日）。

在加拿大拉布拉多地区东北部靠海的地方，有一个住着五百多名印努伊特人的村庄。村名叫戴维斯因莱特村，人称“自杀村”。所以叫它“自杀村”，是因为这里平均每月发生4起自杀事件。据调查，自杀原因并非疾病，而是没有自来水，住房破漏，垃圾成灾，生活十分潦倒等因素。

2007年美国哥伦比亚广播公司调查显示，由于大量美国军人退役后陷入生活困境，“自杀流行病”在退伍军人中蔓延。仅2005年，至少有6256名美国退伍军人自杀，平均每天17人，自杀率是其他群体的2倍多。

直接在战场上自杀的美国士兵也创造了历史纪录。2006年仅陆军就有99名现役士兵自杀，自杀人数为过去26年来最多。近1/3的自杀事件发生在伊拉克和阿富汗。据统计，自2003年伊拉克战争开始到2006年就有107名士兵自杀。（《人民日报》2007年12月9日）

美国西雅图的曙光大桥被称为“自杀大桥”，10年里有39人在这里自杀。

美国旧金山的金门桥是全世界最著名的景点之一。自 1937 年建成通车以来，已有大约 1200 名自杀者从桥上跳下，幸存的仅有 20 多名。

《光明日报》刊文，“美国每一万多研究生中，自杀者高达 7.5 人，而在名牌大学里，比例还要高出 1 至 2 倍。”

哈佛大学研究生导师艾里尔斯·柯里在不到 20 年时间里（1980—1999 年），所带研究生有 3 人自杀。

美国每年大约有 1100 名大学生自杀，这使得自杀成为大学生继车祸之后的第二大死因。

据报载，在我国每年死亡的人数中，3.6% 的人的生命是自己结束的。我国每年每 10 万人中有 23 人自杀，自杀是全国人口的第五大死因。

而在 15—34 岁的人群中，自杀是首位死因，占相应人群死亡总数的 19%，女性自杀率比男性高 25%。农村自杀率是城市的 3 倍。卫生部的统计资料表明，我国每年有 29 万多人自杀，和每年死于交通事故的 30 万人相近。我国平均不足两分钟就有 1 人自杀，每年至少有 200 万人自杀未遂。

“不到 100 天，某著名大学连续发生了三起学生坠楼身亡的轻生事件。据该楼一位教授称，‘不少名校，这段时间的跳楼轻生事件比历年多，而且较为集中’。”（《人民日报》2005 年 8 月 2 日）

中国老人自杀率比其他所有年龄组的自杀率高 3 倍以上。自杀网站成中国社会问题。（《参考消息》2010 年 12 月 30 日）

根据世界卫生组织 2003 年 9 月 10 日当天发布的一项最新统计数字显示，世界上每 40 秒钟就有 1 人自杀身亡。自杀在人类死亡原因中已经上升到了第十三位，而在 15—44 岁年龄段中占第四位。在造成人类残疾原因中上升到了第六位。据统计，2000 年全世界共有 81.5 万人自杀，其中 57% 自杀者的年龄在 15—44 岁之间。

以上是平时在浏览报刊中记载的点滴材料，这些带血的数据令人深思。或许有助于人们对世界自杀协会主席的惊呼有所理解——他不是无病呻吟，更不是危言耸听。

但要面对全世界 70 多亿的人类，各国发展又极不平衡，贫富差距之大是世界性难题。仅生活在饥饿线上的人数就 10 亿以上，加之战火不断，流离失所的难民，动辄就是上百万。由此思彼，笔下罗列自杀的现状很有可能是冰山一角。

目睹这些冰冷数字的背后，都曾是一个个鲜活的生命。他们也都有智慧，有才华，在人生的天地里，为人类社会作出贡献，也有能力到达自己的终点。但人们又永远不会明白他们在生命的列车前行中被推向车外、跌入壕沟的刹那间在想些什么……

生命的屏障

和平环境是人类生命的天然屏障。

“生命诚可贵。”可现实生活中漠视生命的事总是不时发生。

浏览史籍，一旦遭遇朝政浑浊，皇权昏庸，后宫干政，宦官弄权，奸佞作梗，酷吏肆虐等社会动乱的年代，像东汉末年，群雄争霸时，白骨露于野，千里无鸡鸣，几乎十室九空，人的生命就沦为草芥、蝼蚁。再适逢殷纣王、秦始皇、明太祖等暴君执政，人们顷刻间命丧黄泉，比比皆是。中国从奴隶社会到封建社会的漫长几千年中，究竟有多少无辜殒命者，永远难以厘清。

加之瘟疫和天灾，人类生命的厄运何其多也。但对人类生命威胁最大的还是战争。

据法国《星期四事件》周刊报道：

第一次世界大战（1914 年 7 月—1918 年 11 月）：军人死亡 8574830 人，平民死亡 830 万人，总计 16874830 人。

第二次世界大战（1939 年 9 月—1945 年 5 月）：军人死亡 17041700 人，平民死亡 24538000 人，总计 41579700 人。

印度支那战争（1946 年 11 月—1954 年 7 月）：军人死亡 57.5 万

人，平民死亡 80 万—200 万人。

朝鲜战争（1950 年 6 月—1953 年 7 月）：军人死亡 150 万人，平民死亡 150 万人，总计 300 万人。

其次还有越南战争、阿富汗战争、两伊战争，累计涉及人口近 600 万。

“背负晴天朝下看，都是人间城郭；炮火连天，弹痕遍地。”在人类漫长的历史上，究竟发生过多少战争？给人类造成多少灾难？据瑞典、印度学者统计：从公元前 3200 年到公元 1964 年，在这 5164 年里，世界上共发生战争 14513 次，只有 329 年是和平的。总共造成 36.4 亿人丧生。损失的财富，折合成黄金，可以铺一条宽 150 公里、厚 10 米环绕地球一周的金带。

据苏联学者统计，第二次世界大战以来的 37 年里，世界上共爆发 470 余起局部战争；在世界范围内，无任何战争的日子只有 26 天，还不足战争天数的 0.002%。

据美联社的调查报告说，第二次世界大战，日本侵略中国的八年中，杀害的中国平民 2400 万；希特勒仅对犹太民族的屠杀就有 600 多万。

两次世界大战是工业化时代的首轮全球战争，因此战争死亡人数超过了以往任何类似的冲突。据英国历史学家尼尔·弗格森估计，大约有 1.67 亿至 1.88 亿人死于 20 世纪上半叶有组织的暴力冲突。（《参考消息》2007 年 12 月 19 日）

…………

凝视这些尘封的符号，枯燥，但不乏味。因为每一个数字都曾是实实在在的生命。

历史是事实的积淀，因不是虚构，它虽然离我们渐去渐远，但不会蜕化腐朽。它是一面镜子，从中可以读出未来，警示后人。前车之覆，后车可鉴。

学者们常言，历史不会倒退，但那只能是相对于时光而言。目睹在人类社会进化的历程中，不断上演着一幕幕历史的旧剧。比如巴勒斯坦建国问题，十几年前曾一度几近实现。就在那关键时刻，以色列总理拉宾被刺杀，以色列国对巴勒斯坦建国的态度就此极度右转——出现了历史性的逆转。一茬接一茬的领导，对巴勒斯坦建国的态度在持反对的立场上愈走愈远。而且在此期间，以巴双方冲突更为激烈，无辜百姓的伤亡更为惨重。历史不容假设——拉宾总理如果不被加害，现在以巴两国，乃至中东的历史进展该又是什么现状呢？

南斯拉夫社会主义联邦共和国，在铁托领导下，政治稳定，经济繁荣，人们过着富足、殷实的生活，但在外部势力的干预下发生了战争，导致了它的解体。正如南联邦末任主席团主席、克罗地亚前总统梅西奇所言："前南联邦如果延续到今天，一定是欧洲最具影响力的强国之一，总体发展水平一定会大大好于现状。"

如果再凝视日本的近代史，清晰可见。它自"二战"惨败，订立和平宪法迄今，岁月跨越大半个世纪，可现在的右翼分子已是急不可耐要把历史的车轮向后倒转——军国主义复活，以扩张侵略为主轴的治国理念，在安倍的嚣张气焰下，蠢蠢欲动，疾步向军国主义道路走去。浓烈的硝烟气味已钻进人们的鼻腔，战火的阴霾正在亚洲的上空凝聚。

回眸没战争的年数和没战争的天数，自然会由衷地想到：人们为什么那么渴望和平——因为和平就是人的生命屏障，破坏和平无异于屠戮人的生命。

在动物大家族中，人类是当之无愧的最优秀者——因为人与其他动物相比，思维缜密，有灵性，懂人性，会读书，知礼仪，能发明，会创造。而社会又以丰富的物质财富和精神财富在满足人类的享乐欲望。可让人匪夷所思的是，人类自身总不能把其他动物的低级习性芟除干净，常常把丛林法则偷偷摸摸掖挟到人类自身。好打、热斗、利欲熏天、谄媚强权、欺侮弱者，只许自己放火，不容他人点灯，致使战火连绵，导致无辜者的宝贵生命在硝烟中被夺走。

美国人是很懂得惜命的，然在标榜“零伤亡”炫耀中，小布什一手策划的伊拉克战争，照样也付出了5000名士兵的生命，退伍的老兵中，每天有22人自杀，更不必说总成本高达2万亿美元的投资。每个美国公民，包括妇女、儿童在内，因此要负担6600美元战争费用。2万亿美元是小布什先生夸夸其谈的水电能源计划预算的16倍。让世人难以理解的是，美国债务高达十几万亿美元，可该国政府为什么总是处心积虑在世界各地挑起战火，使人类惨遭杀害呢?

骨肉亲情，人皆有之；厄运突袭，家破人亡，使亲人痛不欲生，备受煎熬。然世人中总会有一些强者为一己私利或本国利益，无视他人、他国的灾难。对于他人、他国，尤其是弱小，施以凌辱、吞并、奴役，或虎食为快。他们对凡不顺眼、不乖服称臣者，轻者打压，重者歼灭，动辄就挥舞起核大棒。一颗原子弹，多少生命瞬间化为灰烬。更有厚颜无耻者，秉承祖宗的衣钵，祭起军国主义的黑旗，野心勃勃扩张侵略，把战火烧到邻国，致几千万生命成冤魂。时至今日还扬言“侵略”定义有待再酌，把“慰安妇”歪曲成“战时的需要”。这足见，对他人、他国任意践踏和杀戮，篡改歪曲历史掩盖历史真相，是侵略者重温旧梦的前奏，热爱和平的人们务必提高警惕。

发明了甘油炸药的诺贝尔说过：“生命，是自然给人类去雕琢的宝石。”然而，历史又凝重地向人们诉说着数以亿计的人类，在本不该发生，或完全不该发生，或者说少向极端走一步，就可挽救数以万计的生命。可人类中就有一些真是妖魔化了的“精灵”，让这些璀璨的“宝石”飘然逝去，除了留给善良人们的伤痛外，了然无痕。生命中可能绽放的五颜六色也随之遁于无形。

眼泪和悲痛，不会让魔鬼动心；在霸主面前的祈祷是愚昧、无知、也是可怜！

在美国战略东移的逆风下，亚太地区的气候骤然让跳蚤兴奋，苍蝇嗡嗡，瞬间颇有撼山倒海之势。善良的人们对此切不可小觑。

呵护生命，保卫和平。习近平主席近日在一次演讲中指出：“和平犹如空气和阳光，受益而不觉，失之则难存。”当今天下并不太平，战火因素在发酵、升温……和平的大厦一旦倾覆，“宝石”粉碎，血染大地，天下缟素。珍惜生命的人们，要准备随时为捍卫和平而挺身！

“狼来了！”

“狼来了！”“狼”真的来了。胃口硕大，能吞下大自然中所有的生物，不只是伤人。

这头“狼”就是默不作声的气象。为了生存，善待自然，就要先关注气象，因地球在受到的六大威胁中，气象变异首当其冲。

这不是杞人忧天，更不是巽懦的呼喊。《光明日报》（2012年7月31日）刊文，联合国环境规划署发布的《全球环境展望》报告显示：自20世纪80年代至21世纪初，洪灾数量增加了230%，因此而受灾人数增加了114%，而这些洪灾又都源于气候变化。

《解放军报》（2009年8月27日）刊文，据联合国政府气候变化专门委员会发布的关于气候变化的最新研究报告预测：本世纪中期将有2亿多人成为气候环境难民，1/3的陆地面临极端干旱的情况，全球1/3的野生物种濒临灭绝。届时将有超过60个国家因缺乏土地、食物和水源而面临战争危机。

据《青年参考》报道，人类每年要产生2200万吨二氧化碳，这些气体一旦同甲烷和臭氧混合，势必导致气候变化无常，并使地球的温度升高，造成海平面上升。像孟加拉国和埃及尼罗河三角洲一些低地将浸入大海。

1991 年科学家研究表明，南极和北极两处上空都出现臭氧层空洞。这就意味着地球表面紫外线辐射量的增加，皮肤病和眼溃伤的发病率将会随之提高。

英国《金融时报》撰文：如果不控制温室气体排放，本世纪末，半个世界将面临干旱。

全球气候变暖，导致灾情频发。美国有刊物撰文指出，气候变暖可能带来巨大的破坏，会使疾病蔓延，战争频发。使智利冰川融化，一个面积达两公顷的冰川湖神秘消失。

2007 年 5 月，加拿大夏季飞雪，人们不得不穿上棉衣。

随着气候变暖，从中国到美国许多沿海地区，都会受到越来越多的风暴袭击。按照人口评估风险，我国排在榜首。因为我国有 1.43 亿人口生活在沿海地区。其他如印度、孟加拉国、日本、越南、埃及和美国也都会受到较大的影响。

全球平均气温在未来 50 年内将升高 2—3℃。如果不对温室效应采取措施，全球将出现 20 世纪 30 年代那样的经济大萧条。

与 100 年前相比，非洲大陆的气温上升 0.5℃。

气候变暖导致非洲最高峰乞力马扎罗山的雪冠在过去 80 年里消失了 82%；第二高峰肯尼亚山的雪冠在过去 100 年里消失了 92%。

据统计，20 世纪 90 年代，全世界发生的重大气象灾害，比 50 年代多 5 倍。

《联合国气候变化框架公约》第九次缔约方大会上称，全球气候变暖已经开始危及人类健康，全球每年超过 10 万人因此而死亡；动植物的前景更惨。8 个国家的科学家研究了部分国家的 1103 个动植物物种，认为全球变暖将导致世界上100多万个物种，可能在未来50年内灭绝。有人戏言，若把全球变暖引发的自然灾害损失算上，每个人都有可能在统计数字里占一零头。

根据国际气候变化问题研究小组的报告，目前大气层中积聚的有害的二氧化碳的含量，已达到65万年以来的最高水平。此外，由95个国家的1300多名科学家共同撰写的《千年生态系统评估》显示，2/3生态系统的逐步恶化，可能给未来50年的人类带来灾难性的后果。

联合国秘书长潘基文在庆祝生物多样性日之际，强调生物多样性与可持续发展之间的关系："如果不对生物多样性加以保护，那么，我们将无法实现千年发展目标。"他同时还指出："全世界都要应对生物多样性消失这一挑战，全球各国和地区范围内都须加快阻止气候变暖的行动，而且要更加坚决果断。"

美国哈佛大学教授威尔森认为，地球上一共发生过5—6次大规模物种灭绝。以前几轮是由于地质灾害或者其他星球撞击地球造成。而现在这轮物种灭绝，主要是人为的对环境的破坏和不正当利用。

英国王储查尔斯，作为世界自然基金会英国分会新任主席，发表第一次讲话时警告说，世界已经陷入了"第六次物种大灭绝"，除非人类改变生活方式，停止大规模消费，遏制失控的气候变化并不再毁灭野生动物，否则人类将面临灭绝。他就称自已为"濒危动物"。要知道，物种消亡的速度远远超过恐龙灭亡以来的任何时候。每次发生大灭绝之后，生命需要花费成百上千万年的时间才能恢复。

科学家称，现在地球上平均一小时就有一个物种灭绝。这个速度是自6500万年前恐龙灭绝时代以来最快的。

《美国趣味科学网站》报道（《参考消息》2001年1月20日），气候变化将对全世界 4 种主要粮食作物——小麦、水稻、玉米、大豆，构成影响。粮食缺口会影响人类的食品供应和畜牧业生产；粮食价格将在今后 10 年上涨 20%。

联合国粮农组织说，目前全世界有 1/7 的人口营养不良，而这一比例到 2020 年将达到 1/5。

据 1990—2004 年的统计（资料来源于中国气象局），我国每年平均受气象灾害影响的人口约 3.8 亿人次，每年因气象灾害死亡人数高达 4700 人，气象灾害造成的经济损失平均每年 1762 亿元，约占国内生产总值的 1%—3%。平均每年农作物受灾面积达 4940 万公顷以上，受灾作物占所有农作物的 20%—35%，造成粮食损失约 200 亿公斤，并致使 300 多万间房屋倒塌。（《人民日报》2006 年 8 月 24 日）

匹夫谈天有点迂腐，但它与人人生存攸关。

2013 年联合国世界卫生组织向世人郑重公告：大气污染可以导致癌症发生。不知人们听到此一报告该有何感！

可地球人对此多是充耳不闻，甚至少数人近于麻木。曾从《焦点访谈》中目睹记者在河南一社办工厂采访该厂废气排放超标问题。该厂一办事人员，不但不接受采访，反而怒气冲冲，走到院子，挥臂大吼："哪里空气污染越严重，哪里工业就越发达！"这真让河南人为之汗颜。

无独有偶。2004 年，世界上最大的温室气体排放国美国的排放量比 1990 年上升了 15.8%；2001 年又宣布退出《京都议定书》，理由是议定书对美国经济发展带来过重负担。

现实生活中，汽车成灾，尾气刺鼻；垃圾乱放，臭味冲天；污水四溢，令人作呕；焚烧秸秆，浓烟蔽日。诸多乱象皆人类自为，导致气候异常的恶果，必将由人类自己吞咽。

气象异常，恶劣天气频发，地球村南不是南，北不像北，冬春不分，夏秋参互，人们的日常生活受到严重影响。因灾难忽发，从空中到地上，从海洋到陆地。仅交通瘫痪一宗，其危害几乎是人人都有相撞的可能；机场滞留，高速路上过夜的滋味不该淡忘。一言以蔽之，气象与地球村上的每个人息息相关。每个人都应当爱护环境，保护环境，做环保的卫士，其实质就是保护我们人类自己。

“狼来了！”“狼”真的站在人类的当面，把“狼”赶走只有靠我们自己。